AF304329

Saskia Louis kam 1993 mit einer Menge Fantasie zur Welt, die sie seit der vierten Klasse nutzt, um Geschichten zu schreiben. Zusammen mit ihren zwei älteren Brüdern wuchs sie in der Kleinstadt Hattingen auf und über die Jahre hat sie ihr Zuhause in unterhaltsamer Frauenliteratur und Fantasy gefunden.

Heute wohnt sie in Köln, schreibt Songs und wünscht sich, dass Menschen mehr singen als schimpfen würden. Ihr größter Traum ist es, den Soundtrack zur Verfilmung eines ihrer Bücher zu schreiben.

SASKIA LOUIS

BASEBALL LOVE

HOMEBASE FÜRS HERZ

Für meine Lieblings-Julias:
Julia Bohndorf und Julia Lalena Stöcken
Weil ihr süß seid. Bitte hört nie auf zu schreiben!

Eins

Savannah Thomas war ein geduldiger Mensch.

Sie hielt es bis zu drei Stunden in Telefonwarteschlangen aus. Sie fädelte in Seelenruhe den dicksten Bindfaden durch das dünnste Nadelöhr. Sie hörte Mrs. Bernard, ihrer dementen Nachbarin, täglich bei derselben Geschichte zu. Sie erklärte Jake Braker, dem notorischen Womanizer der Delphies, immer wieder aufs Neue, wie man ein Kondom benutzte, aus Angst, er könne an einer Geschlechtskrankheit verrecken. Und erst letztens hatte sie ihre Q-tips gezählt und zu einem wackeligen Haus zusammengeklebt, als nichts Gutes im Fernsehen gekommen war.

Aber auch Savannah hatte Grenzen. Und eine davon war, wie es so wollte, eine Frau, die sich seit einer geschlagenen halben Stunde nicht abwimmeln ließ, sich anhörte, als habe sie ein weinendes Kind verschluckt und nicht einmal ihren Vornamen kannte!

„… und er sagte doch, dass er sich melden würde!"

„Tatsächlich." Savannah bohrte die Spitze ihres Bleistifts so fest in die Schreibtischplatte, dass sie darin stecken blieb.

„Ja!" Das hysterische Schluchzen der Frau wurde lauter und Savannah sah sich dazu gezwungen, den Hörer von ihrem Ohr wegzuhalten.

„Ich meine, wir haben uns geküsst, ist das denn gar nichts wert?"

„Ich weiß nicht, kommt auf den Kuss an, würde ich sagen."

„Er war spektakulär! Aber alles, was er mir gegeben hat, ist diese Nummer. Und da müssen Sie doch verstehen, wie mich das aus der Bahn wirft, wenn am anderen Ende eine Frau abhebt. Ich wusste ja nicht, dass Sie seine Assistentin sind."

„Ich bin *nicht* seine Assistentin", stellte Savannah klar und hörte sich dabei womöglich wie ein Hund an, dem sein Knochen weggenommen wurde. Tatsächlich hielt sie es auch nicht für ausgeschlossen, dass sie heute noch jemanden biss, denn Cole Panther hatte ihre Nummer an einen wildfremden Menschen weitergegeben! *Schon wieder!* Das war das vierte Mal diese Woche. Und es war erst Mittwoch!

„Aber Sie sagten doch, dass Sie für ihn arb–"

„Ja, ich arbeite in seiner Organisation, aber nicht als seine Assistentin", erklärte sie abgehackt und riss den Bleistift mit Gewalt wieder aus dem Holz. Er brach entzwei und rollte in den Stapel Haftnotizzettel, der den größten Teil ihrer Arbeitsfläche bedeckte.

„Ach so." Eine kurze, nachdenkliche Stille folgte, bevor die Frau schniefend fragte: „Aber warum gibt er mir denn dann Ihre Nummer?"

Weil er ein verdammter Feigling ist, der sich nicht mit seinen billigen Verflossenen herumärgern will!

„Er muss wohl die hinteren Ziffern vertauscht haben."

Hatte er nicht.

„Das ist mein Arbeitshandy."

War es nicht.

„Und die Nummern der Delphies-Organisation unterscheiden sich nur in ihren letzten Zahlen."

Taten sie nicht.

„Oh, also meinen Sie, es war ein Versehen?"

Um Gottes willen, nein! Cole Panther tat nie etwas aus Versehen. Denn das könnte ja Spaß machen – und Spaß zerknitterte seinen Anzug.

„Vielleicht könnten Sie mit ihm reden und meine Nummer weiterleiten?"

Savannah biss die Zähne zusammen und stand von ihrem Stuhl auf. „Oh ja, ich rede mit ihm", versprach sie gepresst und stieß mit ihrer freien Hand die Bürotür auf.

„Das wäre wunderbar." Die Frau hatte aufgehört zu schluchzen, was Savannahs Ohren ungemein freute. „Ich würde ihn wirklich gerne wiedersehen. Er war so charmant."

Mit welchem Cole Panther war die Frau nur ausgegangen? Es gab neunundneunzig Worte, mit denen Savannah Cole Panther beschrieben hätte. Charmant war keines davon. Aber das erste war Arsch und das zweite Loch.

„Ich bin mir auch ziemlich sicher, dass er mich mag", plapperte die Frau munter weiter.

Savannah verdrehte die Augen, während sie in langen Schritten die Distanz zum Fahrstuhl überwand, hineintrat und auf den Knopf für das oberste Stockwerk drückte. Auch das bezweifelte sie, denn Cole Panther mochte keine Menschen. Es war ihr schleierhaft, warum er überhaupt mit Frauen ausging, wo sie ihn doch allesamt nur zu nerven schienen.

Die Fahrstuhltüren schlossen sich und sie hoffte schon, dass die Verbindung abbrach, aber natürlich hatte sie selbst in der blechernen Büchse Empfang. Gott, sie hätte ja aufgelegt, aber sie war PR-Beraterin und die konnten es sich nicht leisten, einen schlechten Ruf zu haben.

„Er hat mir so viele Komplimente gemacht, den ganzen Abend über. Glauben Sie, er wird noch einmal mit mir ausgehen?"

Super. Genau die Frage, die Savannah nicht hatte hören wollen. Sie hätte die Frau anlügen können, aber sie brachte es einfach nicht übers Herz. Es war ja nicht ihre Schuld, dass Cole Panther ein kaltherziger Bastard war.

„Wissen Sie, ich würde mir nicht allzu große Hoffnungen machen. Mister Panther ist einfach sehr beschäftigt", sagte Savannah und hatte Mühe dabei, ihre Zähne auseinanderzureißen. „Er ... hat zurzeit mit einer schlimmen Geschlechtskrankheit zu kämpfen und erst letzte Woche Hämorriden entfernt bekommen. Nehmen Sie es ihm nicht übel. Er nimmt ständig Schmerzmittel und weiß einfach nicht mehr, was er tut. Er hat gestern sogar seine Haartransplantation vergessen, dabei steht der Termin seit Monaten fest. Ich fürchte, seine gesundheitlichen und beruflichen Verpflichtungen lassen eine Beziehung zurzeit einfach nicht zu."

So, jetzt fühlte sie sich besser. Wenn Cole je wieder mit Miss Heulsuse sprach, würde sie in die Hölle kommen, aber die Wahrscheinlichkeit, dass das passierte, lag ungefähr bei minus dreitausend Prozent. Savannah machte sich also keine Sorgen.

„Oh, aber warum meldet er sich dann bei einer Dating Seite an?"

Dating Seite?

Savannahs Kinnlade klappte herunter. Cole Panther bei einer Online-Partnervermittlung? Das passte ungefähr so gut wie ... ein Haifisch in ein Goldfischglas, die Nazis auf die helle Seite des Mondes oder Donald Trump in einen Friseursalon.

„Ich hab' absolut keine Ahnung", sagte Savannah wahrheitsgemäß. „Keinen blassen Schimmer."

Mit einem *Ping* öffneten sich die Fahrstuhltüren. Savannah war so verdattert über die Information, die sie soeben erhalten hatte, dass sie sich mehrere Minuten lang nicht bewegte. Erst als die Türen sich bereits wieder schlossen und die Frau am Telefon Anstalten machte, das Gespräch fortzusetzen, erwachte sie wieder zum Leben.

Eine Dating Seite – das erklärte einiges! Definitiv schon mal die Tatsache, dass sie in den letzten drei

Tagen Anrufe von vier heulenden Frauen hatte entgegennehmen müssen, die ihr versicherten, dass Cole Panther die Liebe ihres Lebens sei. Wieso außerdem die halbe Organisation bei ihr durchklingelte, um Nachrichten für Panther Junior zu hinterlassen, war Savannah dennoch schleierhaft.

„Ja, na gut", wiederholte Savannah, trat aus dem Fahrstuhl und wandte sich nach rechts, zu dem riesigen gläsernen Büro, das einen Ausblick auf das dahinterliegende Baseballstadion gab. „Sie entschuldigen mich, ich habe jetzt einen wichtigen Termin."

„Oh, natürlich. Vielen Dank für Ihre Hilfe."

Savannah antwortete nicht, sondern legte einfach auf. Sie beschleunigte ihren Schritt, froh darüber, dass sie ihre Schuhe heute ausnahmsweise mal anbehalten hatte. Mit der einen Hand stopfte sie das Handy in ihre Blazertasche, mit der anderen stieß sie ohne Ankündigung die Glastür auf. Sie war wohl etwas zu energisch gewesen, denn die Tür knallte mit einem zufriedenstellenden Klirren gegen die dahinterliegende Glaswand.

Cole Panther saß tief in den Chefsessel gelehnt, die langen Beine ausgestreckt, das Telefon an sein Ohr geklemmt, hinter seinem Schreibtisch. Seine hellblaue Krawatte saß makellos, die schwarzen Haare hielt er für vierhundert Dollar im Monat kurzgeschnitten – Gott bewahre, sie könnten seinen Hemdkragen beschmutzen! – und seinen Dreitagebart stutzte er auf eine respektable, gepflegte Länge. Mit der freien Hand machte er sich Notizen auf einem Block, der mittig auf dem ebenfalls gläsernen und penibel ordentlich gehaltenen Schreibtisch lag. Seine eisblauen Augen fixierten sie fragend, während er unbeirrt weiterredete.

„… drüber gesprochen, Miles. Ich habe das Budget selbst überprüft und bin bereit, bis zu zwei Millionen Dollar nach oben zu gehen. Weiter nicht."

Savannah funkelte ihn an, überwand die restliche Distanz und schlug mit der Faust auf den Tisch.

Ja, sie wusste, dass Cole Panther ihr Vorgesetzter war.

Ja, sie wusste, dass er milliardenschwer war.

Ja, sie wusste, dass viele Leute Angst vor ihm hatten.

Aber sie wusste auch, dass Höflichkeit einen im Leben nicht weiterbrachte. Wenn man sich einschüchtern ließ und sich nicht verteidigte, dann war es schwer, aus dem Muster auszubrechen. Und sie würde sich nie wieder herumschubsen lassen.

„Ich bin *nicht* deine verdammte Assistentin!", zischte sie.

Cole hob eine Augenbraue, zog ein Taschentuch aus seiner Anzugtasche hervor und wischte langsam den Fettfleck von seiner Arbeitsfläche, den Savannahs Faust dort hinterlassen hatte, während er gelassen in den Hörer sprach.

„Mich interessiert der Weg nicht. Mich interessieren Ergebnisse. Und wenn Sie mich diesmal enttäuschen, Miles, dann werde ich Sie vielleicht aus der Gleichung nehmen müssen. Es ist Ihr verdammter Job, den Preis auf eine respektable Größe zu drücken, die abschließenden Verhandlungen führe dann ich."

Savannah riss ihm das Taschentuch aus der Hand und ließ es auf den Boden fallen.

„Ich bin *nicht* deine Assistentin!", wiederholte sie laut. „Hast du mich verstanden? Würdest du also in Gottes Namen damit aufhören, deinen Freundinnen meine Telefonnummer zu geben?"

Cole hob einen Finger in ihr Gesicht und wandte seinen Kopf ab, während er weiter in den Hörer sprach.

„Sie hören mir jetzt mal zu! Es ist mir egal, wie viele Kinder Ihre Frau bekommen hat. Es ist mir egal, dass Sie sich Mühe geben. Ich will Jimmy Rodriguez und Sie sind dafür verantwortlich, dass ich ihn bekomme! Und wenn das nicht passiert, werde ich sehr ungehalten."

„Cole", sagte Savannah ernst und schlug seinen Finger weg.

Aus dem Finger wurde die ganze Hand und aus Savannahs anfänglichem Unmut wurde Wut.

„Cole!", sagte sie lauter. „Ich möchte, dass du mir sofort versprichst, nie wieder meine Nummer an eines deiner Bimbos weiterzugeben! Und wenn du das Telefonat jetzt nicht beendest, werde ich *deine* Privatnummer auf Facebook posten."

Cole Panther seufzte laut, ließ die Hand sinken und sagte ins Telefon: „Entschuldigen Sie mich, Miles, ich werde gerade von einer Frau angeschrien ... nein, machen Sie sich eher um ihren Job Sorgen. Das mit den schreienden Frauen passiert mir öfter. Also – leiten Sie es einfach in die Wege."

Er legte auf, faltete die Hände auf dem Schreibtisch und sah sie frostig an. „Ich hätte dir nie meinen Vornamen anbieten dürfen", stellte er schließlich nachdenklich fest. „Offensichtlich lässt dich dieser Umstand vergessen, dass ich dein Boss bin."

Savannah schnaubte und verschränkte die Arme. „Du hättest mir deinen Vornamen und deinen erstgeborenen Sohn anbieten müssen, für all das, was ich für dich tue – gleichwohl nichts davon in meinen Aufgabenbereich fällt."

„Setz dich doch, Savannah", sagte er ungerührt und deutete auf den Stuhl zu ihrer Rechten. „Ich habe das Gefühl, dass dieses Gespräch länger dauern wird."

„Das muss es nicht, wenn du einfach meine Privatnummer aus deinem Speicher löschst – wie bist du da überhaupt drangekommen?"

„Sie steht in deiner Personalakte. Und warum sitzt du immer noch nicht?"

Sie ließ sich auf den Stuhl sinken und deutete mit dem Zeigefinger auf ihn. „Ich sage es jetzt zum letzten Mal: Ich bin nicht deine Assistentin, Cole!"

Cole runzelte die Stirn. „Wer ist es dann?"

„Keine Ahnung. Wo ist die Blondine, die bis gestern noch am Schreibtisch vor deinem Büro saß?" Savannah wandte sich um und sah durch die Glastür auf den leeren Arbeitsplatz.

„Die habe ich gefeuert. Hing dauernd bei Facebook rum."

„Nun, dann hast du keine Assistentin", sagte Savannah schlicht.

„Richtig. Und aus genau diesem Grund brauche ich dich." Er sprach, als würde er einer Siebenjährigen erklären, dass es den Weihnachtsmann nicht gab.

Genervt presste Savannah die Lippen aufeinander. „Ich bin PR-Beraterin, keine Sekretärin."

„Wenn ich mich nicht irre", meinte er langsam und ließ die Fingerkuppen auf den Tisch tippen, „dann warst du die letzten Tage beides."

„Ja, weil du einfach allen meine Telefonnummer gibst, meine private noch dazu! Aber das muss aufhören. Ich habe einen anderen Job. Dann musst du eben ohne Hilfe auskommen."

„Aber ich bin der Chef der gesamten Organisation. Mir gehört das Team." Er tippte sich mit dem Zeigefinger ans Kinn. „Wie kann ich da keine Assistentin haben?"

„Weil du so unerträglich bist, dass du alle vergraulst!", fuhr Savannah ihn an.

Das verleitete Cole doch tatsächlich zu einem Lächeln. „Weißt du eigentlich, wie oft ich jeden anderen schon dafür gefeuert hätte, wie du mit mir redest?"

Oh, bitte. Welch eine leere Drohung. Er konnte sie nicht feuern. Er wäre aufgeschmissen ohne sie! Sie war nun einmal die Beste und das wusste er.

Sie verdrehte die Augen und Coles Lächeln wurde breiter.

„Du erinnerst dich aber schon daran, dass ich deinen Gehaltscheck unterschreibe, oder?", fragte er interessiert. „Du scheinst diesen Umstand in der letzten Woche erschreckend oft vergessen zu haben."

„Ja, du hast recht. Du unterschreibst meinen Gehaltscheck. Den als PR-Beraterin, nicht als Assistentin!"

Seufzend lehnte Cole sich im Sessel zurück. „Aber du scheinst zusammen mit Sam die einzige kompetente Person in dieser Institution zu sein."

„Na, dann frag doch Sam, ob er für dich mit deinen Betthäschen Schluss macht! Ich wette, das kann er ganz wunderbar."

Cole schüttelte den Kopf. „Nein, er ist zu weich. Er kann den armen Frauen nicht das Herz brechen. Du hingegen ..."

„Sag mal, was an den Worten *Ich bin nicht deine Assistentin* verstehst du nicht?", fragte Savannah fassungslos. „Wie kann es sein, dass wir immer noch darüber diskutieren?"

Sie wusste ja, dass Cole Panther es gewöhnt war, seinen Willen zu bekommen. Dennoch musste er doch langsam dazulernen. Er arbeitete immerhin seit einem Jahr mit ihr zusammen und sollte sich außerdem noch daran erinnern können, was mit seinem Anzug geschehen war, als er sie gebeten hatte, ihn aus der Reinigung abzuholen. Savannah war geübt darin, sich gegen ältere, größere, stärkere, einflussreichere Menschen zu behaupten. Herrgott, sie hatte ihr ganzes Leben damit verbracht, sich gegen Menschen durchzusetzen, die sie von Ort zu Ort hatten schieben wollen. Und verdammt sei sie, sich von Cole Panthers Autorität überrollen zu lassen – die er zugegebenermaßen in Massen besaß. Alles an ihm war eindrucksvoll, kühl und berechnend. Nur, weil sie diesen Umstand ignorierte, hieß das noch lange nicht, dass sie sich dessen nicht bewusst war!

„In Ordnung. Reden wir darüber." Cole legte die Hände auf den Tisch und bedachte sie mit einem abschätzenden Blick. Die Art von Blick, die er aufsetzte, sobald er in Verhandlungen trat. Der Blick, der ihn zu einem der verdammt besten Anwälte der Stadt gemacht hatte, bevor er den Chefposten der Delphies, Philadelphias Baseballmannschaft, übernommen hatte. Der Blick, der keine Widerrede zuließ.

„Du sagst, ich unterschreibe nur deinen Gehaltscheck als PR-Beraterin – ich sage, fügen wir noch einen für dich als meine Assistentin hinzu."

Savannah schnaubte. „Für kein Geld der Welt würde ich–"

„Ich gebe dir dreißigtausend Dollar für die nächsten zwei Monate."

Savannah riss die Augen auf und fiel beinahe vom Stuhl. War das sein Ernst?

„Das ist mein voller Ernst", sagte er, als hätte er ihre Gedanken gelesen.

Sie starrte ihn an, öffnete den Mund, schloss ihn wieder und stellte dann verblüfft fest: „Meine Güte, du bist ja richtig verzweifelt."

Zwei

Cole Panther war ein ungeduldiger Mensch.

Und ein kaltblütiges Arschloch.

Viele Menschen behaupteten, diese beiden Eigenschaften stünden in direktem Zusammenhang miteinander, aber Cole sah das anders. Die Ungeduld kam von Natur aus. Das kaltblütige Arschloch hatte er sich über die Jahre hinweg hart antrainiert. Seine Ungeduld begleitete ihn auf Schritt und Tritt, während er so frei war, zu behaupten, dass er das Arschloch ab und zu abstellte, wenn es die Situation verlangte. Und dies war eine dieser Situationen.

Savannah." Geschäftsmäßig beugte er sich über den Tisch zu ihr vor und verschränkte seine Hände ineinander. Er würde bekommen, was er wollte. Denn so funktionierte sein Leben nun einmal.

„Du weißt es und ich weiß es: Du bist die Beste in dem, was du tust. Im Organisieren, im Überblick behalten, im Menschen jonglieren. Ich brauche deine Fähigkeiten."

Savannah verengte ihre dunklen Augen und schürzte die Lippen. Ihre schwarzen Haare fielen ihr glatt über den Rücken und sie trug einen dieser Kugelschreiberröcke – nein, falscher Stift, Bleistiftröcke – zusammen mit einer roten Bluse, die mit ihrer karamellfarbenen Haut harmonierte, und einen schwarzen Blazer. Ja, man hätte Savannah mit einer hübschen, süßen Frau verwechseln können … würde sie nicht andauernd den fundamentalen Fehler begehen, ihren Mund zu öffnen.

„Komplimente stehen dir nicht, Cole", sagte sie trocken. „Um ehrlich zu sein, machen sie mir ein wenig Angst."

Wem sagte sie das? Er hatte sich bei jedem einzelnen Wort unwohl gefühlt. Cole war nicht dafür bekannt, Mitarbeiter zu loben. Er war dafür bekannt, Mitarbeiter als inkompetent zu beschimpfen. Er hielt es für wichtig, ehrlich zu sein, damit sie sich bessern konnten oder er eine rechtliche Grundlage dafür hatte, sie zu feuern.

Savannah Thomas war zwar nicht inkompetent, aber seine Geduld strapazierte sie dennoch. Er kannte keine, ausnahmslos keine Frau, die mit ihm sprach wie sie es tat. Es war fast, als hätte sie keine Angst vor ihm. Und das war äußerst irritierend. Denn von der Angst seiner Untergebenen profitierte er. Doch egal, was für Blicke er ihr zuwarf, egal wie oft er mit der Kündigung drohte – sie hielt ihr Kinn gereckt und ihren Mittelfinger meistens direkt mit.

Und er respektierte sie dafür. Savannah wusste, was sie wollte und nahm es sich. Das war eine denkbar gute Eigenschaft, denn wenn man es nicht tat, würde man von dieser Welt überrollt werden, bevor man das Wort *Arschloch* formulieren konnte. Außerdem amüsierte sie ihn. Manchmal.

Zurzeit jedoch nervte sie. Er hatte einen Haufen Telefonate zu führen und wäre ihr sehr dankbar, wenn sie einfach sein Geld nähme und täte, was er von ihr verlangte.

„Es sind nur zwei Monate, Savannah", sagte er gelassen. „Nach dieser Zeit kannst du zurück in deinen normalen Job gehen. Außerdem wärst du nicht meine Assistentin, du wärst Koordinatorin meines Privatlebens."

„Mhm. Für mich hört sich das so an, als würde ich deinen Babysitter spielen", stellte sie mit gerunzelter Stirn fest.

„Genau genommen wärst du Babysitter meiner Dates", korrigierte er sie. Es war besser, wenn sie ihre

Aufgabenbereiche so gut wie möglich kannte. „Alles, was du wissen musst, ist, dass ich heiraten will und vorhabe, in den nächsten zwei Monaten die dazu passende Frau zu finden." Denn das ließ ihm ein Jahr Zeit, sie kennenzulernen und zu heiraten, sodass er vor seinem fünfunddreißigsten Geburtstag eine Ehefrau vorzuweisen hatte. „Ich habe mich bei einer Website angemeldet und wenn ich ehrlich bin, habe ich einfach nicht den Nerv, die dort herumlungernden verlorenen Existenzen von den guten Frauen zu trennen. Und schon gar nicht, die Dates zu organisieren und das Follow-up Gespräch zu führen."

„Das Follow-up Gespräch zu führen?", wiederholte Savannah und ein Lächeln huschte über ihr Gesicht.

Warum lächelte sie? An der Suche nach einer Ehefrau war absolut nichts witzig! Es war so unglaublich stressig und zeitraubend, dass Cole Savannah auch eine Million Dollar gegeben hätte, wenn sie ihm die Aufgabe nur vereinfachte. Wenn er darüber nachdachte, dann war es gut, dass sie das nicht wusste, denn sie würde ihm jeden einzelnen Cent aus der Tasche ziehen.

„Follow-up Gespräch – ich fasse es nicht." Jetzt grinste Savannah noch breiter und schüttelte den Kopf. „Ich hätte dich nicht für einen Romantiker gehalten, Cole."

Er schnaubte. Schön, dass sie die ganze Situation amüsant fand. „Natürlich bin ich ein Romantiker, ich besitze zwei Kerzen", sagte er trocken. „Also, du würdest die Frauen aussuchen, die du für passend hältst, arrangierst die Dates und wimmelst sie, wenn nötig, ab."

„Nun, nicht dass sich das nicht nach einem absoluten Traumjob anhört, denn wer möchte nicht den ganzen Tag mit weinerlichen Frauen konfrontiert werden, die denken, du seist ein Gott", sagte Savannah überschwänglich, „aber gibt es nicht professionelle Partnervermittler, die dich nur allzu gerne unter Vertrag nehmen und dir das Geld aus der Tasche ziehen würden?“

Ja, natürlich. Aber Cole hatte nicht vor, sich mit einer Frau herumzuschlagen, die ihn Fragebögen ausfüllen und seine Hobbys erläutern ließ. Schlimm genug, dass er so etwas im Internet hatte machen müssen.

Hobbys. Wer zum Teufel hatte Zeit für Hobbys? Und was verriet seine Lieblingsfarbe dem Computer darüber, wie seine Traumfrau auszusehen hatte? Abgesehen davon, dass das Ding Schwarz partout nicht hatte annehmen wollen. Außerdem funktionierten Maschinen besser als Menschen. Cole vertraute darauf, dass der Computer die perfekte Frau für seine Zwecke ausspucken und ihm vor die Füße werfen würde. Die Dating- Plattform war für High-Profile Klienten ausgelegt und kostete ihn achthundert Dollar im Monat. Dafür könnte er sich eine neue Krawatte kaufen. Und er mochte Krawatten. Sie hatte also verdammt noch mal gut zu sein!

„Eine Partnervermittlerin steht nicht zur Debatte“, stellte er klar. „Ich möchte dich für diese Aufgabe.“

„Aber warum?“, fragte sie perplex.

Er zuckte mit den Achseln. „Du kennst meinen Terminkalender und weißt, welche Gespräche du verschieben oder ausfallen lassen kannst. Du hast den Überblick darüber, welche Frauen meinem Presse-Image guttun würden und welche nicht. Und du bist die einzige Frau, die ich kenne, die mir ihre ehrliche Meinung verrät.“ Abgesehen vielleicht von seiner Schwester. „Und das brauche ich, um eine passende Ehefrau zu finden.“

„Aha.“ Savannah sah nicht überzeugt aus. Ihr Blick glitt nachdenklich über seine Züge, so als könne sie dort seine gemeinen Hintergedanken finden.

Aber er hatte keine. Savannah nervte, ja, doch sie war klug, ehrlich und eine Frau. Sie war die perfekte Kandidatin, seine Suche zu erleichtern.

„Weißt du", sagte sie langsam, „zumindest eigenständig in die Wüste schicken könntest du deine Dates."

„Ja, das könnte ich", bestätigte er. „Aber das werde ich nicht. Denn ich habe nicht die Nerven und schon gar nicht die Zeit dazu. Ich würde die armen Mädchen wahrscheinlich auch total verschrecken, sodass sie für ihr Leben gezeichnet wären und womöglich nie wieder lieben könnten. Du hingegen: Du hast Nerven aus Stahl! Du hältst sogar dieses absurde Gespräch aus – und das qualifiziert dich ungemein für den Job."

Sie schnaubte. „Es ist kein Job! Es ist eine Zumutung!"

„Eine gutbezahlte Zumutung", erinnerte er sie. „Also, bist du einverstanden?"

„Wieso habe ich nur das Gefühl, dass ich mit einem Ja einen Pakt mit dem Teufel eingehen würde?"

Cole lachte leise. Sie war Realistin. Das gefiel ihm.

„Ich bin nicht an deiner Seele interessiert, Savannah. Nur an deinen organisatorischen Fähigkeiten."

Sie stand auf und strich ihren Rock glatt. „Ich überlege es mir", sagte sie und wandte ihm den Rücken zu. „Ich habe die Ahnung, dass meine Bezahlung bis morgen noch um fünftausend Dollar ansteigen wird. Außerdem hast du in zwei Stunden einen Pressetermin mit Coach Thompson, in dem ihr über eure gemeinsamen Strategien für die kommende Saison redet. Einkäufe, Verkäufe, bla, bla."

Gemeinsame Strategien? Cole hatte Probleme mit dem Wort gemeinsam.

Savannah stieß die Tür auf und wandte sich noch einmal zu ihm um. „Da du sicherlich Probleme mit dem Wort *gemeinsam* hast", sagte sie, „will ich, dass ihr beide euch eine halbe Stunde vorher in meinem Büro einfindet, damit ihr eure Geschichten aufeinander abstimmen könnt. Und außerdem hat die Frau von der *SportsIn* wieder angerufen. Sie möchte unbedingt ein persönliches Interview mit dir – und ein, zwei Kinder sicherlich auch."

Cole verzog das Gesicht. „Hast du ihr gesagt, dass ..."

„... du keine Interviews gibst? Ja, habe ich. Sie war nicht glücklich."

Na, so mochte er Reporterinnen am liebsten.

Cole verabscheute die Presse. Er war mit ihr groß, aber nie warm geworden. Und seit sie seine Schwester praktisch dazu gezwungen hatte, den Staat zu verlassen, konnte er guten Gewissens sagen, dass er jedem Menschen mit Mikrofon und Kamera aus dem Weg ging – zu dessen eigenem Schutz.

„Ach, und du hast drei Einladungen zu diversen Benefizveranstaltungen bekommen, alle von gemeinnützigen Organisationen, denen du eine Menge Geld spendest. Möchtest du hingehen?"

Als ob sie seine Antwort nicht bereits kannte. „Nein, danke."

„Natürlich nicht, denn du spendest ja nur dein Geld, nicht etwa dein Mitgefühl."

Genauso war es. Cole hatte es mit dem Mitgefühl versucht und dadurch fast seine Anwaltslizenz verloren. Seitdem hielt er es für klüger, sich nicht mehr persönlich mit Menschen, denen es schlechtging, zu befassen. Er konnte auch helfen, ohne dass es ihm den Schlaf raubte.

„Danke, Savannah. Auch dafür, dass du den Job annehmen wirst."

Sie schnaubte, schüttelte den Kopf und ging aus der Tür.

Lächelnd lehnte sich Cole in seinem Stuhl zurück und verschränkte die Hände in seinem Nacken. Ja, sie würde ihm helfen. Denn Cole bekam seinen Willen. Immer. Jetzt brauchte er nur noch eine hübsche Ehefrau, die sich mit diesem Umstand abfand und seinem Image nicht schadete. Dann hätte er all die Ziele, die er sich bis zu seinem fünfunddreißigsten Geburtstag gesteckt hatte, erreicht.

Cole war nicht der Meinung, dass man verheiratet sein musste, um glücklich zu sein. Im Gegenteil: Meistens hatte eine Hochzeit eher die umgekehrte Wirkung. Aber das galt nur für die Menschen, die aus Liebe heirateten. Cole machte sich nichts vor: Er war nicht für die Liebe geschaffen. Weder seine Arbeitszeiten, noch sein möglicherweise ein wenig abgestumpftes Herz ließen das zu. Abgesehen davon, dass er nicht an die wahre Liebe, oder wie die ganzen Schmonzetten es auch bezeichnen mochten, glaubte. Liebe war nichts weiter als ein hübsches Wort, das Menschen benutzten, um ihrem Partner leichter ein schlechtes Gewissen einreden zu können. Cole glaubte an sexuelle Anziehung, er war sogar ein Fan von sexueller Anziehung – und er hatte eine Reihe an Ex-Freundinnen, die das bestätigen konnten –, aber er machte immer wieder den Fehler, sich irgendwann mit den Frauen zu unterhalten, mit denen er schlief. Und meine Güte: Es gab so viele dumme, langweilige Menschen da draußen!

Jetzt galt es nur noch, einen zu finden, der ihn nicht ständig nervte, ihm zu nah auf die Pelle rückte oder belehren wollte, sodass er den Rest seines Lebens mit diesem Menschen verbringen konnte.

Er seufzte. Er musste einfach darauf vertrauen, dass Savannah genauso eine Person fand. Irgendeine süße, weiche Frau mit guten Tischmanieren, einer annehmbaren Bildung, einem hübschen Aussehen und keinen allzu großen Erwartungen an eine Ehe. Wie schwer konnte das schon sein?

Sein Telefon klingelte und froh um die Unterbrechung seiner stressigen Gedanken, hob Cole ab.

„Panther", meldete er sich.

„Na Cole, wie läuft die Brautschau?"

Seufzend ließ Cole sich in seinen Stuhl zurücksinken. Er hatte nur einer Person von seiner Entscheidung zu heiraten erzählt – und das war sein bester Freund. Im Nachhinein war das vielleicht nicht die schlaueste Wahl gewesen. Das hatte Cole jedoch erst bemerkt, als Logan ihn bereits ausgelacht und als trauriges Geschöpf bezeichnet hatte. Aber mit irgendwem hatte er diese wichtige Entscheidung teilen müssen und eine Person, die sich zurzeit eintausendzweihundert Kilometer entfernt in Chicago befand, war ihm naheliegend erschienen. Logan konnte ihm seine Idee nicht offensiv ausreden und außerdem nicht von der Presse in eine Falle gelockt werden. Dass Cole es seiner Familie erzählte, hatte ohnehin nie zur Debatte gestanden. Er wusste genau, wie die einzelnen Familienmitglieder auf seine Ankündigung reagiert hätten – und auf das daraus resultierende Drama konnte er verzichten.

Sein Vater würde seine Entscheidung enthusiastisch bejahen und ihm erklären, dass er sich schon vor Jahren eine Frau hätte suchen sollen, die ihn auf Geschäftsessen begleiten konnte. Seine Mutter hätte Zweifel, würde sie aber nie aussprechen und weiterhin ihren Urlaub in den Hamptons genießen, den sie seit sieben Monaten nahm. Seine Brüder würden ihm grinsend erklären, dass keine Frau bei gesundem Menschenverstand sich auf eine Ehe mit ihm einlassen würde – wo Cole ihnen leider Recht geben musste – und seine Schwester würde sich gar nicht äußern, denn sie ignorierte seine Anrufe. Aber darum würde er sich später kümmern.

„Dir auch einen guten Tag, Logan", sagte er langsam und wechselte die Hand, in der er das Telefon hielt. „Alles okay bei dir?"

„Ich kann mich nicht beklagen", stellte sein Freund zufrieden fest. „Das Wetter ist zwar scheiße, aber wenigstens habe ich nicht entschieden, mich für die Ewigkeit zu binden."

„Es ist der logische nächste Schritt in meinem Leben", erklärte Cole, wandte sich mit seinem Sessel um und musterte das leere Baseballfeld, das sich unter ihm erstreckte. Es war Anfang Januar und die Saison würde erst in ein paar Monaten beginnen.

„Weißt du, genau das ist das Problem an der Sache", erklärte Logan. „Du stehst auf Logik – aber das Leben tut es nicht. Und die Liebe schon gar nicht."

Cole schnaubte. Liebe, witzig. „Seit wann bist du denn Verfechter der Liebe geworden? Du kannst das Wort monogam doch noch nicht einmal buchstabieren."

„Was hat denn Liebe mit Monogamie zu tun?", fragte Logan irritiert. „Ich liebe eben alle Frauen und möchte keine vernachlässigen."

Jap. Um über Beziehungen zu sprechen, war Logan der absolut richtige Gesprächspartner. Cole kannte ihn noch aus der Highschool – und schon damals hatte er seine Freundinnen wie andere Socken gewechselt. Dann hätte Cole ja auch gleich mit Jake reden können!

„Jaja, du bist der heilige Samariter, der alle verletzten Frauen vom Wegesrand aufgabelt", sagte er trocken. „Schon verstanden. Weswegen rufst du an?"

„Weil du mir eine kryptische E-Mail geschrieben hast, in der du um sofortigen Rückruf bittest."

Ach ja, richtig. Die ganze Frau-fürs-Leben-finden-Sache hatte Cole kurzerhand seine weiteren Pläne fürs nächste Jahr vergessen lassen. „Was machst du nächsten Frühling?", wollte er wissen.

Für einen kurzen Moment herrschte Stille, bevor Logan verwirrt fragte: „Du bittest mich um sofortigen Rückruf, weil du zusammen mit mir Urlaub machen willst?"

Cole musste grinsen. „So gerne ich auch zweisame Stunden mit dir zusammen auf Mauritius verbringen würde, es geht um Geschäftliches. Hast du für nächsten Frühling einen Auftrag? Sagen wir von Februar bis Ende April?"

„Ich habe diverse Anfragen, aber noch nirgendwo zugesagt. Das Geschäft läuft gut. Wieso fragst du?"

„Weil das Organisations- und Clubhouse aus dem letzten Loch pfeift und ich einen guten Bauunternehmer brauche, der diesen Umstand ändert."

„Ah, und da hast du an mich gedacht? Mir brennt das Herz. Du willst doch nur eine Ausrede, um mich endlich eine Zeit lang in Philadelphia halten zu können."

„Jaja, ich verzehre mich nach dir", sagte Cole trocken. „Kannst du jetzt, oder nicht?"

„Möchtest du das Haus abreißen?"

„Nein, nur grunderneuern. Einige Wände herausschlagen, vielleicht ein kleiner Anbau."

„Schade", sagte Logan enttäuscht. „Ich liebe es, Häuser abzureißen."

Ja, noch mehr als Frauen. „Hör mal, ich weiß, du hattest nie vor, nach Philadelphia zurückzukehren, aber es wäre nur für ein paar Monate und du tätest mir einen riesigen Gefallen damit. Ich habe wirklich keinen Nerv, mir den Pitch von einem inkompetenten Unternehmen nach dem anderen anzuhören. Du würdest mir eine Menge Stress ersparen."

Logan seufzte schwer. „Kommst du mir jetzt damit, dass ich dir immer noch einen Gefallen dafür schulde, dass du deinem Vater damals erzählt hast, du wärst es gewesen, der die viertausend Dollar teure Vase umgestoßen hat?"

„Oh, daran habe ich gar nicht gedacht", sagte Cole überrascht. „Aber ja, guter Punkt."

Logan schnaubte. „Schön. Du zahlst gut. Als ob ich da Nein sagen könnte."

Ja, genau. Logan brauchte dringend noch ein wenig mehr Geld. Damit er sich einen dritten Indoor-Pool kaufen konnte.

„Das höre ich doch gerne." Eine Sorge weniger. „Also, kann ich dir einen Zeitplan, den Umriss des Gebäudes und meine ungefähren Vorstellungen zukommen lassen und du erstellst mir bis nächste Woche ein Angebot?"

„Da hat es aber jemand eilig."

„Zeit ist Geld."

„Nein. Geld ist Geld. Und ich will viel davon. Ich bin teuer, Cole."

Ja, eine Gemeinsamkeit, die sie beide verband. „Schick mir einfach einen Kostenvoranschlag und ich werde ihn prüfen."

„Alles klar. Du hast mir übrigens immer noch nicht gesagt, wie die Brautschau läuft."

Super. Waren sie etwa wieder bei diesem Thema?

„Es verläuft schleppend", erklärte Cole wahrheitsgemäß. „Ich habe es mir einfacher vorgestellt, die perfekte Frau zu finden." Sein Blick fiel auf eine kleine Gestalt, die auf den grünen Teil des Spielfelds joggte. Savannah. Sie hatte in den letzten Wochen öfter ihre Runden auf dem zurzeit unbenutzten Platz gedreht. Immer wenn sie gegen Stress ankämpfen musste. Cole ging davon aus, dass *er* besagter Stress war. Ein Lächeln breitete sich auf seinen Zügen aus.

„Mann, Mann, Mann", sagte Logan auf der anderen Seite. „Du hast den Bezug zur Realität auch völlig verloren, oder? Nur weil du reich bist und die Frauen sich dir an den Hals werfen, heißt das nicht, dass du es einfacher damit hast, eine fürs Leben zu finden."

Aber warum denn nicht?

„Es wird bald alles simpler werden", versprach Cole. „Ich stelle eine Assistentin ein, die mein Liebesleben koordiniert."

„Heiß."

Mhm. War Savannah heiß? Er dachte an die *Nimm mich-Schuhe*, die sie andauernd trug, an die dunklen Haare und Augen. Ja, er schätzte, sie konnte mit *heiß* betitelt werden – solange sie ihren Mund geschlossen hielt. Aber Cole fing grundsätzlich nie etwas mit seinen Untergebenen an. Das brachte nichts als Ärger. Deswegen hatte er nie allzu viele Gedanken an das Aussehen seiner PR-Beraterin verschwendet. Bei der Vorstellung von Savannahs Gesichtsausdruck, den sie bei dem Wort *Untergebenen* bekommen würde, musste er lächeln.

„Jap, sie wird das Ganze für mich vereinfachen." Und vielleicht etwas unterhaltsamer machen.

„Bist du sicher, dass du dir da nichts vormachst?" Logan klang nicht überzeugt. „Noch eine weitere Frau in die Gleichung zu nehmen, kommt mir nicht wie ein guter Plan vor."

Nun, wenn er das so sagte ... Cole fixierte erneut Savannah, die mittlerweile zu kleinen Sprints übergegangen war. Meine Güte, sie musste ja einen denkbar schlechten Tag haben. Jetzt fing sie auch noch an, Hampelmänner zu machen. Sein Lächeln wurde breiter. Ja, Savannah würde seine Suche definitiv amüsanter machen.

„Ich bin mir sicher", sagte er überzeugt. „Mit ihrem Organisationstalent habe ich in wenigen Wochen die richtige Frau für mich gefunden."

Und er betete, dass das stimmte. Er hatte seit zwei Monaten keinen Sex mehr gehabt und sich vorgenommen, dass die nächste Frau, mit der er schlief, seine zukünftige Ehefrau sein würde. Wie hatte er nur vergessen können, dass er ein ungeduldiges, kaltblütiges Arschloch war – und diese Tatsache sich ohne Sex definitiv nicht zum Besseren wenden würde?

Drei

Nachdem Savannah ihre Wut auf Cole Panther eine halbe Stunde lang mit Sprints und Muskeltraining auf dem Baseballfeld abreagiert hatte, duschte sie und ging dann zurück in ihr Büro. Jake Braker, selbsternannter Skandal-Spieler der Delphies, hatte sich zu Weihachten einen Dreier mit zwei Playmates geschenkt – und der Zeitung die dazu passenden Fotos. Das war nun schon eine Woche her, aber die Medien zerrissen sich noch immer das Maul darüber und es wurde Zeit, Gegenmaßnahmen zu ergreifen. Das verhielt sich jedoch schwierig, wenn der schuldige Spieler nicht einsah, dass sein ausschweifendes Privatleben dem Mannschaftsimage schadete.

Savannah ordnete gerade die Artikel, die in der letzten Woche über Jake veröffentlicht worden waren, als es an der Tür klopfte.

„Tritt ein, wenn du nicht Cole Panther bist", rief sie und im nächsten Moment steckte Sam Parker, ihr PR-Kollege, den Kopf ins Büro.

„Savannah, redest du mit Jake über den Dreier?"

Savannah schnaubte. Das fehlte ihr gerade noch. „Warum ich? Rede du mit ihm!"

„Ich möchte aber nicht", sagte er schlicht. „Ich habe schon so viel mit Jake über sein unangemessenes Sexleben geredet, dass ich mir wie sein Therapeut vorkomme. Er hat Angst vor dir, das könntest du zu deinem Vorteil nutzen. Sag ihm, er soll die Hosen anbehalten, sonst versohlst du seinen Hintern."

„Wenn ich ihm das so sage, Sam, könnte er mich wegen sexueller Belästigung am Arbeitsplatz anzeigen."

„Mit dem Risiko wirst du wohl leben müssen. Außerdem hat Jason Collins einen Rassismus-Vorwurf am

Hals, es würde nicht schaden, wenn er demnächst mal in Ryans Armen abgelichtet wird“, fuhr Sam fort.

„Jason ist nicht rassistisch. Er ist nur ein Arsch.“

„Mir brauchst du das nicht zu sagen“, stellte Sam fest. „Sag das dem farbigen Reporter, dem Jason den Mittelfinger gezeigt und das Mikro aus der Hand geschlagen hat.“

„Schön“, seufzte Savannah und machte sich zwei Notizen auf einem Post-it Zettel. Die Liste ihrer Aufgaben wurde immer länger. Sam würde die nächsten Wochen mit den Vorbereitungen für das Trainingscamp und das Mannschaftsbowlen verbringen. Der Rest würde ihr zufallen. Sie sollte Cole absagen. Sie hatte keine Zeit, auch noch seine Probleme zu lösen.

„Gibt es sonst noch was?“

„Ja, hast du Cole schon gefragt, ob er am Mannschaftsbowlen teilnimmt? Der Herr Eigentümer sollte sich endlich mit all seinen Spielern ablichten lassen. Das würde unserer Publicity ganz guttun.“

Savannah seufzte schwer. „Ich werde fragen, aber er wird nicht zusagen.“ Denn Cole war allergisch gegen jegliche Mannschaftsaktivitäten oder einfach generell Dinge, die zu viel Spaß machen könnten.

„Tu einfach dein Bestes. Ich geh’ jetzt nach Hause und bin dann morgen den ganzen Tag nicht zu erreichen. Chloe zwingt mich dazu, mein Handy im Kühlschrank zu lassen, während wir auf Wohnungssuche gehen – sonst bricht sie in mein Büro ein und schreddert alle meine Akten. Ich glaube, sie hat es nicht ernst gemeint, aber ... ich will kein Risiko eingehen.“

Chloe war Sams Freundin, die, nachdem Sam sie zehntausendmal darum gebeten hatte, endlich zugestimmt hatte, mit ihm zusammenzuziehen. Außerdem war Chloe die einzige Person, die ihn zu irgendetwas zwingen oder überreden konnte. Ihre Macht war groß.

„Du bist so ein Pantoffelheld", meinte Savannah kopfschüttelnd.

„Na, du brauchst ja auch keine Angst zu haben. Dein Büro sieht aus, als wäre Chloe schon hier gewesen", schnaubte Sam und wollte die Tür schon schließen, als ein zweiter Kopf im Türrahmen erschein.

„Hey, Cara", sagte Sam, nickte Savannah zu und ließ die rothaarige Frau in Savannahs Büro, bevor er die Tür hinter ihr schloss.

„Hey", sagte Savannah lächelnd und warf die Artikel über Jake auf ihren Tisch, der mit so viel Papierkram, Stiften und Notizzetteln überhäuft war, dass man das Holz darunter kaum noch erkennen konnte. „Ich hatte erst in ein paar Stunden mit dir gerechnet."

Cara Turner, Catering-Beauftragte der Delphies und mittlerweile Savannahs beste Freundin, seufzte schwer und ließ sich in den Stuhl ihr gegenüber sinken. „Ich habe heute Abend einen Auftrag bei einer Charity-Gala und werde morgen damit verbringen, für Samstag zu packen, da dachte ich, hole ich mir mein Geld jetzt schon."

Savannah nickte und kramte nach dem Scheck, der noch für die von Cara gecaterte Silvesterfeier der Delphies ausstand. „Bist du nervös?"

Cara würde Samstag für ein paar Tage zusammen mit ihrem Sohn und ihrem Ex, Tyler, Vater ihres Kindes, auf ein Familientreffen nach Florida reisen. Tyler Brady war Spieler der Delphies und Savannah kannte ihn. Sie trafen sich des Öfteren im Fitnessraum der Organisation. Wenn sie ehrlich war, dann mochte sie ihn. Er war ein netter Kerl – was jedoch nichts daran änderte, dass Cara und er leichte Kommunikationsschwierigkeiten hatten. Savannah meinte genau zu wissen, woran das lag, aber es war nicht ihre Aufgabe, ihrer Freundin die Augen zu öffnen. Noch nicht.

„Klar bin ich nervös", meinte Cara schnaubend. „Aber Danny freut sich unglaublich und Ty und ich kommen im Moment gut zurecht, also … es wird schon schiefgehen." Sie kaute auf ihrer Unterlippe herum und Savannah wartete geduldig darauf, dass sie noch etwas sagte. Denn das würde sie.

„Es ist nicht wichtig, wie ich aussehe, oder?", fragte Cara wenige Momente später.

Überrascht beugte sich Savannah in ihrem Stuhl nach vorne und betrachtete irritiert Caras Pullover und ihre ausgewaschene Jeans. „Was?"

Ihre Freundin hatte sich nie mit schicken Klamotten oder gar hohen Schuhen anfreunden können. Aber das war auch gar nicht nötig. Mit ihrem kurvigen Körper und den roten Haaren müsste Cara schon einen Kartoffelsack tragen, damit Männer sich nicht nach ihr umsahen. Sie war die Einzige, der das nicht bewusst war.

„Es ist egal, wie ich aussehe", wiederholte Cara. „Oder?"

„Ähm … ein wenig Kontext wäre jetzt von Vorteil, denke ich."

„Für das Familientreffen." Cara seufzte und strich sich fahrig ein paar rote Strähnen aus der Stirn. „Ich sollte mir nicht so einen großen Kopf darum machen, wie ich aussehe. Nur weil Ty dabei ist. Er ist mir nicht wichtig. Warum sollte ich hübsch sein wollen? Ich habe ein sehr erfolgreiches Business und ein Kind, um das ich mich kümmern muss. Es sollte mir egal sein."

„Cara, Süße", sagte Savannah sanft. „Du bist Mutter – nicht tot. Es ist vollkommen normal, dass du gut aussehen willst. Selbst wenn Ty dir egal ist. Ich möchte mich einmal kurz zitieren: Ein Kind zu haben, bedeutet nicht, dass du dein Privatleben aufgeben musst. Und ich sag' dir seit Monaten, dass du anfangen solltest, dich mit Männern zu treffen. Ich spiel' auch den Babysitter."

„Ich kann nicht daten! Ich weiß gar nicht mehr, worüber man mit einem Mann redet."

„Über alles, worüber du auch mit mir redest", erklärte Savannah, auch wenn sie zugeben musste, dass es bei ihr selbst eine Ewigkeit her war, dass sie ausgegangen war. Aber sie hatte im Moment einfach keine Geduld dazu, sich auch noch einen Mann zu suchen. „Und du siehst wunderbar aus", fügte sie nach einer kurzen Pause hinzu. „Du bist schön und erfolgreich und jeder Mann könnte glücklich sein, dich als Gesprächspartnerin zu gewinnen."

Cara lächelte matt. „Danke. Aber mich mit Männern zu treffen, steht nicht weit oben auf meiner To-do-Liste."

Das sollte es aber. Sie hatte die letzten sechs Jahre ein Kind großgezogen und ein erfolgreiches Business aufgebaut. Sie verdiente einen liebevollen Mann, der sie liebte und auf Händen trug.

„Ich sag' dir was." Savannah faltete ihre Hände auf dem Tisch und sah sie ernst an. „Mit einem Mann auszugehen, wird dein nachträglicher Jahresvorsatz. Silvester liegt noch nicht weit zurück", schlug Savannah vor und überreichte Cara den Umschlag mit dem Scheck.

Cara verzog das Gesicht und entzog ihr das Papier. „Ich überlege mir das mit dem Mann", sagte sie und wiegte ihren Kopf von der einen Seite zur anderen.

„Nicht überlegen, machen", orderte Savannah. „Wenn du anfängst nachzudenken, ist alles verloren."

„Ich kann das Nachdenken nicht einfach so abschalten."

„Dafür hat der liebe Gott den Alkohol erfunden", belehrte Savannah sie. „Für uns arme, intellektuelle

Frauen, die nicht aufhören können, jedes Wort auf die Goldwaage zu legen.“

Cara verdrehte die Augen, lachte aber.

„Schön. Wenn ich nach dem Familienurlaub des Grauens meinen Vorsatz angehen soll, dann musst du aber auch deinen angehen.“ Herausfordernd hob sie die Augenbrauen in Savannahs Richtung. „Ich weiß, dass du einen hast, auch wenn du mir nicht verraten willst, welcher das ist. Du wolltest den geheimnisvollen Grund, warum du nach Philadelphia gezogen bist, aus dem Weg schaffen. Wieso genau bist du eigentlich hergekommen?“

Savannah öffnete den Mund und schloss ihn wieder. Sie sog ihre Unterlippe ein, spuckte sie wieder aus und seufzte schließlich tief.

Sie hatte niemandem erzählt, weshalb sie eigentlich nach Philadelphia gezogen war. Entgegen der Annahme aller hatte sie Boston nicht des Jobs wegen verlassen. Nein, sie hatte einen Plan gehabt – und seine Umsetzung immer wieder vor sich hergeschoben.

„Ich denke drüber nach“, murmelte sie schließlich. So, wie sie das vergangene Jahr über darüber nachgedacht hatte.

„Über was denkst du nach? Was ist es, das du hier unbedingt tun musst?“

„Ich erzähle es dir ein anderes Mal“, versprach Savannah und spürte, wie ihr das Blut ins Gesicht floss.

Cara sah sie mitfühlend an, kam um den Schreibtisch herum und umarmte sie fest.

„Jeder hat sein Päckchen zu tragen“, murmelte sie. „Und Freunde sind dafür da, die Last zu erleichtern.“

„Ich weiß.“

„Nein, das weißt du nicht“, meinte Cara, löste sich von ihr und sah sie ernst an. „Du redest nicht über deine Probleme. Mit niemandem, nicht einmal mit mir. Aber du kannst es lernen.“

Savannah lachte, auch wenn ihr nicht danach zumute war.

„Deal. Ich lerne, anderen zu vertrauen und du verträgst dich mit Ty und gehst auf ein Date, sobald du aus dem Urlaub zurück bist."

Cara verzog das Gesicht. „Das ist ein Scheiß-Deal. Du führst wirklich eine harte Verhandlung."

Ja, Savannah hatte bei dem Besten gelernt.

„Wir können die Einzelheiten der Abmachung ja Samstag früh erörtern", meinte sie lächelnd. „Das Pfannkuchenfrühstück steht noch?"

Cara nickte. „Ja. Aber ich werde nichts unterschreiben!"

Das würden sie dann ja sehen.

Savannahs Wohnung lag keine drei Straßen vom Stadion entfernt. Und dennoch war der Weg zu lang, um ihn in Zwölf- Zentimeter-High Heels zurückzulegen, weswegen sie meistens ein zweites Paar Schuhe mit sich trug. Der Himmel war bereits tiefschwarz und nur mit vereinzelten Sternen gespickt, als sie endlich ihre Handtasche nahm und das Büro verließ. Sie war zumeist die Letzte, die ging. Mit Ausnahme vielleicht von Cole. Savannah fand nicht, dass sie das zu einem Workaholic machte. Sie hatte schlichtweg nichts Besseres zu tun. Sie hatte kein aufregendes Hobby – und wer hatte bitte die Zeit dafür? –, sie hatte keinen Freund, keine Kinder und kein Haustier. Stattdessen hatte sie eine unnormal große Sammlung an Teesorten, ein Miniaturhaus aus Q-tips und ein Faible für kitschige Liebesfilme. Das mochte sich traurig anhören, aber sie war nicht unglücklich. Sie schätzte ihr stetes und sicheres Leben. Denn sie wusste aus Erfahrung, dass nicht jedem dieses Glück vergönnt war. Wollte sie gerne heiraten und Kinder bekommen? Vielleicht. Hielt sie es für wahrscheinlich, dass sie sich verliebte

und mit ihrem Prinzen in den Sonnenuntergang ritt?
Nein.

Savannah glaubte an die Liebe. Sie war davon überzeugt, dass es Menschen gab, die füreinander geschaffen waren. Aber es fiel ihr schwer, das für sich selbst zu sehen. Sie trug zu viele Altlasten mit sich herum. Sie war eine menschliche Mülldeponie und ziemlich sicher, dass sie nicht dazu in der Lage war, ehrlich und tief zu lieben. Denn es hatte ihr nie jemand beigebracht und sie wusste nicht, wo und wie sie es lernen konnte.

Etwas außer Atem erreichte sie ihren Apartmentblock und, während sie mit der einen Hand die Haustür aufschloss, trug sie in der anderen die High Heels, die sie partout nicht in ihre Handtasche hatte stopfen können, ohne zu riskieren, das Display ihres Handys zu zerstören.

Savannah wohnte im ersten Stock, und als sie schließlich den Flur zu ihrer Wohnung betrat, stand da eine kleine, etwas verloren wirkende Gestalt vor ihrer Tür. Savannahs Herz wurde schwer. Mrs. Bernard war dement und eigentlich kümmerte sich eine Vollzeitpflegekraft um sie, weil sie sich partout weigerte, ins Heim zu gehen. Doch die Pflegekraft war bemerkenswert unaufmerksam und die alte Dame schaffte es immer wieder, sich aus der Wohnung zu stehlen – nur um dann zu vergessen, was sie hatte tun wollen oder wo ihr Zuhause war.

Savannah setzte ein Lächeln auf und hob die Hand zum Gruß, als die grauhaarige Frau, deren Gesicht mehr Linien zeichneten als ein kariertes Blatt, zu ihr aufblickte.

„Oh, Miss Gordon", grüßte sie sie Savannah freudig.

Savannah gab sich nicht die Mühe, die alte Dame zu korrigieren. Sie würde ihren richtigen Nachnamen ja doch wieder vergessen. „Hallo, Mrs. Bernard. Na, haben Sie einen kleinen Spaziergang unternommen?"

Die Frau nickte. „Ja, aber jetzt passt der Schlüssel nicht mehr in meine Wohnungstür", sagte sie sichtlich verwirrt und deutete auf den Eingang vor sich. „Seit fast fünfzig Jahren wohne ich hier und das ist mir noch nie passiert."

„Es tut mir leid, Mrs. Bernard, aber das hier ist meine Wohnung. Ihre ist die gegenüber, erinnern Sie sich?" Savannah ließ ihre Tasche und Schuhe auf den Boden sinken, legte einen Arm um ihre Nachbarin und drehte sie zu ihrer eigenen Wohnungstür. „Sie wohnen in der Nummer 18."

„Oh, mein Sohn hat am 18. Juli Geburtstag. Er ist ein stattlicher Mann, kennen Sie ihn?"

„Ja, ich bin ihm bereits begegnet." Savannah lächelte und klingelte bei Mrs. Bernard an der Tür. Die Pflegerin würde wohl noch drinnen sein.

„Er ist Anwalt", sagte Mrs. Bernard stolz. „Genauso wie mein Enkel. Sie sind wirklich wunderbar. Vergessen nie meinen Geburtstag."

Anwalt. Was hatten denn alle Leute nur immer mit Anwälten? So besonders waren die nun echt nicht. Cole war schließlich auch einer.

„Sie haben wirklich eine tolle Familie", bestätigte Savannah und nahm Schritte hinter der Tür wahr.

„Ja." Mrs. Bernard lächelte so glücklich zu ihr hinauf, dass ein Fremder nie damit gerechnet hätte, dass sie ab und an die Kloschüssel mit dem Wäschekorb verwechselte und ihre dreckigen Unterhosen in die Kanalisation spülte.

„Familie ist das Wichtigste, finden Sie nicht auch?", fragte sie. „Wenn man von Menschen umgeben ist, die einen lieben, kann man nicht viel falsch machen. Als ich meinen Harry kennengelernt habe, habe ich meinen Eltern noch am selben Tag erzählt, dass ich den

Mann fürs Leben gefunden habe. Wir waren Tretboot fahren, als er mir den Antrag gemacht hat, und ich Tollpatsch habe meinen Ring ins Wasser fallen lassen. Aber Harry hat es sich nicht nehmen lassen, ihm sofort hinterherzuspringen. Echte Männer machen sich für die Frau, die sie lieben, nämlich nass!"

Savannahs Mundwinkel zuckten und sie war froh, dass in diesem Moment die Tür aufging. Sie war sich nicht sicher, ob sie einen Mann haben wollte, der sich nass machte.

„Mrs. Bernard, wie sind Sie denn wieder entwischt?", fragte die verdutzte Pflegerin, sobald sie die Situation erfasst hatte. „Danke sehr, Miss Thomas. Ich weiß nicht, was ich ohne Sie machen würde."

„Kein Problem", meinte Savannah kopfschüttelnd.

Mrs. Bernard interessierte sich nicht für die Konversation. Stattdessen sah sie Savannah interessiert an. „Sind Sie verheiratet?"

Jeden Tag dieselbe deprimierende Frage. „Nein, Mrs. Bernard", gab Savannah zu. „Bin ich nicht."

„Mhm." Die alte Dame betrachtete sie unzufrieden. „Sie sind hübsch genug. Sie sollten sich einen Mann angeln. Und wenn Sie ihn gefunden haben, sagen Sie frühzeitig Ihren Eltern Bescheid, damit Sie nicht aus allen Wolken fallen. Meine waren trotz Vorwarnung überrascht."

Das war nichts, womit sich Savannah würde herumschlagen müssen.

„Das werde ich tun", sagte sie dennoch, bevor sie Mrs. Bernard in die Obhut ihrer Pflegerin gab und sich zu ihrer eigenen Haustür umwandte.

Seufzend schulterte sie ihre Tasche, klaubte die Schuhe vom Boden und öffnete ihre Wohnung. Savannah verdiente genug Geld, um sich ein größeres Apartment leisten zu können. Aber mehr Platz würde nur bedeuten, dass sie sich noch einsamer fühlte. Und wer brauchte das?

Sie hatte eine gemütliche Wohnküche, ein geräumiges Schlafzimmer und ein Badezimmer, das beides, Dusche und Badewanne, beherbergte. Das war mehr als genug und immer noch bei Weitem größer als viele der Wohnungen, die sie sich beizeiten mit vier Pflegegeschwistern geteilt hatte.

Savannah hängte ihre Jacke an die Garderobe, die eine Ecke des Wohnbereichs zierte, stellte ihre Schuhe darunter und lief in die Küche, um sich eine ihrer vierunddreißig Teesorten auszusuchen. Cara hatte einmal bemerkt, dass sie sich kleidete wie ein Supermodel, aber lebte wie ein altes Hausmütterchen. Vielleicht war da etwas Wahres dran. Aber Savannahs Äußeres diente nun einmal einem größeren Zweck – es verlangte nach Autorität, Respekt und Distanz – während ihre Wohnung nur dafür diente, sich wohlzufühlen. Wenn sie freie Wahl hätte, würde sie weder Bleistiftrock noch High Heels tragen. Aber die Gesellschaft ließ ihr keine Wahl. Sie war eine Geschäftsfrau und die hatten sich nun einmal zu kleiden, wie sie es tat und zu verhalten, wie es die Branche verlangte, sonst würde sie von der Welt verschluckt und wieder ausgespuckt werden.

Routiniert stellte sie den Wasserkocher an, bevor sie in ihr Schlafzimmer ging, um ihren Arbeitsdress durch Jogginghose und weites T-Shirt zu ersetzen. Während ihr Tee zog, stellte sie den Rest Chinanudeln von gestern in die Mikrowelle und schaltete den Fernseher an. Ihr Blick fiel auf das Haus aus Q-tips, das sie danebengestellt hatte. Stöhnend legte sie den Kopf in den Nacken. Okay, das war vielleicht doch eine Art Armutsbescheinigung und zum ersten Mal seit langem hatte Savannah das Bedürfnis, nicht alleine zu sein. Sie hatte nicht viele Freunde. Sie hatte Arbeitskollegen, mehrere lockere Bekannte, zwei gute Freundinnen, die sie noch aus Boston kannte und mit denen sie allwöchentlich schrieb oder telefonierte, und Cara. Die Köchin schien auf wundersame Weise immer zu wissen, was Savannah gerade beschäftigte. Vielleicht war das der Grund, warum sie innerhalb des letzten Jahres zu ihrer besten Freundin geworden war. Das und die Tatsache, dass Savannah ein Stück von sich selbst in ihr gesehen hatte. Ein Stück von ihrer Unsicherheit, ein Stück von ihrer erzwungenen Selbstständigkeit und ein Stück von ihrer zeitweiligen Einsamkeit. Aber Cara konnte sie nicht anrufen, weil die ja das Essen für irgendeine Charity Gala vorbereitete.

Normalerweise machte es Savannah nichts aus, nur eine Handvoll Menschen zu haben, denen sie vertraute oder von ihrem Leben erzählte. Sie behielt ihre Vergangenheit ohnehin lieber für sich. Das war kein Thema, das man schnell mal mit einer Flasche Wein auf dem Tisch erörterte. Aber heute ...

Familie ist das Wichtigste, finden Sie nicht auch?

Die Mikrowelle gab einen hellen Ton von sich und Savannah zuckte zusammen. Über sich selbst den Kopf schüttelnd, warf sie den Teebeutel in den Mülleimer und holte das heiße Essen aus dem Gerät, um sich damit auf die Couch zu fläzen.

Vielleicht wurde es Zeit, überlegte sie. Cara hatte vollkommen recht. Sie war nicht aus einer Laune heraus nach Philadelphia gezogen. Sie hatte einen Plan verfolgt, den sie sich bis heute noch nicht getraut hatte umzusetzen.

Seit fast zwei Jahren lebte sie jetzt hier ... und seit fast zwei Jahren rannte sie vor der Wahrheit davon. Sie hatte Angst. So unglaubliche Angst, dass sie nachts schweißgebadet aufwachte und nicht mehr einschlafen konnte. Es war leicht, nach außen hin stark zu sein, das hatte sie über die letzten einunddreißig Jahre hinweg perfektioniert. Es war schwerer, sich seine Schwächen einzugestehen. Alles, was Savannah sich in ihrem Leben gewünscht hatte, war ein Zuhause. Und sie war nach Philadelphia gezogen, um es zu finden – nur bis jetzt zu feige gewesen, es zu suchen.

Aber sie trat auf der Stelle, seit Jahren schon. Sie musste wissen, wo sie herkam, um zu lernen, wo sie hinwollte – und wie es der Zufall so wollte, hatte sie schon monatelang darüber nachgedacht, Cole um Hilfe zu bitten. Und jetzt endlich hatte sie ihn in einer Position, in der er ihrer Bitte ohne weitere Nachfrage nachkommen würde.

Sie steckte ihre Gabel in die Chinanudeln und nahm einen Bissen.

Sie würde ihm dabei helfen, seine perfekte Frau zu finden – und er würde ihr dabei helfen, ihre Familie zu finden. Sie hoffte nur, dass sie eine hatte.

***

Manchmal wünschte sich Cole, einfach keine Familie zu haben. In letzter Zeit häufiger als manchmal. Man durfte ihn nicht falsch verstehen, er liebte seine Familie, auch wenn jedes Mitglied auf seine eigene Art eine Herausforderung war, die Cole am liebsten nicht bezwingen würde. Aber als der Älteste von Vieren, fühlte er sich für diverse Dinge verantwortlich. Vielleicht hatte das damit zu tun, dass er schon immer derjenige gewesen war, der wusste, wie man am besten mit ihrem strengen und unterkühlten Vater umging. Vielleicht, weil es schon immer seine Aufgabe gewesen war, auf seine Geschwister achtzugeben, wann immer es seine Eltern versäumt hatten. Er wusste es nicht – aber es war erschöpfend. Doch er war unfähig, dieses Verantwortungsgefühl abzuschütteln und bei Gott, er hatte es versucht. Aber wenn er es nicht tat ... dann würde es niemand anderes tun.

Wenn er seinen jüngsten Bruder Callum nicht daran erinnerte, ab und an seine Wohnung zu verlassen und seinen Algorithmus oder seine Drohne, oder woran immer er auch gerade arbeitete, stehen zu lassen, dann wäre der wahrscheinlich längst verhungert und unfähig, eine vernünftige Unterhaltung zu führen. Wenn er Cooper, den mittleren Bruder, nicht alle paar Wochen zu einem Treffen zwingen würde, wer würde dann sichergehen, dass er sich nicht bei einem seiner Fallschirmsprünge oder Flugmanöver umbringen würde? Und wenn er Callie, Coopers Zwillings- und Coles einzige Schwester, nicht dazu brachte, endlich nach Hause zu kommen ... wer würde dann dafür sorgen, dass es ihr gut ging?

Also ja, er liebte seine Familie. Aber sie war verdammt noch mal anstrengend. Denn Cole war mittlerweile ein gewisses Maß an Respekt gewohnt ... was seinen Brüdern scheißegal war.

„Na, Cole, hast du was Schlechtes gegessen oder warum ziehst du schon wieder ein Gesicht, als hätte jemand in dein Sushi gespuckt?"

„Halt die Klappe, Coop, und lass mich rein. Ist Cal schon da?"

Cooper grinste, nickte und trat beiseite. „So kennen und lieben wir unseren Cole – ein Sonnenschein, der den Raum erhellt."

„Ist Cole da und verbreitet wieder schlechte Laune?", kam eine Stimme aus Coops Wohnzimmer. „Und dafür habe ich mein Projekt, das das Leben Hunderter verschönern wird, alleingelassen?"

„Wenn du das Leben der Menschen verschönern willst, zieh dir einfach einen Sack über den Kopf, Cal", schlug Coop schnaubend vor und schloss die Tür hinter seinem Bruder.

„Wir haben dasselbe Gesicht, Süßer, also hör auf, dich selbst zu beleidigen!", kam es zurück.

„Können wir uns einfach darauf einigen, dass ich der Schönste von uns bin?", schlug Cole vor. „Und ich hoffe, du hast Bier da, ich brauche was zu trinken."

Coop sah ihn mitleidig an und klopfte ihm auf die Schulter. „Du warst der erste Pfannkuchen, Cole. Jeder weiß, dass der erste Pfannkuchen der Hässlichste ist. Und deswegen hast du das Bier nötiger als wir alle."

Er verschwand in der Küche zu seiner Linken, während Cole sich nach rechts wandte, um den letzten Pfannkuchen zu begrüßen.

Insgeheim musste er Callum recht geben. Blaue Augen und schwarze Haare waren nun einmal das Panther-Familienerbe, um das niemand herumgekommen war. Sie drei sahen sich so ähnlich, dass es sinnlos war, ihr Aussehen gegenseitig zu beleidigen – was sie alle nicht davon abhielt, es dennoch zu tun.

Callum saß mit einem Bier in der Hand auf der breiten Ledercouch in Coopers geräumigem Wohnzimmer und stand grinsend auf, als er Cole erblickte. Er trug ein T-Shirt mit einem Ladebalken darauf und schob sich seine Brille höher auf die Nase, bevor er Cole eine brüderliche Umarmung und einen heftigen Schlag auf den Rücken gab.

„Du siehst wirklich gestresst aus", stellte er fröhlich fest. „Hängt Dad immer noch bei dir auf der Arbeit rum und kontrolliert jeden deiner Schritte?"

Ja, aber deswegen war er nicht gestresst. „Mit Dad komm' ich klar, aber danke fürs warme Hallo", meinte Cole, zog sich seine Anzugjacke aus, warf sie über die Lehne und ließ sich neben seinen Bruder in das Polster sinken. „Du siehst aus, als hättest du die letzten drei Nächte nicht geschlafen."

„Nun, das habe ich ja auch nicht", sagte Cal und prostete ihm zu. „Und natürlich kommst du mit Dad klar. Du bist ja auch sein goldener Junge ... bis auf den einen Ausrutscher, über den wir uns übrigens alle in dieser

Familie gefreut haben." Er tätschelte Cole die Schulter. „Hat dich ein bisschen menschlicher gemacht. Wir hatten zwischendurch Angst, dass du deine Seele dem Teufel verkauft hast."

Ja, sein kleiner Ausrutscher riesigen Ausmaßes, wie Callum nur zu genau wusste. Aber mehr Mitgefühl als den Schultertätschler würde Cole von Cal nicht bekommen – Gott sei Dank.

„Meiner Seele geht es gut, danke", murmelte Cole und nahm das Bier entgegen, das der gerade hereingekommene Coop ihm reichte.

„Reden wir über Coles legendären Ausraster?", wollte er neugierig wissen und nahm im Sessel ihnen gegenüber Platz. „Der ist doch ein alter Hase. Fast anderthalb Jahre her, oder nicht? Wir sollten lieber über die neuesten Entwicklungen in Coles Leben reden ..." Coops Grinsen wurde breiter und Cole wurde unwohl zumute. Er konnte doch nicht ...

„Was für neue Entwicklungen?", wollte Callum verwirrt wissen. „Ich dachte, wir beide hätten uns letztens noch darauf geeinigt, dass Coles Leben langweilig ist?"

„Das wird sich möglicherweise bald ändern", versprach Coop und legte eine Hand auf seine Brust. „Denn unser süßer Cole hat vor zu heiraten!"

Ach du Scheiße.

„Was? Wen?", fragte Cal verdattert. „Welche Frau wäre lebensmüde genug?"

Stöhnend legte Cole seinen Kopf über die Lehne und schloss die Augen. Alles, was jetzt noch kam, würde er nicht mitansehen wollen. Um das Hören würde er wohl nicht herumkommen.

„Oh, er hat noch keine Frau. Aber er hat vor, sie in den nächsten drei Monaten zu finden", erklärte Coop neunmalklug. „Er hat sich auf einer Elite-Dating-Seite angemeldet und alles."

Cal brach in Gelächter aus „Ist das dein Ernst, Cole?"

„Woher zum Teufel weißt du das überhaupt?", fragte Cole und richtete sich auf. Wo war sein Bier?

„Von Callie", erklärte sein Bruder grinsend. „Ich soll dir von ihr ausrichten, dass sie gerne Fotos von deinen Bewerberinnen hätte. Ich übrigens auch."

„Du hast Kontakt zu Callie?", fragte Cole fassungslos. Er versuchte seit Wochen, sie zu erreichen! Erfolglos.

„Natürlich habe ich Kontakt zu ihr. Was für ein schlechter Bruder wäre ich, wenn es anders wäre?", fragte er scheinheilig.

Cole schnaubte und leerte sein Bier in drei Zügen. Es war so klar: Wenn irgendjemand wusste, wie es Callie ging oder was sie tat, dann war es Coop. Er beteuerte immer noch, dass Zwillinge übersinnliche Fähigkeiten hatten und er spürte, wenn es ihr schlecht ging.

„Aber woher weiß sie es?", fragte er weiter. Mit dem Callie-Problem würde er sich nachher beschäftigen. „Ich habe es nur einer Person erzählt!"

Cooper winkte ab. „Sie hat es von Logan. Hat ihn wegen irgendeiner rechtlichen Frage angerufen, keine Ahnung, auf jeden Fall –"

„Sie hat *Logan* wegen einer rechtlichen Frage angerufen?", explodierte Cole und knallte seine Bierflasche auf den Tisch. „Der Clown hat drei Semester Jura studiert, bevor er alles hingeschmissen hat, um im Dreck zu spielen! *Ich* bin verdammter Anwalt! Warum kommt sie nicht zu mir?"

Coop verzog das Gesicht. „Sie will nicht mit dir reden, weil sie der Überzeugung ist, dass Dad dich auf sie angesetzt hat – bin ich übrigens auch. Akzeptier es einfach, Cole. Sie will deine Hilfe nicht. Sie will es allein schaffen. Aber ihr geht es gut und sie hat dich trotzdem lieb, wenn dir das hilft."

Nein, verdammt, tat es nicht! Ja, ihr Vater hatte mehrfach angedeutet, dass er Callie gerne zurück in Philadelphia wissen würde. Aber das war nicht der Grund,

warum Cole sie hier haben wollte. So wie es für ihn Zeit
wurde, zu heiraten, war es für sie Zeit, ihre Vergangenheit zu vergessen und nach Hause zurückzukehren.

„Sie ist so ein Dickkopf", murmelte er kopfschüttelnd.

„Na, von wem hat sie sich das bloß abgeguckt?", überlegte Cal gespielt nachdenklich. „Und könnten wir jetzt
noch einmal zu der Tatsache zurückkehren, dass du
dich ewig binden und dein Leben wegschmeißen
willst?"

„Nein, können wir nicht", sagte Cole abgehackt.
„Mein Liebesleben geht euch nichts an."

Schnaubend erhob sich Cooper und nahm Coles
leeres Bier vom Tisch. „Liebesleben! Als ob eine
Hochzeit, in der du der Bräutigam bist, irgendetwas mit
Liebe zu tun hätte. Sag mir nur, dass du es nicht für Dad
tust, der Rest ist mir egal."

Ungläubig sah Cole ihn an. „Glaubst du ernsthaft, ich
würde heiraten, nur damit Dad zufrieden ist?"

„Ja", sagte Coop, ohne mit der Wimper zu zucken. „Du
bist nicht umsonst sein goldener Junge."

Ja, es hatte seinen Grund, warum Cole seinem Vater
eine Menge recht machte. Aber der war nicht, dass er
ihn beeindrucken oder die Worte *Ich bin stolz auf dich*
hören wollte. Er wusste schon seit Jahrzehnten, dass
das unmöglich war. Nein, er war der goldene Junge,
weil einer diese Rolle hatte übernehmen müssen –
damit Clint Panther von seinen anderen Kindern
abließ. Damit Coop, Callie und Cal machen konnten,
was sie wollten, denn Cole war ja da, um den Rest abzufangen. Aber er würde sich hüten, seinen Geschwistern genau das zu sagen. Er hatte seinen Weg vor langer
Zeit gewählt und keine Sekunde lang bereut. Er war zufrieden mit seinem Leben. Er liebte seinen Job, er liebte
die Herausforderung. Es war alles so, wie es sein sollte.

„Ich will heiraten, weil ich lange genug meinen Spaß
hatte und es Zeit wird, sesshaft zu werden."

Cooper hob eine Augenbraue und schüttelte den Kopf. „Na, das ist natürlich der viel bessere Grund. Wenn es Zeit wird", murmelte er und verließ das Wohnzimmer, wahrscheinlich, um Cole noch ein Bier zu holen.

Cole sah ihm nach, bevor er den Blick senkte. Er wusste, dass Cooper nur das Beste für ihn wollte und er nach dem Motto *Morgen könnten wir alle tot sein* lebte und das aus gutem Grund. Cooper würde wohl nur heiraten, wenn er damit den Weltfrieden herbeiführen könnte – und selbst dann würde er es nur sehr ungerne tun. Aber Cole war schlichtweg anders gepolt.

Seufzend fuhr er sich durch die Haare, bevor er mit der Faust über seine Stirn rieb.

„Möchtest du noch irgendetwas loswerden?", fragte er dann an Cal gewandt.

Callum schüttelte den Kopf und ausnahmsweise wurde sein Gesicht mal ernst. „Coop weiß, dass du uns Dad vom Hals hältst", murmelte er. „Er weiß es. Aber Davids Todestag rückt näher und er braucht Callie, um damit umzugehen ... was er ihr natürlich nicht sagt, weil es ihr gerade so gut geht. Und da ist es einfacher für ihn, ein Arsch zu sein."

Cole starrte seinen Bruder an und nickte langsam. Dafür, dass Cal mehr Zeit mit Computern und Technik als mit Menschen verbrachte, hatte er verdammt noch mal gruselig akkurate Einsichten in die menschliche Psyche.

„Also", schloss Cal. „Wenn du heiraten möchtest ..." Er stieß zischend Luft aus. „Dann heirate, Alter."

Wieder nickte Cole – als hätte er sich das ausreden lassen – bevor er nachdenklich wissen wollte: „Callum, weißt du, wo Callie wohnt?"

„Keine Ahnung. Irgendwo an der Westküste. Sie gibt ihre Adresse nicht raus."

Richtig ...

„Mhm." Cole blickte auf. „Hast du nicht gerade eine Drohne an der Westküste?"

Callum legte laut lachend den Kopf in den Nacken. „Du willst Callie eine Drohne auf den Hals hetzen?"

Wenn er musste, ja.

„Du weißt genauso gut wie ich, dass es Zeit für sie wird, nach Hause zu kommen. Sie läuft seit mehr als zehn Jahren weg und am anderen Ende Amerikas können wir ihr nicht helfen. Außerdem ist sie die Einzige, die Coop davon abhalten kann, sich irgendwann doch noch aus Versehen umzubringen."

Callum seufzte, zog sich die Brille von der Nase und putzte sie mit Hilfe seines T-Shirt Saums.

„Cole, ich bin voll auf deiner Seite. Aber sie wird nicht zurückkommen, nur weil wir es ihr befehlen. Es muss ihre Entscheidung sein."

Cole schloss die Augen. Er wusste, dass Cal recht hatte. Aber ... was, wenn sie die falsche traf?

Vier

„Okay, ich mache es", sagte Savannah und stützte ihre Hände auf Coles Schreibtisch. „Allerdings habe ich einige Bedingungen."

Ihr Boss sah von seinem Computer auf und blickte irritiert zu ihr hoch. „Ich kann mich nicht daran erinnern, dich hereingebeten zu haben, Savannah."

„Das solltest du wirklich mal untersuchen lassen", stellte sie besorgt fest und ließ sich in den Stuhl hinter ihr fallen. „All diese Erinnerungslücken sind besorgniserregend."

Diesen Kommentar würdigte Cole mit einem zufriedenstellenden Schnauben.

„Schön, verhandeln wir", sagte er, lehnte sich in seinem Stuhl zurück und verschränkte die Hände in seinem Nacken. Er hatte seine Anzugjacke ausgezogen und der weiße Stoff seines Hemdes spannte sich über seinen Bizeps. Savannah war es schleierhaft, wie er bei seinem Arbeitspensum noch die Zeit dazu finden konnte, die Stemmbank zu drücken, gab aber zu, dass sie sich schon mehr als einmal gefragt hatte, was sich unter seinen wirklich unprofessionell engen Hemden verbarg. Sie würde ihn nicht wie den Sixpack-Typen einschätzen. Eher wie den durchtrainierten, aber nicht zu aufgepumpten ...

„Savannah?"

Sie schreckte auf und blinzelte sich ihre Gedanken aus dem Kopf.

„Ja, verhandeln", bestätigte sie. „Das hört sich gut an."

„Schön", sagte er langsam und sein Blick huschte kurz an seinem Hemd hinab, so als fürchtete er, er habe dort einen Fleck. Nope. Kein Fleck. Savannah hatte lediglich seine Brustmuskeln angestarrt.

„Also", fuhr Cole fort. „Ich bin bereit, zehntausend Dollar hochzugehen, aber dafür erwarte ich, dass du mich auf meine Dates begleitest und mich rettest, falls es schlecht laufen sollte. Ich habe nicht vor, meine Zeit mit Kandidatinnen zu verschwenden, von denen ich nach fünf Minuten weiß, dass sie die absolut Falschen sind."

„Ich soll also nicht nur dein Liebesleben organisieren, sondern auch noch deine Anstandsdame spielen?", fasste sie zusammen.

Cole sah sie düster an. „Mir würden direkt tausend andere Formulierungen einfallen, die du hättest verwenden können, aber ja ... im Groben stimmt das wohl. Wir machen ein Zeichen aus und du rufst mich unter dem Vorwand eines Notfalls oder Sonstigem an, sobald ich es dir gebe."

Savannah seufzte. Dieser Job nahm immer anstrengendere Dimensionen an, aber sie musste Cole zumindest etwas entgegenkommen, damit er ihren Bedingungen zustimmte. „Also, abgesehen davon, dass ein Gentleman sein Handy bei einem Date natürlich ausschalten würde ... in Ordnung. Ich wohne deinen Dates bei und erlöse dich, falls die Frau zu aufdringlich oder uninteressant wird – aber ich will mehr als die zehntausend Euro dafür."

Cole verengte die Augen. „Höher als zwölftausendfünfhundert gehe ich nicht."

„Ich spreche nicht von mehr Geld", stellte sie klar. „Ich will ..." Sie holte tief Luft und strich fahrig mit den Fingern über den rauen Stoff ihres Rockes. „... die Nummer eines guten Privatdetektives."

Coles Augenbrauen schossen in die Höhe. Verwundert sah er sie an. Damit hatte er offensichtlich nicht gerechnet.

„Du warst Anwalt und hast die richtigen Kontakte", fuhr Savannah fort, während sie spürte, wie Blut in ihr

Gesicht stieg. „Ich will den besten Privatdetektiv, den du kennst, und ich will ihn sobald wie möglich. Außerdem darfst du nicht fragen, wofür ich ihn brauche. Das ist meine Bedingung und die ist nicht verhandelbar."

Sie reckte ihr Kinn, während Cole langsam die Arme sinken ließ, bevor er fragte: „Wofür brauchst du einen Privatdetektiv?"

„Ich habe gerade gesagt, dass du nicht danach fragen darfst!"

„Ich habe noch nichts unterschrieben, also, wofür brauchst du ihn?"

Sie presste die Lippen zusammen. „Geht dich nichts an."

„Ein untreuer Freund?"

Sie schnaubte. „Ich habe keinen Freund und wenn ich einen hätte, würde der sich nicht trauen fremdzugehen."

„Mhm." Cole legte den Kopf schief und musterte sie interessiert. „Vermisste Katze?"

„Das Einzige, das ich vermisse, ist ein Stock, aber wo der steckt, habe ich schon herausgefunden."

Coles Mundwinkel zuckten. „Wofür brauchst du den Privatdetektiv, Savannah?"

„Und ich wiederhole", sagte sie laut und deutlich, „das geht dich nichts an. Also, hast du jetzt Kontakt zu jemanden, der was von seinem Job versteht?"

„Ich habe Kontakte zu hunderten guten Ermittlern. Und wenn du mir verrätst, wofür du ihn brauchst, bezahle ich ihn dir sogar."

„Ich passe", sagte sie achselzuckend. „Also: Willst du mich jetzt als Anstandsdame oder nicht?"

„Seit wann bist du so mysteriös?", wollte Cole ehrlich verwundert wissen und der Blick seiner eisblauen Augen war so eindringlich, dass Savannah gerne wegsehen wollte – aber sie riss sich zusammen.

„Ich war schon immer mysteriös, du hast nur nie richtig hingeguckt. Also, willst du …“

„Ich setzte noch heute Abend einen Vertrag auf“, unterbrach Cole sie. „Und du kriegst deine Nummer. Wenn du noch heute anfängst.“

Dass Cole noch heute den Vertrag schreiben würde, wunderte Savannah nicht. Er stand auf Verträge. Es würde sie nicht überraschen, wenn er abends mit einem ins Bett ging. Dass er die Frage, wofür sie einen Privatdetektiv brauchte, einfach so fallen ließ, überraschte Savannah jedoch schon. Es passte nicht zu ihm, dass er nicht versuchte, ihr seinen Willen aufzudrängen. Aber darum konnte sie sich später sorgen.

„Womit soll ich heute anfangen?“, hakte sie nach.

„Ich gebe dir meine Zugangsdaten zu dem Dating Portal und du überprüfst mein Profil und durchkämmst die Anfragen, die ich bekommen habe, nach möglichen Bewerberinnen.“

Durchkämmen. Ganz schön optimistisch. Außerdem fragte Savannah sich, ob Cole wusste, dass er von seiner zukünftigen Ehefrau wie von einer Anwärterin auf einen wichtigen Job sprach.

„Ich weiß nicht, auf welche Art von Frau du stehst“, stellte Savannah fest. „Nach welchen Kriterien soll ich dir deine *Bewerberinnen* zusammenstellen?“

Cole dachte kurz über diese Frage nach, dann zuckte er die Achseln. „Arbeite erst mal nach deinem Bauchgefühl. Nach deinem ersten Versuch kann ich deine Auswahl dann detailliert kritisieren. Ich denke, dir wird sehr schnell klarwerden, wonach ich suche.“

Yeah. Endlich würde sie herausfinden, wie Cole Panthers Traumfrau aussah! Nun konnte sie in Ruhe sterben.

„In Ordnung.“ Savannah nickte. „Aber bevor ich anfange …“ Sie faltete die Hände auf dem Tisch. „Darf ich dir eine persönliche Frage stellen?“

„Ich weiß nicht", sagte Cole nachdenklich. „Eine Minute meiner privaten Zeit ist hundert Dollar wert. Gib mir hundert Dollar und du darfst loslegen."

„Tja, eine meiner Denkanstöße allein ist schon hundertfünfzig Dollar wert", belehrte ihn Savannah. „Du schuldest mir also fünfzig. Die kannst du mir gerne überweisen. Also: Warum willst du dich verkuppeln lassen?"

„Mir wurde versichert, dass alle Angestellten der Delphies intelligent sind, aber ich kann es dir gerne noch einmal langsam und deutlich erklären: Ich will eine Frau finden."

Sie verdrehte die Augen. „Das ist mir bewusst. Aber warum gehst du nicht einfach in eine Bar und findest dort eine? Ich meine, du bist nicht hässlich. Das sollte doch nicht so schwer sein."

Cole hob eine Augenbraue. „Ich bin nicht hässlich? Herzlichen Dank, das werde ich meinem Steckbrief hinzufügen. Millionär und nicht hässlich. Darauf sollten die Frauen fliegen."

Ja, das würden sie.

„Also? Warum suchst du dir nicht selbst irgendeine Frau?"

„Savannah, ich bin ein Panther."

Sie grinste. „So behaart bist du gar nicht."

„Amüsant", bemerkte er trocken. „Was ich sagen will, ist: Ich bin der Sohn von Clint Panther. Ich habe einen Namen. Und die Frau, die ich heirate, muss diesem Namen gerecht werden. Ich suche also nicht *irgendeine* Frau. Ich suche *die* ultimative, perfekte Frau. Eine Frau mit Klasse, makellosem Aussehen und großem Herzen. Eine Frau, die begabt im Smalltalk ist, gute Partys organisieren kann, aber gleichzeitig so emanzipiert ist, dass jeder sie als Vorbild sieht. Nicht zu vergessen eine Frau, die sich nicht jeden Tag nach meiner Aufmerksamkeit und einer Liebesbekundung verzehrt.“

Na, viel Glück dabei! Eine Frau, die seiner Beschreibung entsprach, existierte nicht.

„Du hast ja wirklich sehr genaue Vorstellungen“, sagte Savannah und verengte die Augen. „Und diese Frau …“ Sie beugte sich nach vorne über den Schreibtisch und stützte ihre Ellenbogen darauf ab. „Ist die auch *deine* Traumfrau? Also ist das, was du gerade beschrieben hast, perfekt für *dich* oder nur für die Gesellschaft, beziehungsweise deine Familie?“

„Beides“, sagte er, ohne auch nur eine Sekunde darüber nachzudenken. „Die Familie macht den Menschen, Savannah. Und ich bin nun einmal … ein Panther.“

Savannah presste ihre Lippen aufeinander und zog sich abrupt wieder zurück. *Die Familie macht den Menschen.*

„Das ist Schwachsinn“, flüsterte sie. „Das ist der größte Schwachsinn, den ich je gehört habe. Und meine demente Nachbarin wollte mir heute Morgen erzählen, dass sie gestern Nacht den Weihnachtsmann auf dem Dach des Nachbarn gesehen hat.“

Sie wusste nicht, warum die Worte sie gerade so wütend machten, weil sie aus Coles Mund kamen. Aber Savannah fiel es schwer, nicht aufzustehen und ihn anzuschreien. Er meinte es nicht persönlich. Es war sicher nicht seine Intention gewesen, sie zu beleidigen und dennoch hatte er es getan.

„Der Mensch macht sich selbst zu dem, was er ist“, sagte sie, bemüht ruhig. „Durch jede Entscheidung, die er trifft. Durch jede Hürde, die er überwindet. Durch jeden Schicksalsschlag, den er wegsteckt. Du bist Cole Panther. Schön für dich.“ Ruckartig schob sie ihren Stuhl zurück und stand auf.

„Aber Panther ist nichts weiter als ein Name, Cole. Ein Name, der dir und den Medien und ein paar Frauen, die nach einem Stück Ruhm greifen wollen, vielleicht etwas bedeutet. Aber den Frauen, nach denen du Ausschau halten solltest, könnte dein Name egaler nicht sein."

Sie schluckte und schüttelte den Kopf. Es war irrelevant. Es war seine Entscheidung. Er musste mit der Frau leben, die er sich aussuchte. Savannah atmete tief durch und zwang sich zu einem Lächeln.

„Aber warum sollte dir meine Meinung wichtig sein, nicht wahr?" Sie hob die Hand und wandte sich um, bevor sie „Schick mir deine Zugangsdaten per Mail" sagte und aus der Tür fegte.

***

Savannah brauchte eine halbe Stunde auf dem Laufband und zehn Liegestütze – na gut, fünf, zu mehr war sie nicht in der Lage – um sich abzuregen und anschließend dämlich vorzukommen. Immer, wenn Cole Panther sie nervte, aufregte, nervös oder wütend machte, musste sie erst einmal Sport machen. Für ihre körperliche Gesundheit war Cole also äußerst gut. Für ihre seelische ... darüber blieb zu diskutieren übrig. Zumindest war sie allein im privaten Fitnessraum der Delphies, weil die Mannschaft im Moment nicht im Training war.

Während Savannah hastig duschte, dämmerte ihr, dass sie maßlos überreagiert hatte. Cole hatte nicht wissen können, dass Familie und Herkunft ein sensibles Thema für sie waren. Sie hatte sich nur automatisch selbst mit seiner Aufzählung der perfekten Frau verglichen – und auf ganzer Länge versagt. Und das hatte ihre Wut noch ein wenig mehr angestachelt.

Kopfschüttelnd föhnte sie ihre Haare und blies sich die absurden Gedanken aus dem Kopf. Sie würde sich bei ihm entschuldigen müssen. Es war eine Sache, seine eigene Meinung zu vertreten. Eine andere dagegen, seinen Boss als schwachsinnig zu bezeichnen. Gleichwohl sie das, wenn sie darüber nachdachte, schon zu mehreren Anlässen getan hatte.

Sobald sie jedoch ihren Computer hochgefahren, Coles Zugangsdaten auf Highsociety-Love.com eingegeben und aufgehört hatte, über den Domainnamen zu lachen, vergaß sie ihren guten Vorsatz sofort. Sie brauchte nur einen Blick auf sein Profil zu werfen, um zu wissen, dass eine Menge Arbeit – und *so viel* Spaß – vor ihr lagen. Sie druckte Coles Antworten auf dem Fragebogen der Website aus und verbrachte die nächsten Stunden damit, sie zu studieren und Änderungen vorzunehmen. Als sie schließlich auf die vierunddreißig Anfragen von möglichen Ehepartnerinnen klickte und durch die ersten Profile scrollte, konnte sie nur noch ungläubig den Kopf schütteln. Meine Güte! Gott sei Dank hatte Cole sie zu Rate gezogen. Denn dieser Mann brauchte wirklich Hilfe.

***

Ich war schon immer mysteriös, du hast nur nie richtig hingeguckt.
Cole kratzte sich mit dem Zeigefinger an der Schläfe und seine Mundwinkel zuckten. Der Satz war in seinem Kopf hängengeblieben wie ein Kind am Schaufenster eines Süßigkeitenladens. Er hatte die vergangenen Stunden damit verbracht, den Vertrag aufzusetzen, sich Gedanken um den besten Privatdetektiv zu machen, den er kannte, und ein paar vielversprechende Infielder anzusehen, mit denen er plante, den diesjährigen Kader der Delphies zu erweitern. Aber seine Gedanken kreisten immer wieder um diesen einen Satz, denn ... Sie hatte recht – jetzt, wo er darüber nachdachte.
Er kannte Savannah seit einem Jahr und wusste nichts über sie. Klar, sie war seine Angestellte, er hatte

sich nicht für ihr Privatleben zu interessieren, aber er konnte nicht umhin, sich zu fragen, was Savannah außerhalb der Arbeit für eine Person war. Und was der Grund für ihre vollkommen überzogene Reaktion zu seiner Ankündigung war, er brauche eine Frau, die seinem Namen gerecht wurde. Sie war darüber so aufgebracht gewesen, dass Cole für einen Moment das absurde Verlangen gehabt hatte, ihr über den Kopf zu streicheln und zu versichern, dass er es nicht so gemeint hatte. Seine Reaktion war noch beängstigender als ihre – denn verdammt, er hatte es ernst gemeint und er war kein Mann, der die Wahrheit verschleierte, nur damit jemand anderes sich besser fühlte. Wenn er eines in seiner Kindheit gelernt hatte, dann war es, dass sein Name mit einem Haufen Verpflichtungen einherging. Und die Frau, die er heiratete, musste sich dessen bewusst und dem gewachsen sein.

Aber warum sollte dir meine Meinung wichtig sein, nicht wahr?

Meine Güte, was tat Savannah in seinem Kopf?! Sie hatte da nichts zu suchen. Hätte er ihr etwa sagen sollen, dass sie falsch lag? Dass ihm ihre Meinung wichtig war? Dass das doch der Grund war, warum er sie für dieses Projekt hatte haben wollen? Savannah war ehrlich und direkt. Und diese Art von Mensch war spärlich gesät, gerade für Männer seines Ranges und seiner Position. Die meisten Menschen versuchten, es ihm recht zu machen oder ihm in den Arsch zu kriechen, anstatt ihm mit ernstem Gesicht zu erklären, dass er sich gerade wie ein Arschloch benahm und sein Arschloch-Barometer für heute schon den Höchststand erreicht hatte.

Nicht so jedoch Savannah. Sie schien nicht nur keine Angst vor ihm zu haben, sie schien auch überhaupt nichts von ihm zu wollen. Keine persönlichen Gefallen, keine Zustimmung, keine Erlaubnis. Noch viel faszinierender war, sie schien sie auch nicht zu brauchen – von niemandem. Sie fragte nicht nach Hilfe, sie tat etwas nach ihrem eigenen Ermessen und setzte ihn vor vollendete, aber unglaublich zufriedenstellende Tatsachen, sodass er sich, wenn er sie an einer Aufgabe wusste, um nichts Sorgen machen musste. Und das war eine ganz neue Erfahrung für ihn. Eine Erfahrung, die er mochte. Eine Erfahrung, über die er jetzt schon viel zu lange nachdachte.

Cole stöhnte leise und griff nach der Post, die ihm sein neuer Sekretär auf den Schreibtisch gelegt hatte. Diverse Einladungen zu verschiedenen Galas und Benefizveranstaltungen ragten aus den Briefen heraus. Er hasste es, wenn seine neuen Assistenten nicht wussten, dass sie die vorher auszusortieren hatten. Der Neue würde sich wohl nicht lange halten.

Er überflog die Absender der Briefe, stapelte Din A4 Umschläge, die höchstwahrscheinlich Verträge enthielten, zu seiner Rechten und warf die Einladungen in den Müll – bis er an einem Namen hängen blieb – *Rita Montgomery.*

Stirnrunzelnd riss er den Umschlag auf und starrte auf das rote, schwere Leinenpapier, das dort hinausfiel.

Sexual Assault Awareness Gala stand in großen goldenen Lettern darauf. Es war die jährliche Veranstaltung, die auf die Vielzahl der sexuellen Übergriffe in Amerika aufmerksam machen sollte. Cole öffnete die Karte. Neben dem Datum, der Zeit und dem Ort, an dem die Gala stattfinden sollte, stand noch eine handschriftliche Notiz darin.

Danke für alles. Ich würde mich freuen, wenn Sie kommen. Rita.

Er starrte die Worte an und ließ die Karte auf den Schreibtisch fallen. Sie dankte ihm. Dabei hatte er doch überhaupt nichts tun können. Für einen Moment fuhr er mit den Fingern über die goldenen Lettern, bevor er den Brief zu den anderen in den Mülleimer warf. Er würde nicht hingehen. Er brauchte keine Erinnerung daran, dass die Welt ungerecht war. Das wusste er auch so.

Es klopfte und er zuckte zusammen.

Abrupt blickte er auf und war überrascht, Savannah vor seiner Tür stehen zu sehen – denn normalerweise kündigte sie sich nicht an.

Sie wartete nicht auf eine Antwort, sondern trat ein. Ein Stapel Papier, aus dem lauter bunte Haftnotizzettel ragten, lag in ihren Händen.

Die Glastür schwang hinter ihr zu und mit ernstem Gesicht blieb sie vor seinem Schreibtisch stehen, bevor sie feierlich sagte: „Du hast das unsympathischste Dating Profil, das mir je untergekommen ist."

Hatte er gerade noch behauptet, dass er ihre Direktheit mochte?

Cole ließ von seiner Post ab und fuhr sich seufzend mit beiden Händen durch die Haare. Wenigstens sah sie nicht mehr wütend aus.

„Ich weiß nicht, was du hast", meinte er achselzuckend. „Ich kriege genug Anfragen."

„Ja, weil du reich und gutaussehend bist", klärte Savannah ihn auf. „Aber willst du eine Frau heiraten, die dich nur deswegen möchte?"

Er hatte das vage Gefühl, dass Ja hier die falsche Antwort war. „Möchte ich nicht ...?", sagte er langsam und hoffte, dass es nicht zu sehr nach einer Frage klang. Savannahs Gesichtsausdruck nach zu urteilen, hatte er versagt – was ihn irgendwie dazu veranlasste, zu grinsen. „Savannah, schau mich nicht so an."

„Wie schaue ich dich denn an?"

„Als wäre ich der reinste Chauvinist."

„Und das bist du nicht?", fragte sie ungläubig.

Na ja ... nicht der *reinste*.

„Natürlich sind mir der Charakter und die Intentionen der Frau wichtiger als das Aussehen", erklärte er.

„Aber?", forderte sie sofort.

Ein träges Lächeln breitete sich auf seinen Zügen aus. „Aber es sieht so süß aus, wenn du dich über mich aufregst", sagte er unschuldig.

Savannah blickte ihn düster an und ihre dunklen Augen erinnerten Cole an die Tore zur Hölle. Wenn die Hölle so hübsch war wie ihre Tore, würde er sich dort vielleicht gar nicht so unwohl fühlen.

„Schön, was ist falsch mit meinem Profil?", fragte er als Friedensangebot.

Savannah, die Lippen immer noch zusammengepresst, schüttelte nur den Kopf.

„Was ist *nicht* falsch mit deinem Profil?", stellte sie die Gegenfrage. „Fangen wir doch mit dem Offensichtlichsten an: deinem Profilbild."

Das überraschte Cole. Das Bild war das Einzige, bei dem er sich sicher gewesen war.

„Es ist ein gutes Bild", sagte er verwirrt.

„Es ist dasselbe Bild wie auf unserer Homepage."

„Was ist falsch daran?"

„Du lächelst nicht."

„Und?"

„Und trägst Anzug und Krawatte."

Keines ihrer Worte ergab einen Sinn. „Ich weiß. Ich kenne das Foto."

„Cole, du willst eine Frau finden, keinen Job", sagte Savannah langsam, so als erklärte sie ihm, dass ein Mensch fünf und nicht drei Finger habe. „Auf einem Dating Profil wäre vielleicht ein etwas lässigeres Foto angebracht."

„Aber ich bin nicht lässig", sagte er irritiert. Allein das Wort bereitete ihm bereits eine Gänsehaut. Faulpelze waren lässig.

Savannah lachte. „Na, das brauchen wir den guten Frauen ja nicht gleich unter die Nase zu reiben."

Cole seufzte. Frauen wollten wirklich merkwürdige Dinge. Lässige Männer, die auf einem Foto lächelten? Was waren das für Prioritäten?

„Schön", sagte er schnaubend. „Ich mache ein neues Foto. Was ist noch falsch?"

„Nun, dein Auswahlprofil zum Beispiel", fuhr Savannah fort. „Du nimmst Frauen von zwanzig bis neunundzwanzig? Wer bist du? Hugh Hefner? Kein Wunder, dass dir bis jetzt noch keine gefallen hat. Du hast wahrscheinlich nur Kindergartenkinder gedatet, die mit dir über Justin Bieber reden wollten."

Cole zuckte mit den Achseln. Damit lag sie gar nicht so falsch. Die Frauen, die er bis jetzt getroffen hatte, waren allesamt etwas oberflächlich gewesen. Für zehn Minuten war das ja ganz amüsant, aber nach dem dritten *Instagram ist das neue Facebook*-Kommentar wurde es schon etwas anstrengend. Schön, er gab zu, dass er das Alter seiner zukünftigen Ehefrau möglicherweise noch etwas nach oben setzen sollte. Es war nur …

„Ab einem gewissen Alter wollen Frauen nun einmal Kinder bekommen. Frauen ab dreißig werden anstrengend."

Savannah blinzelte, ihren Mund leicht geöffnet.

„Ich bin einunddreißig."

„Ich weiß", meinte Cole vielsagend.

Savannah zeigte ihm den Mittelfinger.

Er lachte. „Schön, setz das Ganze auf … dreiunddreißig."

„Sechsunddreißig", korrigierte Savannah ihn.

„Sollte das nicht meine Entscheidung sein?"

„Nein", sagte sie schlicht.

Ungläubig sah er sie an.

Sie hob ihre freie Hand abwehrend in die Höhe. „Du hast mich angestellt. Ich nehme meine Aufgabe sehr ernst, ich weiß, was ich tue. Willst du jetzt eine passende Frau finden oder dich nach einem Monat und sechs Tagen wieder trennen?"

Er runzelte die Stirn. „Die Zahl klingt sehr spezifisch."

„Ich habe grob überschlagen, wie schnell es dich langweilen wird, mit nur einer Frau zu schlafen."

„An welchen wissenschaftlichen Erkenntnissen hast du dich denn da orientiert?"

„Ich habe die Zeit genommen, die ich selbst brauche, bis ich mich langweile – und sechs Tage für deine ehrlichen Bemühungen hinzugefügt."

Augenblicklich blitzte ein Bild von einer überhaupt nicht gelangweilten Savannah bei ihren *Bemühungen* in Coles Kopf auf.

Er blinzelte und sein Blick huschte über ihre schwarzen High Heels, ihre Beine, den engen Rock ... er schloss die Augen.

Zwei Monate ohne Sex waren zu lang. Wirklich zu lang.

Mühsam öffnete er seine Lider wieder und starrte auf eine irritiert wirkende Savannah. Sie hatte ihre Lippen mit rotem Zeug vollgemalt. Waren ihre Lippen immer so rot? Wieso war ihm das noch nie aufgefallen?

Großer Gott ... warum fiel es ihm überhaupt jetzt auf?

„Ich brauche etwas zu essen", murmelte er kopfschüttelnd, erhob sich und zog sich seine Anzugjacke über. Ein Drink würde ihm auch nicht schaden.

„Gute Idee", sagte Savannah nickend. Dank ihrer High Heels war sie nur einen halben Kopf kleiner als er. „Den Rest meiner Verbesserungsliste abzuarbeiten, könnte etwas dauern."

Das hatte er befürchtet. Kein Wunder, dass sein Kopf schon automatisch versuchte, sich mit dem Anblick ihren Lippen abzulenken. Cole umrundete den Schreibtisch, lief durch den Raum und hielt ihr die Tür auf.

Er konnte sie „Wenigstens hast du Manieren" murmeln hören, bevor sie vor ihm in den Flur huschte.

Fünf

„Wie kommt es eigentlich, dass ich nichts Persönliches über dich weiß?", wollte Cole wissen, als sie sich im Restaurant um die Ecke an den Tisch gesetzt und der Kellner ihnen Wasser und Speisekarte gebracht hatte.

Die Frage überraschte Savannah so sehr, dass sie sich an ihrem Getränk verschluckte und anfing zu husten. Es war möglich, dass dieser Satz das Persönlichste war, das sie jemals ausgetauscht hatten.

„Wie zum Teufel kommst du denn jetzt darauf?", fragte sie und hielt sich die Faust vor den Mund, um ihr Gegenüber vor möglichen Spucketröpfchen zu bewahren.

Cole öffnete die Speisekarte, doch sein Blick lag weiterhin auf ihr. „Na ja, du hast meinen Steckbrief auf dieser schwachsinnigen Dating Seite gelesen und jetzt besteht ein Informationsungleichgewicht. Ich habe mich gefragt, warum das so ist. Warum weiß ich nichts über dich?"

Savannah lachte. Laut. Sie legte den Kopf in den Nacken und hätte sie wieder Wasser im Mund gehabt, wäre sie nun wohl erstickt. Aber das wäre es wert gewesen. Cole war wirklich ein Spaßvogel.

„Also, erstens", sagte sie außer Atem und schnappte immer noch lachend nach Luft, „der Steckbrief auf der schwachsinnigen Datingseite war in etwa so informativ wie eine Dokumentation über Flusen. Nur noch ein wenig uninteressanter. Zweitens: Dass wir hier zusammen an einem Tisch sitzen und Wasser trinken, ist das Intimste, dass ich dich je habe tun sehen. Drittens: Wenn ich dir etwas erzähle, was nicht mit Verkaufszahlen oder Marketingskandalen oder der nächsten Pressekonferenz zu tun hat, bist du in etwa so aufmerksam wie ein toter Goldfisch ohne Augen und Ohren. Viertens: Natürlich weißt du nichts über mich, Cole! Du interessierst dich nicht für deine Angestellten. Du gehst zu keinem Teamtreffen, du kennst die Namen der Ehefrauen der Spieler nicht, du boykottierst die gemeinsamen Pressekonferenzen, also ... warum überrascht dich das?"

Cole, der sie aufmerksam betrachtet hatte und die Karte nun zurück auf den Tisch sinken ließ, kratzte sich das stoppelige Kinn, die Augen zu konzentrierten Schlitzen verengt.

„Du magst Tee", sagte er schließlich leise. „Ich weiß, dass du Tee magst. Und dein Schreibtisch aussieht, als hättest du deinen toten Hamster dort vergraben. Und du trägst jeden Tag High Heels, ziehst sie jedoch aus, sobald du an deinem Schreibtisch sitzt. Warte, da war noch irgendetwas ... du bist Post-it Fanatikerin. Jap. Du tötest mit deinen Post-its ganze Regenwälder."

Wenn sie ehrlich war, war das mehr, als Savannah ihm je zugetraut hätte. Deshalb hob sie angemessen beeindruckt die Augenbrauen.

„Okay, ich ändere meine Aussage. Du bist so aufmerksam wie ein Goldfisch *mit* Ohren und Augen."

Cole lächelte und Savannah konnte nicht anders, als sein Lächeln zu erwidern. Cole war sehr sparsam mit seinem Lächeln. Fast so, als würde ihm nur eine begrenzte Anzahl pro Tag zur Verfügung stehen. Aber *wenn* er lächelte ... er würde sich vor Anfragen nicht mehr retten können, sobald er sein Profilbild geändert hatte.

Der Kellner kam in ihre Richtung und beinahe abwesend hielt Cole einen Zeigefinger in die Höhe. Der Bedienstete schaltete sofort und zog sich wieder zurück.

Faszinierend. Wie konnte man mit einem Finger so viel Autorität ausstrahlen?

„Was ist schlimm daran, dass ich die Namen der Ehefrauen der Spieler nicht kenne?", wollte er wissen, die Hände auf dem Tisch verschränkt.

„Nichts", meinte Savannah schulterzuckend. „Aber es würde dir nicht schaden, eine etwas persönlichere Beziehung zu deinen Spielern aufzubauen. Dann hätten sie vielleicht nicht alle eine so unglaubliche Angst davor, jeden Moment von dir gefeuert zu werden. Sie sind alle etwas angespannt, seit du die Zügel in die Hand genommen hast. Du arbeitest sehr viel enger mit dem Teammanager und den Trainern zusammen als es dein Vater getan hat und dennoch bist du für die Spieler ein Phantom. Du führst Änderungen durch, die sie alle betreffen – eine Menge davon – und ich könnte mir vorstellen, dass es die Teamdynamik und das Vertrauen in ihre Zukunft und deine Kompetenz stärken könnte, wenn sie den Mann hinter den Entscheidungen kennenlernen würden."

Cole blickte sie steinern an. Etwas in seinem Blick hatte sich geändert. Er hatte das Lächeln verloren.

„Du willst, dass ich mich mehr in die Mannschaft involviere", fasste er zusammen.

Sie nickte. „Nun ja, du könntest zumindest mal zu einer der Teamaktivitäten kommen, die Coach Thompson andauernd organisiert. Dann wärst du wenigstens nicht mehr so unnahbar.

In ein paar Monaten zum Beispiel will er zum Bowling einladen. Du bist ein Mann. Du bewirfst doch sicherlich gerne Plastikfiguren mit schweren Bällen."

Cole schüttelte kaum merklich den Kopf und beugte sich im nächsten Moment über den Tisch.

„Savannah." Seine Stimme war leise und so eindringlich tief geworden, dass sich Savannahs Nackenhaare aufstellten. „Glaubst du, es macht mir Spaß, Leute zu feuern?"

Na ja, wenn sie ehrlich war ...

„Jaja, ich bin ein kaltblütiges Arschloch, geschenkt“, meinte er schnaubend. „Ich lese Zeitung, ich weiß, was über mich gesagt wird und Sam bricht es sicher das Herz, dass ich ihm seinen Posten ablaufe. Aber ich bin ein Arschloch, weil es mein Job ist, eines zu sein. Es ist meine Aufgabe, diese Mannschaft so effizient und erfolgreich wie möglich zu führen. Und das kann ich nicht, wenn ich einen Spieler nicht verkaufe, weil ich ihn *mag*. Ich war sechs Jahre lang als Anwalt tätig und glaub mir, wenn ich dir sage: Je weniger emotional involviert du in deine Arbeit bist, desto besser. Denn wenn du anfängst, für deine Klienten und nicht nur für deinen Fall zu kämpfen ...“ Er lachte trocken und senkte seinen Blick. „Also nein. Ich feuere nicht gerne Leute. Aber ich werde es weiterhin ohne schlechtes Gewissen tun, wenn sie ihren Job nicht vernünftig erledigen. Und ich werde nicht anfangen, mich mit den Spielern *anzufreunden*, nur weil du es netter von mir fändest. Ist das soweit klar?“

Sein Blick fand erneut ihren und das Blau seiner Augen war so kalt und klar, dass Savannah meinte, einen eisigen Luftzug ihren Rücken hinablaufen zu spüren.

War er das möglicherweise mal gewesen? Zu emotional in seine Fälle involviert? Im Moment schien das schwer vorstellbar. Cole war immer so distanziert. So als könne ihn nichts berühren – keine Gefühle, keine Sorgen, keine Finger. Savannah erwischte sich bei dem Gedanken, ihre Hand nach seinem Gesicht auszustrecken. Nur um es auszuprobieren.

„Okay“, sagte sie, räusperte sich und richtete sich in ihrem Stuhl auf. „Ich denke trotzdem, du könntest ...“

„Werde ich aber nicht“, sagte Cole abgehackt und verschwand im nächsten Moment hinter seiner Speisekarte. Damit war dieses Gesprächsthema wohl beendet.

Die nächste halbe Stunde verbrachten sie damit, ihre Gerichte zu wählen und sich über die Kaderänderungen der Mannschaft diese Saison sowie über die dafür notwendigen Pressemeldungen zu unterhalten. Erst als ihr Essen gebracht wurde und Cole seinen ersten Bissen genommen hatte, lenkte er das Thema auf den eigentlichen Grund, warum sie hier waren: den Stapel Papier, den Savannah vorsorglich neben sich gelegt hatte und dessen Post-it-Zettel die Spaghetti auf ihrem Teller berührten.

„Okay, leg los. Optimiere meinen Steckbrief, damit er die perfekte Ehefrau anlockt."

„Bist du sicher, dass du das jetzt besprechen willst?", hakte Savannah vorsichtig nach. „Es könnte deinen Appetit verderben."

„Ich esse ein gegrilltes Käsesandwich. Nichts kann ein gegrilltes Käsesandwich verderben."

Interessante Philosophie. Sie fragte sich, ob er immer noch so denken würde, wenn sie ihre Cola darüber goss. Na, sie würde ihn gleich noch genug aufregen, vielleicht sollte sie ihre Cola besser trinken.

„Okay." Savannah nahm einen Schluck und drehte die Nudeln in ihren Löffel. „Ich muss erst einmal eine essenzielle Frage stellen. Auf die Frage, warum du dich bei dem Dating Portal angemeldet hast, hast du geantwortet: Ich will heiraten. Und auch wenn viele Frauen das als positives Zeichen sehen werden, werden sich die anderen, *klügeren* Frauen die Frage stellen: Warum willst du heiraten?"

Cole zuckte die Achseln. „Es wird Zeit."

Savannah ließ die Gabel sinken und legte eine Hand auf ihre Brust, bevor sie atemlos sagte: „Oh mein Gott! Ich wäre doch gerade tatsächlich beinahe in Ohnmacht gefallen. So romantisch war das."

Cole schien sich nicht im Mindesten angegriffen zu fühlen. Er winkte lediglich ab und meinte: „Es geht mir nicht um Romantik."

„Oh glaub mir, dass ist jeder Frau, die du triffst, klar."

„Umso besser. Sie sollen das richtige Bild von einer Ehe mit mir bekommen."

„Das da wäre ...?", fragte Savannah vorsichtig. Sie hatte Angst vor der Antwort. Sie fürchtete, sie könnte sie dazu verleiten, ihren Boss zu vermöbeln.

„Ich heirate nicht aus konventionellen Gründen. Ich heirate, weil es mir das Leben vereinfacht."

Jap, ihre Hand fing an zu zucken.

„Ich will eine Frau finden, weil ich auf die fünfunddreißig zugehe und es dann immer besser aussieht, wenn man verheiratet ist."

„Inwiefern besser?", wollte Savannah wissen, ihre Fäuste fest auf den Tisch gepresst. Sie wollte die Cola nicht mehr über sein Sandwich gießen. Sie wollte sie in sein Gesicht schütten.

„In der Gesellschaft, im Job, in der Familie. Such es dir aus."

Nein, danke.

„Und warum wartest du nicht darauf, bis du dich verliebst? So wie es alle anderen Leute auch tun?", wollte sie wissen.

Cole sah sie an und ein Lächeln zog an seinen Mundwinkeln. „Es wird dir nicht gefallen, was ich dazu zu sagen habe."

Oh, davon war sie überzeugt.

„Versuch es."

„Nun, ich warte nicht auf die große Liebe, weil ich dieses Konzept für die größte Lüge neben dem Weihnachtsmann halte."

Ihr Mund öffnete sich und sie war froh, noch nicht mit dem Essen begonnen zu haben. „Was? Die Liebe?"

„Die *große* Liebe", korrigierte er sie. „Ich halte das für Schwachsinn. Es gibt kein *Und sie lebten glücklich bis ans Ende ihrer Tage.* Liebe ist ein überbewertetes Konzept. Klar, Menschen können Chemie haben und ihre Hormone zwingen ihnen das Gefühl auf, sie wären verliebt. Aber es gibt so etwas wie den Richtigen nicht. Und ganz ehrlich: Wenn es die Gesellschaft nicht als verwerflich ansehen und ich bei jedem Geschäftsessen gefragt werden würde, ob ich meine Frau mitnehmen wolle, würde ich wahrscheinlich einfach nie heiraten."

Mit großen Augen und offenstehendem Mund starrte sie ihn an. Sie hatte ja geahnt, dass es schlimm um ihm stand, aber das hier ...?

„Was für ein Riesen-Zyniker bist du denn, bitte?"

Er schnaubte und aß seelenruhig weiter. „Willst du mir jetzt erzählen, dass du an den Blödsinn glaubst?"

„Es ist kein Blödsinn und natürlich glaube ich daran!", fuhr sie entrüstet auf. „Es gibt für jeden Menschen da draußen die passende Person. Die eine besondere Person, die seinem Leben einen völlig neuen Sinn gibt. Die eine besondere Person, die ..."

„Oh bitte, mir kommen die Tränen."

„Was ist mit deinen Eltern?", versuchte Savannah es weiter und begann jetzt doch wieder zu essen. Sie musste sich für dieses Gespräch stärken. „Die sind schon seit Ewigkeiten zusammen." Ja, sie hatte sich womöglich über die Panthers informiert, als sie sich für den Job beworben hatte.

Cole nickte. „Ja, aber sie sind absolut falsch füreinander. Es hat seinen Grund, dass meine Mutter Dreiviertel des Jahres in den Hamptons verbringt. Ich bezweifle auch, dass sie sich auf irgendeiner Ebene noch lieben. Sie respektieren sich und das genügt."

Ungläubig schüttelte Savannah den Kopf. Er konnte das nicht ernsthaft denken! Das war inakzeptabel.

„Das ist einfach nur traurig, Cole. Du musst doch daran glauben, dass irgendeines dieser Mädchen, mit denen du dich triffst, die Richtige ist!"

„Oh, das glaube ich. Die Richtige für meine Zwecke. Ich glaube fest daran, dass ich diese Frau finden kann. Aber die Richtige für mich? Die *Liebe meines Lebens?* Nicht so sehr." Er hob die Schultern, so als hätte er gerade bemerkt, dass er vergessen hatte, den Müll rauszubringen.

Savannah steckte sich eine Gabel Spaghetti in den Mund und ihr fiel es schwer, zu kauen. Cole Panther suchte eine Frau. Aus all den falschen Gründen. Und somit konnte er nur jemanden Unpassendes für sich finden! Er brauchte keine Frau, die immer lieb lächelte und seine Geschäftsfreunde unterhielt. Er brauchte eine Frau, die ihm zeigte, dass Liebe verdammt noch mal real war!

Aber wer war sie, darüber zu urteilen? Wenigstens suchte er. Das war mehr als sie tat.

Sie schluckte ihre Pasta herunter und nickte. „Schön. Also hätten wir jetzt etabliert, dass du nicht an die Liebe glaubst und ein Schwachkopf bist. Machen wir weiter." Sie zog ihre Notizen zu sich heran.

„Bei *Was sind Ihre Schwächen* hast du *Ich habe keine Frau* hingeschrieben. Aber das zählt nicht als Charakterschwäche und wenn du jetzt sagst, du hast keine, schreibe ich gleich fünf für dich auf."

Coles Mundwinkel zuckten und er schien kurz zu überlegen, bevor er sagte: „Es ist vielleicht nicht ganz ab vom Schuss zu sagen, dass ich morgens schwer aus dem Bett komme, ungeduldig und beizeiten etwas distanziert, unnahbar und ein Arschloch bin."

Savannah prustete. „Wir nehmen das mit dem Schwer-aus-dem-Bett-Kommen und der Ungeduld. Du musst deine größte Schwäche ja nicht gleich auf den Präsentierteller legen."

Sie notierte sich die Antworten und ging zur nächsten Spalte über.

„Was sind hingegen deine drei besten Eigenschaften?"

Cole runzelte die Stirn. „Ich erinnere mich spezifisch daran, diese Frage beantwortet zu haben."

„Ja, und keine Frau interessiert es, dass dein Zahlengedächtnis atemberaubend ist, du immer pünktlich und unschlagbar in Verhandlungen bist. Das sind keine Eigenschaften! Das sind Fähigkeiten."

Stöhnend legte Cole seinen Kopf in den Nacken. „Warum wollen Frauen das überhaupt wissen? Lass sie doch selbst herausfinden, was meine guten Eigenschaften sind."

Savannah presste die Lippen aufeinander, um nicht anzufangen zu lachen.

„Okay, ich schreibe verlässlich, humorvoll – denn deine Vorstellung hier ist zum Schreien komisch – und redegewandt auf. Kommen wir zu deinen Hobbys ..."

Cole öffnete den Mund, doch Savannah unterbrach ihn sofort.

„Jaja, ich verstehe das", sagte sie. „Wer hat Zeit für Hobbys? Aber dann schreib wenigstens hin, dass du gerne ... keine Ahnung. Was machst du denn gerne? Das Feld leer zu lassen, lässt dich wie einen Workaholic wirken."

„Ich *bin* ein Workaholic!"

Nein, das konnte nicht sein. Denn das würde sie ja gezwungenermaßen auch zu einem machen.

„Es muss doch irgendetwas geben, das du gerne tust", lenkte sie ab. „Abgesehen davon, Verträge aufzusetzen."

Savannah nahm einen Schluck Cola, während ihr Gegenüber angestrengt die Stirn runzelte, bevor er sich ein weiteres Stück seines Sandwiches in den Mund schob und schließlich fragte: „Ist Sex eine legitime Antwort?"

Savannah verschluckte sich und spuckte Cola über ihre Spaghetti.

Cole grinste sie an. „Alles okay da drüben?"

Tränen stiegen ihr in die Augen und sie nickte hustend. „Alles klar", röchelte sie. „Und nein, das ist keine legitime Antwort."

„Aber ich schlafe gerne mit Frauen. Und ich bin gut darin. Klassifiziert sich das nicht als Hobby?"

Und ich bin gut darin. Die Worte hallten in Savannahs Kopf wider.

Gott, warum fiel es ihr nur so leicht, ihm zu glauben? Er sah einfach aus wie ... und sein Körper ... und sein anzügliches Lächeln ...

„Ich glaube nicht, dass es der richtige Weg ist, eine Ehefrau zu finden, wenn du herumposaunst, dass du gerne mit Frauen schläfst."

Das schien Cole zu verstehen. „Damit könntest du recht haben. Wir kommen später auf diese Frage zurück."

Die nächste halbe Stunde verbrachte Savannah damit, sich entweder davon abzuhalten, den Kopf zu schütteln oder laut zu lachen. Es gab keine einzige Frage, die Cole für wichtig, für in irgendeiner Form relevant hielt. Keine Frage, bei der er nicht laut aufstöhnte und sie praktisch darum bat, sich einfach eine Antwort auszudenken.

Am Ende hatten sie einen ausgefüllten Fragebogen vorzuweisen, hinter dem nie jemand den zynischen und pragmatischen Mann vermuten würde, der jetzt gerade vor Savannah saß. Und das war gut so. Denn so würden sich wenigstens noch ein paar Frauen bewerben, die keine Goldgräberinnen waren.

Cole zahlte wie selbstverständlich die Rechnung ihres Essens – und Savannah wehrte sich nicht dagegen, dies war schließlich so etwas wie ein Meeting gewesen und ... Herrgott, der Kerl war Millionär.

Cole reichte ihr, sobald er aufstand, einen kleinen Papierzettel. „Hier“, sagte er. „Die Nummer von Rob Golson, bester Privatdetektiv, den ich kenne. Ich habe dich außerdem angekündigt, er erwartet deinen Anruf.“

„Oh.“ Savannah nahm den Zettel entgegen und starrte die Nummer an. Sie hatte nicht damit gerechnet, dass Cole so schnell sein würde.

„Ähm, danke“, sagte sie verlegen und steckte ihn in ihre Handtasche, die augenblicklich zehn Kilo schwerer zu wiegen schien. „Das werde ich tun.“

Sie spürte Coles neugierigen Blick auf ihrem Gesicht, doch er fragte nicht erneut nach ihren Hintergründen. Gut so.

„Außerdem möchte ich, dass du mir für morgen Abend zwei Dates vereinbarst. Du hast ja jetzt einen ungefähren Überblick darüber, wonach ich suche. Sag beiden Damen, dass ich nur eine Stunde ihrer Zeit benötige und setze die Termine dicht hintereinander, ich möchte nicht unnötig viel Zeit verschwenden.“

Er richtete seinen Hemdkragen, rückte seine Krawatte gerade und deutete ausladend zur Tür. Savannah folgte seiner Geste, und als sie an die frische Winterluft trat, dachte sie, dass Cole vielleicht recht hatte.

Er war kein Arschloch. Er war schlichtweg ein Vollidiot mit vollkommen verquerem Weltbild. Aber daran konnten sie arbeiten.

Sechs

Cole war kein Morgenmensch und das hatte mehrere Gründe.

Erstens: Er ging spät schlafen.

Zweitens: Er war über die Jahre hinweg immun gegenüber Kaffee geworden, trank ihn aber trotzdem wie anderes Wasser. Drittens: Er hasste es, morgens ins Büro zu kommen, nur um zu sehen, dass sich ein Problem nach dem anderen auf seinem Schreibtisch stapelte, das es über den Tag hinweg zu lösen galt. Viertens: Er brauchte kein Viertens, er hasste den Morgen, vor allem, wenn er um sechs Uhr früh beginnen musste!

Das Einzige, was diese abscheuliche Tageszeit noch verschlimmern konnte, war sein Vater, der ihn bereits im Büro erwartete und ungeduldig auf seine Armbanduhr sah.

Cole seufzte innerlich. Es war acht nach sieben. Er durfte acht Minuten zu spät kommen. Er war der verdammte Boss! Aber Clint Panther hatte Probleme damit, seinen Posten zur Gänze abzugeben, gleichwohl er das System meistens sich selbst überlassen hatte. Cole kannte seinen Vater. Er wusste, wie er tickte. Er kannte seine Vorstellungen von Moral und Geschäftssinn. Es stand außer Frage, dass Clint Panther ein guter Geschäftsmann war. Ein hervorragender sogar.

Aber ein guter Vater? Nicht wirklich. Auch wenn er sich in letzter Zeit Mühe gab, gleichwohl Cooper, Callum und Callie das nicht erkannten.

„Dad", sagte Cole und nickte seinem Vater zu. Das war Begrüßung genug. Clint Partner umarmte Leute nie. Er tat es einfach nicht. Cole hatte bei seinem Abschluss der Harvard Law einen Schulterklopfer von ihm bekommen – und über diesen historischen Moment redeten seine Geschwister noch heute.

„Cole, du bist spät", sagte er und deutete unnötigerweise mit seinem Zeigefinger auf die Armbanduhr.

„Ich hatte regen Verkehr." Und keine Lust aufzustehen. Cole arbeitete hart und arbeitete lang – aber er zog den Abend lieber nach hinten in die Länge, als den Tag früh zu beginnen. Das hatte Panther Senior noch nie verstehen können.

Er ging an seinem Vater vorbei, öffnete die Tür zum Büro und schritt zu seinem Schreibtisch. Clint folgte ihm.

„Ich habe gestern Abend noch von Parker die groben Zahlen für die kommende Saison erhalten", sagte Clint und allein der bemüht ruhige Ton, den Cole aus der Stimme seines Vaters heraushörte, bedeutete ihm, dass er mit den Zahlen nicht zufrieden war.

„Die Summe, die du bereit bist, für den Transfer von Rodriguez zu bezahlen, ist unerhört hoch!", kam er direkt zum Punkt. „Das hätte ich nie so abgesegnet."

Cole zuckte die Schultern, ließ sich auf seinen Schreibtischstuhl sinken und schaltete den Computer ein. „Er ist es wert."

„Du könntest für das Geld noch zwei Rookie-Pitcher kaufen!", bellte Clint Panther.

Kopfschüttelnd zog Cole seine Tastatur heran. „Wir haben gute Rookies. Gerade Pitcher. Wir haben Cade Siegel und Jason Collins. Sie werden in ein paar Jahren an Luke Carter heranreichen, wenn nicht sogar besser sein."

„Man kann nie genug Pitcher haben!"

„Dad, wann haben die Delphies das letzte Mal die World Series gewonnen?", wollte Cole wissen und ging den Stapel von wichtigen Neuigkeiten durch, den sein Sekretär ihm jeden Morgen auf den Tisch zu legen hatte.

„Ich weiß es nicht genau, wieso ist das wichtig?“

„Es war vor fünfzehn Jahren. Vor fünfzehn langen Jahren! Und ich habe vor, das dieses Jahr zu ändern. Aber dafür brauche ich Jimmy Rodriguez, den verdammt besten Schlagmann der Liga – und er ist nun einmal teuer. Aber jeden Dollar wert.“

Cole öffnete einen schmalen, weißen Brief, der als Betreff Jake Brakers Vertrag angegeben hatte. Jake Braker war Third Baseman der Delphies und der verdammt beste noch dazu. Abgesehen davon kannte Cole ihn schon ewig, aber es war besser, dass die Spieler dies nicht wussten. Sonst würden sie ihm noch eine Sonderbehandlung des Sechsundzwanzigjährigen vorwerfen. Cole überflog die Zeilen, während sein Vater seine Tirade darüber, dass jetzt nicht die Zeit war, Geld voreilig einzusetzen, fortführte.

Cole hörte nicht richtig zu. Er war am letzten Absatz des Briefes angekommen und verzog das Gesicht. Shit. Das Schreiben war von Jakes Agenten und machte Cole *nicht* glücklich. Das konnte nicht sein Ernst sein!

„... Frage ist doch, ob Rodriguez Fans ins Stadion bringen wird“, sagte Clint gerade, als Cole seine Aufmerksamkeit gezwungenermaßen wieder auf ihn lenkte. „Und das sehe ich einfach nicht. Er ist gut, keine Frage, aber –“

„Dad“, unterbrach Cole ihn und ließ den Brief achtlos auf den restlichen Papierkram fallen. Sein Vater musste gehen. Cole hatte Arbeit zu erledigen.

„Ich weiß deine Ansichten zu schätzen, aber es ist *mein* Job. Ich mache ihn mittlerweile länger als ein Jahr und ich habe von dem Besten gelernt.“ Er warf seinem Vater einen vielsagenden Blick zu. „Also, könntest du mir in dem Bereich einfach vertrauen?“

Der Mund seines Vaters hatte sich zu einer dünnen Linie geformt. Ein schlechtes Zeichen und Cole wusste bereits, was jetzt kommen würde.

„Du weißt genauso gut wie ich, dass ich dir die Mannschaft erst zu deinem fünfunddreißigsten Geburtstag überlassen wollte", bellte sein Vater. „Die neuen Entwicklungen deines Arbeitsverhältnisses hatten mich dazu gezwungen, den Zeitplan anzuziehen."

Ja, und er wurde nicht müde, Cole daran zu erinnern. Als wüsste er nicht, dass er seine Anwaltslizenz verloren hätte, wenn sein Vater nicht derjenige wäre, der er nun einmal war.

„Dad", sagte Cole und lächelte. Nicht dass sein Vater auf Lächeln positiv reagierte, aber so fiel es Cole leichter, einen höflichen Ton zu bewahren – und der war bei Clint Panther von essenzieller Wichtigkeit. „Ich habe Scheiße gebaut, du hast mir geholfen, ich bin dir dankbar. Das weißt du. Aber du hast mir beigebracht, dass es wichtig ist, auf den eigenen Instinkt zu vertrauen. Und mein Instinkt sagt mir, dass wir mit Rodriguez den beschissenen Pokal gewinnen werden."

„Mhm." Offenbar besänftigt darüber, dass Cole ja doch nur nach seinen Anweisungen handelte, nickte Clint. „In Ordnung. Wenn du das mit den Coaches besprochen hast ..."

„Habe ich", versicherte ihm Cole und hoffte, dass sein Vater nicht bemerkte, wie er in seiner Hand Jakes Brief zerknüllte. Ja, er wusste, wie er am besten mit seinem Vater umging. Was nicht hieß, dass es einfach für ihn war.

„Gut. Was ist mit deiner Schwester, hast du sie schon erreicht?"

„Nein, sie will nicht mit mir reden."

Deinetwegen.

„Hast du ..."

„Coop gefragt? Habe ich. Er hat mir gesagt, dass sie mich absichtlich ignoriert."

„Ach so." Clints Augenbrauen zogen sich zusammen und Coles Herz wurde eine Spur schwerer. Er wusste, dass sein Vater sich schuldig fühlte, weil er bei Callies Erziehung deutlich mehr verpasst hatte als bei den Jungs. Aber Clint war es schon immer sehr viel schwerer gefallen, mit seiner Tochter umzugehen, die so anders war als seine Söhne – das wusste Cole und das wusste Callie. Aber ändern tat das nichts.

Clint räusperte sich. „Geht es ihr gut?"

„Coop meint ja."

Schweigend sahen die beiden sich an und vielleicht dachte sein Vater dasselbe wie er. Dass niemand je wusste, was in Callie vor sich ging – mit Ausnahme von Coop. Doch der war nicht da gewesen, als damals alles den Bach heruntergegangen war, und keiner der anderen hatte es kommen sehen.

„Ich werde sie zurückholen", versprach Cole leise. „Sie wird nach Hause kommen."

Clint nickte knapp. „Lass mich nur mit deinem Bruder reden. Ich will Callie ein Angebot machen und auf ihn hört sie."

Ja, aber ob Coop auf seinen Vater hörte?

„Danke, Cole." Panther Senior hob kurz die Hand, bevor er hinzufügte: „Und jetzt geh an die Arbeit", und aus dem Büro verschwand.

Cole sah ihm für einen Moment nach und blickte dann auf den zerknüllten Brief unter seiner Faust. Dies würde ein anstrengender Tag werden. Dabei zählte er die zwei Dates, die Savannah ihm heute Abend organisiert hatte, noch gar nicht dazu.

***

„Ich liebe deine Pancakes. Liebe, liebe, liebe sie", stöhnte Savannah und ließ sich das letzte Stück des süßlichen Teiges auf ihrer Zunge zergehen.

„Oh Gott, nicht du auch noch", sagte Cara entrüstet und zog ihr den Teller weg. „Ich bin eine Spitzenköchin und alles, was mein Sohn von mir will, sind meine Pancakes! Das ist degradierend.“

„Ich mag auch deinen Bacon ...“, sagte Savannah versöhnlich.

Cara schnaubte. „Das ist nicht hilfreich!“

Als hätte ihr Sohn gehört, dass sie über ihn redeten, steckte Danny sein kleines, rundes Gesicht in die Küche. Er war fünf und sah mit seinen braunen Augen und braunen Haaren aus wie ein Miniaturklon seines Vaters. Zumindest behauptete Cara das immer.

„Mom, wo ist mein Pyjama mit den Rennautos drauf?“, wollte er wissen und verzog unzufrieden sein Gesicht.

„Den habe ich schon in den Koffer gepackt, Peanut“, sagte Cara lächelnd.

„Okay, denn ich muss üben.“ Danny nickte ernst und Savannahs Herz schmolz zu einer Pfütze aus Schokopudding.

„Dannys Kindergartengruppe veranstaltet bald ein Seifenkistenrennen“, erklärte Cara Savannah schmunzelnd. „Wenn er seinen Rennauto-Pyjama trägt, kann er logischerweise auch im Traum üben.“

Savannahs Mundwinkel wollten sich selbstständig machen, doch sie kämpfte dagegen an.

„Das ist ein guter Plan“, bestätigte sie und entlockte Danny somit ein strahlendes Milchzahnlächeln.

„Ja, ich werde der Schnellste und Beste sein. Dad sagt, er baut die beste Kiste aus Seifen von allen.“

Es war eindeutig, dass Danny von dem Können seines Vaters überzeugt war, und für einen kurzen Augenblick meinte Savannah einen wehmütigen Blick auf Caras Gesicht zu entdecken. Doch der Ausdruck war so schnell wieder verschwunden, dass sie sich ihn auch hätte einbilden können.

„Ich bin mir sicher, dass dein Dad einen hervorragenden Job machen wird“, bestätigte Cara und zerzauste Dannys Haare. „Außerdem wird er bald hier sein, also geh nach oben und putz deine Zähne, okay? Und dann packen wir zusammen all die Schaufeln ein, die du unbedingt mitnehmen willst."

Das Leuchten auf Dannys Gesicht wurde gleich noch ein wenig heller. „Ja", sagte er wild nickend. „Und dann esse ich noch mehr Pancakes."

„Na, darüber reden wir dann noch", sagte Cara lächelnd und gab ihm einen Kuss auf die Wange. „Ich hab' dich lieb, Peanut."

Danny lächelte breit. „Ich hab' dich lieber."

„Ich hab' dich lieber als Schokoladenpudding", sagte Cara ernst.

Er prustete. „Ich hab' dich lieber als Fußball."

„Ich hab' dich lieber als meine Küche."

Ihr Sohn sah angemessen beeindruckt aus, bevor er flüsterte: „Ich hab' dich lieber als *alles*."

Cara seufzte gespielt enttäuscht. „Also, dagegen kann ich nicht ankommen. Du hast gewonnen."

Savannah musste lächeln, als Danny mit einem Triumphschrei aus der Küche rannte, die Arme über den Kopf ausgestreckt. Egal, wie lange es her war, dass Cara sich mit einem Mann getroffen hatte, sie würde nie allein sein. Sie hatte Danny. Ihre Familie. Denn Mrs. Bernard hatte recht: Die Familie war nun einmal das Wichtigste.

Bei diesem Gedanken wurde Savannahs Hals eng. Sie vermisste das Gefühl, zu jemandem zu gehören – auch wenn sie es noch nie empfunden hatte. Sie wollte Menschen vertrauen und sich auf sie verlassen. Aber noch nie hatte ihr jemand Anlass dazu gegeben, das für ein gutes Vorhaben zu halten.

„Also, ich habe darüber nachgedacht", riss Cara sie aus ihren Gedanken. „Und du hast recht: Ich sollte mein Privatleben ausbauen. Das ist mein Jahresvorsatz und sobald ich aus dem Urlaub zurück bin, werde ich ihn angehen. Und du wirst mir dabei helfen." Sie richtete warnend einen Zeigefinger auf Savannah. „Denn du bist schuld, dass ich mich plötzlich nach etwas mehr Aufregung sehne. Mein Leben sollte aus mehr bestehen als aus Ninjas, Legoburgen und Joghurtresten, die ich vom Boden wischen muss."

Savannah räusperte sich, um den Kloß loszuwerden, der ihr immer noch auf Herz und Lunge drückte. „Schön. Diese Verantwortung nehme ich gerne auf mich. Was ist dein erster Schritt?"

„Nächste Woche Samstag gehen wir was trinken", sagte Cara bestimmt. Sie hatte offenbar schon näher darüber nachgedacht. „Ich werde auch noch ein paar der anderen Mädels fragen, ob sie mitkommen wollen – und dann werden wir Cocktails trinken und mir einen Mann suchen, mit dem ich auf ein Date gehen kann."

„Okay." Savannah nickte. „Hört sich nach einem bombensicheren Plan an."

„Sehe ich auch so", sagte Cara selbstzufrieden. „Also blockierst du den Samstag?"

„Ja, ich ..." Erst jetzt fiel Savannah auf, dass Cole möglicherweise von ihr erwartete, dass sie ihre Wochenenden freihielt, damit sie auch dort Babysitter für seine Dates spielen konnte.

„Was, du?", fragte Cara vorsichtig. „Du musst mitkommen! Es war deine Idee, dass ich anfange, wieder auszugehen."

„Ja, ich weiß, natürlich bin ich da", sagte Savannah und winkte ab. „Es könnte nur sein, dass ich an dem Abend schon verplant bin. Aber das werde ich dann verschieben."

„Was hast du denn möglicherweise vor?", fragte Cara verwundert. Eigentlich sollte Savannah sich beleidigt fühlen, weil ihre Freundin sich so überrascht anhörte, aber wenn sie ehrlich war, dann fand sie es selbst etwas merkwürdig, dass sie an einem Samstagabend so etwas wie eine Verabredung haben könnte. Auch wenn sie arbeitsbedingt war.

„Oh, ich muss vielleicht auf ein Date", sagte Savannah und winkte ab.

Cara bekam große Augen. „Ein Date? Und du erzählst mir nichts?", fragte sie ungläubig. „Mit wem?"

„Cole Panther."

„Du gehst auf ein Date mit Cole Panther?!" Caras Stimme war mehrere Oktaven in die Höhe gerutscht und ihr Mund stand so weit offen, dass Savannah ihre Faust dort hätte hineinstopfen können.

„Oh nein!" Sie bemerkte zu spät, wie sich das hatte anhören müssen. „Nein, nein. Ich begleite Cole auf ein Date, das er mit einer anderen Frau hat", korrigierte sie sich hastig. „Aber für nächsten Samstag ist noch nichts fest geplant, deswegen kann ich den Termin auf jeden Fall für dich freihalten."

Mehrere Fragezeichen bildeten sich auf Caras Gesicht. „Ich verstehe kein Wort. Was soll das heißen? Treffen die reichen Leute von heute sich nicht mehr allein mit ihren Dates? Falls ihnen der Gesprächsstoff ausgeht oder sie kurz ans Telefon müssen?"

Savannah lachte und streckte ihre Beine unter dem Tisch aus. „So ähnlich ...", meinte sie, bevor sie Cara kurz den Job erklärte, den sie für die nächsten drei Monate einnehmen würde.

Cara lauschte ihr kopfschüttelnd. Je genauer Savannah ihren Job erläuterte, desto mehr verengte ihre beste Freundin die Augen.

„Das heißt, Cole will heiraten, weil es seinem Image guttun würde?", schloss Cara, als Savannah mit ihrer Geschichte geendet hatte. Sie sah alles andere als überzeugt von diesem Plan aus. Nun, da waren sie schon zwei.

„So in etwa."

„Und du willst ihm dabei helfen, den größten Fehler seines Lebens zu begehen?"

„Jap und vierzigtausend Dollar kriege ich auch noch dafür."

„Hmh." Cara schien beeindruckt. „Wenigstens zahlt er dann wortwörtlich für seine Dummheiten. Es wundert mich fast, dass er sich nicht einfach eine Frau kauft."

„Ich glaube, er möchte, dass seine Ehefrau Englisch spricht", mutmaßte Savannah. Aber sicher war sie sich nicht.

„Es ist ärgerlich, oder?", überlegte Cara und nippte an ihrem Tee.

„Was?"

„Cole ist ein intelligenter, gutaussehender und wie ich von dir höre, humorvoller Typ. Auch wenn ich das bis heute nicht glauben kann. Aber vielleicht verstehe ich seinen Humor nicht, weil er mir eine solche Angst einjagt. Egal – auf jeden Fall verlieren die guten Frauen ihn nun an eine billige Goldgräberin, die vernünftig mit Messer und Gabel umgehen kann. Dabei wäre er ein solcher Fang. Das ist eine echte Verschwendung, findest du nicht?"

Savannah runzelte die Stirn und dachte über Caras Worte nach. So hatte sie das Ganze noch gar nicht gesehen. War Cole ein guter Fang? Klar, er sah gut aus. Er hatte Geld. Er war nett, wenn er gerade kein Arschloch war. Man konnte sich gut mit ihm unterhalten. Er war intelligent und wie Savannah gestern gelernt hatte, gar nicht so unaufmerksam wie von ihr angenommen.

Ich schlafe gerne mit Frauen. Und ich bin gut darin.

Röte kroch Savannahs Wangen hinauf, als ihr kurzzeitig wirklich unangebrachte Bilder von ihrem Boss in den Kopf sprangen. Sie räusperte sich. „Ich schätze schon. Es ist traurig für die guten Frauen. Irgendwie.

Aber wenn er nicht darauf warten will, sich zu verlieben?“

Cara winkte ab. „Ach, die Männer wissen doch gar nicht, was sie wollen. Schau dir die ganzen Baseballer an. Tönen groß rum, dass sie für immer allein bleiben werden und sie ihr Singleleben genießen. Und jetzt? Luke trägt den Namen Ehemann und hat das erste Kind auf dem Weg. Dex versucht immer noch erfolglos, Kaylie dazu zu überreden, ihn endlich zu heiraten. Sam, der Eisklotz, ist zu einer verliebten Pfütze geschmolzen und Ryan küsst den Boden unter Grace’ Füßen.“

Savannah schmunzelte, denn es stimmte. „Was ist mit Jake?“

„Ausnahmen bestätigen die Regel“, meinte Cara schulterzuckend. „Alles, was ich sagen will, ist: Man muss den Männern nur einen kleinen Schubs in die richtige Richtung geben.“

Savannah bezweifelte, dass man Cole auch nur einen Millimeter weit in eine Richtung bewegen konnte, in die er partout nicht wollte. Wahrscheinlicher war es, dass er allen Männern glaubhaft verklickerte, dass sie sofort mit ihren Frauen Schluss machen sollten. Der Mann konnte einfach so verdammt überzeugend sein. Savannah hatte ihn bereits verhandeln sehen und er war verdammt noch mal beeindruckend. Er konnte wahrscheinlich jede noch so intelligente Frau dazu überreden, dass es eine wunderbare Idee war, ihn zu heiraten und die Liebe ohnehin ein veraltetes Konzept war.

„Aber lass uns über dich sprechen“, wechselte Cara abrupt das Thema. „Ich werde anfangen, mit Männern auszugehen – was tust du, um deinen mysteriösen Neujahrsvorsatz umzusetzen? Und was genau ist dieser Vorsatz überhaupt?“

Savannah schluckte und dachte an die Telefonnummer in ihrer Handtasche, die ein Loch durch das Leder brannte. Sie wollte schon abwinken und erklären, dass es nicht so wichtig sei, als sie noch einmal innehielt.

Familie ist das Wichtigste, finden Sie nicht auch?

Sie schloss die Augen und atmete tief durch. Es war ungewohnt für sie, aber ... sie wollte darüber reden. Sie *musste* darüber reden. Und mit wem besser, als mit Cara, der einzigen Familie, die sie je gehabt hatte. Ihre Freundin hatte recht. Es wurde Zeit, dass sie lernte, jemandem vollkommen zu vertrauen. Und Cara würde sie nicht enttäuschen.

„Ich habe mir an Silvester vorgenommen, endlich meine leiblichen Eltern zu finden", sagte sie hastig. „Das Einzige, was ich weiß, ist, dass ich in Philadelphia geboren wurde, weswegen ich hergezogen bin, um meine Suche zu starten. Aber dann hatte ich einen neuen Job, eine neue Stadt ... und zu große Angst, um es je zu tun. Aber jetzt habe ich einen Privatdetektiv und werde sie suchen, um zu sehen, was sie für Menschen sind und sie zu fragen, warum sie mich abgegeben haben. Bei meiner Mutter fange ich an."

Sie verstummte, ihren Blick auf Cara gerichtet, die perplex zurückstarrte. Savannah wusste warum. So viele persönliche Informationen auf einmal hatte sie noch nie von sich preisgegeben.

Im nächsten Moment veränderte sich Caras Blick, und auf einmal lag so viel Mitgefühl darin, dass Savannah gerne weggesehen hätte.

„Du wurdest adoptiert?", fragte Cara leise, beinahe vorsichtig.

Müde lächelnd schüttelte Savannah den Kopf. „Nein, ich wurde nicht adoptiert. Ich wurde von Pflegefamilie zu Pflegefamilie geschifft, bis ich alt genug war, meine eigenen Entscheidungen zu treffen."

„Das hast du mir nie erzählt", flüsterte ihre Freundin und ihre Augen glänzten verdächtig.

Savannahs Kehle wurde eng. „Schau mich nicht so an, Cara", bat sie.

Mitleid war das Letzte, was sie wollte. Sie war gut zurechtgekommen. Sie brauchte keine Hilfe. Sie wusste, dass sie alles allein schaffen konnte. War das denn nichts wert?

Sie mochte vielleicht keine Eltern haben, die ihr zum Collegeabschluss gratuliert hatten oder ihr erzählt hatten, wie stolz sie waren. Sie hatte vielleicht keinen Vater, der sie bei ihrer Hochzeit zum Altar führen würde oder eine Mutter, die sie anrufen konnte, wenn sie in ihrem Leben nicht weiterwusste. Aber das wollte sie doch auch gar nicht. Sie bildete sich nicht ein, dass sie ihre Eltern fand und sie plötzlich zu der Familie wurden, die sie sich als Kind so sehnsüchtig gewünscht hatte. Alles, was sie wollte, war zu wissen, wo sie herkam. Damit sie endlich herausfand, wo sie hinwollte.

Sie musste es wissen. Warum sie nicht gewollt worden war. Warum ihre Eltern sich dazu nicht in der Lage gefühlt hatten, ein Kind großzuziehen. Das war alles. Dann konnte sie damit abschließen und mit ihrem Leben weitermachen. Dann konnte sie ihr Zuhause suchen und glücklich werden. Sie brauchte nur den einen Abschluss.

„Cara", flüsterte sie eindringlich, als ihre Freundin nicht damit aufhören wollte, sie mit geweiteten Augen anzustarren. „Es ist okay. Mir geht es gut. Es ist eine Ewigkeit her. Es war keine schöne Art aufzuwachsen, aber ich bin doch trotzdem ganz vernünftig geworden, oder nicht? Das Endergebnis zählt. Der Weg ist nicht wichtig."

„Oh Savannah", sagte Cara kopfschüttelnd und im nächsten Moment war sie um den Tisch herumgelaufen und hatte sie fest in die Arme geschlossen. „Natürlich ist der Weg wichtig", flüsterte sie. „Der Weg macht dich zu dem, der du bist. Und du bist wunderbar. Und nur, weil ich dir Mitgefühl dafür entgegenbringe, dass deine Kindheit so schwer war, heißt das nicht, dass ich dich für schwach halte – ganz im Gegenteil. Du bist die stärkste Frau, die ich kenne und trotzdem werde ich dich zu diesem Privatdetektiv begleiten, wenn du das möchtest."

Savannahs Augen brannten gleich noch ein wenig mehr, als sie Caras Umarmung erwiderte. Die Komplimente ließen sie sich unwohl fühlen, denn sie war keineswegs stark, aber sie sagte nichts dazu. Alles, was sie hervorbrachte, war ein leises: „Danke."

„Jederzeit", flüsterte Cara zurück und drückte sie noch fester an sich. „Du bist für mich da, ich bin für dich da. So machen das Menschen, die sich lieben."

Savannahs Mundwinkel zuckten. Das hatte sie noch nicht gewusst. Aber es war ein schönes Gefühl.

Sieben

„Das ist das Restaurant, das du ausgesucht hast?"

„Ja."

„Es sieht nicht gerade edel aus."

„Das ist es auch nicht. Ich sagte dir, dass viele Frauen sich wohler fühlen, wenn das erste Date an einem Ort mit etwas lockererem Ambiente stattfindet."

Außerdem hatte Savannah nach einem Restaurant gesucht, in dem sie flache Schuhe und Jeans anziehen konnte. Ihre Füße taten weh und sie hatte es sich zur Regel gemacht, das Wochenende stets ohne High Heels zu verbringen. Und diese Regel würde sie für Cole Panther nicht brechen.

Der Besitzer der Delphies trug Anzug und Krawatte – und Savannah konnte sich nicht daran erinnern, ihn jemals in etwas anderem gesehen zu haben. Aber es stand ihm, warum also sollte er etwas daran ändern? Womöglich verlor er in Jeans und T-Shirt ja auch plötzlich an Attraktivität und trug deshalb nie etwas anderes als diese eng geschnittenen Anzüge und maßgeschneiderten Hemden.

Aber selbst wenn Cole an Attraktivität verlor, wäre er immer noch heißer als ein Berg entzündeter Kohlen. Und das war nicht Savannahs Meinung, das war eine Tatsache, die ganz Amerika mehrfach im *People* Magazine anerkannt hatte.

Cole hielt ihr die Tür auf, und warme Luft schlug Savannah entgegen. Das italienische Restaurant, in dem sie die nächsten Stunden verbringen würden, war in warmen Rot- und Erdtönen gehalten. Hölzerne, rustikal wirkende Tische und Stühle standen zu ihrer Linken, während sie auf die ausladende Bar direkt neben der Tür zusteuerten. Leise Jazzmusik drang aus großen schwarzen Lautsprechern, die in den Ecken des gut gefüllten Restaurants standen, und Savannah nickte dem Barkeeper zu. Er kannte sie bereits. Sie ging öfter hierher. Genau genommen immer, wenn sie unter der Woche keine Lust hatte zu kochen und schnell etwas essen wollte. Und sie hatte meistens keine Lust.

„Hey, Savannah", murmelte der schlaksige blonde Mann, den sie als Trevor kannte. „Jetzt schon freitags hier? Was verschafft uns die Ehre?"

„Geschäfte, Trev", erwiderte sie lächelnd und wandte sich wieder Cole zu, der den Barkeeper stirnrunzelnd musterte. „Also, ich werde hier sitzen, was trinken und dich bei deinem Date beobachten. Wenn die Frau furchtbar ist, bestellst du einen Appletini und ich weiß, dass etwas nicht stimmt."

„Ich würde nie einen Appletini bestellen", sagte Cole verwirrt.

„Deswegen weiß ich dann ja auch, dass du gerettet werden musst."

„Ach so." Cole nickte. „Gut."

Für Savannah hörte sich das Ganze nach Stalking Stufe vier an, aber wenn Cole es gut fand ...

„Schön, dann haben wir ja alles geklärt. Ich habe dir einen Platz in Sichtweite reserviert." Sie deutete zu einem nahe stehenden Tisch für zwei. „Und die erste Kandidatin sollte in ..." Sie griff nach Coles Arm und blickte auf seine goldene Rolex. „... acht Minuten hier sein. Noch Fragen?"

„Ja", sagte Cole langsam und sah skeptisch auf ihre Finger auf seiner Haut. „Wie heißen die Frauen, die ich hier treffe?"

Savannah ließ seine Hand los und seufzte schwer, während sie aus ihrem Stoffmantel schlüpfte und ihn auf einen der Barhocker legte. „Gina Stevens und Joan Keller. Ich habe dir die Namen heute Mittag gesagt."

„Du hast mir heute Mittag auch gesagt, was du zum Frühstück hattest, denkst du, das weiß ich auch noch?"

„Es waren Pancakes! Und ich habe dir ungefähr eine halbe Stunde lang von ihnen vorgeschwärmt."

„Und alles, was ich gehört habe, war *Ich hatte heute Morgen ein unglaubliches Frühstück* ... und dann ein statisches Rauschen."

Sie verdrehte die Augen. „Wenn du mit allen Frauen umgehst wie mit mir, dann ist es kein Wunder, dass du noch nicht verheiratet bist."

„Und wenn du mit all deinen Chefs umgehst, wie mit mir, dann würde es mich nicht überraschen, wenn du öfter gefeuert würdest als eine Silvesterrakete, außerdem –" Er brach ab. Sein Blick war auf ihrem Oberteil gelandet, das neu zum Vorschein gekommen war. „Was hast du da überhaupt an?"

Überrascht reckte Savannah das Kinn. „Was?"

„Was du da anhast", wiederholte Cole, während seine Aufmerksamkeit ihren Körper hinunterglitt. Sein eisblauer Blick war so intensiv, dass Savannah meinte, ihn auf ihrer Haut zu spüren.

„Das ist meine Freizeitkleidung", sagte sie perplex.

„Und in deiner Freizeit zeigst du deine Brüste?"

Savannah starrte in ihren Ausschnitt hinunter. Gut, das Tanktop war vielleicht etwas knapp und die Spitze, die ihren BH verdeckte, machte einen unglaublich schlechten Job. Aber das war sicherlich kein Grund für Cole, sie anzusehen, als stünde sie an einer schäbigen Straßenecke, um neue Freier zu gewinnen.

„Na wann soll ich sie denn sonst zeigen?", wollte sie angriffslustig wissen und verschränkte die Arme. Ungünstigerweise schob diese Geste ihre Brüste gleich noch ein wenig höher.

„Keine Ahnung. Was weiß ich, welche Zeiten Frauen präferieren, um ihre Brüste zu zeigen. Aber du bist hier, um zu arbeiten, nicht um einen Kerl aufzureißen."

„Vielleicht bin ich ja für beides hier", sagte sie vage. „Solange ich meinen Job erledige, kann es dir doch egal sein."

Cole runzelte die Stirn, denn offenbar sah er das anders, aber anstatt ihr zu widersprechen, stellte er lediglich verwundert fest: „Du bist so klein. Seit wann bist du so klein? Mir ist nie aufgefallen, wie klein du bist."

Natürlich nicht! Sie trug sonst ja auch Zwölf-Zentimeter-Absätze, gerade damit niemand merkte, wie klein sie war und sie deswegen womöglich nicht ernstnahm. Und wenn er keine blöde einsneunzig groß wäre, dann würde das auch gar nicht so auffallen.

„Warum reden wir eigentlich über mich?", wollte Savannah genervt wissen.

***

Weil ich nicht aussehe, als hätte ich es mal wieder dringend nötig, flachgelegt zu werden, dachte Cole.

Ja, ihm war bewusst gewesen, dass Savannah nicht hässlich war. Aber im Büro wirkte sie immer so professionell und distanziert, sodass kein Kerl auf die Idee kommen würde, sie anzumachen. Hier jedoch, in Jeans und Haltertop, wirkte sie wie eine Frau, die den Barmann mit nur einem Lächeln dazu überreden könnte, jetzt sofort mit ihr in einer Besenkammer zu verschwinden und dreckige Dinge zu tun. Und das gefiel Cole nicht. Überhaupt nicht. Das ... lenkte ab.

„Cole Panther?", fragte eine Stimme hinter ihm, während er drauf und dran war, Savannah nach Hause zu schicken und dazu zu zwingen, sich umzuziehen.

Er wandte sich um und stand einer großen Blondine mit schüchternem Lächeln gegenüber.

„Ja?", sagte er und blickte sie irritiert an.

„Hey, ich bin Gina Stevens, ich glaube, wir sind verabredet."

Ach richtig, er war für ein Date hier. Nicht um über Sex mit seiner Angestellten nachzudenken. Nicht dass er das getan hätte.

Meine Güte, zwei Monate Abstinenz waren *wirklich* zu lang. Dümmste Idee seit der Erfindung von Reality-TV. Er würde das ändern müssen.

Er beachtete Savannah nicht weiter, schließlich sollte es nicht so wirken, als würden sie sich kennen und erwiderte das Lächeln seiner neuen Bekanntschaft.

„Richtig. Sehr nett, Sie kennenzulernen. Wollen wir uns setzen?"

Cole wusste nach drei Minuten, dass er die ihm gegenübersitzende Frau nicht wiedersehen wollte. Aber ihm war klar, was Savannah sagen würde, wenn er ihr nach nur fünf Minuten das Zeichen dafür gab, dieses Date abzubrechen, also blieb er, wo er war und lauschte der Blondine dabei, wie sie darüber redete, wie sehr sie die Arbeit mit benachteiligten Kindern liebte.

Er musste es Savannah lassen: Sie hatte jemanden ausgesucht, die hübsch, gebildet und keine Goldgräberin war. Im Grunde genommen war Gina Stevens eine hervorragende Heiratskandidatin. Wäre sie nicht so unglaublich ... zerbrechlich.

Cole brauchte eine Frau, die er anschreien oder mit einem kalten Blick bedenken konnte, ohne dass sie direkt anfing zu heulen. Nicht dass er plante, seine Ehefrau übermäßig oft anzuschreien, aber er kannte sich und wenn ihn Dinge aufregten, neigte er dazu, ab und an etwas laut oder sehr kühl zu werden. Und Gina Stevens war so still und süß, dass sie keinen seiner Ausbrüche seelisch überleben würde.

Dennoch lächelte Cole, fragte nach ihren Interessen und gab sich redlich Mühe dabei, seine eigenen Anekdoten auf einer langweiligen und politisch korrekten Ebene zu halten. Er hatte nämlich das Gefühl, dass Gina ihn bei einem falschen Wort ansehen könnte, als hätte er gerade Bambi erschossen.

Zeitgleich entging ihm jedoch keineswegs, was seine liebe Angestellte an der Bar trieb, und eine essenzielle Frage stellte sich ihm: Wie konnte es sein, dass er derjenige mit dem Date war, aber es von seinem Standpunkt aus so wirkte, als hätte Savannah weitaus mehr Spaß als er? Dabei trank sie nicht einmal. Sie unterhielt sich lediglich mit dem Barkeeper, der unmöglich derart witzig sein konnte, dass Savannah so oft lachen musste, wie sie es tat. Mehrfach versuchte jemand, sich neben sie zu setzen, aber immer wieder lehnte sie ab. Zumindest hielten die Kerle sich nie lang.

Es war merkwürdig, aber es war, als strahle Savannah heute Abend eine vollkommen andere Energie aus als bei der Arbeit. Im Job war sie immer so verschlossen, effizient und respekteinflößend. Aber hier, im Restaurant, wirkte sie zugänglich, fröhlich und locker und mehrfach stellte sich Cole die Frage, ob sie sich auf der Arbeit absichtlich härter gab, damit sie von ihren männlichen Mitarbeitern nicht überrannt wurde. Es schien zumindest so.

Interessant. Was wusste er noch nicht über sie?

Als die Stunde seines ersten Dates abgelaufen war, erhob er sich und geleitete Gina zur Tür, an der er sie mit einem sanften Kuss auf die Wange und dem Versprechen, sich bald bei ihr zu melden, verabschiedete.

Sobald er sich zur Bar wandte, begegnete er Savannahs neugierigem Blick.

„Und?", fragte sie.

„Ich mochte sie nicht", sagte er gelassen und ließ sich auf den Hocker neben ihrem nieder.

Ungläubig sah sie ihn an. „Wenn du sie doch nicht mochtest, warum verabschiedest du sie dann so putzig mit einem Kuss auf die Wange?"

„Ich war höflich."

„Das kannst du?", fragte sie misstrauisch.

Er schnaubte. „Nur weil du mir nie Anlass gibst, höflich zu sein, bedeutet das nicht, dass ich keine Manieren habe. Im Hause Panther haben wir die Manieren mit der Muttermilch inhaliert. Ich wusste, was eine Fischgabel war, bevor ich bis drei zählen konnte."

„Ein bisschen zu detailliert beschrieben aber ... mhm." Savannah wirkte ehrlich beeindruckt. „Interessant. Was hat dir an ihr nicht gefallen? Sie war doch zuckersüß."

„Ja, zu süß", bestätigte er und sein Blick sank auf ihre Lippen, die sie immer wieder zwischen ihre Zähne einsog. Sie waren farblos. Heute Morgen waren sie noch rot gewesen. Wie konnte es sein, dass sie sich abgeschminkt, aus ihren hohen Schuhen gestiegen und den engen Rock durch eine Jeans ausgetauscht hatte und noch nie so verdammt sexy ausgesehen hatte? Und was war los mit seinem Kopf, dass der heute offenbar an nichts anderes denken konnte? Cole wollte heiraten, nicht anfangen, über die Frau zu fantasieren, die ihn verkuppeln sollte! Er hatte sich Savannah doch sonst nie nackt vorgestellt. Na gut, fast nie. Er war nun einmal ein Mann und er hatte Augen im Kopf. Aber dennoch: Was war anders?

„Zu süß?", wiederholte Savannah nachdenklich. „Okay, das werde ich deinem Frauenprofil hinzufügen. Ich frage mich nur, wie du wohl jemanden vom ersten Date verabschiedest, *den* du magst. Egal, die Nächste sollte definitiv nicht zu süß sein, sie ist Psychologiestudentin und ihr Hobby ist Geräteturnen." Sie grinste. „Wenn sich das nicht mal nach einem feuchten Männertraum anhört."

Zu feuchten Männerträumen wollte Cole sich in genau diesem Moment lieber nicht äußern und er war froh, als sein nächstes Date zur Tür hereinschneite.

Cole war charmant.

Unglaublich, aber wahr: Cole Panther war charmant!

Savannah beobachtete ihn nun schon eine ganze Weile über die Spiegel, die hinter der Bar hingen, und mit jedem verstreichenden Moment wurde der Mann zu einem größeren Mysterium. Sie konnte den knallharten Geschäftsmann, den sie aus dem Büro kannte, einfach nicht mit dem Mann vereinbaren, der Joan Keller den Stuhl zurückzog und aufmerksam dafür sorgte, dass sie immer genug Wasser in ihrem Glas hatte. Cole hörte zu, hielt seinen sonst so distanziert-kühlen Blick lauwarm und ab und zu, wenn er nicht aufpasste, verzog sich sein Mund zu einem dieser Lächeln, das Frauen vergessen ließ, dass sie nicht direkt beim ersten Date mit ihm in die Kiste springen sollten. Es war faszinierend und zermürbend zugleich, zu wissen, dass dieser Mann Mitarbeiter feuerte, ohne mit der Wimper zu zucken, und gestandene Agenten zum Weinen bringen konnte – und gleichzeitig dazu fähig war, Joan Keller anzusehen, als wäre sie das interessanteste, liebenswerteste Geschöpf, das er jemals das Glück gehabt hatte kennenzulernen.

Die Frage, die blieb, war: Welche der beiden Seiten spielte er?

Er konnte unmöglich Arschloch und Traumschwiegersohn in sich vereinen. Das wäre einfach unfair, denn es würde bedeuten, dass er nicht nur die Frauen anzog, die auf einen Bad Boy standen, sondern auch die weiblichen Wesen, die einen Ehemann suchten, der ihnen liebevoll über die Haare strich, wenn sie krank waren.

Savannah beschäftigte sich immer noch mit dieser Frage, als Cole auch sein zweites Date verabschiedete und zu ihr an die Bar schlenderte. Dies sah Savannah als eindeutiges Zeichen dafür, dass der Arbeitsteil dieses Abends für sie vorbei war und das feierte sie damit, bei Trevor einen Tequilashot und eine Weißweinschorle zu bestellen. Nach der Arbeit durfte sie trinken. Auch wenn der heutige Abend eine Zeitverschwendung gewesen war, weil Cole ihre Dienste gar nicht in Anspruch genommen hatte.

Er ließ sich neben sie auf einen Hocker fallen und bedeutete Trev, ihm ein Bier zu zapfen, bevor er trocken sagte: „Das war mal eine Zeitverschwendung."

Ihre Rede!

„Hattest du an der Zweiten auch etwas auszusetzen?", wollte Savannah wissen, während sie ihre Getränke entgegennahm.

„Sie hat unglaublich viel Parfüm benutzt und war etwas zu sehr von sich selbst überzeugt."

„Ja, sowas kann niemand leiden", sagte sie und warf ihm einen vielsagenden Blick zu.

Cole bedankte sich für diesen Hinweis lediglich mit einem knappen Lächeln.

„Nächstes Mal werde ich dir erlauben, die Dates frühzeitig abzubrechen. Heute wollte ich noch testen, ob es sinnvoll ist, die Frauen über den ersten Eindruck hinaus kennenzulernen."

„Ich Glückspilz."

„Schön, dass dir der Job so zusagt", bemerkte er und prostete ihr mit dem Bier zu. „Aber sei freundlich zu den beiden, wenn sie dich anrufen und fragen, warum ich mich nicht melde, in Ordnung? Sie waren beide durchaus nett."

Savannah musterte ihn eine Weile – seinen ernsten Blick und die erwartungsvoll gehobenen Augenbrauen. Dann wandte sie sich kopfschüttelnd ab.

„Du bist ein wirklich faszinierender Mensch, Cole Panther", murmelte sie, warf ihren Kopf in den Nacken und leerte den Tequilashot. Zitrone und Salz wurden überbewertet.

„Du hörst dich an wie jeder Zeitungsartikel, der jemals über mich verfasst wurde", meinte Cole trocken. „Und ich verstehe bis heute nicht, was so interessant an mir sein soll. Überragend aussehende Millionäre gibt es doch wie Sand am Meer."

Savannah schnaubte und warf ihm einen misstrauischen Seitenblick zu. Jap, er trug genau das selbstgefällige Lächeln, das sie von ihm erwartet hatte.

„Verrat mir nur eins", forderte sie. „Was ist anstrengender: Das Arschloch zu spielen oder den charmanten Frauenhelden?"

Cole schwieg und ... oh mein Gott, dachte er etwa ernsthaft über diese Frage nach?!

„Ich würde sagen, dass beides meine Nerven strapaziert, aber mir das Arschloch grundsätzlich leichter fällt", stellte er schließlich sachlich fest. Es war Savannah unmöglich, festzustellen, ob er das ernst meinte oder sich gerade über sie lustig machte. Sie entschied sich für Letzteres. Das war einfacher zu akzeptieren.

„Ich muss es dir lassen", sagte sie und prostete ihm mit der Weißweinschorle zu. „Ich hätte dir nicht zugetraut, dass du so charmant sein kannst. Ich hatte ehrlich gesagt befürchtet, dass die Frauen verängstigt aus dem Raum rennen würden."

Cole verengte die Augen, seine Iris nun eher dunkel anstatt eisblau.

„Deine Vorstellung von meiner Person schmeichelt mir, Savannah."

Ihre Mundwinkel zuckten. „Darf ich dich daran erinnern, dass du dafür bekannt bist, deine Sekretärinnen am ersten Tag zum Weinen zu bringen?"

„Dafür werde ich mich nicht entschuldigen. Ich habe nun einmal keine Geduld mit inkompetenten Leuten. Wenn meine Assistenten tun würden, was ich von ihnen verlange, dann müsste ich sie auch nicht anschreien."

Da war was Wahres dran. Und dennoch: „Du kannst trotzdem manchmal ... etwas intensiv sein", stellte Savannah fest.

Cole starrte sie an und sein Blick glitt forschend über ihr Gesicht, bevor er sagte: „Dich habe ich noch nie zum Weinen gebracht."

Sie lachte laut auf. Das wäre ja noch schöner!

„Ja, aber ich weiß ja auch, dass du zwar gerne bellst, aber nie beißt. Außerdem fällt es mir oft schwer, dich ernst zu nehmen. Andere sind da nicht so glücklich wie ich."

„Na wunderbar." Cole nahm einen Schluck von seinem Bier, bevor er das Glas in seinen Händen drehte. Er war sich heute Abend so oft mit den Händen durch seine schwarzen Haare gefahren, dass sie von seinem Kopf abstanden und ihn hätten albern aussehen lassen sollen. Und trotzdem strahlte er noch immer einen unterschwelligen, düsteren Sex-Appeal aus, den Savannah sich nicht erklären konnte. Natürlich, da war einerseits seine intensive, grüblerische, kühle Art, die Frauen dazu einlud, seine seelischen Tiefen ergründen zu wollen, aber gleichzeitig musste Savannah daran denken, wie freundlich er zu seinen Dates gewesen war ... aber er konnte unmöglich *so* charmant sein, dass Frauen anfingen, ihn regelrecht zu stalken!

Sie seufzte laut auf. „Okay, verrate mir dein Geheimnis."

Überrascht ließ Cole das Glas in seiner Hand zum Stillstand kommen. „Mein Familiengeheimnis? Das Geheimnis meines Erfolgs? Das Geheimnis, wie ich Frauen im Bett zum Betteln bringe?"

Ja, die hörten sich alle interessant an, aber wenn Savannah wählen musste ...

„Das Geheimnis, wie du Frauen dazu bringst, zu denken, du seist der liebenswürdige, charmante und verträumte Kerl, den sie mir immer wieder am Telefon beschreiben."

Cole zog einen Mundwinkel nach oben und ein diebisches Lächeln erschien auf seinen Zügen.

„Wieso fällt es dir so schwer zu glauben, dass ich ein umwerfender Gentleman sein kann, dem die Frauen seufzend hinterherlechzen?"

„Weil ich dich kenne!" Gleichwohl sie allmählich daran zweifelte, dass das stimmte.

„Ah, Savannah."

Das Lächeln breitete sich gefährlich schnell auf seinem Gesicht aus, sodass Savannahs Herz nervös in ihren Hals sprang.

„So unterschiedlich Frauen auch sind, im Grunde ihres Herzens wollen sie alle dasselbe."

„Was da wäre?"

Cole fuhr mit seinem Zeigefinger am Rand seines Bierglases entlang. „Ich verrate dir jetzt doch nicht, zu welchen Ergebnissen ich nach zwanzig Jahren eingängigen Studiums des schöneren Geschlechts gekommen bin. Alles, was du wissen musst, ist, dass ich jede Frau, egal wo, egal wann, dazu bringen kann, mich für den atemberaubendsten Mann zu halten, der ihr je untergekommen ist."

Großer Gott, es war ein Wunder, dass sein Ego ihn noch nicht längst zerquetscht hatte.

„Du bist ein riesengroßer Dummschwätzer", informierte sie ihn und richtete den Zeigefinger auf seine Brust. „Und ich kauf' es dir nicht ab. Du kannst nicht wirklich so charmant sein, wie alle armen, gestörten, dir verfallenen Frauen dich zeichnen."

„Ich bin das und noch so viel mehr", versprach Cole ihr grinsend.

„Beweise es", forderte Savannah ihn heraus und schob ihr halb geleertes Glas von sich. „Sei charmant. Zu mir."

Cole prustete. „Sicher nicht.“

„Warum nicht? Du sagtest: Egal welche Frau, egal wann, egal wo.“

„Ja, aber bei dir ist es was anderes. Du willst mich nicht anziehend finden, weil du mich für einen arroganten Egomanen hältst, der die Liebe besudelt, indem er nicht an sie glaubt. Du hältst es für deine weibliche Pflicht, mich nicht als potenziellen Partner in Betracht zu ziehen, gleichwohl du dich sexuell zu mir hingezogen fühlst.“

Das hatte er beängstigend akkurat zusammengefasst.

„Du leidest an Wahnvorstellungen“, sagte sie schnaubend. „Aber schön, wenn du dich nicht traust … “

„Ja, ich bin nun einmal ein Feigling“, gab er schulterzuckend zu, lächelte sie an und ließ seinen Blick dann ihren Hals hinunter zu ihrem Dekolleté wandern.

„Ist die Kette neu?“ Er nickte zu dem Anhänger, der auf ihrem Schlüsselbein auflag.

Irritiert folgte sie seinem Blick zu der kleinen silbernen Faust, die an einem dünnen Lederband baumelte.

„Ähm nein, die habe ich vor Ewigkeiten von einer Freundin geschenkt bekommen.“

Cole nickte nachdenklich und studierte das kleine Objekt eingängig.

„Hübsch“, bemerkte er, bevor er die Hand hob und mit den rauen Fingerspitzen über das Silber auf ihrer Haut fuhr. „Was bedeutet sie?“

Eine Gänsehaut zog sich Savannahs Nacken hinauf und sie räusperte sich. „Sie soll mich daran erinnern, nie aufzuhören zu kämpfen. Die Freundin hat sie mir geschenkt, als ich in Harvard angenommen wurde.“

„Du warst in Harvard?“ Beeindruckt hob er die Augenbrauen, bevor er seine Hand neben ihre auf den Tresen sinken ließ. Sein kleiner Finger berührte sacht ihren. „Und ich dachte immer, Harvard nimmt absichtlich keine hübschen Frauen an, damit deutlich wird, dass ihnen wirklich nur der Intellekt wichtig ist."

Savannah lachte, wollte schon etwas erwidern – und riss im nächsten Moment mit geweiteten Augen den Blick nach oben. „Oh mein Gott", stieß sie aus. „Du bist gut!"

Er zuckte mit den Schultern und hob mit der Hand, die Sekunden zuvor noch wenige Millimeter von Savannahs entfernt gelegen hatte, sein Bier an die Lippen. „Ich hab' es dir gesagt."

Ja, das hatte er. Und Savannah konnte seine flüchtige Berührung noch immer auf ihrer Haut spüren.

„Und warum musstest du daran erinnert werden, zu kämpfen?", fragte er, während Savannah versuchte, gewaltsam ihre Gänsehaut niederzuringen.

Böser Körper! Sehr böser Körper!

Sie verdrehte die Augen. „Ich habe es verstanden, Cole. Du kannst unglaublich charmant sein, wenn du nur willst. Du kannst aufhören, Interesse zu heucheln."

Cole seufzte leise, bevor er sein Bier leerte und sich vollkommen zu ihr umwandte, den Ellenbogen auf dem Tresen abgestützt. „Savannah", sagte er feierlich. „Lass es dir nicht zu Kopf steigen, aber eines der angenehmsten Dinge an dir ist, dass ich dir absolut nichts vormachen muss. Weil du sowieso jeden Bullshit durchschaust, den ich dir auftische. Also: Für welchen Kampf steht die Faust?"

Sie verengte misstrauisch die Augen und eigentlich wollte sie es ihm nicht erzählen ... aber der Tequila wärmte ihren Magen und irgendwie waren sie doch miteinander befreundet, oder nicht?

„Schön, wenn du es gerne wissen willst: Der Anhänger steht für den Kampf um das Leben, das ich mir wünsche. Das Leben, das ich verdiene – nicht das Leben, das mir zugeteilt wurde. Die Kette erinnert mich daran, darauf zu scheißen, wie ich aufgewachsen bin, auch wenn ich es nicht vergessen kann. Sie erinnert mich daran, dass es egal ist, was die Menschen über mich denken und ich alles erreichen kann, was ich mir erträumt habe. Solange ich nur an mich glaube."

Sie blickte Cole herausfordernd an und erwartete fast, dass er anfing zu lachen. Doch sie wurde enttäuscht. Sein Blick hätte ernster nicht sein können.

„Du sagst das so, als wäre das albern", stellte er fest, die Augenbrauen tief ins Gesicht gezogen. „Dir das zu wünschen."

Röte floss in Savannahs Wangen und sie senkte hastig den Blick. Denn er hatte recht. Sie hatte eine lange Zeit geglaubt, dass es genau so war. Weil ihr beigebracht wurde, so zu denken.

„Nein, es ist nicht albern", sagte sie schnell. „Aber ich habe eine Zeit gebraucht, um daran zu glauben, dass ich ein solches Leben verdiene."

Stille senkte sich über sie. Eine viel zu ausdrucksstarke Stille für diesen so locker begonnenen Abend und als Savannah langsam ihr Kinn hob, bemerkte sie, dass Cole den Blick keineswegs abgewandt hatte – ganz im Gegenteil. Wenn es möglich war, war er sogar noch intensiver geworden. Tausend Fragen spiegelten sich in seinen Augen wider – doch er stellte keine einzige von ihnen. Vielleicht, weil er wusste, dass er keine Antworten bekommen würde.

⁂

Als Cole an diesem Abend sein Loft betrat, in dem er seit drei Jahren wohnte und noch immer keine Bilder aufgehängt hatte, kreisten seine Gedanken noch immer um seine PR-Beraterin. Denn er wusste, was anders an Savannah war – nichts.

Er hatte sie lediglich nie als eine Person außerhalb der Arbeit, in einer anderen Rolle als die seiner Angestellten betrachtet.

103

Er hatte sie nie einfach nur als Frau betrachtet und er war sich verdammt noch mal nicht sicher, ob es eine gute Idee war, jetzt damit anzufangen.

Acht

Normale Menschen hatten samstags frei. Aber normale Menschen hatten auch ein Privatleben und mussten keine Frau für ihren Boss finden. Da Savannah definitiv in die zweite Kategorie fiel, stand sie am nächsten Morgen um neun auf dem Parkplatz der Delphies und wünschte, sie wäre nur ein paar Minuten früher oder später gekommen. Denn dann hätte sie nicht sehen müssen, was sie nun sah.

Jake stand da, keine drei Meter weiter an ein Quad gelehnt, von dem Savannah fürchtete, dass es ihm gehörte, und war schwer damit beschäftigt, eine plastikbrüstige Blondine zu küssen, die Töne von sich gab, die nie jemand hören müssen sollte. Der Baseman war so damit beschäftigt, dem armen Mädchen ihren Sauerstoff zu rauben, dass er nichts um sich herum wahrzunehmen schien. Noch nicht einmal, dass ein paar Sekunden später Sam Parker auf den Parkplatz fuhr und sich zu Savannah gesellte.

„Hey, Savannah", sagte er, seinen Blick ebenfalls auf Jakes Vorstellung gerichtet. „Wie geht's? Du hast dich nicht zufällig bereits mit Jake über seinen Dreier oder die Mediengefahr von öffentlichem Sex unterhalten?"

„Mir geht es gut und nein", sagte Savannah abwesend, während Jakes Hände an fragliche Stellen vordrangen. „Dazu bin ich noch nicht gekommen. Ich weiß auch nicht, ob jetzt der richtige Moment dafür ist. Wie war die Wohnungssuche? Habt ihr was Schönes gefunden?"

„Ja. Wir haben mehrere Objekte zur Auswahl. Als ich dann jedoch den Fernseher angemacht und gesehen habe, dass es eine Prügelei zwischen Jared Williams und unserem goldenen Jungen hier gab, hat mir das irgendwie die Laune verdorben", sagte er und nickte zu Jake.

„Ernsthaft? Davon habe ich gar nichts mitbekommen." Der goldene Junge hob seine blonde Bekanntschaft gerade auf den Sitz des Quads, um dort weiter mit ihr rumzumachen.

„Worum ging es bei der Prügelei?", fragte Savannah und verzog das Gesicht, als die Blondine hoch und falsch kicherte. „Hast du dich darum gekümmert?"

„Ich habe keine Ahnung, wahrscheinlich haben sie sich um irgendeine Frau gestritten. Ist mir auch egal. Ich konnte gegen den Medienrummel nicht angehen. Was für ein Statement hätte ich denn auch geben sollen? Jake dreht im Moment einfach am Rad und ich will, dass es aufhört. Ich dachte, er hätte sich langsam eingependelt, aber in den letzten Wochen ... oh Gott, das sieht ungesund aus."

Die Blondine hatte aufgehört zu kichern und wieder begonnen, Jake zu küssen. Feucht und enthusiastisch. Savannah wünschte, sie würde das lassen.

„Es sieht aus, als würde sie seine Mandeln suchen."

„Und ich glaube, sie findet sie", sagte Sam und legte den Kopf schräg.

Savannah nickte. „Ist es merkwürdig, dass er da gerade öffentlich mit einem halbnackten Mädchen rummacht, und alles, worüber ich nachdenken kann, ist, dass er auf keinen Fall Quad fahren sollte, weil er seinen Zehn Millionen Dollar-Schlagarm verletzen könnte, und wir ohne Jake nicht in die World Series einziehen werden?"

„Nein, das ist nicht merkwürdig. Das ist dein Job. Und ich denke das Gleiche."

Das war beruhigend.

„Was tust du überhaupt hier? Ich dachte, Chloe hätte dir verboten, samstags zu arbeiten."

Chloe verstand keinen Spaß, wenn es um die Einhaltung von Sams Arbeitszeiten ging.

„Hat sie. Aber sie war freundlich genug, heute eine Ausnahme zu machen, damit ich die Post abarbeiten kann, die gestern reinkam ... ah endlich, Jake ist fertig.“

Der Baseman löste sich von seiner Eroberung und wechselte grinsend ein paar Worte mit ihr, bevor er sie vom Quad hob. Sie warf ihm eine Kusshand zu, schlenderte zu einem Auto ein paar Meter entfernt, stieg ein und brauste vom Parkplatz. Erst als man den Motor nicht mehr hören konnte, wandte Jake sich ihnen zu. Er hatte sie also sehr wohl registriert.

„Na, wer möchte mir zuerst damit auf den Sack gehen, dass ich mich mit zu vielen Frauen treffe?“

Savannahs Hand schoss in die Höhe. „Oh, darf ich?“

Sam grinste und Jake schnaubte, doch sie achtete nicht auf ihn.

„Pass auf. Wir machen das so: Wenn du den Namen deiner Bekannten kennst, werde ich nichts sagen“, versprach sie.

Jake verengte die Augen und kratzte sich am Kopf.

„Keine Ahnung, Julia vielleicht? Aber sie mag Baseball und Bier. Das sind zwei Qualitäten, die ich an Frauen sehr zu schätzen weiß.“

Julia vielleicht war mehr als Savannah erwartet hatte, also entschloss sie, es fallen zu lassen – und stattdessen auf sein Quad zu sprechen zu kommen.

„Seit wann fährst du Todesmaschinen, Jake?“, wollte sie wissen und deutete auf den monströsen Vierräder. „Hältst du das für eine gute Idee, dein Verletzungsrisiko noch zu steigern, wo du doch jeden Tag damit rechnen musst, dass dich eine deiner Verflossenen mit dem Auto überfährt?“

Jake blieb unbeeindruckt.

„Savannah“, sagte er gelassen. „Ich respektiere deine Meinung größtenteils, weil ich große Angst vor dir habe, aber was Frauen und Autos angeht, hast du schlichtweg keine Ahnung.“

„Und wenn *ich* dir sage, dass das Quad eine blöde Idee ist, hörst du dann darauf?“, wollte Sam interessiert wissen.

„Nein“, war die schlichte Antwort. „Weil du beruflicher Spielverderber bist und du *alles*, was ich tue, für eine blöde Idee hältst.“

„Ja“, gab Sam zu. „Weil nichts von dem, was du tust, mich vom Gegenteil überzeugt.“

„Dem kann ich nur widersprechen. Ich habe heute Morgen ein Steak gefrühstückt und das war eine wunderbare Idee“, sagte Jake, zog den Schlüssel von seinem Quad und ließ ihn in seine Jeanstasche gleiten. „Und jetzt entschuldigt mich, ich habe ein Date mit dem Oberboss – und außerdem habe ich keinen Bock auf euch.“ Er salutierte und verschwand im nächsten Moment in Richtung des Delphie-Komplexes.

Sam und Savannah wechselten einen Blick.

„Weißt du eigentlich, woher Cole und Jake sich kennen?“, wollte ihr Kollege wissen, während sie dem Baseman gemächlich folgten.

„Nein, keine Ahnung“, gab sie zu.

„Okay. Wenn der Boss es dir nicht erzählt hat, dann weiß es keiner.“

Sie schnaubte. „Warum das denn?“

„Weil du die Einzige bist, mit der Cole über mehr als die Kartenverkäufe und die nächste Pressekonferenz redet.“

„Schwachsinn.“

Sam hob eine Augenbraue und hielt ihr die Tür zum Bürogebäude auf. „Savannah, ist dir noch nicht aufgefallen, dass alle Spieler, die etwas vom Oberboss wollen, zu dir und nicht zu mir kommen?“

„Doch klar, aber ich bin auch einfach so viel umgänglicher als du.“

Sams Mundwinkel zuckten. „Ja, aber das ist nicht der Grund. Sie kommen zu dir, weil sie wissen, dass du die Chancen, dass sie ihren Willen bekommen, beträchtlich vergrößerst – weil Panther Junior dich mag. Und das kann kein anderes Mitglied der Organisation von sich behaupten.“

Savannahs Wangen wurden heiß und das lag natürlich an den Treppenstufen, die sie emporklommen, nicht etwa an Sams Worten.

„Das ist Blödsinn. Cole mag dich auch.“

„Nein. Er respektiert mich, weil er weiß, dass ich hart arbeite und einen guten Job mache. Aber mögen ... nein.“

Sie gingen zusammen zu ihren nebeneinanderliegenden Büros und Sam nickte ihr zu, bevor er in seinem verschwand. Savannah ließ ihre Handtasche auf den überfüllten Schreibtisch fallen, zog ihre High Heels aus und setzte sich auf ihren Bürostuhl. Mit ihren neuen Erkenntnissen darüber, nach was für einer Frau Cole suchte, wollte sie für nächste Woche sechs neue Dates vereinbaren. Aber bevor sie sich mit dem Privatleben ihres Bosses auseinandersetzen konnte, musste sie noch etwas anderes tun.

Sie griff nach ihrer Tasche und zog den Zettel mit der Telefonnummer des Privatdetektivs daraus hervor. Zeit, ihre Angst zu vergessen.

***

Sind das wirklich Cole Panthers Haare? Lesen Sie alles über seine mutmaßliche Haartransplantation auf S. 8.

Cole schüttelte den Kopf und warf die Zeitschrift in den Mülleimer. Wie kam die Presse auf einen solchen Blödsinn? Demnächst würden sie ihm noch Hämorriden andichten!

Es klopfte an der Tür und als er den Blick hob, erkannte er Jake Braker durch das Glas. Cole war beeindruckt. Fast hatte er damit gerechnet, dass Jake nicht auftauchen würde. Andererseits war der junge Spieler nicht dumm. Er wusste, dass er früher oder später mit ihm würde reden müssen.

Er winkte ihn herein. „Hey, Jacky-Boy. Setz dich."

„Halt die Klappe, Collie", begrüßte Jake ihn und ließ sich auf den Stuhl ihm gegenüber fallen. Neben Savannah war er mit einer der Einzigen in der Organisation, die Cole nicht mit Ehrfurcht begegneten. Was daran liegen könnte, dass sie sich seit mehr als zwanzig Jahren kannten und Jake Cole in zu vielen, nicht ehrenhaften Situationen gesehen hatte.

„Sag mir einfach, warum ich hier bin, damit ich wieder nach Hause kann. Ich muss Schlaf nachholen."

„Als ob du nicht wüsstest, warum du hier bist", sagte Cole schnaubend und klatschte das zerknitterte Dokument, das er von Jakes Agenten bekommen hatte, vor ihn auf den Tisch. „Ist das dein Ernst?"

Jake beugte sich über das Papier und studierte es. „Das Schreiben hat einen Briefkopf, eine aussagekräftige Überschrift und alles. Sieht ernst aus, wenn du mich fragst."

Cole presste die Lippen aufeinander „Du willst deinen Vertrag nicht verlängern?"

„Nope."

„Hast du dir überhaupt angesehen, wie viel Kohle wir dir für eine Verlängerung anbieten?"

Amüsiert hob Jake die Augenbrauen. „Weil Geld das ist, was ich brauche, ja? Es kümmert mich nicht, wie hoch ihr mit dem Preis geht, das wird meine letzte Saison bei den Delphies."

„Warum?"

Jake verengte die Augen, die Arme auf dem Tisch verschränkt. „Du von allen Leuten solltest wissen, warum."

Ja schön, er wusste warum. Jake und Callie sollten eine Selbsthilfegruppe starten.

„Ich will nicht, dass du wechselst."

„Weil ich ein guter Spieler oder weil ich ein guter Freund bin?"

„Beides. Größtenteils, weil du zurzeit der verdammt beste Third-Baseman der Liga bist."

Jake lachte freudlos auf. „Nicht, dass ich das nicht rührend und süß finden würde – aber du weißt, dass ich von vorneherein nicht zu den Delphies wollte. Als Rookie hatte ich nicht die Wahl, Nein zu sagen. Jetzt habe ich sie. Und ich lehne dein Angebot dankend ab."

Scheiße. Das ließ Cole nur eine Saison, um ihn vom Gegenteil zu überzeugen. Jake war ein unersetzbarer Spieler. Er war bereits vor drei Jahren gut gewesen, aber jetzt?

Seufzend sank Cole in seinen Stuhl zurück. „Denk einfach noch einmal drüber nach, okay?", bat er.

Jake schüttelte den Kopf. „Ich habe mich längst entschieden, Cole. Und ich frage mich jeden Tag, wieso du zum Teufel noch hier bist. Callie ist die Einzige von euch, die es richtig gemacht hat, und ich soll dir von ihr sagen, dass du ausnahmsweise kein Arschloch sein und mich ohne Widerworte gehen lassen sollst."

Ungläubig sah Cole ihn an. Warum zum Teufel sprach Callie mit jedem außer ihm?!

„Schön", sagte er abgehackt. „Wir sprechen uns in der World Series noch einmal – und wenn das deine letzte Saison bei uns ist, rate ich dir verdammt noch mal, uns dort hinzubringen!"

Jake grinste. „Das ist mein Plan", versprach er, hob seine Hand und verschwand aus der Tür.

Sobald das Glas an seinen angestammten Platz fiel, knüllte Cole Jakes Brief zusammen und ließ ihn mit dem Magazin im Mülleimer spielen. Dann griff er zum Telefon. Er war es leid, zu warten. Er würde handeln.

Nach dem zweiten Klingeln hob jemand ab. „Ja?“

„Callum ... lass uns über deine Drohne reden.“

***

„Das hat er nicht gesagt!“

„Doch“, beteuerte Kaylie und leerte ihr Cocktailglas. „Dex meinte, wenn ich ihn nicht endlich heirate, wird er mir den Sex *und* das Kuscheln vorenthalten. Und er hält es seit drei Wochen durch! Ich weiß langsam nicht mehr, was ich tun soll.“

„Hier ist ein Vorschlag“, meldete sich Chloe zu Wort, die neben Kaylie Savannah gegenübersaß. „Heirate ihn. Dex liegt mir seit Monaten damit in den Ohren, dass ich dich davon überzeugen soll, ihm das Ja-Wort zu geben. Und ich liebe meinen Bruder, aber bei Gott, er nervt! Also erbarme dich, akzeptier sein Geld als deins und alles ist gut.“

„Aber ...“ Kaylies Mund stand offen und sie sah zwischen Savannah und Cara hin und her. „Seht ihr das beide auch so?“

Sie waren heute zu viert. Neben Savannah saß nur noch Cara, die konzentriert in ihr Cocktailglas blickte. Leise Popmusik spielte im Hintergrund und die Gesprächsfetzen von anderen Leuten erfüllten den Raum. Vor Savannah stand ihr bereits drittes Cocktailglas und sie sollte sehr viel lockerer sein als sie es war.

Sie mochte die Frauen, fühlte sich aber noch immer ab und zu unwohl. Sie kannten sich seit Jahren und waren eine eingeschworene Truppe, weshalb sie sich wie der Eindringling in eine gut geölte Maschine fühlte. Auch wenn keine der Anwesenden ihr je das Gefühl gegeben hatte, nicht willkommen zu sein … es war kompliziert. Savannah hatte über die Jahre hinweg viele Freundinnen gehabt. Doch wenn man alle paar Monate in eine neue Pflegefamilie abgeschoben wurde, war es schwierig, tiefe Freundschaften zu entwickeln und Kontakt zu halten. Zwei Freundinnen in Boston waren ihr geblieben.

„Ich meine, wenn du ihn liebst, warum solltest du ihn nicht heiraten?", folgerte Savannah vorsichtig und sah auffordernd zu Cara. Die reagierte nicht. „Cara?", fragte sie. „Was sagst du dazu?"

Abrupt fuhr der Kopf der Rothaarigen nach oben. „Was?"

„Ob Kaylie Dex heiraten soll", half Savannah ihr auf die Sprünge.

„Natürlich sollte sie ihn heiraten", sagte sie irritiert und fuhr sich fahrig durch die Haare. „Dex ist ein wunderbarer Kerl. Er würde dir nie das Herz brechen und nach Houston ziehen, nur weil du ihm seinen Traum nicht kaputtmachen willst. Er würde auch nicht fünf Monate später zurückkommen und dir beteuern, dass er den größten Fehler seines Lebens gemacht hat. Und er würde kämpfen, selbst wenn du sagst, dass du ihn nicht zurückwillst. Und ganz bestimmt würde er sich nicht sechs Jahre später entschließen, der Vater des Jahres zu werden und dafür sorgen, dass du dreckige, dreckige Gedanken über ihn hast, indem er am Strand andauernd halbnackt herumläuft."

Mit offenem Mund starrten die Frauen Cara an. Die stürzte den Rest ihres Cocktails hinunter, ließ ihn zurück auf den Tisch sausen und hob den Arm in Richtung des Kellners, um nach einem neuen zu verlangen.

„Also ja", schloss sie schließlich und presste den Mund kurzzeitig zu einer dünnen Linie zusammen. „Heirate ihn."

„Cara ...“, sagte Savannah vorsichtig und legte einen Arm um ihre Schultern. „Ist alles okay bei dir?“

Ihre Freundin war den ganzen Abend über schon auffällig still und abgelenkt gewesen. Seit sie aus ihrem Urlaub zurück war, hatte Savannah nicht unter vier Augen mit ihr geredet und jetzt bemerkte sie, dass das vielleicht ein Fehler gewesen war. Aber Cara hatte beteuert, dass es eine entspannte Reise gewesen sei und Danny sich unglaublich gefreut hätte, so viel Zeit mit seinem Vater und dessen Familie zu verbringen. Aber offensichtlich war das nicht die ganze Geschichte.

„Ja, alles ist super“, sagte Cara tonlos und stand auf. „Ich muss nur kurz auf Toilette.“

Im nächsten Moment war sie in Richtung der Örtlichkeiten verschwunden. Die restlichen Frauen warfen sich einen vielsagenden Blick zu.

„Wer geht?“, fragte Kaylie. Doch sie hätte sich nicht die Mühe machen müssen, denn Savannah hatte sich bereits erhoben.

„Ich bin gleich zurück“, murmelte sie und folgte ihrer Freundin.

Sie fand Cara auf den Toiletten, vor den Waschbecken wieder, wie sie sich hektisch und gründlich die Hände wusch. So als hinge ihr Leben davon ab, dass sie jede einzelne Bakterie von ihrer Haut den Abfluss hinunterspülte.

„Hey“, kündigte sie sich leise an und Caras Kopf fuhr in die Höhe.

„Hey“, gab sie atemlos zurück, bevor sie ihre Konzentration wieder auf die Misshandlung ihrer Hände richtete.

Savannah trat vorsichtig an sie heran und drehte den Wasserhahn ab.

„Cara, ist zwischen dir und Ty in den letzten Tagen irgendetwas vorgefallen?“

Schnaubend strich sich ihre Freundin mit den nassen Händen über Stirn und Wangen.

„Weißt du, dass es in meinem Leben nie etwas gab, das mir leichtergefallen ist, als mich in Ty zu verlieben?", stellte sie leise fest. „Er hat mich einmal angelächelt und schon war es zu spät für mich. Und dann bin ich schwanger geworden und im nächsten Atemzug hat Ty einen Platz bei den Houston Astros in der Pro-Liga bekommen."

„Und dann ist er einfach gegangen?"

„Oh nein, natürlich nicht. Er hat mich gefragt, ob er gehen soll. Er wusste, dass ich nicht mitkommen würde, weil ich meine Familie hier hatte – und was hätte ich allein in Houston gesollt, während er die ganze Zeit mit der Mannschaft unterwegs war? Also hat er die Entscheidung mir überlassen."

„Und du hast gesagt, er soll gehen?", folgerte Savannah.

„Natürlich habe ich das gesagt!", meinte Cara wütend. „Was hat er erwartet? Als hätte ich Nein sagen können! Als hätte ich diejenige sein können, die ihm seinen Traum zerstört. Als hätte ich damit leben können, dass er mich den Rest seines Lebens dafür verachtet! Also ist er nach Houston gegangen, nur um ein paar Monate später vor meiner Tür zu stehen und mich um eine weitere Chance zu bitten."

„Die du nicht bereit warst, ihm zu geben."

Cara schüttelte den Kopf, die Schneidezähne in ihre Oberlippe gegraben. „Ty war schon immer gut darin, all die richtigen Dinge zu sagen. Aber ich hatte so unglaublich große Angst, dass er es sich wieder anders überlegt." Sie seufzte und legte den Kopf in den Nacken. „Und jetzt ..." Sie stockte und schloss die Augen. „Nun, er ist immer noch gut darin, all die richtigen Dinge zu sagen."

„Was ist im Urlaub denn genau passiert?", wollte Savannah verwundert wissen.

„Überhaupt nichts", sagte Cara bestimmt und straffte ihre Schultern. „Ich hatte nur vergessen, dass er ..." Sie seufzte tief, bevor sie sich laut räusperte. „Ist egal. Das Kapitel ist abgeschlossen. Ich werde einen neuen Mann finden, so wie ich es mir vorgenommen habe. Danke fürs Zuhören, Savannah."

Sie nickte mehrfach, als wolle sie sich ihre eigenen Worte noch einmal bestätigen, und ging dann aus der Tür.

Savannah starrte ihr einige Momente lang nach und fragte sich, wie es sich anfühlen mochte, so mit jemandem verbunden zu sein, dass man noch Jahre später daran zurückdachte und den Ausdruck von Sehnsucht zur Schau trug, den sie gerade in Caras Gesicht entdeckt hatte. Sie war nie richtig verliebt gewesen und es erschien ihr absurd, dass Cara den Prozess als *leicht* beschrieben hatte. Wie sollte es leicht sein, jemand anderem seine Seele anzuvertrauen? Sie bezweifelte, dass sie jemals dazu in der Lage sein würde.

Kopfschüttelnd lief sie Cara nach und setzte sich zurück zu den anderen Frauen an den Tisch, die sich betont locker darüber unterhielten, woran Jake wohl eher sterben würde: an einem eifersüchtigen Ehemann, einer eifersüchtigen Ex-Freundin oder am Zorn Gottes.

„Ihr habt Geschlechtskrankheit vergessen", erinnerte Savannah sie und leerte ihren Cocktail. „Und er fährt neuerdings ein Quad. Das sollte als mögliche Todesursache nicht außer Acht gelassen werden."

„Oh Gott! Reden wir einfach über etwas anderes", sagte Kaylie und verzog das Gesicht. „Wenn wir über Tod reden, denke ich schon wieder an Hochzeit und bekomme Panik. Wer möchte gerne das nächste Gesprächsthema sein?" Sie sah langsam in die Runde und Savannah machte den Fehler, ihrem Blick nicht auszuweichen.

„Savannah!", sagte Kaylie freudig. „Über dich wissen wir noch am wenigsten, erzähl uns was."

Savannah hatte so viel süßes Zeug getrunken, dass sie sich eigentlich nicht dazu in der Lage fühlte, so etwas Anstrengendes zu tun wie zu reden. Aber als Kaylie sie weiterhin erwartungsvoll ansah, fühlte sie sich dazu gezwungen, den Mund aufzumachen.

„Mein Leben ist super uninteressant", eröffnete sie das Gespräch.

„Oh nein, ist es nicht", widersprach Cara und ein diebisches Lächeln trat in ihre Züge. „Savannah hat nämlich vor einer Woche die Aufgabe erhalten, Cole Panther eine Frau zu suchen."

Simultan sogen die Frauen Luft ein.

Oh Gott!

„Cara, das war vertraulich", beschwerte sie sich. „Ich glaube nicht, dass Cole es an die große Glocke hängen wollte."

„Moment", warf Chloe ein. „Was soll das überhaupt heißen, du sollst ihm eine Frau suchen?"

Savannah seufzte, warf Cara einen bösen Blick zu, den sie nur mit einem breiten Lächeln würdigte, bevor sie kurz erklärte, was sie für Cole tat.

Als sie geendet hatte, wurde es für einige Momente still am Tisch, dann murmelte Kaylie: „Glaubt er ernsthaft, dass das funktionieren wird? Innerhalb von ein paar Monaten? Was für ein Strüh. Ich meine, klar, er ist absolut heiß! Ich weiß einen schönen Mann zu schätzen. Aber er ist auch etwas ... angsteinflößend, findet ihr nicht?"

Zu ihrer Überraschung nickten sowohl Cara als auch Chloe. Das war so absurd, dass Savannah spontan anfing zu lachen. „Angsteinflößend? Cole ist doch nicht angsteinflößend. Er ist vielleicht etwas hart manchmal, aber ansonsten ein total normaler, netter Typ.“

Niemand schien ihr zu glauben.

„Ich bin wirklich abgehärtet, was Männer angeht, die Probleme damit haben, ihre Emotionen zu zeigen“, meinte Chloe. „Ich hab‘ einen zu Hause. Aber wenn Cole Panther einen Raum betritt, dann bringt er immer so eine kalte Aura von Distanz mit sich, die mir die Nackenhaare aufstellt. Auch wenn ich angsteinflößend vielleicht durch respekteinflößend ersetzen würde. Aber er ist wirklich eine ganz andere Hausnummer von Mann, er riecht nach Geld und leeren Versprechen. Ich kann mir vorstellen, dass er kein Problem damit hat, Frauen aufzugabeln, aber eine Ehefrau zu finden, ist ja doch noch mal etwas anders.“

Sie waren offensichtlich noch nie mit ihm in einer Bar gewesen und hatten ihn bei seinem Date beobachtet.

„Ich glaube nicht, dass die Frau das Problem sein wird“, meinte Savannah schulterzuckend. Sie suchte seit neun Tagen nach einer Ehefrau für ihn und hatte bereits fünf Nachrichten von diversen Dates auf ihrer Mailbox, die Cole wohl noch heute vor den Altar schleifen würden, wenn sie nur könnten.

„Ich glaube, dass Coles Anforderungen ihm das Genick brechen werden. Er sucht nämlich nach einer Frau, die nicht existiert.“

„Tun das nicht alle Männer?“, gab Cara zu bedenken. „Und dann bemerken sie, dass die Realität so viel besser ist.“

Savannah war sich nicht sicher, ob die Realität für Cole akzeptabel war.

„Sorry“, sagte Kaylie an ihrer Seite und hob beide Hände in die Höhe. „Ich muss einfach noch mal fragen: Cole Panther kann *nett* sein? So richtig freundlich nett?“

Savannahs Mundwinkel zuckten. „Ach wisst ihr ...
wenn er sich Mühe gibt, kann er sogar verdammt charmant sein."

Neun

„Wo zum Teufel bist du? Ich hatte dich vor einer halben Stunde erwartet! Wie kann es sein, dass du das vergangene Jahr über bei jedem einzelnen Termin die Organisation betreffend überpünktlich warst und sobald es um den Job geht, den du eigentlich nicht annehmen wolltest, zu spät kommst?"

Savannah verdrehte die Augen, während Coles laute Stimme das Innere ihres Wagens füllte. Tatsächlich hatte ihre Verspätung nichts damit zu tun, dass sie keine Lust darauf hatte, Cole die nächsten zehn Kandidatinnen für den Posten seiner Ehefrau vorzustellen, damit er sich fünf von ihnen für baldige Treffen aussuchen konnte. Auch wenn sie sich Schöneres für ihren Mittwochabend vorstellen konnte. Doch Herr Ungeduldig war ja mit keiner der Kandidatinnen der letzten Woche zufrieden gewesen!

Aber gerade, als sie hatte aufbrechen wollen – pünktlich, wenn sie das bemerken durfte – hatte Mrs. Bernard mit leicht verbrannten Keksen in der Hand an ihre Tür geklopft, um zu fragen, ob sie rüberkommen und ein wenig quatschen wolle. Savannah hatte nicht Nein sagen können. Also schmeckte ihr Mund jetzt nach verbrannten Ingwerplätzchen, aber ihr Herz war warm und mollig. Doch das konnte sie Cole unmöglich erzählen, denn er würde das Gefühl nicht kennen.

„Ich bin unterwegs", sagte sie über ihre Freisprechanlage und drückte aufs Gas. „Kein Grund, deinem hübschen Gesicht noch mehr Falten hinzuzufügen."

„Unterwegs reicht mir nicht! Ich habe einen Termin, in den du jetzt hineinplatzen wirst."

„Tja, das Business, eine Frau zu finden, ist kein Zuckerschlecken. Das wird dein Termin doch sicherlich verstehen."

Cole murmelte etwas, das sich anhörte wie „Das wird die reinste Tortur." Doch Savannah weigerte sich, das letzte Wort mit sich selbst in Verbindung zu bringen, deswegen musste sie sich wohl verhört haben.

„Ich werde jetzt auflegen", kündigte sie an. „Ich bin laut Navi in zehn Minuten bei dir. Ich schätze, du wohnst in einem völlig überteuerten Loft, in dem sich keine einzige Pflanze und kein einziges Bild befindet. Und wenn ich recht habe, verzichtest du darauf, mir eine Standpauke über Arbeitsmoral, Pünktlichkeit und Respekt zu halten und ich verzichte darauf, dich zu treten. Hört sich das gut an?"

Cole gab einen merkwürdigen Ton von sich, den Savannah zwischen einem Schnauben und Lachen einordnete, bevor er murmelte: „Ich zahle dir viel zu viel Geld dafür, dass du mir auf die Nerven gehst", und auflegte.

Interessant. Dabei hatte sie gerade überlegt, nach einer Gehaltserhöhung zu verlangen, denn sie hatte sich heute Morgen mit gleich drei hysterischen Frauen herumschlagen müssen, die ein Nein nicht verstanden hatten und davon überzeugt waren, Coles Traumfrau zu sein.

Zehn Minuten später parkte Savannah unter einer der Eichen, die den Columbus Square säumten. Die Häuser, die um die kleine Grünanlage herum standen, fingen bei einem Preis von vier Millionen Dollar an. Ein solches Schnäppchen hatte sich Cole sicherlich nicht entgehen lassen können. Aber Panther Junior würde nicht in einem Haus leben. Ein Haus war groß und die Wege zwischen den einzelnen Räumen viel zu lang. Viel zu ineffizient. Nein, Savannah war sich sicher, dass Cole zwar im teuersten Gebäude mit Blick auf den Park und Philadelphia Skyline lebte, aber nur eine Etage bewohnte – und sie behielt recht. An der Tür des roten Backsteingebäudes, in dem Cole Panther lebte, hingen nur drei Klingelschilder, und auf keinem stand ein Name. Savannah ging jedoch stark davon aus, dass Cole das obere Geschoss bewohnte, weswegen sie den ersten Knopf drückte.

Keine zwanzig Sekunden später wurde ein Buzzer betätigt und sie drückte die Tür auf. Von dem steril weißen Flur, in den sie trat, wand sich eine Treppe nach oben.

An der ersten Wohnungstür ging Savannah einfach vorbei, denn ein Cole Panther wohnte nicht in einem Loft, vor dem eine Willkommen-Matte lag. Sie stieg eine zweite Treppe hinauf, doch auch diesen Eingang ignorierte sie, denn eine Pflanze stand davor. Nein, Coles Tür würde blank und kalt sein und so aussehen, als wohne dort überhaupt niemand. Und wieder behielt sie recht.

Lächelnd nahm sie die letzte Stufe, doch noch bevor sie an das weiße Holz klopfen konnte, wurde dieses bereits geöffnet. Sie blickte auf und hielt überrascht inne. Vor ihr stand definitiv jemand, der den Nachnamen Panther trug. Aber Cole war es nicht.

Der Mann, der auf sie hinabblickte, hatte dieselben schwarzen Haare und dieselben eisblauen Augen wie Cole, aber er trug seine Haare radikal kurzgeschoren und den Bart ein wenig länger. Außerdem war er etwas kleiner als Cole. Dies machte er jedoch mit deutlich breiterem Kreuz und beeindruckend ausgeprägtem Bizeps wieder wett. Und noch etwas war anders an ihm ... sein Lächeln war so breit und offen, dass Savannah die Blutsverwandtschaft sofort angezweifelt hätte, wäre der Rest nicht so offensichtlich gewesen.

Er studierte sie kurz, ließ seinen Blick über ihre Jeans, ihre Turnschuhe und das einfache T-Shirt schweifen, und rief dann über seine Schulter: „Cole, eine hübsche, normale Frau steht vor deiner Tür. Sie muss sich verirrt haben."

„Hey, Savannah. Komm rein. Ich muss noch kurz ein Telefonat führen", kam eine Stimme aus dem Inneren der Wohnung. „Und ignorier meinen Bruder. Coop hat eine starke psychische Störung, die sich Idiotismus nennt."

„Ah, das ist wohl genetisch bedingt", stellte Savannah leise fest, was Coop dazu veranlasste, noch breiter zu grinsen.

„Es ist mir eine große Freude, dich kennenzulernen", sagte er und reichte ihr die Hand. „Du musst die PR-Managerin sein, die die undankbare Aufgabe hat, ihn zu verkuppeln?"

„Ja", sagte sie und folgte Coles Bruder in das Loft, das – Überraschung – vollkommen pflanzen- und bilderlos war.

„Und du musst der Termin sein, den ich unterbreche?"

Coop legte eine Hand auf seine Brust, so als würden ihre Worte sein Herz erwärmen.

„Cole hat mich Termin genannt? Meine Güte, ich muss ihm ja wirklich wichtig sein. Eigentlich soll Cal noch kommen, der dritte männliche Panther Junior, aber wie ich ihn kenne, hat er uns vergessen."

„Oh. Passiert das häufiger?"

„Andauernd", sagte Coop leichthin und bot ihr einen Platz auf der schwarzen Couch an, die auf eine breite Glasfront ausgerichtet war, hinter der sich die Baumkronen der Eichen und die Philadelphia Skyline abzeichneten. Die Sonne ging unter und tauchte alles in einen warmroten Glanz. Bis auf die Tatsache, dass das Loft aussah, als sei Cole gerade erst eingezogen, war es sehr hübsch, stellte Savannah fest. Helle Dachbalken zierten die Decke, braunes Parkett den Boden und die offene, marmorne Küche harmonierte mit den dunklen Möbeln des riesigen Wohn- und Schlafbereichs, der mindestens achtzig Quadratmeter umfassen musste. Zwei Türen gingen von der Küche ab. Beide waren geschlossen. Savannah ließ ihren Blick wandern und erhaschte ein breites Polsterbett, das halb hinter einem offenen Bücherregal verborgen lag. Aus Gründen, die sie nicht näher erforschen wollte, bekam sie eine Gänsehaut.

„Also", sagte Coop, ließ sich neben ihr nieder und musterte sie neugierig. „Wie schätzt du die Chancen meines Bruders ein, im nächsten Jahr unter die Haube zu kommen? Und wieso zum Teufel erklärst du dich bereit, ihn bei seiner bescheuerten Idee zu unterstützen?"

Savannah musste lachen. Cooper schien nicht viel von Höflichkeit zu halten und das fand sie äußerst sympathisch. „Also erstens: Dein Bruder zahlt unglaublich gut und zweitens: Wenn er nicht so wählerisch wäre, könnte er morgen schon verheiratet sein."

„Ist die Auswahl denn so schlecht?", wollte Coop wissen.

„Entscheide selbst", sagte Savannah, öffnete ihre Handtasche und holte die zehn Dating Profile der *Bewerberinnen*, wie Cole es formuliert hatte, aus ihrer Tasche.

„Es ist, als wäre schon wieder Weihnachten", flüsterte Cooper ehrfürchtig, griff nach dem Stapel Papier und überflog die erste Seite. Er brauchte drei Sekunden, bevor er feststellte: „Die fliegt raus. Sie war auf einem Community College und ist Tochter eines Bauarbeiters. Cole mag seine Frauen gepflegt und elitär gebildet."

Stirnrunzelnd entzog ihm Savannah das Papier und las die ersten Zeilen.

„Nein, sie ist definitiv unter den fünf Besten", widersprach sie. „Sie ist bei hundert karitativen Einrichtungen tätig und hat diese sympathische Ausstrahlung, nach der er für seine Geschäftsessen sucht. Das ist eine sichere Kandidatin."

Cooper grinste. „Nein. Familiärer Hintergrund geht vor Charakterstärke. Sie wird rausfliegen."

Savannah verengte die Augen. Da waren sie wieder bei dem familiären Hintergrund, der reichen Leuten offensichtlich so wichtig war. Sie spürte die altbekannte Wut in sich aufsteigen, ließ sie aber nicht Überhand gewinnen. Cooper hatte lediglich eine für ihn offensichtliche Tatsache ausgesprochen. Savannah würde es nicht persönlich nehmen. Außerdem ... vielleicht war es ihr Wunschdenken, aber sie glaubte fest daran, dass Cole über die bescheidene Herkunft der Kandidatin hinwegsehen würde.

„Wollen wir wetten?", fragte Savannah lächelnd.

Cooper verengte die Augen und sein Blick flog zu den Türen nahe der Küche. Savannah vermutete stark, dass sich Cole hinter einer von beiden verbarg.

„Cole ist am Telefon mit dem Agenten von Jimmy Rodriguez, wir haben also mindestens noch eine Viertelstunde. Wir wählen beide fünf Kandidatinnen aus ..."

„... und derjenige mit den wenigsten Richtigen muss dem anderen eine Flasche Wein kaufen. Eine teure Flasche Wein", ergänzte sie.

„Deal." Coop streckte die Hand aus und Savannah schlug ein.

Hastig breiteten sie die Kandidatinnen auf dem Boden aus und es dauerte keine zehn Minuten, da hatten beide ihre Favoriten gewählt und die Blätter wieder zusammengeschoben.

„Du wirst untergehen", versprach Cooper ihr entschuldigend, als er ihr die Profile reichte. „Ich kenne alle Frauen, mit denen Cole je etwas hatte. Ich weiß, auf welchen Typ er steht.“

„Du weißt, was er in einer Affäre sucht“, korrigierte Savannah ihn mit erhobenem Zeigefinger „Nicht in einer Ehefrau.“

Coop winkte ab. „Cole ist kein Heiliger, auch wenn unsere Mutter ihn gerne so sieht. Selbst wenn er jetzt nach etwas Ernstem sucht, er ist immer noch ein simpel gestrickter Mann, der hinguckt, wenn ein rotes Höschen aufleuchtet. Und diese graue Maus von Krankenschwester, die du als Favoritin gewählt hast, würde er nicht einmal ansehen, wenn sie ihm ins Gesicht spränge.“

Savannah presste die Lippen aufeinander und verschränkte die Arme, sodass die Papiere auf ihren Knien beinahe zu Boden fielen.

„Du hältst nicht viel von dem Frauengeschmack deines Bruders, oder?“

„Sagen wir einfach, er hatte nie die Geduld, sich wen Vernünftigen zu suchen. Denn Frauen mit Anspruch sind anstrengend. Da überlegt man es sich zweimal, ob sie es wert sind.“

„Cooper“, sagte sie feierlich, „ich werde dir jetzt etwas sagen, was dein Bruder von mir fast täglich zu hören bekommt. Wenn du jetzt nicht aufhörst zu reden, muss ich dir leider wehtun.“

Coop lachte leise und hob beide Hände, als wolle er sich ergeben.

„Ich habe nicht behauptet, dass das meine Meinung ist. Das ist eher eine Art Allgemeinwissen, das wir Männer uns über die Jahre hinweg angeeignet haben.“

Er machte es wirklich nicht besser. Zu seinem Glück wählte Cole genau diesen Moment aus, um ins Wohnzimmer zu treten. Er runzelte die Stirn und dachte offenbar noch immer über das gerade geführte Telefonat nach ... bis sein Blick auf Savannah fiel.

„Warum trägst du schon wieder Jeans?", fragte er finster, anscheinend erneut unzufrieden mit ihrer Kleidungswahl.

„Weil sie gemütlich sind und ich keine Lust habe, mich auch noch für deine Brautschau in einen engen Rock zu quetschen", sagte Savannah augenverdrehend. Er war viel zu besessen von den Dingen, die sie anzog.

„Die eigentliche Frage sollte sein: Warum trägst du *keine* Jeans?" Sie deutete auf seine Anzughose. Er hatte noch immer das an, was er bei der Arbeit zur Schau gestellt hatte.

„Ich besitze keine Jeans", sagte er irritiert.

Ungläubig öffnete sie den Mund. „Das ist nicht dein Ernst!"

„Natürlich ist das mein Ernst. Warum sollte ich darüber Witze machen?"

„Weil das nicht normal ist! Ich erinnere mich daran, gehört zu haben, dass nur Psychopathen keine Jeans haben."

„Tatsächlich?" Interessiert hob Cole eine Augenbraue. „Hast du das im Schwachsinnsmagazin mit dem Titelthema *Lügen* gelesen?"

„Nein, es muss Heft Nummer 7, *Warum zum Teufel hast du keine Jeans?*, gewesen sein."

„Die Ausgabe habe ich ausgelassen", sagte Cole achselzuckend.

„Ich werde dir eine Jeans kaufen", meinte Savannah. „Du kannst keine Ehefrau finden, ohne eine Jeans im Schrank zu haben."

„Also, den Zusammenhang musst du mir erklären, fürchte ich."

„Es ist einfach unnormal", beharrte sie. „Hast du eine Jeans in deinem Schrank, Cooper?"

Sie wandte sich nach links, zu Coles Bruder, doch der antwortete nicht. Stattdessen flog sein Blick immer wieder zwischen ihr und Cole hin und her, die Lippen leicht geöffnet. Eine steile Falte bildete sich zwischen seinen Brauen, bevor er leise feststellte: „Faszinierend.“

„Was ist faszinierend?“, wollte Savannah verwirrt wissen. „Dass dein Bruder keine Jeans besitzt?“

Cooper schüttelte den Kopf. „Nein, das wundert mich überhaupt nicht.“

Mehr sagte er nicht.

Da Savannah keine Geduld hatte, eine weitere sinnlose Unterhaltung mit einem Panther zu führen, ignorierte sie das Grinsen, das jetzt auf Coops Gesicht erschien, und wandte sich zu Cole. Er war das größere Problem.

„Hier“, sagte sie feierlich und reichte ihm die Papiere. „Triff deine Auswahl.“

Cole griff nach den Formularen, warf seinem Bruder einen letzten irritierten Blick zu und zog sich dann einen Stuhl vom Esstisch heran, um sich ihnen gegenüber niederzulassen.

Sein Blick scannte die erste Seite, die Tochter des Bauarbeiters, und unterbewusst richtete sich Savannah auf.

„Community College …“, murmelte Cole nachdenklich. „Vater Bauarbeiter, Mutter Verkäuferin … mhm. Nein, sie fliegt raus.“

Na klasse. Savannah verzog das Gesicht und aus irgendeinem Grund durchflutete sie ein tiefes Gefühl der Enttäuschung. Coop lachte leise neben ihr und stieß leicht mit der Faust gegen ihre Schulter.

Tief einatmend ignorierte Savannah die Geste und gab sich Mühe dabei, Neutralität auszustrahlen.

„Warum guckst du mich so böse an?“, wollte Cole verwirrt wissen.

Das mit der Neutralität hatte wohl nicht geklappt.

„Mach einfach weiter“, sagte sie knapp und presste die Lippen aufeinander.

„Okay, ich … ach, warte." Cole hatte das Blatt Papier schon beiseitelegen wollen, hielt nun aber noch einmal inne. „Meine Güte, sie engagiert sich ehrenamtlich bei Greenpeace, dem roten Kreuz und kocht regelmäßig für das Obdachlosenheim? Die Frau ist eine Heilige. Ich könnte Gottes Vergebung brauchen. Okay, sie kommt auf den Vielleicht-Stapel."

Cooper stöhnte leise, während Savannah gegen ein triumphierendes Lächeln ankämpfte.

Coles Blick schoss nach oben.

„Was habt ihr?", wollte er wissen, sein Tonfall mehr als misstrauisch.

„Entschuldige", meinte Coop. „Mein Idiotismus macht mir wieder zu schaffen."

Savannah schnaubte. Coop grinste. Cole kniff die Augen zusammen.

Etwas Warmes breitete sich in Savannahs Körper aus und lächelnd nahm sie ihm das Profil der ersten Kandidatin ab. „Los, mach weiter, ich habe nicht die ganze Nacht Zeit."

***

Cole wusste nicht, was hier vor sich ging – aber es gefiel ihm nicht.

Cooper und Savannah wirkten jetzt schon wie beste Freunde, dabei kannten sie sich erst seit einer halben Stunde! Wie schaffte es sein Bruder, so offen und umgänglich zu sein, dass jeder ihn sofort mochte? Es war Cole ein Rätsel und normalerweise bewunderte er ihn für diese nützliche Eigenschaft, aber jetzt gerade ging sie ihm verdammt gegen den Strich.

Die beiden tauschten andauernd Blicke aus und kicherten wie kleine Schulmädchen. Coles Geduldsfaden riss mit jeder verstreichenden Sekunde ein wenig mehr und es fiel ihm schwer, seine sonst so kühle, gelassene Fassade aufrechtzuerhalten.

Es hatte schon seinen Grund, warum er nicht gewollt hatte, dass Savannah und seine Brüder sich trafen. Cole trennte sein Privatleben strikt von seinem Arbeitsleben und dass Savannah jetzt neben Coop auf der Couch saß und ihre Beine sich beinahe berührten, war inakzeptabel. Abgesehen davon, dass Cole den merkwürdigen Drang hatte, Savannah vor seinem Bruder zu schützen.

Callum war sich seiner Wirkung auf Frauen nicht bewusst – oder zumindest interessierte sie ihn nicht sonderlich. Cooper hingegen war ein Frauenheld, wie er im Buche stand und Savannah war genau sein Typ: hübsch. Das war nämlich alles, was Cooper interessierte. Mehr brauchte er in einer Frau nicht. Sie musste nur halbwegs ansehnlich sein und Savannah war weit mehr als das, also ...

„Scheiße, du hast gewonnen", riss Coop Cole aus seinen Gedanken und sah kopfschüttelnd zu Savannah, die ihre Faust in die Luft reckte.

„Ha!", stieß sie aus und schlug mit der flachen Hand auf seine Schulter. Coles Kiefer knackte.

„Ich habe dir doch gesagt, dass du Cole unterschätzt", sagte sie triumphierend.

„Jaja", sagte Coop unglücklich und sah Cole tadelnd an. „Wann hast du Frauengeschmack entwickelt? Und wieso wusste ich nichts davon?"

„Wovon zum Teufel redest du?" Cole bekam so langsam das Gefühl, dass er irgendetwas verpasst hatte. Und das gefiel ihm überhaupt nicht. Und warum lag Savannahs beschissene Hand noch immer auf Coops Schulter?

„Erklär du es ihm", sagte Savannah fröhlich und klopfte Coop auf den Bizeps, bevor sie aufstand und ihre Handtasche schulterte. „Ich fahr' nach Hause. Ich muss noch die morgige Pressekonferenz vorbereiten und möchte euren wichtigen Termin nicht stören. Außerdem trinke ich gerne Rotwein, nur damit du es weißt", fügte sie hinzu und lächelte Cooper süffisant zu, bevor sie die Hand in Richtung Cole hob und aus dem Loft verschwand.

Cole blickte ihr nach, und sobald die Tür hinter ihr ins Schloss fiel, richtete er seinen Zeigefinger auf Coopers Brust. „Du lässt die Finger von ihr, hast du verstanden?"

Sein Bruder grinste breit. „Sie ist süß. Witzig – und intelligent noch dazu."

„Das weiß ich und sie ist die verdammt beste Angestellte, die ich habe. Du wirst sie nicht gegen mich aufhetzen, indem du mit ihr ins Bett springst und sie dann am nächsten Tag entsorgst wie eine abgelaufene Packung Milch."

Coop legte gespielt entrüstet eine Hand auf seine Brust. „Was denkst du denn von mir?"

„Ach bitte", sagte Cole abfällig. „Wir beide wissen, dass du Jakes großes Vorbild bist. Und warum zum Teufel habt ihr den ganzen Abend lang gekichert?"

„Wir hatten eine Wette, die sie gewonnen hat, fürchte ich."

Langsam wurde Cole wütend. „Eine Wette? Worauf habt ihr gewettet?"

„Darauf, wen du von den Dating-Kandidatinnen treffen willst und, meine Güte, Savannah hatte vier von fünf richtig. Die Frau weiß, was du willst. Ich wette, sie wüsste auch, was ich will ..."

„Coop", sagte Cole warnend und stützte die Ellenbogen auf die Beine, um sich zu seinem kleinen Bruder hinüberzubeugen. „Ich will dich nicht in ihrer Nähe sehen."

„Mhm ..." Nachdenklich legte Cooper den Kopf schief. „Du musst mir noch einmal erklären, warum ich auf dich hören sollte."

„Weil sie meine Angestellte ist und du es besser weißt, als dich in mein Business einzumischen."

Coop sah nicht überzeugt aus. „Bist du sicher, dass deine Warnung mir gegenüber professionelle Hintergründe hat? Dein Gesichtsausdruck sagt mir nämlich etwas anderes."

„Was zum Teufel meinst du?", knurrte Cole. Er fühlte sich überhaupt nicht wohl damit, wohin dieses Gespräch gerade führte.

„Natürlich geht es um den Job! Ich trenne Arbeit von Privatleben. Und so gerne ich es bestreiten würde: Du gehörst zu meinem Privatleben und Savannah zu meinem Job."

„Alter." Cooper verdrehte schnaubend die Augen. „Du stehst auf sie! Warum sagst du mir nicht einfach, ich soll die Finger von ihr lassen, weil du gerne deine eigenen Finger auf ihr hättest? Das würde ich absolut verstehen."

Abrupt richtete Cole sich auf. „Blödsinn!"

„Schön, dann sollte es dir doch nichts ausmachen, wenn ich sie um ein Date bitte."

„Einen Scheiß wirst du tun!", fuhr Cole ihn an.

Cooper fing an zu lachen. „Süß. Bist du sicher, dass jetzt der richtige Zeitpunkt ist, nach einer Ehefrau zu suchen, wo du doch so gerne mit deiner PR-Managerin schlafen würdest?"

Cole seufzte schwer, stand auf und schlenderte zu seinem Kühlschrank. Coop hatte doch keine Ahnung, wovon er redete. Hatte er darüber nachgedacht, mit Savannah zu schlafen? Ja.

Würde er dem nachgeben? Nein.

Denn es war ganz einfach: Er hatte seinen Teil an Affären gehabt und es wurde Zeit, mit dem Scheiß aufzuhören und den nächsten Schritt zu wagen. Savannah war nicht dieser Schritt. Abgesehen davon, dass sie an die große Liebe glaubte und ihr eine Affäre ohnehin nie genügen würde und sie immer noch seine Angestellte war. Nicht dass er sich darüber schon übermäßig viele Gedanken gemacht hätte.

Also ja, es war der richtige Moment, nach einer Ehefrau zu suchen und nein, er würde nicht mit Savannah schlafen. Nichtsdestotrotz würde ihnen ein wenig Abstand vielleicht ganz guttun. Sie hatten die letzten Wochen auf viel zu engem Raum verbracht. Aber das dürfte kein Problem werden. Cole war gut darin, Distanz zu schaffen.

Er wünschte sich nur, sie würde endlich damit aufhören, Jeans zu tragen.

Zehn

Savannah klopfte sich die Flusen von der Jeans und seufzte schwer, als sie Cole mit düsterer Miene auf sich zustapfen sah. Er war den ganzen Abend über schon königlich schlecht gelaunt gewesen und sie konnte sich partout nicht erklären, woran das lag. Sie hatten kaum ein Wort gewechselt, sie konnte also nicht der Grund für seine für die Toilette gemachte Stimmung sein. Alles, was sie heute von sich gegeben hatte, war, dass sie sich sehr gefreut hatte, gestern seinen Bruder kennenzulernen. Und dass Cole nun anfinge, in ihren Augen doch plötzlich zu einem gewöhnlichen Menschen zu werden, wo sie doch bis vor kurzem gedacht hatte, er hätte ein Dollarzeichen dort, wo andere Menschen ein Herz hatten. Schön, die Worte waren provokant gewesen, aber so funktionierte ihre Beziehung doch, oder nicht?

„Was hat da so lange gedauert?", fuhr er sie an, sobald sie in Hörweite war. „Ich habe dir eindeutig das Zeichen gegeben. Ich habe diesen bescheuerten Appletini bestellt und musste mir dennoch weitere zehn Minuten anhören, wie wohltuend Kokosöl für die Haut ist."

„Ist es", sagte Savannah knapp. „Vielleicht solltest du es mal ausprobieren. Mit zarter Haut würde sich vielleicht deine Laune heben."

Cole wirkte nicht begeistert von ihrem erstklassigen Tipp. „Du warst unaufmerksam", stellte er nervtötend ruhig fest. „Ich bezahle dich dafür, zu arbeiten, nicht dafür, zu flirten, Savannah! Also pass verdammt noch mal besser auf, falls ich das nächste Date frühzeitig abbrechen will."

Savannah holte tief Luft und suchte nach ihrer Geduld, die sich unter einem riesigen Haufen Gereiztheit versteckte. Sie befanden sich wieder bei ihrem Lieblingsitaliener und wider Coles Vorwurf hatte sie sich mit Trevor, dem Barkeeper, unterhalten, nicht geflirtet. Aber sie würde sich nicht dafür rechtfertigen, dass Cole heute mit dem falschen Fuß aufgestanden war und vergessen hatte, seine Pillen zu nehmen.

„Ich kann multitasken", sagte sie beiläufig und ließ ihren Blick über die Tische vor sich gleiten. „Und du sahst nicht aus, als müsstest du gerettet werden. Dein Date war ein Unterwäschemodel, Cole! Der Traum eines jeden Mannes."

„Sie war langweilig."

„Ja, und mir war auch langweilig – deswegen habe ich ja geflirtet."

Cole schnaubte und Savannah sah, wie sich die Muskeln unter seinem Hemd anspannten, so als wäre sie nicht die Einzige, die mit ihrer Geduld zu kämpfen hatte.

„Mir dauert das zu lange", presste Cole schließlich hervor und genehmigte sich einen Schluck ihres Wassers.

„Okay, nächstes Mal werde ich schneller reagieren. Tut mir leid."

„Ich meine die Suche nach einer Frau!"

Savannah schnaubte und hätte beinahe angefangen zu lachen. Sie vermutete jedoch, dass heute nicht der richtige Tag war, um Cole Panther auszulachen.

„Du suchst seit knapp vier Wochen, Cole! Das ist keine Ewigkeit."

„In meiner Welt schon", gab er zurück und presste die Lippen aufeinander.

„Meine Güte, bist du so sexuell frustriert, dass du es so unglaublich eilig hast, deine Ehefrau zu finden?" Sie entriss ihm das Glas und setzte es selbst an die Lippen.

Coles Blick flackerte zu ihr hinüber, bevor er sich rückwärts mit den Unteramen auf den Tresen stützte und gegen die Bar lehnte. „Wenn du es genau wissen willst: Ich hatte seit fast drei Monaten keinen Sex mehr, um mich auf die Ehe vorzubereiten."

Sie verschluckte sich und verteilte einen Sprühregen Wasser auf einem vorbeieilenden Kellner, der irritiert aufblickte.

Sie deutete mit dem Finger auf Cole und sagte laut: „Es tut ihm leid, er hat keine Kontrolle über sich selbst", bevor sie zischte: „Unter welchen Umständen bitte hätte ich wissen wollen, wann du das letzte Mal Sex hattest? Und herzlichen Glückwunsch, drei Monate – wow. Dein Pokal, gefüllt mit Kondomen, folgt die Tage."

„Du hast gefragt, ob ich sexuell frustriert bin, ich habe ehrlich geantwortet", sagte er schlicht. „Und wenn ich mir deinen Terminkalender angucke, dann müsstest du doch einiges von sexueller Frustration verstehen."

Sie wünschte, er würde aufhören, das Wort Sex so oft zu benutzen. Denn das beschwor Bilder herauf, die sie lieber tief vergraben wollte.

„Halt einfach die Klappe, Cole", murmelte sie. „Meine einzige Frustrationsquelle bist im Moment du."

„Ich frustriere *dich*?", fragte er. „Für den lausigen Job, den du heute gemacht hast, hätte ich auch ein Kindergartenkind anstellen können."

Savannah presste die Lippen zusammen. Was war nur los mit ihm? Ja, er konnte ein Arschloch sein, aber normalerweise beschränkte er das auf seine Arbeitszeiten.

„Ich habe keine Ahnung, was heute bei dir schiefgelaufen ist, Cole, aber hör auf damit", sagte sie leise, jedoch mit fester Stimme. „Ich bin nicht daran schuld, dass du an jeder Kandidatin etwas auszusetzen hast. Und mir würde es helfen, wenn du deine miese Laune nicht an mir auslässt."

Die Tür zum Lokal ging auf und Savannah war froh, die hereintretende Frau als nächstes Date zu erkennen.

„Deine nächste Bewerberin ist da", stellte sie fest. „Sie ist überpünktlich, also nicht perfekt – soll ich sie lieber sofort zurück nach Hause schicken?"

Sie spürte Coles kühlen Blick auf sich, doch sah nicht auf. Sie fühlte sich gerade nicht danach, in einen Pool aus Eiswasser getaucht zu werden.

„Ich bekomme den Eindruck, du denkst, ich sei zu wählerisch", murmelte Cole an ihrem Ohr. Sie konnte seinen Atem auf ihrer Haut spüren, und eine Gänsehaut kletterte ihren Nacken hinunter.

„Im Moment denke ich, dass absolut nichts Sinnvolles aus deinem Mund kommt und du besser nach Hause gehen solltest. Aber ich bin ja auch nur deine Angestellte, oder?"

„Ja, genau das bist du", stellte er trocken fest. „Sei einfach ein wenig aufmerksamer und überzeugender das nächste Mal, dann bekommen wir auch kein Problem."

Er stieß sich vom Tresen ab und begrüßte die junge Brünette. Es war, als lege er einen Schalter um. Auf einmal war er freundlich und zuvorkommend, nahm seinem Date die Jacke ab und ließ ihr den Vortritt zum Tisch.

Savannahs Zähne knirschten, als sie übereinander schabten. Oh, sie bekamen kein Problem, sie hatten schon eins. Er wollte, dass sie überzeugender war? Das konnte er haben. Savannah ließ ihr Wasserglas klirrend auf den Tresen fallen und bestellte einen Gin Tonic. Außergewöhnliche Umstände verlangten nach außergewöhnlichen Maßnahmen.

***

Cole bekam kein schlechtes Gewissen.

Er hatte es sich abtrainiert, sich schuldig zu fühlen. Aber das hinderte ihn nicht daran, zu wissen, wann er etwas Falsches tat. Und wie er Savannah zurzeit behandelte, war falsch. Es war nur ... die Worte seines Bruders hallten noch immer in seinem Kopf und er hatte Distanz schaffen müssen. Weil er es sich absolut nicht leisten konnte, sich zu Savannah hingezogen zu fühlen. Er hatte einen Zeitplan, verdammt! Und in dem war eine kurze Affäre mit seiner PR-Beraterin nicht inbegriffen.

Er verstand es ja. Er hatte es mit der Sex-Abstinenz etwas übertrieben und in den letzten Wochen eine Menge Zeit mit Savannah verbracht. Natürlich war sie die erste Frau, an die er dachte, um seine überschüssige Energie loszuwerden. Aber er war besser als das.

Und wenn er absichtlich scheiße zu seiner Angestellten sein musste, um sich nicht von seinem Schwanz steuern zu lassen, dann war das ein Opfer, das er in Kauf nehmen musste. Solange sie ihm nicht zu nahe auf die Pelle rückte, würde alles gut werden.

Die nächste Anwärterin auf den Posten als seine Ehefrau war eine hübsche Biologiedoktorandin, die mehr über Reptilien wusste als Cole über Baseball, und das sollte schon etwas heißen. Leider schien sie verlernt zu haben, über irgendetwas anderes als ihre Arbeit zu reden – sie war Cole also viel zu ähnlich. Er gab sich Mühe dabei, ihr dennoch eine Chance zu geben und fragte sie darüber aus, ob sie Geschwister habe und was sie gerne in ihrer Freizeit tat. Ihre sachliche Wissenschafts-Stimme und ihre Art, die Finger im Rhythmus von Jingle Bells auf den Tisch auftreffen zu lassen, nervten Cole jedoch nach zehn Minuten so sehr, dass er aufgab und beim Kellner einen Appletini bestellte. Die Teile waren widerlich und die reinste Geldverschwendung. Er sollte auf ein anderes Zeichen bestehen. Darüber würde er mit Savannah reden müssen, sobald sie ihm den rettenden Anruf gab.

Doch der Anruf kam nicht. Stattdessen beobachtete er Savannah dabei, wie sie das Glas vor sich leerte, aufstand und auf ihn zuschlenderte. Seine Handflächen wurden feucht, als er ihren entschlossenen Blick bemerkte. Das konnte nichts Gutes bedeuten. Sie hatte die Hände an ihren Seiten zu Fäusten geballt und Cole kam der Gedanke, dass er es vorhin vielleicht etwas übertrieben hatte. Aber bevor er aufspringen und das auf ihn zurasende Desaster aufhalten konnte, hatte Savannah auch schon ihren Tisch erreicht.

„Hey, bin ich zu spät?" Ihr Gesicht nahm eine Hundertachtziggradwendung, schwang von berechnend zu freundlich um, und ein breites Lächeln erschien auf ihren Zügen.

Cole hatte noch nie etwas Furchterregenderes gesehen.

Sein Date wandte sich überrascht um und sah zu ihr auf. „Entschuldigung?", fragte sie verwirrt.

„Ob ich zu spät bin", wiederholte Savannah fröhlich und sank zu Coles Entsetzen im nächsten Moment auf seinem Schoß nieder, den Arm um seinen Hals geschlungen. Ihre Fingernägel verkrampften sich enthusiastisch in seiner Schulter und Cole war zu fassungslos, als dass er sich dagegen hätte wehren können.

Noch nie – nie – hatte eine Frau sich ungefragt auf seinen Schoß gesetzt! Und *wenn* eine Frau gefragt hätte, hätte er verdammt noch mal Nein gesagt! Denn er war nicht mehr in der Highschool und kein Meter von ihm entfernt stand ein völlig funktionstüchtiger Stuhl!

„Hey, ich bin Savannah", sprach sein persönlicher Albtraum weiter. „Seine Verlobte. Nett, Sie kennenzulernen."

Sie streckte ihre Hand über den Tisch aus, während ihr Arm sich fester um seinen Hals zurrte und sie auf seinem Schoß hin- und herrutschte. Wahrscheinlich, um eine gemütlichere Position zu finden. Vielleicht nur, um ihn anzupissen. Ihm war egal, welchen Grund sie hatte, wenn sie nur sofort damit aufhörte. Das war sicherlich nicht das, was er mit Abstand gemeint hatte! Savannahs lange dunkle Haare blieben in seinen Bartstoppeln hängen und kitzelten seine Wange, während der Geruch von etwas Blumigem in seine Nase stieg. Kein Parfüm, aber sicherlich etwas anderes. Denn so absurd gut konnte keine Frau von Natur aus riechen.

Die Biologin ergriff unterdessen perplex Savannahs Hand, ihre Augen so groß wie die Lüge, die Savannah ihr aufgetischt hatte.

„Seine Verlobte?", fragte sie und sah hilfesuchend zu Cole. Doch der war definitiv der falsche Ansprechpartner. Er hätte selbst dann nicht sagen können, was hier gerade passierte, wenn der Weltfrieden davon abhängen würde. „Ich verstehe nicht ganz."

„Ach, das ist ein reiner Routinebesuch", sagte Savannah und winkte ab, ihre Brüste direkt unter seinem Gesicht und ihr Hintern gefährlich nah an dem Beweis, dass Cole eben doch schwanzgesteuert war.

„Ich will euch nicht lange stören. Ich gucke mir die Frauen, mit denen mein Puh-Bär schläft, nur gerne vorher an."

Cole verschluckte sich an seiner Spucke und fing an zu husten. *Puh-Bär?*

Savannah klopfte ihm aggressiv und wenig hilfreich auf den Rücken, aber wenigstens lenkte ihn der Schmerz von seinem anderen Problem ab.

„Aber ... Sie ... aber ... Sie wissen, dass er mit anderen Frauen ausgeht?" Die arme Biologin lief puterrot an, doch Cole konnte ihr leider nicht helfen, weil er noch immer damit beschäftigt war, nicht zu ersticken.

„Wissen?" Savannah lachte und legte eine Hand auf ihre Brust. „Ich habe es angeordnet! Ich heirate ihn erst, wenn er noch etwas ... geübt hat." Sie zwinkerte ihr zu. „Na, Sie wissen schon. Der Mann mag gut gebaut sein, aber unter den Laken hat er noch einiges zu lernen. Wie gut, würden Sie sagen, sind Sie als seine Lehrerin geeignet? Wie viele Sexualpartner hatten Sie und wie würden diese Sie wohl auf einer Skala von eins bis zehn im Bett bewerten? Ich fürchte, ich muss zumindest auf Stufe acht bestehen. Mein lieber Verlobter hier ist wirklich noch im Anfängerbereich anzusiedeln und braucht jede Hilfe, die er kriegen kann."

Cole kam endlich wieder zu Atem und wusste nicht, was ihn wütender machte: Die Tatsache, dass Savannah erklärte, er tauge nichts im Bett, oder ... *Puh-Bär!*

Er öffnete den Mund, um seinem Date zu erklären, dass er diese Frau nicht kannte und es wohl besser wäre, sofort die Polizei zu rufen, doch er kam nicht dazu.

Savannah ahnte wohl, dass er nicht glücklich über die Art und Weise war, wie sie dieses Date beenden wollte, und suchte nach einer neuen Möglichkeit, ihn zum Schweigen zu bringen.

Noch bevor er das erste Wort formen konnte, sagte sie hastig: „Und er ist so willig zu lernen, oder *Puh-Bär?*" Im nächsten Moment legte sie beide Hände fest um sein Gesicht und küsste ihn.

Der Kuss war alles andere als sanft. Savannah presste ihre geschlossenen Lippen so fest auf die seinen, dass er für einen Moment fürchtete, er könne rücklings vom Stuhl fallen – doch er verfehlte seine Wirkung nicht. Auf ein Neues war Cole sprachlos. Er bildete sich ein, Pfirsich zu schmecken, als Savannah sich auch schon wieder von ihm löste.

„Also, wie gut sind Sie unter den Laken?"

Die Biologin stand so hastig von ihrem Stuhl auf, dass sie ihn umwarf. „Das kann doch nicht Ihr Ernst sein! Was soll dieser Schwachsinn?", fragte sie perplex.

„Das ist mein voller Ernst!", versicherte Savannah ihr ungerührt. „Und ein ziemlich kluger Schachzug von mir, finden Sie nicht?"

„Ich kann nicht glauben, dass … ich will nicht … nein!" Die Biologin drehte sich um und rannte aus dem Lokal.

Sobald die Tür hinter ihr zufiel, sprang Savannah von Coles Schoß und fuhr zu ihm herum.

„War das effektiv genug für dich?", wollte sie wissen, die Arme in die Seiten gestemmt.

Cole hätte gerne etwas geantwortet, doch ihm fehlten noch immer die Worte. Savannah hatte sich gerade so viele Dinge erlaubt, die ihm Grund dazu lieferten, sie vom Fleck weg zu feuern, dass er sie alle gar nicht aufzählen konnte. Sie hatte … auf seinem Schoß und … die Worte, die sie gesagt hatte und … hatte sie ihn allen Ernstes geküsst, nur um zu beweisen, dass er sich ihr gegenüber wie ein Arschloch benommen hatte? Was würde sie tun, wenn er einen kleinen Hund trat oder den Luftballon eines Kindes zum Platzen brachte?

Die Frage war jedoch: „Was zum Teufel ist in dich gefahren?"

Seine Stimme war so laut, dass die ersten Gäste sich zu ihnen umwandten. Shit. Er musste aufpassen. Das Letzte, was er jetzt brauchte, war die Presse, die den Saal stürmte.

„Was denkst du dir dabei, mich so vorzuführen?", zischte er wütend. Sie hatte eine Grenze überschritten. Sie war so weit über die Grenze hinausgeschossen, dass er sie in der Ferne gar nicht mehr erkennen konnte.

Er stand auf. Langsam und gefasst. Und mit Genugtuung stellte er fest, dass Savannah anhand seiner schieren Größe, mit der er sie nun überragte, einen Schritt zurückwich. Doch ihr Kinn hielt sie weiterhin gereckt.

„Das hast du davon, wenn du dich wie ein Arschloch verhältst, Cole", sagte sie zornig und richtete den Zeigefinger auf ihn. „Du hast dich furchtbar verhalten und im Gegenzug dazu habe ich mich furchtbar verhalten. Jetzt sind wir quitt."

„Wir sind hier nicht im Kindergarten, Savannah", sagte er gefährlich leise und beugte sich zu ihr herunter. „Du nimmst mir nicht meine Wachsmalstifte weg, weil ich dich Blödmann genannt habe."

„Wenn wir nicht im Kindergarten sind, dann hör du auf, dich wie ein quengeliger Säugling zu verhalten", fuhr sie ihn an und stellte sich auf die Zehen. „Wenn du schlechte Laune hast, ist das in Ordnung. Jeder hat mal einen miesen Tag. Aber dann bleibst du verdammt noch mal zu Hause oder reißt dich zusammen. Was du ganz sicher nicht tust, ist deine Laune an mir auszulassen! Ich habe keine Geduld mit Arschlöchern, Cole."

Kleine Funken stoben aus ihren dunklen Augen und Cole meinte, jeden einzelnen auf seiner Haut zu spüren.

„Damit wirst du dich arrangieren müssen, Savannah", sagte er leise und verengte die Augen. „Ich bin und bleibe nun einmal ein kaltblütiges Arschloch."

Savannah schnaubte. „Schwachsinn. Du bist kein Arschloch. Du verhältst dich nur gerne wie eines, damit die Leute Abstand zu dir wahren und du kein schlechtes Gewissen haben musst, wenn du sie feuerst."

Sie bohrte ihren Zeigefinger in seine Brust und senkte die Stimme. „Erzähl mir nichts, Cole. Du weißt doch genau, was du tust, wenn du Menschen mit deinem scheinbar kalten Charakter von dir wegschiebst. Aber das wird bei mir nicht funktionieren. Weil ich es dir nicht durchgehen lassen werde, den einfachen Weg zu gehen. Wenn du also ein Problem hast – dann sag es mir ins Gesicht. Aber hör auf mit deinem lächerlichen Schauspiel von Macht und Autorität, denn ich kauf' es dir nicht ab."

Mit diesen Worten ließ sie sich zurück auf ihre Fußballen sinken, wandte sich um und ließ ihn stehen.

Cole starrte ihr mit offenem Mund nach, unfähig, sich zu bewegen.

Er hatte das unheilvolle Gefühl, dass Savannah Thomas ihn soeben durchschaut hatte. Und er wusste nicht, wie er mit diesem Wissen umgehen sollte.

Elf

„Du hast ihn *geküsst?*“

Cara sah sie so ungläubig an, dass Savannah gerne gesagt hätte *Nein, Quatsch, das habe ich natürlich alles erfunden!* Leider wäre das eine Lüge gewesen. Denn sie hatte Cole Panther gestern nicht nur geküsst, sie hatte ihn außerdem angeschrien, ihm unnötig gewaltsam auf den Rücken geschlagen und als Loser im Bett bezeichnet. Selbst sie musste zugeben, dass sie womöglich etwas zu weit gegangen war. Doch sie war so verdammt wütend gewesen! Weil sie genau wusste, dass Cole nur so tat, als wäre er ein Arschloch. Es war eine bewusste Entscheidung, die er traf – und das machte die Art und Weise, wie er gestern mit ihr umgesprungen war, nur umso schlimmer. Jetzt, da sie eine Nacht darüber geschlafen hatte, leuchtete ihr ein, dass er immer noch ihr Boss war und sie mit Konsequenzen rechnen musste, aber gestern ... gestern war es ihr wie eine gute Idee erschienen.

„Es war kein romantischer Kuss, Cara“, versicherte ihr Savannah und schloss das Auto ab. „Es war eher eine Möglichkeit, ihn zum Schweigen zu bringen, verstehst du?“

„Nein, kein bisschen“, sagte ihre Freundin kopfschüttelnd. „Alles, was ich gehört habe, ist, dass du deinen Boss geküsst und dann stehengelassen hast.“

Das war eine akkurate Zusammenfassung, wenn auch der Kontext fehlte.

„Er hat sich unmöglich benommen!“, verteidigte sich Savannah, schulterte ihre Handtasche und ging auf das aschgraue Bürogebäude zu, das vor ihnen aufragte. „Er hat sich wie das letzte Arschloch verhalten und nur, weil er mein Boss ist, sollte das nicht heißen, dass ich das hinnehmen muss."

„Mhm", machte Cara stirnrunzelnd, während sie ihr folgte. „Und wie war der Kuss jetzt?"

Savannah verdrehte verärgert die Augen. „Du konzentrierst dich hier nicht auf das Wesentliche, Cara!"

„Ja, weil mir das Wesentliche egal ist", sagte sie leichthin. „Ich will wissen, wie der Kuss war!"

Kurz. Viel zu kurz.

„Es war kein echter Kuss! Ich habe meine Lippen auf seine gepresst. Das hatte nichts mit Zärtlichkeit zu tun."

Ihr Blick fiel auf die oberste der Plaketten, die die Eingangstür zierten, und ihr wurde unwohl zumute. Vielleicht sollte sie doch lieber einen anderen Termin ausmachen. Sie fühlte sich im Moment nicht emotional vorbereitet auf das kommende Gespräch. Aber wenn sie das Treffen absagte, dann würde sie zur Arbeit fahren müssen, wo sie möglicherweise Cole Panther über den Weg lief ...

„Dass ein Kuss mit Cole Panther nichts mit Zärtlichkeit zu tun hat, habe ich mir schon fast gedacht", sagte Cara und legte ihr bestimmt eine Hand auf die Schulter. So als wisse sie, dass Savannah gerade darüber nachdachte, einfach umzudrehen und wegzulaufen.

„Er ist so aggressiv in seinen Verhandlungen. Ich habe mir immer vorgestellt, dass er im Bett genauso ist."

Savannah war sich da nicht so sicher. Wenn sie daran dachte, wie charmant er zu seinen Dates war ... Sie presste die Augen zusammen und schüttelte den Kopf. Keine Bilder! Sie brauchte keine neuen Bilder!

„Lass uns über etwas anderes reden", bat sie. Über das Aussterben der Eisbären oder die grausame Massentierhaltung zum Beispiel. Das waren doch anregende Gesprächsthemen. „Wie kommst du zum Beispiel gerade mit Ty klar?"

Cara warf ihr einen angesäuerten Blick zu.

„Gut, danke der Nachfrage. Mein Ausbruch von letztens tut mir leid. Der ganze Urlaub hat mich ein wenig ... verwirrt. Aber jetzt bin ich wieder auf dem Boden der Tatsachen angekommen, und ob du es glaubst oder nicht, ich habe morgen Abend ein Date."

Das ließ Savannah doch tatsächlich innehalten. „Mit wem?"

„Mit einem gutaussehenden, verwitweten Arzt. Ich habe ihn letztes Wochenende bei einem Auftrag kennengelernt. Er hat mich gefragt, ob ich mit ihm ausgehen würde, ich habe Ja gesagt. Kein Drama, kein Chaos." Cara lächelte zufrieden, wenn auch ein wenig wackelig.

„Ich bin stolz auf dich", sagte Savannah und drückte sie spontan an sich. „Hast du schon einen Babysitter?"

„Ja, Ryan passt auf Danny auf. Dem Treffen steht also nichts im Wege."

„Das freut mich ehrlich für dich", meinte Savannah und fragte sich gleichzeitig, ob Ty wohl wusste, dass Cara ein Date hatte. „Ich finde, das sollten wir feiern!", fuhr sie enthusiastisch fort. „Und zwar jetzt gleich. Wir sollten ..."

„Oh nein. Wenn ich mich meinen Ängsten stelle, dann kannst du das auch", sagte Cara kopfschüttelnd und schob Savannah ein paar Schritte weiter vor. „Bist du sehr nervös?"

„Cole Panther wiederzusehen? Nein, wenn er immer noch ein Arschloch ist, schreie ich ihn einfach wieder an."

„Du weißt genau, dass ich nicht über Panther Junior rede." Sie hielt in ihrer Bewegung inne und nickte zur verschlossenen Tür.

Savannah seufzte und las zum hundertsten Mal die Plakette.

Rob Golson. Privatdetektiv.

„Was ist, wenn er sie nicht findet?", flüsterte sie.

Und was war, wenn er es tat? Ihre Eltern hatten ihr nichts außer ihrem Vornamen gegeben. Sie hatten keine Adresse, keine Nachricht, keine möglichen Kontaktdaten hinterlassen. Sie hatten sie scheinbar ohne jeglichen Grund an die zuständige staatliche Einrichtung gegeben. Savannah wusste nichts, außer dass sie im Albert Einstein Medical Center geboren worden war und sie zumindest von einem ihrer Elternteile die dunklere Hautfarbe geerbt haben musste.

Vielleicht war das hier ein riesiger Fehler. Wenn ihre Eltern die Möglichkeit hätten haben wollen, sie kennenzulernen, dann hätten sie doch sicherlich irgendwelche Informationen für sie hinterlegt.

Darum geht es nicht, flüsterte eine Stimme in ihrem Kopf. *Du willst damit abschließen. Du musst damit abschließen.*

„Du bist nicht allein, Savannah", murmelte Cara an ihrer Seite und legte einen Arm um ihre Mitte. „Habe ich dir das schon einmal gesagt? Du hast jetzt mich. Ich weiß, ich bin kein heißer Kerl, der dir nachts die Füße wärmt, aber ich kann atemberaubende Brownies backen und egal, ob du deine Eltern findest, sie dich sehen wollen oder nicht, mich wirst du nicht verlieren."

Ein Kloß stieg in Savannahs Hals und ihre Augen brannten. Als würde ihr ein eiskalter Wind entgegenwehen.

Nein, Cara war kein heißer Kerl. Denn sie war so viel besser!

„Lass uns reingehen", sagte Savannah, blinzelte die anfänglichen Tränen weg und straffte ihre Schultern. „Wenn ich mich jetzt nicht traue, werde ich mich immer fragen, was gewesen wäre, wenn."

Cara nickte fest und drückte sie kurz an sich. „Du bist ziemlich wunderbar, Savannah."

Verdutzt, die Hand bereits am Türknauf, hielt sie noch einmal inne und wandte sich zu Cara. „Wieso sagst du mir das?"

„Weil ich glaube, dass es dir nicht oft genug erzählt wird", sagte Cara, öffnete die Tür und drückte Savannah hindurch.

Anderthalb Stunden später saß Savannah mit dampfender Tasse Tee an ihrem Schreibtisch und druckte die Auftragsbestätigung des Privatdetektivs aus, die er ihr per Mail hatte zukommen lassen. Ihre anfängliche Panik hatte sich nicht gelegt, aber sie war erträglicher geworden. Es gab genug, mit dem sie sich ablenken konnte. Das Trainingscamp stand kurz bevor und die Pressevorbereitung lief auf Hochtouren. Es gab Spieler zu promoten, Merchandise zu aktualisieren und Pressekonferenzen anzuordnen. Gleichzeitig war dies die Zeit, in der die Spieler den Drang hatten, noch einmal durchzudrehen, bevor sie sich in der Saison zu benehmen hatten. Dieser Wahnsinn äußerte sich auf unterschiedliche Art und Weise. Jake lieferte sich ein Straßenrennen mit seinem Quad. Ryan, der Catcher der Delphies, verspürte das Bedürfnis, ein katastrophales Interview zu geben, in dem er beteuerte, dass er kein Held sei, weil er erst gestern aus Versehen eine DVD gestohlen habe. Jason Collins ließ sich mit gerecktem Mittelfinger und einem gemalten Penis auf seiner Stirn ablichten.
Noch vor ihrer Mittagspause hatte Savannah zwei erwachsene Baseballer zur Sau gemacht, ein Krisengespräch mit Sam über Jakes derzeitiges Verhalten geführt und zwei Pressemitteilungen geschrieben, in denen sie beteuerte, dass Ryan in seinem Interview natürlich einen Scherz gemacht hatte und er ja nichts dafür konnte, dass niemand seinen Humor verstand.

Savannah stand das Wasser bereits bis zum Hals, bevor die Anrufe begannen. Die Anrufe von scheinbar sämtlichen Frauen, mit denen Cole Panther sich in den letzten zwei Wochen getroffen hatte, außerdem von einem Dutzend Mädchen, die ihm auf dem Dating Profil eine Nachricht geschrieben, aber keine Antwort erhalten hatten.

Was stimmte nur nicht mit der Damenwelt von heute? Drei der Frauen, denen Savannah hatte mitteilen müssen, dass Cole nicht vorhabe, mit ihnen nach Las Vegas durchzubrennen, hatten doch tatsächlich angefangen zu weinen. Als hätte sie ihnen eröffnet, dass Grey's Anatomy abgesetzt wurde. Wo zum Teufel war ihr Stolz? Oder ihr gesunder Menschenverstand?

Savannahs Geduldsfaden hing bereits am seidenen Faden, als Sam ihr ein Bild per Mail weiterleitete, auf dem man Jake mit gleich zwei halbnackten Frauen, seine Hände an äußerst fraglichen Stellen, tanzen sehen konnte. Und als ihr Privathandy erneut von einer unbekannten Nummer angerufen wurde, platzte Savannah der Kragen.

„Hören Sie", brüllte sie ins Telefon. „Es reicht jetzt! Cole wird Sie weder heiraten, noch mit Ihnen schlafen und schon gar nicht drei niedliche Kinder mit Ihnen zeugen! Wenn Sie keine Antwort auf Ihre Mail erhalten haben, dann ist er nicht interessiert, verstanden? Also rufen Sie einfach nicht mehr an!"

Es herrschte eine kurze Stille auf der anderen Seite, bevor eine weibliche Stimme bemerkte: „Wow. Da bin ich aber froh. Ich fand Inzucht schon immer etwas unangemessen. Wäre mir auch sehr unangenehm, wenn mein Bruder mich heiraten wollte."

Hitze schoss in Savannahs Gesicht und sofort sprang sie auf, als könnte ihre Gesprächspartnerin das sehen.

„Oh, Entschuldigung", sagte sie hastig. „Sie sind seine Schwester? Ich dachte, Sie wären ein Flittchen, tut mir leid."

„Na ja, das eine schließt das andere jetzt nicht aus, aber meine Flittchenjahre liegen eigentlich hinter mir", meinte die Frau nachdenklich.

Savannah schlug sich mit der Hand gegen die Stirn. „Es tut mir leid, ich habe nicht nachgedacht und der Tag war so anstrengend und …"

Ein Lachen unterbrach sie. „Keine Sorge. Das kann jedem mal passieren. Sie haben bereits mein Mitgefühl, weil Sie für Cole arbeiten, da werde ich mich nicht mit der Kleinigkeit aufhalten, dass Sie mich für eine seiner Bimbos gehalten haben."

„Das ist sehr freundlich von Ihnen. Sind Sie sicher, dass Sie Mitglied der Familie Panther sind?"

Wieder lachte es auf der anderen Seite. „Nein, ich zweifle es jeden Tag an, aber ich fürchte, das ist nur Wunschdenken meinerseits. Wir sehen uns alle zu verdammt ähnlich. Also, mir wurde gesagt, dass ich meinen werten Bruder über diese Nummer am besten erreichen kann. Ist er da?"

Savannah biss sich auf die Unterlippe und ihr Blick huschte zur Decke.

Ja, er war da. Aber sie konnte sich hundert Dinge vorstellen, die sie lieber tun würde, als ihm unter die Augen zu treten. Angefangen damit, Jake einen erneuten Vortrag über sein freizügiges Sexleben zu halten, bis hin dazu, einen Karton abgelaufenen Joghurts zu essen.

Seufzend schloss sie die Augen. Sie könnte auflegen und Coles Schwester sagen, dass sie ihn im Büro anrufen solle – aber wenn sie darüber nachdachte, war es vielleicht besser, das unumgängliche Zusammentreffen mit ihm nicht länger vor sich herzuschieben. Außerdem hielt sie wortwörtlich eine Entschuldigung in der Hand, sein Büro so schnell wie möglich wieder zu verlassen.

„Einen Moment", sagte sie, zog eine Grimasse und verließ ihr Büro. „Ich gehe nach oben und reiche den Hörer weiter. Gibt es einen bestimmten Grund für den Anruf?"

„Oh, mein Bruder hat anscheinend eine Drohne geschickt, um mich zu suchen. Ich dachte, darüber könnte man ja mal reden", sagte die Anruferin fröhlich.

Savannah stolperte fast über ihre eigenen Füße und taumelte in den Aufzug hinein. „Er hat *was*?"

„Eine Drohne nach mir geschickt", wiederholte seine Schwester. „Ich bin mir ziemlich sicher, dass Callum sie gebaut hat, aber die Idee stinkt nach Cole. Ihm fällt es sehr schwer, zu akzeptieren, wenn jemand nicht nach seiner Pfeife tanzt."

Meine Güte! Coles Kontrollzwang ging so viel tiefer als von Savannah bisher angenommen.

„Wem sagen Sie das", prustete sie, während der Fahrstuhl sich in Bewegung setzte. „Wenn er könnte, würde er jede einzelne in der Organisation anfallende Aufgabe selbst übernehmen, weil er nicht darauf vertraut, dass andere Leute ihren Job so gut machen wie er. Niemand kann einen so nerven wie Cole Panther! Ich muss mich regelmäßig daran erinnern, dass es Konsequenzen nach sich ziehen könnte, wenn ich ihn nachts zu Hause besuche und mit einem Boxhandschuh auf ihn einschlage."

Ein gedämpftes Prusten war zu hören. „Ich mag Sie. Wie heißen Sie, damit ich Ihnen Blumen schicken kann, falls Sie sich doch noch für die dunkle Seite der Macht entscheiden? Ich bin Callie."

„Savannah. Sehr erfreut."

Zwei Herzschläge vergingen ohne eine Antwort, dann: „Savannah? Die Savannah, die ihm eine Frau suchen soll?"

Stirnrunzelnd trat Savannah aus dem Aufzug. Das hatte sich anscheinend herumgesprochen.

„Ja. Wieso?"

„Interessant."

„Was ist interessant?", wollte Savannah misstrauisch wissen.

„Nichts, nichts", sagte Callie etwas zu eilig. „Coop hat mir nur von Ihnen erzählt, das ist alles. Haben Sie Cole schon erreicht?"

Noch immer leicht irritiert bejahte Savannah die Frage und blieb vor dem Glasbüro des Chefs stehen. Durch die Tür erkannte sie Coles bis zur Perfektion zerzausten Haarschopf und ein dunkler Bartschatten zierte seine kantigen Züge. Wie immer hatte er seine Anzugjacke abgelegt, sodass sie sehen konnte, wie sich der weiße Stoff seines Hemdes über seine absurd breiten Schultern spannte. Ihr Herz stolperte und fing sich gerade noch rechtzeitig, bevor es in ihre Hose rutschen konnte.

Lächerlich. Absolut lächerlich.

Sie atmete tief durch, hob ihre Hand und klopfte an. Heute war einer der Tage, an dem Höflichkeit womöglich doch die richtige Wahl war.

Coles Kopf schoss in die Höhe und sein eisblauer Blick traf ihren. Für einen Moment schien er einfach nur überrascht und unvorbereitet zu sein, sie zu sehen. Im nächsten hob er fragend die Augenbrauen.

Eine deutlichere Einladung, sein Büro zu betreten, würde sie nicht bekommen, deswegen stieß sie die Glastür auf.

„Hey", sagte sie lahm, das Handy an ihre Brust gepresst.

„Hey", echote Cole, während er mit einem Kugelschreiber gleichmäßig auf die gläserne Tischplatte schlug.

War er nervös? Dieser Gedanke schien so absurd, dass Savannah ihn gleich wieder verwerfen wollte – doch als er sich in seinem Stuhl zurücklehnte und damit fortfuhr, mit dem Stift auf sein Bein zu klopfen, konnte sie nicht umhin, diese Möglichkeit zumindest in Erwägung zu ziehen. Diese menschliche Regung seinerseits empfand Savannah mehr als entwaffnend und sie spürte, wie ihr das Blut in den Kopf stieg.

„Deine Schwester ist am Telefon", sagte sie, bevor Cole ihr Gesicht allzu nah betrachten konnte.

Seine Hand hielt inne und er ließ den Stift fallen. „Nicht dein Ernst."

Savannahs Mundwinkel zuckten anhand seiner ehrlichen Ungläubigkeit. „Doch, mein Ernst."

Sie räusperte sich und trat an seinen Tisch, um ihm das Handy zu reichen. Er nahm es entgegen, und sie nutzte seine kurzzeitige Sprachlosigkeit, um sich hastig umzudrehen und zurück zur Tür zu eilen.

„Savannah."

Sie zuckte zusammen und stöhnte innerlich auf. Sie war so kurz vor ihrem Ziel gewesen!

„Ja?", fragte sie vorsichtig und wandte sich noch einmal um.

Mit verengten Augen starrte Cole sie an. „Wir müssen über gestern reden."

„Aha", sagte sie, bevor sie aus dem Raum flüchtete.

Jetzt erschien ihr der richtige Moment, ihre wohlverdiente Mittagspause einzulegen. Und vielleicht würde sie von der einfach nicht mehr zurückkehren.

***

Cole folgte Savannah mit seinem Blick, bis sie die Fahrstühle erreichte. Sobald er sichergegangen war, dass es seiner Schwester gutging und sie ihm keinen Auftragskiller auf den Hals hetzte, würde er das Problem mit Savannah aus der Welt schaffen. Er hatte gestern Nacht in Länge darüber nachgedacht und war zu dem Schluss gekommen, dass er ihr eine seiner höchst seltenen Entschuldigungen zuteilwerden lassen würde. Darauf standen Frauen doch, oder? Im gleichen Atemzug würde er sie daran erinnern, dass sie an ihrer Arbeitseinstellung arbeiten musste und ihm ein gewisses Maß an Respekt und ein gewisses Maß an weniger Küssen entgegenbringen sollte. Die Unterhaltung würde glatt und ereignislos vonstattengehen, er würde ihrem ausgehandelten Vertrag hinzufügen, dass sie keine Jeans mehr tragen durfte und konnte dann endlich damit aufhören, sich Savannah nackt vorzustellen. Der Plan war so wasserdicht, dass Cole doch tatsächlich anfing zu lächeln. Und das, obwohl er wusste, dass er höchstwahrscheinlich in den nächsten zehn Sekunden von seiner Schwester beschimpft werden würde.

„Hey, Callie. Schön, dass du einen meiner siebenundsechzig Anrufe beantwortest.“

„Hallo, Verräter“, grüßte seine Schwester zurück. „Du beschissener Mistkerl hast eine verdammte Drohne und, noch viel schlimmer, Dad auf mich gehetzt!“

Auf Callies Gebrauch von Schimpfwörtern war stets Verlass und Cole spürte, wie er sich entspannte. Ihr ging es gut.

„Ja zu der Drohne, nein zu Dad“, antwortete Cole gelassen.

„Oh bitte! Erzähl mir keinen Scheiß. Wer ist denn sonst auf die Idee gekommen, mir dieses bescheuerte Angebot zu unterbreiten und mich damit zu zwingen, nach Philadelphia zurückzukehren?“

Cole runzelte die Stirn. „Von welchem Angebot redest du?“

Was in Gottes Namen hatte ihr Vater denn nun wieder angezettelt?

„Tu nicht so, Cole“, fuhr ihn Callie an. „Ich werde nicht zurückkommen. Philly ist nicht mehr mein Zuhause.“

„Nein“, bestätigte Cole, bevor er ergänzte: „Wir sind dein Zuhause. Und wir vermissen dich.“

Eine kurze Stille entstand, bevor seine kleine Schwester leiser und gefasster antwortete: „Ich hasse es, wenn du das tust.“

„Wenn ich was tue?“

„Wenn du süß und emotional wirst! Das ist eine total unfaire Geheimwaffe. Wer sollte damit rechnen?“

Ein Lächeln zog an Coles Mundwinkeln. „Wann war ich jemals etwas anderes als süß und gefühlvoll?“

Ein Lachen gemischt mit einem Schnauben war die Antwort. „Jaja, du bist Mister Sensibel.“ Callie seufzte laut. „Es ist nicht so, dass ich euch nicht vermissen würde, Cole. Ihr seid nervtötend, aber ich liebe euch. Was auch immer mein Herz sich dabei denkt. Und ich weiß, dass Coop in dieser Zeit des Jahres auf jemanden angewiesen ist, der ihn zwingt, in der Gegenwart zu bleiben. Und ich weiß, dass Cal am liebsten überhaupt nicht mit Menschen reden würde und ihn regelmäßig jemand daran erinnern muss, zu essen. Und ich weiß, dass du jemanden brauchst, der dir immer wieder aufs Neue beweist, dass die Welt nicht ausnahmslos kalt und ungerecht ist. Aber ich kann dieser Jemand nicht sein. Ich habe doch gerade erst angefangen, mich selbst zu akzeptieren wie ich bin. Mit all den Fehlern und Macken, die mir für immer anhaften werden. Wenn ich jetzt zurückkäme, müsste ich wieder von vorne anfangen. Und so dringend brauche ich das Geld dann auch nicht.“

Das Geld? Es ging also um Geld? Aber was war mit Callies Treuhandfonds passiert? Sie sollte bis an ihr Lebensende die Füße hochlegen können.

„Ich verstehe, dass du Angst hast", sagte Cole vorsichtig. „Jeder Mensch hat Angst. Aber wenn du nicht anfängst dagegen anzukämpfen, frisst sie dich irgendwann auf."

„Kämpfst *du* gegen deine Angst an, Cole?", wollte sie leise wissen. „Lebst du nach den Prinzipien, die du anderen auferlegst? Indem du eine Frau suchst, die nicht von dir verlangt, dass du sie liebst? Für mich hört sich das nämlich an, als würdest du vor deinen Intimitätsproblemen weglaufen."

Er verzog das Gesicht und legte den Kopf über die Nackenstütze. Das Problem mit Callie war, sie war sehr aufmerksam und hielt nichts davon, mit ihren Gedanken hinterm Berg zu halten. Und das war eine Eigenschaft, die ihm den letzten Nerv raubte. Er wollte nicht über sich reden. Seine Probleme gehörten in eine dunkle Schublade, die er nicht vorhatte, in diesem Leben wieder zu öffnen.

„Gut, wenn du schon nicht herkommen willst, dann gib mir zumindest deine Adresse, damit ich dich besuchen kann", wechselte er das Thema.

„Da hast du ja wirklich sehr elegant meine Frage ignoriert", stellte Callie fest. „Und nein. Wenn ich dir verraten würde, wo ich wohne, würdest du herkommen, mich über deine Schulter werfen und ins Flugzeug schleifen."

Da war etwas Wahres dran. „Schön", sagte er düster. „Geht es dir denn wenigstens gut?"

„Bis ich von deiner Drohne gehört habe, ja."

„Warum hast du Logan dann wegen einer Rechtsberatung angerufen?", fragte er misstrauisch. „Bist du sicher, dass du nicht in Schwierigkeiten steckst?"

Er hörte, wie sie genervt einen Schwall Luft in den Hörer stieß. „Ich weiß, euch allen fällt es schwer, mir zu glauben, aber ein einziges Mal in meinem Leben habe ich keine Probleme! Es ist zehn verdammte Jahre her.

Ich bin gesund und munter und versuche, meine desaströse Vergangenheit hinter mir zu lassen. Und das solltest du auch tun."

Aber das würde er nicht. Weil er so königlich darin versagt hatte, sie zu beschützen, dass es ihn bis in seine Träume verfolgte. Er war so verdammt unaufmerksam, so beschäftigt mit seinem eigenen Leben gewesen, dass er erst bemerkt hatte, dass es Callie nicht so gut ging, wie sie allen weismachen wollte, als es schon zu spät gewesen war.

Und diesen Fehler würde er nicht noch einmal machen. Bei keinem seiner Geschwister. Daher war es so wichtig, dass er eine Frau fand, die keine allzu hohen Anforderungen an ihn stellte.

„Pass einfach auf dich auf, Callie, okay?", sagte er und zwang sich zu einem ruhigen Ton. „Und hör auf, meine Anrufe zu ignorieren."

„Das werde ich – wenn du aufhörst, Dad auf mich zu hetzen und ständig nach seiner Pfeife zu tanzen."

Er hatte nichts dergleichen getan, aber er widersprach auch nicht. Sie würde ihm ja ohnehin nicht glauben. Er war nun einmal der goldene Junge. Er wünschte nur, dass dieser Job nicht so anstrengend wäre.

„Und kümmere dich um Coop, ja?", fügte Callie nach einer Weile zögerlich hinzu. „Er meint immer, er braucht keine Hilfe, aber wir beide wissen es besser."

„Ich habe alles im Griff", log Cole, denn zurzeit fühlte es sich alles andere als danach an. „Mach dir keine Sorgen. Kümmere dich einfach darum, dass es dir gutgeht."

Und komm nach Hause.

„Das tue ich", versprach sie und legte im nächsten Moment auf.

Leise seufzend ließ Cole das Handy von seinem Ohr sinken. Er würde Savannah ihr Telefon zurückbringen und dann zu seinem Vater fahren. Es war besser, wenn er wusste, womit genau er Callie zurück nach Philadelphia locken wollte. Damit er es ihm, wenn nötig, austreiben konnte. Cole war noch nie so froh darum gewesen, dass morgen das Wochenende beginnen würde und zumindest für seinen Samstagabend nichts geplant war.

Zwölf

Nervosität war ein Zeichen für Schwäche, für Unsicherheit und fehlendes Selbstbewusstsein.

Cole wusste das, weshalb ihm klar war, dass er nicht nervös sein konnte. Er hatte lediglich Respekt vor der ausstehenden Konfrontation. In seinem Kopf war er die gleich folgende Unterhaltung bereits mehrere Male durchgegangen. Er hatte alle wahrscheinlichen Szenarien betrachtet und konnte jedes davon rational, gefasst und professionell auflösen. Das Problem war nur, dass Savannah eine unbekannte Variable darstellte, die unmöglich zu bestimmen war. Sie reagierte nie, wie er es von einem normalen Menschen erwartete. Die logische Schlussfolgerung war: Savannah war nicht normal und somit unkontrollierbar. Das mochte dazu führen, dass sie herausragend gut in ihrem Job war, in dem sie andauernd spontan und kreativ reagieren musste, aber gleichzeitig war das auch die Ursache dafür, dass sich Schweiß in Coles Nacken sammelte und er eine geschlagene Minute vor ihrem Büro stand, bevor er endlich klopfte.

Er hätte sich keine Sorgen machen müssen, denn sie schien nicht da zu sein. Zumindest antwortete sie nicht. Er würde das Handy einfach auf ihren Schreibtisch legen und das aufklärende Gespräch auf Montag verschieben. Das war die erwachsene Lösung.

Vorsichtig öffnete er die Tür und trat in ihr Büro. Der Schreibtischstuhl war tatsächlich leer, die Tischplatte war es nicht. Savannahs Schreibtisch war ein einziges Chaos.

Als Cole sie mal gefragt hatte, wie sie so arbeiten könnte, hatte sie überzeugt „Mit einer Menge schwarzem Tee und Vertrauen in mein System" geantwortet.

Er hatte nicht gewagt, nach ihrem System zu fragen, denn er fürchtete, dass es ihm Albträume bereiten könnte.

Er durchquerte den Raum und hob die Hand, um einen Stapel Papiere beiseitezuschieben. Sonst würde das Handy unter dem Haufen an grellen Haftnotizzetteln verschwinden. Doch mitten in der Bewegung hielt er inne.

Sein Blick fiel auf einen Bogen Papier, der oben auflag. *Rob Golson – Privatdetektiv* prangte über dem Briefkopf. Zögerlich ließ Cole seine Hand sinken.

Er sollte das nicht lesen. Savannah hatte sehr deutlich gemacht, dass es ihn nichts anging, aus welchem Grund sie Golson engagieren wollte. Coles Blick klebte noch immer auf dem Namen, während sein Kopf eine hitzige Debatte mit seinem Gewissen lostrat. Denn verdammt noch mal, er wollte es wissen! Wofür benötigte Savannah einen Privatdetektiv? Welchen Teil ihrer Vergangenheit hielt sie noch immer vor ihm verborgen? Cole biss die Zähne zusammen. Hatte er nicht mehrfach unter Beweis gestellt, dass er kein Gewissen mehr besaß?

Wie von selbst schweifte sein Blick nach unten und flog über die Zeilen.

Auftragsbestätigung ... wie priorisierter Auftrag behandelt ... Kostenveranschlagung von ... falls Suche nach leiblichen Eltern nicht erfolgreich ... keine Adoptionspapiere ...

Wort für Wort drang in seinen Geist und verankerte sich dort. Wort für Wort begann er die Bedeutung dessen, was er sah, zu verstehen. Wort für Wort wünschte er sich, er hätte nicht angefangen zu lesen. Das, was er tat, war ein unglaublicher Einbruch in Savannahs Privatsphäre. Er hätte nicht –

„Was tust du da?"

Cole zuckte so heftig zusammen, dass er Savannahs Handy fallen ließ. Mit einem lauten *Klonk* verschwand es unter den Haftnotizzetteln.

„Was?" Sein Kopf schnellte nach oben und für einen kurzen Moment zog er es in Erwägung, den gesamten Papierstapel einfach zu Boden zu reißen, doch da stand Savannah auch schon neben ihm und scannte die Blätter auf ihrem Schreibtisch.

Cole erkannte genau den Moment, in dem ihr Blick an dem Bestätigungsschreiben des Privatdetektivs hängenblieb. Es war der Moment, in dem sie furchtbar still wurde. In dem sich ihr Körper, ihr Kiefer, jeder einzelne Muskel anspannte und ihr Gesicht an Farbe verlor. Es war der Moment, in dem er entdeckte, dass er doch noch ein Gewissen besaß. Denn als ihr Blick den seinen traf, fühlte er sich wie das größte Arschloch der Weltgeschichte.

„Wie viel hast du gelesen?", fragte sie leise. Ihr Blick lag unentwegt auf seinem Gesicht und brannte sich unter seine Haut.

Cole öffnete den Mund, wollte lügen ... doch konnte nicht. Er respektierte Savannah. Er mochte sie. Sie war eine Freundin. Er konnte ihr unmöglich ins Gesicht sehen und sie anlügen.

„Alles", sagte er deswegen knapp.

Savannahs Lippen formten sich zu einem dünnen Strich und der kurze Ausdruck von Schmerz und Verrat, der über ihre Züge huschte, war wie ein Schlag in seinen Magen.

„Und? Bist du jetzt zufrieden?", wollte sie im Flüsterton wissen. „Jetzt, da du das Geheimnis meiner dreckigen Herkunft kennst?"

„Savannah, ich –"

„Bist du jetzt zufrieden, da du mich endlich in eine deiner Schubladen packen kannst?

*Savannah Thomas, großgeworden im Dreck, zweifelh-
after Familienhintergrund, sofort dafür verurteilen.“*

Eine unangenehme und ungewohnte Enge setzte in seiner Brust ein. War es das, was sie von ihm dachte? Warum sie ihm nicht hatte verraten wollen, wofür sie den Privatdetektiv engagiert hatte? Weil sie glaubte, er würde jetzt den Respekt vor ihr verlieren?

Das Bild, das sie von ihm hatte, stieß Cole bitter auf. Er hatte sich dem Irrtum hingegeben, dass sie ihn zumindest ein wenig kannte.

„Savannah, es tut mir leid, dass ich den Brief gelesen habe. Das war nicht meine Absicht. Aber du reagierst über“, sagte er ruhig.

Zwei Sekunden später wusste Cole, dass er genau das Falsche gesagt hatte.

„Wie bitte?!“, fuhr sie ihn zornig an und ballte die zitternden Hände zu Fäusten. „Ich habe dir eine einzige Grenze auferlegt, Cole! Ich habe dich nur um eine einzige Sache gebeten. Und was tust du?! Mein verdammtes Privatleben geht dich nichts an! Du hast kein Recht, in meinem Büro herumzuschnüffeln und schon gar nicht darauf, meine persönlichen Papiere durchzusehen! Ich weiß, es mag dir schwerfallen, das zu verstehen, aber du bist nicht der König der Welt. Du hast nicht das Recht, die Privatsphäre und die Wünsche deiner Mitmenschen mit Füßen zu treten, nur weil du der Boss und reich bist! Denn das ist einen Scheiß wert!“

„Savan-“

„Raus“, unterbrach sie ihn und streckte den Arm zur Tür.

Verdutzt sah er sie an. „Was?“

„Du hast mich verstanden“, sagte sie kalt. „Raus! Wenn ich jetzt weiter mit dir rede, sage ich Dinge, für die du mich wirst feuern müssen. Also geh.“

Cole war so überrascht darüber, dass ihn tatsächlich jemand seines Büros verwies, dass er ihren Worten kommentarlos folgte. Was zum Teufel passierte hier die letzten Tage?

***

Fahrig ordnete Savannah die Papiere auf ihrem Schreibtisch neu und stopfte die Bestätigungsmail des Privatdetektivs in eine ihrer überfüllten Schubladen.

Ihr Atem ging schwer, ihre Finger zitterten und hastig griff sie nach der erkalteten Tasse Tee, die gefährlich nah an ihrer Tastatur stand. Sie stürzte das Getränk herunter, doch die sonst so beruhigende Wirkung blieb aus.

Wie hatte Cole nur ...?

Zischend stieß sie Luft aus und ließ sich auf ihren Schreibtischstuhl sinken. Eigentlich hatte sie Mittagspause machen wollen, aber sie brauchte noch ein paar Minuten, bis sie sich zusammenreißen und wieder unter Menschen gehen konnte. Sie wusste nicht, was sie mehr ärgerte: dass sie doch tatsächlich geglaubt hatte, dass sie so etwas wie Freunde waren oder dass Cole sein neues Wissen nun dafür benutzen würde, eine noch größere Distanz zwischen ihnen aufzubauen. So wie er es die letzten Tage versucht hatte. Was war nur sein verdammtes Problem?

In ihrem Kopf ging sie noch einmal den Inhalt des Schreibens durch und mit jedem verstreichenden Moment kniff sie ihre Augen fester zusammen. Hitze stieg in ihr Gesicht und ihr heftig pochendes Herz sprang ihr schmerzhaft gegen die Brust. Es war nicht so, dass sie sich für ihre Vergangenheit schämte. Sie war siebzehn Jahre lang von einem Ort zum nächsten geschubst worden. Sie hatte die Pflegefamilien und Heime gewechselt wie ein Kind seine Lieblingsfarbe. Sie war verflucht und als nutzlos beschimpft worden. Sie war für ihre abgetragenen Klamotten gehänselt worden.

164

Und dennoch war sie jetzt hier. Erfolgreich und verdammt stolz darauf, was sie erreicht hatte.

Es war nur ... wenn Menschen erfuhren, wie sie aufgewachsen war, veränderte sich plötzlich ihr Blick auf sie.

Aus Respekt wurde Vorsicht und aus Bewunderung wurde Mitleid.

Und Savannah hasste das. Natürlich hatte sie ihre Narben davongetragen und sie musste kein Psychologe sein, um zu wissen, dass ihre Angst vor Nähe und die Überzeugung, nicht geliebt werden zu können, aus ihrer elternlosen Kindheit herrührte. Na und?

Das war es nicht, was sie definierte. Sie wollte nicht als das arme, hilflose Kind gesehen werden, als das sie sich viel zu oft selbst noch fühlte. Sie wollte als die starke, unabhängige Frau gelten, zu der sie sich gemacht hatte. Sie war tough. Sie war klug. Sie arbeitete verdammt hart – und niemanden sollte es interessieren, dass ihr Nachname von einer Nonne im Heim erfunden worden war. Niemand hatte das Recht, sie zu bemitleiden oder gar für ihre fragliche Herkunft zu verurteilen. Schon gar nicht Cole Panther! Sie hasste es, schwach zu wirken und es machte sie unglaublich wütend, dass Cole nun ihre verwundbarste Schwachstelle kannte. Denn jetzt fühlte sie sich so ... so verletzlich.

Und das war inakzeptabel. Sie hatte so hart daran gearbeitet, dass niemand auf der Arbeit hinter ihre Fassade blicken konnte. Und dass sie jetzt ausgerechnet vor Cole Panther die Nerven verloren hatte, ließ ihr das Atmen schwerfallen. Sie hätte so viel gelassener reagieren sollen. So als wäre es keine große Sache, dass er ihre Papiere durchstöbert hatte und auf das Schreiben des Privatdetektivs gestoßen war. Doch jetzt war es zu spät und ohne es zu wissen, hatte Cole sich eine Macht angeeignet, die Savannah nie wieder jemandem hatte geben wollen, sie –

Ihr Handy klingelte. Sie zuckte zusammen und fiel beinahe rücklings vom Stuhl.

Schwer ausatmend tastete sie auf der Tischplatte nach dem Telefon, das eine unbekannte Nummer anzeigte. Na, vielleicht war ja eine von Coles zahllosen Freundinnen dran, an der Savannah ihre Aggressionen abreagieren konnte. Diese Gelegenheit wollte sie nicht verpassen.

„Savannah Thomas.“

„Ja, hallo, mein Name ist Rita Montgomery und ich rufe für Cole Panther an. Mir wurde gesagt, dass ich ihn auf dieser Nummer am besten erreichen kann?“

Savannah runzelte die Stirn und ging in ihrem Kopf alle Namen durch, die sie in den letzten Tagen auf der Dating Seite gelesen hatte. Wenn sie sich nicht irrte, hatte keine der Heiratsinteressierten Rita geheißen.

„Wer sind Sie genau?“, hakte sie vorsichtig nach.

„Ich ... bin eine ehemalige Klientin von ihm“, sagte die Anruferin zögerlich.

Savannahs Augenbrauen schossen in die Höhe. „Und was wollen Sie von Mister Panther? Soweit ich weiß, kümmert er sich nicht mehr um rechtliche Angelegenheiten außerhalb der Delphies-Organisation.“

„Oh, das ist mir bewusst. Nein, ich wollte ihn nicht um Rechtsbeistand bitten. Es geht um eine Einladung, die ich ihm vor ein paar Wochen geschickt habe und auf die er noch immer nicht geantwortet hat. Ich wollte nur sichergehen, dass sie nicht in der Post verloren gegangen ist.“

So wie Savannah Cole kannte, war es wahrscheinlicher, dass die Einladung im Müll verloren gegangen war.

„Um welche Einladung handelt es sich?“, fragte Savannah dennoch.

„Sie ist für die *Sexual Assault Awareness Gala*. Sie ist bereits morgen Abend. Mister Panther hat eine Menge Geld gespendet, damit sie überhaupt stattfinden kann, und es würde mir viel bedeuten, wenn er als Gast käme."

Eine kurze Stille entstand am anderen Ender der Leitung, bevor Rita leise hinzufügte: „Es ist die einzige Möglichkeit, die ich habe, um ihm meine ehrliche Dankbarkeit auszudrücken."

Dankbarkeit? Irritiert lehnte Savannah sich in ihrem Stuhl zurück. Das war normalerweise kein Wort, das mit Cole Panther in Verbindung gebracht wurde. Wofür wollte Rita ihm danken?

Sie war schon drauf und dran, danach zu fragen, als sie noch einmal innehielt. Sie hatte sich gerade eben noch darüber aufgeregt, dass Cole sich in ihre Privatangelegenheiten eingemischt hatte. Wenn sie Rita nach ihrer persönlichen Beziehung zu Cole fragte, würde sie es ihm gleichtun. Es ging sie absolut nichts an, was Cole in seinem Leben vor seiner Amtszeit als Geschäftsführer der Delphies getan hatte.

„Sie haben noch keine Antwort erhalten, was?", fragte sie langsam und lehnte sich im Stuhl zurück. Aus unbestimmtem Grund zog plötzlich ein Lächeln an ihren Mundwinkeln.

„Nun, nein", sagte Rita.

„Das ist ja äußerst unhöflich von ihm, nicht zuzusagen, aber natürlich wird Mister Panther kommen", sagte Savannah fröhlich. „Er freut sich sehr."

Cole hatte sie in eine unangenehme Situation gebracht. Es war mehr als fair, wenn sie ihm den Gefallen tat, das zu erwidern.

„Wirklich?" Die Anruferin klang gerechtfertigt ungläubig.

„Ja, wirklich. Er hat es sich rot im Kalender angestrichen", bemerkte Savannah überzeugend gelassen.

„Aber können Sie mir einen Gefallen tun und ihm noch kurz eine E-Mail schreiben, in der Sie ihm die Daten der Feier senden und sich offiziell für seine Zusage bedanken? Am besten erwähnen Sie auch, dass Sie die Presse schon über sein Erscheinen informiert haben. Mister Panther wird sich über die zusätzliche Medienpräsenz freuen.“

In etwa so viel wie über Fußpilz.

„Außerdem wird er möglicherweise eine Rede halten wollen. Sie sollten ihm diese Möglichkeit zumindest offenhalten.“

„Ich ... wow.“ Rita Montgomery klang mehr als perplex. „Natürlich, das mache ich. Ich kann Ihnen gar nicht sagen, wie viel mir das bedeutet! Normalerweise hält er sich immer so bedeckt, aber dass er sich für diesen guten Zweck so engagiert ... wow. Vielen Dank.“

„Kein Problem“, sagte Savannah lächelnd. „Einen schönen Tag noch.“

Rita erwiderte den Gruß und legte dann auf.

Nachdenklich betrachtete Savannah ihr Telefon. Sie versuchte sich einzureden, dass sie soeben nur ihren Job gemacht hatte, konnte sich jedoch nicht so ganz überzeugen. Natürlich würde Coles Erscheinen auf einer Gala, die ein stark debattiertes Thema wie nicht protokollierte sexuelle Übergriffe behandelte, eine unglaublich gute Publicity sein. Außerdem könnte die Anwesenheit dort sein Image als kalter Geschäftsmann in eine etwas positivere Richtung schubsen.

Gleichzeitig wusste Savannah jedoch, dass Cole jede Veranstaltung dieser Art mied wie ein Supermodel Schokolade. Warum er das tat, war ihr schleierhaft, aber ihre Aufgabe war es, seinen Anweisungen zu folgen, nicht sein Charakterprofil zu analysieren. Und bis gerade eben hatte sie darin auch einen unglaublichen guten Job gemacht ... nun. Jetzt waren sie wohl quitt.

Und sie weigerte sich, sich deswegen schlecht zu fühlen.

Savannah stand auf und kickte die Schuhe von den Füßen. Ihr Mittagessen musste noch ein wenig warten. Sie würde vorher einen Stopp im Sportbereich der Delphies einlegen müssen. Denn das war die einzige Möglichkeit, Aggressionen, die von Cole Panther hervorgerufen wurden, zu bekämpfen. Irgendwann würde Cole sie noch aus Versehen zur Bodybuilderin machen.

Savannah zog sich hastig um und fand sich innerhalb von zehn Minuten im Fitnessraum wieder, der bereits von zwei Männern genutzt wurde. Sie grüßte Ryan und Tyler, die beide auf dem Laufband liefen, und gesellte sich zu ihnen. Die Männer hatten einige Monate gebraucht, um sich an die Anwesenheit einer Frau in ihren heiligen Hallen zu gewöhnen, aber sie waren schließlich zur Vernunft gekommen.

Ty ließ ihr sogar ein höfliches Nicken zuteilwerden, als sie sich auf das Laufband neben ihm gesellte. Das nahm Savannah als Anlass dazu, den beiden Baseballspielern eine Frage zu stellen, dessen Antwort sie und Sam vergeblich suchten.

„Wisst ihr, was mit Jake los ist?"

Ty und Ryan waren, soweit Savannah wusste, die besten Freunde des Skandalspielers, und wenn jemand darüber im Bilde war, was in seinem Leben gerade schieflief, dann waren sie es.

Doch beide hoben nur entschuldigend die Schultern.

„Sorry, wir haben keinen Schimmer", meinte Ty. „Er redet nicht darüber. Immer, wenn wir ihm sagen, dass er aufhören muss, wahllos Frauen aufzureißen, sieht er das als Anlass dazu, sich gleich zwei weitere zu angeln."

Ryan nickte zustimmend und seufzte. „Wir würden ihm ja gerne dabei helfen, diese anscheinend schwierige Phase für ihn zu überwinden. Aber er redet nicht darüber, was sein Problem ist. Ehrlich gesagt kennen wir ihn überhaupt nicht richtig. Er ist einer unserer besten Kumpel, aber wirklich etwas wissen über ihn tun wir nicht. Er redet nie über Eltern oder Geschwister oder etwas anderes außer Baseball. Die Einzige, die vielleicht mehr wissen könnte, ist Kaylie. Aber die hat einen so ausgesprochenen Beschützerinstinkt, was ihn angeht, dass wir es gar nicht erst versucht haben."

Klasse. Niemand schien eine Ahnung zu haben, was in Jakes Kopf vor sich ging und Savannah war es leid, ihm Regeln aufzuerlegen, die er ja doch nicht befolgte.

„Schön. Dann werde ich Kaylie bitten, mit ihm zu reden, oder ... ich weiß auch nicht."

Sie stellte ihr Laufband ein und begann mit einem leichten Trott, bevor sie schnell auf eine höhere Stufe stellte. Cole Panther lag unter ihren Füßen. Das war das Bild, das sie sich vorstellte.

„Ist denn bei dir alles in Ordnung?", wollte Ryan nach einer Weile wissen. „Oder treibt der Boss dich weiterhin in den Wahnsinn?"

„Letzteres", sagte Savannah abgehackt. Cole war kein erstrebenswertes Gesprächsthema. „Was soll's. Ich freu mich jedenfalls auf einen erholsamen und freien Samstagabend."

„Also gibt es keine heiße Party, auf die du dieses Wochenende gehst?", wollte Ryan grinsend wissen.

Savannah schüttelte den Kopf und erhaschte einen Blick auf Ty, der mindestens ebenso energisch auf das Laufband trampelte wie sie selbst. Sie fragte sich, ob der Familienurlaub letzte Woche für ihn eine ähnlich aufwühlende Wirkung wie für Cara gehabt hatte. Sie fragte sich, ob ... mhm.

„Mein Wochenende wird ziemlich langweilig", sagte sie langsam, bevor sie hinzufügte: „Definitiv nicht so aufregend wie das von Cara." Sie warf einen hastigen

Seitenblick zu Ty, der augenblicklich seinen Schritt verlangsamte.

„Wieso?", wollte er misstrauisch wissen. „Was ist bei Cara denn so aufregend?"

Savannah fing sich einen warnenden Blick von Ryan ein, doch ignorierte ihn.

„Oh, weil sie doch ein Date hat", sagte sie munter.

Ein heftiges Klonk ertönte und überrascht riss Savannah ihren Kopf herum. Ty war von seinem Laufband gefallen.

„Sie hat was?", rief er ungläubig und rappelte sich wieder auf.

„Ein Date", sagte Savannah unschuldig. „Hat sie dir nichts davon erzählt? Sie geht mit einem attraktiven Arzt aus."

Tys Kopf lief so schnell rot an, dass Savannah Angst um seinen Blutdruck bekam

„Wusstest du davon?", bellte er Ryan an.

Der Catcher zog eine Grimasse und kratzte sich im Nacken. „Na ja, irgendwer muss doch auf Danny aufpassen ..."

„Und dieser jemand bist *du*?!", fuhr Ty ihn an und raufte sich die Haare. „Mein verdammt bester Freund? Ich fasse nicht, dass Cara ... nachdem wir ..."

Wütend presste er die Lippen aufeinander, und im nächsten Moment zerrte er sein Handy aus der Hosentasche.

„Du wirst morgen ganz bestimmt nicht auf Danny aufpassen!", warnte Ty ihn und richtete bedrohlich einen Zeigefinger auf ihn, bevor er mit dem Telefon am Ohr aus dem Raum stürmte.

Die Tür knallte ins Schloss und eine kurze Stille entstand, bevor Ryan murmelte: „Das war gemein von dir, Savannah. Sehr gemein."

Tja, sie fühlte sich heute nun einmal danach.

„Wir beide wissen, dass sie noch nicht miteinander abgeschlossen haben“, meinte sie achselzuckend. „Und bevor das nicht geschieht, kann keiner von ihnen mit seinem Leben weitermachen.“

Ryan seufzte tief. „Warum erzählst du mir das? Warum sagst du das nicht Cara?“

Weil Savannah ziemlich sicher war, dass diese es bereits wusste.

***

Cole war der festen Überzeugung, dass dieser Tag nur besser werden konnte. Aber als er in der breiten Einfahrt seines Elternhauses parkte, wusste er, dass die Abwärtsspirale noch nicht geendet hatte. Denn Coops Auto stand direkt vor seinem – und sein Bruder ließ sich nur aus einem einzigen Grund dazu herab, Clint Panther freiwillig zu besuchen. Wenn es Callie zu schützen galt.

Klasse, klasse. Das konnte nur in einem Desaster enden. Cole hatte gehofft, in Ruhe mit seinem Vater darüber reden zu können, wie er Callie unter Druck setzte. Aber mit Coop auf der Bildfläche ... Er seufzte schwer, stieg aus dem Auto und ließ die Tür ins Schloss fallen.

Über die Jahre hinweg hatten die Geschwister sich verschiedene Überlebensstrategien zurechtgelegt, wenn es um ihren Vater ging. Callie war schlichtweg von der Bildfläche verschwunden und hatte jeglichen Kontakt abgebrochen.

Callum hatte sich angewöhnt, bei allem, was ihr Vater sagte, zu nicken und es dann sofort wieder zu vergessen. Ihn kümmerte es schlichtweg nicht mehr, was Clint Panther von ihm dachte.

Coop hatte es sich zur Aufgabe gemacht, genau das Gegenteil von dem zu tun, was ihr Vater von ihm verlangte. Er war ein Hitzkopf und ließ keine Möglichkeit aus, sich mit Clint Panther anzulegen. Und dass der offenbar versucht hatte, Callie zu erpressen, nach Philadelphia zurückzukehren, half nicht gerade.

Cole lehnte sich gegen seine Motorhaube und sah an den weißen Fassaden des im klassisch viktorianischen Baustil gehaltenen Anwesens hinauf, in dem er aufgewachsen war. Das ganze Haus war wie seine Kindheit: sehr unpersönlich, sehr glatt, sehr konservativ. Und er spürte nicht das Verlangen, hineinzugehen und sich mit seinen Familienproblemen zu konfrontieren.

Er zog sein Telefon aus der Tasche. Vielleicht hatte Coop ja geschrieben, was genau er Clint Panther und womöglich auch ihm vorwarf, doch Cole wurde enttäuscht. Sein Bruder hatte ihm keine Nachricht hinterlassen.

Stattdessen befand sich eine E-Mail von Rita Montgomery in seinem Postfach. Stirnrunzelnd öffnete er die Nachricht, die irritierenderweise den Betreff *Danke* trug.

Lieber Cole,
ich weiß es sehr zu schätzen, dass Sie sich entschlossen haben, zu der Gala zu erscheinen. Die Presse und Aufmerksamkeit, die Ihr Erscheinen nach sich ziehen wird, bedeutet mir und der Organisation eine Menge. Natürlich ist es Ihnen gestattet, eine Rede zu halten, die auf Wunsch aufgezeichnet wird. Anbei noch einmal Uhrzeit und Adresse.
Freundliche Grüße,
Rita Montgomery

Cole starrte die Zeilen an und verstand kein Wort. Wieder und wieder las er die Mail, doch der Inhalt und seine Bedeutung wollten sich ihm einfach nicht erschließen. Das musste ein Irrtum sein. Er hatte sicher nicht zugesagt. Er erinnerte sich sogar noch sehr spezifisch daran, die Einladung unbeantwortet weggeworfen zu haben. So wie er mit jeder Einladung verfuhr. Wie zum Teufel kam Rita Montgomery also darauf, dass er seine Meinung geänd...

Abrupt ließ er sein Telefon sinken.

Savannah!

Savannah, die mehr als nur sein Dating-Leben koordinierte. Sie würde doch nicht ... Er schnaubte laut. Natürlich würde sie! Das war genau das, was sie aus Rache tun würde. Weil sie verdammt noch mal wusste, wie sehr er es hasste, sich mit den gemeinnützigen Organisationen zu beschäftigen, für die er spendete.

Cole presste die Lippen zusammen und stopfte sein Handy in die Anzugtasche. Das ging zu weit! Er wusste, dass er sich falsch verhalten hatte, aber diesmal hatte sie mehr als nur einen Fuß über die unsichtbare Grenze gesetzt, die sie bei ihm so gerne austestete. Er hatte keine Zeit und keinen Nerv dazu, sich mit einer beleidigten und wütenden Angestellten herumzuschlagen! Und ganz sicher würde er morgen nicht zu dieser beschissenen Gala gehen, auf der er wie der Held gefeiert werden würde, der er nie imstande gewesen war zu sein.

Wütend stapfte er die drei breiten Stufen zur weißen Haustür hinauf und klingelte. Erst das Familienproblem, dann das Savannah-Problem.

Es dauerte keine Minute, da machte das Hausmädchen die Tür auf. Cole musste nicht darauf warten, eingelassen zu werden, denn Maria bekreuzigte sich bei seinem Anblick und schritt automatisch zur Seite.

„Gott sei Dank", murmelte sie. „Sie sind im Esszimmer."

„Liegt Geschirr auf?", fragte Cole abwesend und warf die Tür hinter sich zu.

„Das habe ich abgeräumt."

„Danke", murmelte er und ließ sie in der Eingangshalle zurück.

Cole kannte die kitschigen Deckenmalereien, künstlerisch fraglichen, aber millionenteuren Statuen und den schwarz-weißen Marmorboden in- und auswendig, sodass er den überschwänglichen Prunk gar nicht mehr beachtete. Die innere Schönheit und Ordnung eines Hauses sagte ohnehin nichts darüber aus, was in der darin lebenden Familie vor sich ging. Im Gegenteil: Dieses Haus war geschaffen worden, um zu kaschieren. Darin hatte seine Mutter schon immer einen ausgesprochen guten Job gemacht.

Cole hörte seinen Vater und Bruder, noch bevor er die Eichentür zum Esszimmer öffnete. Zumindest in einem waren sich Vater und Söhne sehr ähnlich: Sie schrien äußerst laut.

„… in eine verdammte Ecke gedrängt und das weißt du!" Das war Coop. „Callie war noch nie etwas wichtig. Ihr ganzes Leben lang hat sie nach etwas gesucht, das sie mit Zufriedenheit erfüllt. Und du machst es zu etwas Dreckigem, indem du deinen Zuspruch an Bedingungen heftest, die Callie wieder kaputtmachen werden!"

Cole stieß die Tür in genau dem Moment auf, als Coop mit beiden Fäusten auf den Siebentausend Dollar-Esstisch schlug. Sein Körper bebte, seine Zähne waren gefletscht und eine deutlich sichtbare Ader pulsierte auf seiner Stirn.

Während er stand, saß Clint Panther keine zwei Meter von ihm entfernt am Tisch. Er hatte die Hände auf der Platte gefaltet und wirkte gelassen. Doch sein Körper war angespannt und die Miene versteinert – und die Stimme ebenso laut wie die seines Sohnes.

„Sie ist meine Tochter, Cooper, und ich werde mit ihr umgehen, wie ich es für richtig halte!", fuhr er seinen mittleren Sohn an. „Sie hat um meine Hilfe gebeten und ich bin bereit, sie ihr zu geben. Sie ist eine erwachsene Frau. Wenn sie meine Mittel nicht unter meinen Bedingungen annehmen möchte, dann kann sie mir das kommunizieren."

„Sie will nicht zurückkommen", knurrte Coop „Hast du vergessen, wie sie an diesem Ort geendet ist? Es ist nur Geld, Dad. Geld, von dem du mehr als genug hast. Du hast dich die letzten Jahre nicht einen Deut um sie gekümmert. Dir war doch egal, was mit ihr passiert! Und jetzt endlich, da sie sich gefangen hat, willst du ihr deine Hilfe nicht geben? *Was ist los mit dir?* Du könntest ihr wenigstens –"

„Wir beide wissen, dass es ihr nicht nur um das Geld geht!", donnerte Clint und erhob sich nun ebenfalls von seinem Stuhl. „Das Geld könnte sie von jedem von euch bekommen! Und wenn du noch einmal in diesem verachtenden Ton mit mir redest, werde ich dich des Hauses verweisen, ist das klar? Calliope wusste noch nie, was das Beste für sie ist, und damals mag ich nicht da gewesen sein, um das zu bemerken, aber jetzt bin ich es. Also wage es nicht, mir vorzuwerfen, dass ich mich nicht für sie interessiere. Sie gehört nach Hause und wenn ich sie dazu zwingen muss, heimzukommen, dann werde ich das tun!"

Erneut öffnete Coop zornig den Mund, doch dieses Mal schritt Cole ein. Es waren genug hasserfüllte Worte gewechselt worden, genug böses Blut geflossen – und er würde nicht zulassen, dass sein Bruder die Bande zur Familie endgültig kappte. Nicht solange er lebte.

„Coop", sagte er harsch und trat an den Tisch. „Geh."

Sein Bruder riss abrupt den Kopf in die Höhe und funkelte ihn böse an.

„Was hast du gesagt?", fragte er bedrohlich leise.

„Raus, Coop", erklärte er geduldig. „Nichts von dem, was du zu sagen hast, wird dieser Situation helfen. Also verschwinde. Bevor du bereust, es nicht getan zu haben."

Coopers Gesicht lief rot an. „Ich werde ganz sicher nicht–"

„Doch, wirst du", sagte Cole gezwungen ruhig. „Weil du weißt, dass es das Klügere ist. Ich rede mit Dad, du fährst nach Hause."

Sein Bruder starrte ihn an. Seine Brust hob und senkte sich schwer. Sein Kiefer drohte zu zerspringen. Seine Fäuste zerquetschten seine Finger.

Dann schloss er die Augen, bevor er den Raum in wenigen Schritten durchquerte, die Tür aufriss und mit einem ohrenbetäubenden Krachen zurück in den Rahmen warf. Cole sah ihm nach, zögerte einen Moment und hob dann die Hand in Richtung seines Vaters.

„Warte kurz", murmelte er, bevor er seinem Bruder aus der Tür folgte. Erst in der Eingangshalle holte er Coop ein. Sobald er Coles Schritte hörte, blieb er stehen, den Rücken noch immer zu ihm gewandt.

„Willst du mir jetzt sagen, dass ich keine Dummheiten machen soll?", fragte er bissig, den Kopf gesenkt. „Dass du dir Sorgen machst und weißt, wie schwierig diese Zeit des Jahres für mich ist? Dass ich es nicht persönlich nehmen soll? Dass es das Beste ist, wenn du die Kommunikation übernimmst, weil du ja der verdammt einzige Bruder bist, der in Dads Gegenwart einen kühlen Kopf bewahren kann?"

Cole vergrub seine Hände in den Hosentaschen, bevor er langsam nickte.

„Genau das", sagte er knapp. „Du musst dich zusammenreißen, Coop. Du weißt genauso gut wie ich, dass du Dad mit deinem Auftritt gerade nicht zum Zuhören bewegt hast."

„Nein, natürlich nicht", sagte er verächtlich und wandte sich ruckartig um. „Aber deine Arschkriecherei hilft dem ja auch nicht, oder?" Er verzog gehässig das

Gesicht. „Du bist auf seiner Seite, Cole! Das warst du immer. Du setzt dich nicht gegen ihn durch. Du kannst ihn ja nicht einmal dazu bringen, dich deinen Job machen zu lassen! Du hältst dich für diesen großen Geschäftsmann, der so gut verhandeln kann, doch ich weiß es besser. Denn bei jeder Verhandlung mit Dad knickst du ein wie ein Strohhalm im Orkan. Die Leute sehen das selbstbewusste Arschloch, doch ich sehe den aufmerksamkeitsheischenden Feigling, der du nun einmal bist. Du versuchst es ihm recht zu machen und lässt Callie dabei unter die Räder kommen. Und das ist scheiße. Das ist keinen Deut besser als mein Hitzkopf. Wenigstens bin ich noch dazu in der Lage, zu sagen, was ich denke! Wenigstens kann ich noch Emotionen zeigen!“

Er trat einen Schritt näher auf ihn zu, die Augen zu Schlitzen verengt. „Der einzige Grund, warum du von uns allen am besten mit Dad zurechtkommst, ist der, dass du so verdammt kalt geworden bist, Cole, dass dich das Schicksal der Menschen um dich herum gar nicht mehr interessiert. Genauso wie Dad. Du schottest dich so von deinen Emotionen ab, dass du kein Mitleid und Mitgefühl mehr empfinden musst. Das ist einfach nur feige.“

Und das war das Letzte, was er sagte, bevor er sich umdrehte und aus der Tür stürmte.

Coles Hände verkrampften sich im Innenstoff seiner Taschen. Sein Anzug schien auf einmal mehrere Nummern zu eng. Er drückte ihm auf Lunge und Herz. Der starre Stoff war wie etwas Fremdes, das ihn gefangen hielt. Und er würde ihn dennoch weiter tragen müssen – zusammen mit der Last, die in ihm eingenäht worden war. Es war seine Aufgabe, und niemand anderer konnte sie übernehmen.

Cole senkte den Blick und fuhr sich mit seinen verkrampften Fingern durch die Haare. Mit vielem, was

Coop gesagt hatte, mochte er recht haben. Aber bei zwei Dingen lag er falsch. Cole war nicht auf der Seite seines Vaters. Er war auf der Seite seiner Familie. Und er war nicht unfähig dazu, zu fühlen. Denn jetzt gerade fühlte er verdammt viel.

Zitternd atmete er ein, bevor er sich zusammenriss und zurück zu seinem Vater ins Esszimmer ging. Er blieb im Türrahmen stehen, während er Clint Panther mit zusammengepressten Lippen fixierte.

„Was will Callie von dir?", fragte er leise, um Ruhe bemüht.

„Das geht nur sie und mich etwas an", sagte Clint Panther fest.

„Natürlich." Cole verschränkte die Arme vor der Brust. „Dad, ich weiß nicht, was du ihr angeboten hast und mir ist egal, was sie dir im Gegenzug versprechen muss. Alles, was ich dir sage, ist eines: Callie ist deine Tochter. Durch und durch. Und was hältst du von Personen, die dich dazu erpressen wollen, ihren Willen durchzusetzen? Und willst du, dass Callie dasselbe für dich empfindet?"

Mehr sagte er nicht. Er konnte nicht.

Und da er weder die Antwort, noch die Entschuldigungen seines Vaters hören wollte, drehte er sich um und zog leise die Tür hinter sich zu.

Erst als Cole nach draußen trat und sich mit den Händen auf sein Autodach stützte, konnte er wieder vernünftig atmen. Für ein paar Momente schloss er die Augen, und so sehr er auch dagegen ankämpfte, er konnte immer noch Coops Worte in seinem Ohr hören: *Du schottest dich so von deinen Emotionen ab, dass du kein Mitleid und Mitgefühl mehr empfinden musst. Das ist einfach nur feige.*

Cole wusste genau, warum es diese Worte waren, die hängenblieben. Weil sie der Wahrheit am nächsten kamen. Die Frage war, wollte er diese Art Mensch sein? Wollte er so kalt werden, wie ihn alle beschrieben?

Er presste sich Daumen und Zeigefinger auf die Nase und stieß zischend Luft aus.

Nein.

Nein, wollte er nicht.

Er brauchte die harte Schale. Er benötigte die kühle Ausstrahlung. Sie waren lebensnotwendig. Aber er musste nicht vollkommen darauf verzichten, Mitgefühl zu zeigen. Und sein Auftreten auf dem morgigen Event würde in der Tat für den Medienrummel sorgen, den das schwierige und viel zu totgeschwiegene Thema benötigte.

Er ließ seinen Arm sinken, straffte die Schultern und schritt um seine Motorhaube herum.

Schön. Er würde zur Gala gehen. Aber er würde es verdammt noch mal nicht allein tun!

Dreizehn

Savannah gähnte ausgiebig und ließ ihre Beine über die Armlehne der Couch baumeln. Die Haare hatte sie zu einem hohen, lockeren Dutt auf ihrem Kopf zusammengefasst, sodass vereinzelte Strähnen immer wieder ihre Wangen kitzelten. Auf Schminke hatte sie diesen Samstag gänzlich verzichtet. Auf vorzeigbare Kleidung auch. Sie trug eine Jogginghose, die mit so vielen Flecken übersät war, dass Savannah sie nicht an zehn Händen hätte abzählen können, und ein weites Delphies Trikot, dessen Farben bereits vollkommen ausgeblichen waren. Ein Eimer Popcorn stand auf ihrem Bauch, eine Kanne Tee auf dem Couchtisch und im Fernsehen lief eine Schnulze.

Alles in allem verbrachte sie den ziemlich perfekten Abend. Ausnahmsweise war sie heute mal nicht arbeiten gegangen, weil der Stress, den sie gestern empfunden hatte, für zwei Tage genügt hatte. Sie griff in das Popcorn und achtete nicht darauf, dass einige der Maiskörner in ihre Haare fielen und wahrscheinlich dort kleben blieben. Sie hatte nicht vor, sich in den nächsten zwölf Stunden noch großartig zu bewegen oder gar rauszugehen. Es war kurz nach sechs und auf dem heutigen Programm standen eine Tiefkühllasagne und zwei weitere Filme. Sie brauchte die Ruhe und die Zeit zum Durchatmen, damit sie am Montag genug Energie hatte, um so zu tun, als wäre der gestrige Tag gar nicht geschehen.

Es klingelte.

Irritiert hob Savannah den Kopf und blickte zur Mikrowelle. Erst dann fiel ihr ein, dass sie diese noch gar nicht angestellt hatte.

Es klingelte erneut.

Das war die Tür. Warum klingelte es an der Tür? War Mrs. Bernard wieder ausgebüxt und wollte ihr Kekse vorbeibringen? Wenn Savannah ehrlich war, waren so ein paar Plätzchen nicht das Schlimmste, das sie sich vorstellen konnte, weshalb sie die Schüssel von ihrem Bauch nahm, die Pause-Taste des Fernsehers drückte, Popcorn von ihrer Kleidung schüttelte und aufstand. Es klingelte ein drittes Mal und kopfschüttelnd überwand sie die Distanz zur Tür. Mrs. Bernard war wirklich eine ungeduldige Frau.

Savannah machte sich nicht die Mühe, durch den Spion zu schauen, sondern öffnete einfach die Tür. Sie bereute es sofort. Vor ihr stand nicht die alte, süße Mrs. Bernard mit ein paar Keksen in der Hand. Vor ihr stand der ausgewachsene Cole Panther, der einen Smoking anstelle von Keksen trug. Auch wenn eine gewisse Ähnlichkeit bestand: Beides ließ Savannah das Wasser im Mund zusammenlaufen.

Aber Kekse hätten sie nicht zeitgleich unglaublich verwirrt, überrascht und wütend gemacht. Kekse urteilten nicht und hatten keine Augen. Cole Panther schon. Und als dessen Blick von ihren Popcorn verklebten Haaren über ihr ausgewaschenes Trikot bis zu ihrer Klecker-Hose schweifte, spürte sie diesen bis ins Mark. Warum entspannte sie nicht im Spitzennegligé, so wie jede andere vernünftige Frau? Was war nur los mit ihr?

Einer seiner Mundwinkel hob sich, als er den Kopf zur Seite neigte.

„Interessant", stellte er fest.

Hitze stieg in ihre Wangen und automatisch verschränkte sie die Arme vor der Brust. Ihr spukten allerhand Dinge im Kopf herum, die sie ihm gerne sagen würde, doch bevor sie den Mund öffnen konnte, ergriff er bereits erneut das Wort.

„Du hast eine halbe Stunde."

Perplex blinzelte sie zu ihm auf. „Für was?"

„Um dich fertig zu machen."

„Und ich wiederhole: Für was? Wir haben heute keinen Termin."

„Natürlich haben wir den. Du hast ihn gestern erst gemacht. Du erinnerst dich? Die *Sexual Assault Awareness Gala,* zu der ich nie vorhatte, zu gehen."

Ihr Mund öffnete sich und sie machte einen Schritt zurück. Coles Blick wirkte nicht gerade bedrohlich, aber in seinen eisblauen Augen lag ein Glitzern, das ihr die Haare im Nacken aufstellte. „Nun, die Einladung ging nur an dich. Ich wüsste nicht, was ich auf dieser Gala zu suchen hätte. Und wie du vielleicht siehst", sie deutete an sich hinab, „hatte ich heute nicht vor, noch einmal unter Menschen zu gehen."

„Das ist mir herzlich egal, wenn ich ehrlich bin", sagte Cole achselzuckend und schob sich an ihr vorbei in die Wohnung. „Du hast noch ..." Er warf einen Blick auf seine Armbanduhr. „Siebenundzwanzig Minuten, um dich fertig zu machen. Danach werde ich dich in dem Zustand mitnehmen, in dem du dich zu dem Zeitpunkt befindest."

„Bitte was?" Ungläubig blickte sie ihn an. „Das kann unmöglich dein Ernst sein."

„Savannah, sehe ich aus, als würde ich scherzen?", fragte er bestimmt.

Sie starrte in sein todernstes Gesicht.

Nein. Er sah aus, als würde er sie zur Not unter den Arm klemmen und mit nach draußen schleppen.

„Aber ... aber ... woher kennst du überhaupt meine Adre..." Sie stockte. „Ach vergiss es, natürlich aus meiner Personalakte. Das ändert jedoch nichts daran, dass ich heute nirgendwo mehr hingehen werde!"

Cole schloss die Tür und füllte mit seinen blöden, breiten Schultern nun den gesamten Eingangsbereich.

„Das bezweifle ich. Du hast es mir eingebrockt, du kommst mit."

„Ich habe kein Kleid."

„Zufällig weiß ich, dass das nicht stimmt. Ich habe dich schon in diversen Abendkleidern gesehen."

„Cole!", fuhr sie ihn an und warf beide Hände in die Höhe. Bei der ruckartigen Bewegung rieselte Popcorn aus ihren Haaren und prasselte auf den Boden. „Du kannst hier nicht einfach auftauchen, meinen schönen, ruhigen Abend ruinieren und von mir erwarten, dass ich für dich springe! Ich habe die Schnauze voll! Du spionierst in meinen Sachen herum, bist grundlos sauer auf mich und behandelst mich wie einen Dienstboten."

Sie stieß mit ihrem Zeigefinger gegen seine Brust. „Ich bin scheiße noch mal wütend auf dich! Also wage es nicht, mich jetzt auch noch dazu zu zwingen, mit dir auf die blöde Gala zu gehen, auf der ich absolut nichts zu suchen habe."

Für ein paar Momente schloss ihr Gegenüber die Augen, bevor er einmal hörbar ein- und ausatmete.

„Pass auf", sagte er und fixierte sie mit seinem intensiven Blick. „Mir ist klar, dass die letzten Tage keine Glanzleistung meinerseits waren, aber ich brauche dich heute Abend, Savannah. Du bist zu weit gegangen und das weißt du. Du hast dir die falsche Gala ausgesucht, um mir eins auszuwischen. Mir werden heute Abend einige unangenehme Fragen gestellt und ein paar ungewollte Erinnerungen aufgedrängt werden – und ich habe vor, mir jede Ablenkung zu suchen, die mir dabei helfen könnte, dem aus dem Weg zu gehen. Wie es der Zufall so will, bist du das. Ich brauche jemanden, der mir jeden Presseheini vom Hals halten kann, mit dem ich nicht reden will. Und darin vertraue ich nun einmal nur dir. Abgesehen davon ist es dein Job."

Abrupt verengte sie die Augen. „Mein Job ist es nicht, jeden Presseansturm auf dich zu verhindern. Mein Job ist es, ihn sogar zu befürworten."

Cole prustete. „Nicht diese Art von Ansturm, glaub mir."

Savannah presste die Lippen zusammen und schüttelte den Kopf. „Du hast meine Sachen durchwühlt, Cole. Du hast meine persönlichen Papiere gelesen, obwohl ich dich darum gebeten hatte, es nicht zu ..."

„Kannst du mir einen Gefallen tun und es gut sein lassen?", unterbrach Cole sie leise und auf einmal sah er erschöpft aus. Er rieb sich über die Stirn, bevor er mit der Hand seine schwarzen Haare nach hinten strich und fachmännisch durcheinanderbrachte. „Ich hatte zwei beschissene Tage und um ehrlich zu sein, ertrage ich es heute nicht, wenn noch jemand wütend auf mich ist. Vor allem nicht du. Also: Könntest du einfach aufhören, sauer auf mich zu sein und meine Entschuldigung annehmen? Und sei es nur für heute Abend? Und im Gegenzug verspreche ich dir, dass ich dich nicht dafür anschreien werde, dass du mir diese Veranstaltung eingebrockt hast, und ich keinen Kommentar darüber machen werde, dass deine Jogginghose aussieht, als hätten mehrere Kleinkinder ihren Magen darauf entleert. Okay? Haben wir einen Deal?"

Savannah war so verdattert über die ehrlichen Worte, in denen fast so etwas wie Emotionen mitgeschwungen hatten, dass sie sprachlos war. Mit leicht geöffneten Lippen sah sie in sein bittendes Gesicht, das so ungewohnt frei von der sonstigen Distanz und Kühle war, dass sich ein Kloß in ihrem Hals bildete. Aber es war kein schlechter Kloß. Es war ein mitfühlender Kloß. Cole sah so zermürbt, erschöpft und für einen kurzen Moment auch hilflos aus, dass Savannah das merkwürdige Bedürfnis hatte, die Hand nach seinem

Gesicht auszustrecken und ihm mit den Fingern die Sorgen davon hinunterzuwischen.

Langsam entknotete sie ihre Arme und ließ die Schultern sinken. „Ich werde trinken. Und du wirst es bezahlen", forderte sie leise.

„Natürlich werde ich zahlen. Ich bin Millionär."

Ihre Mundwinkel zuckten. „Wie konnte ich das vergessen? Und keinen Kommentar zu dem Popcorn in meinen Haaren oder meiner Kleidung." Sie richtete den Zeigefinger auf ihn. „Und du wirst nichts anfassen und im Wohnzimmer bleiben, während ich mich fertig mache, ist das klar?"

„Glasklar." Cole sah sich im Raum um. „Auch wenn ich dachte, dass du dir bei meiner Bezahlung etwas Größeres leisten könntest."

Sie hob die Achseln. „Ich mag es gemütlich. Wie viele Minuten habe ich noch?"

Er zog seine Armbanduhr zu Rate. „Dreiundzwanzig."

„Mach vierzig draus und wir sind im Geschäft." Sie streckte die Hand aus.

Auf Coles Gesicht breitete sich ein ehrliches Lächeln aus und in Kombination mit seinem Smoking tat das komische Dinge mit Savannahs Magen.

„Du führst harte Verhandlungen, Savannah", murmelte er, bevor er einschlug. „Und nimm das schwarze, eng anliegende Kleid, das du vorletztes Jahr zur Weihnachtsfeier getragen hast."

Verblüfft ließ sie ihre Hand fallen. „Daran erinnerst du dich?"

Cole hob eine Schulter. „Ich kann nichts für die Größe meines Gehirnes. Die ist angeboren."

Sie schnaubte und wandte ihm den Rücken zu. „Bediene dich ruhig an meinem Tee und sieh den Film weiter, den ich angefangen habe. Nicht, dass Cole „Riesenhirn" Panther sich langweilt."

Und mit diesen Worten verschwand sie in ihrem kleinen Bad. Sie schloss die Tür hinter sich und starrte für einen Augenblick ihr Spiegelbild an.

Wie hatte er das gemacht? Sie hatte nicht vorgehabt mitzugehen! Und jetzt zog sie sich aus, um unter die Dusche zu springen, damit sie heute Abend halbwegs respektabel aussah.

Was für magische Fähigkeiten hatte Cole Panther da nur? Und benutzte er sie für das Böse? Kopfschüttelnd zog sie das Trikot über ihren Kopf. Er war anders heute Abend. Weniger distanziert. Zugänglicher, ehrlicher. Weicher. Irgendwie … liebenswerter.

„Was guckst du da für einen Mist?", drang Coles Stimme durch die Tür. „Und warum steht ein Haus aus Q-tips neben deinem Fernseher? Sind deine Ohren so dreckig, dass du für den Schmalz ein Haus bauen musst?"

Na, vielleicht nicht *so* viel liebenswerter.

***

Cole lauschte dem Rauschen des Wassers, das aus dem Bad drang, und versuchte nicht daran zu denken, dass sich Savannah nur wenige Meter von ihm entfernt befand.

Nackt. Sehr nackt. Mit nichts an.

Er rieb sich mit Zeigefinger und Daumen über die Augen und schüttelte den Kopf. Es war mehr als ungesund, wohin seine Gedanken in letzter Zeit wanderten und er sollte sofort damit aufhören. Man hätte meinen können, dass der Aufzug, in dem Savannah ihn heute begrüßt hatte, alle sexuellen Gedanken in ihre Richtung zunichtegemacht hätte – aber merkwürdigerweise war dem nicht so. Als Savannah ihm die Tür aufgemacht hatte, hatte sie einfach nur … echt gewirkt. Real. Ehrlich.

Das alles waren Dinge, die Cole in seinem Leben nicht allzu oft zu Gesicht bekam. Menschen mit Geld waren viel zu sehr darauf aus, ihr Alter zu kaschieren, ihre Fehler zu verdecken und ihre Probleme zu verdrängen. Es war erschöpfend, nie zu wissen, was wirklich in einem Menschen vor sich ging und er mochte, dass Savannah ihm nie etwas vormachte. Wenn sie etwas störte, dann sagte sie es ihm ins Gesicht. Und wenn sie ihren Samstagabend allein auf der Couch mit einem unmenschlich großen Eimer Popcorn verbrachte, dann schämte sie sich nicht dafür. Vielleicht war es das, was er so faszinierend an ihr fand. Dass sie ihn behandelte wie jeden anderen Menschen auch.

Cole blendete das Geräusch des fließenden Wassers aus und sah sich in Savannahs Wohnung um. Er hatte versprochen, nichts anzufassen, außer dem Tee in ihrem Schrank und ihrer Fernbedienung, und es fiel ihm nicht schwer, sein Versprechen zu halten. Alles, was ihn interessierte, konnte er allein mit seinen Blicken abtasten.

Savannahs Wohnung war ein Tribut an die Gemütlichkeit. Sie besaß Unmengen an Kissen, Pflanzen, Platzdeckchen und Kühlschrankmagneten. Bis auf die beängstigend große Auswahl an Tee, die jeden Briten vor Neid erblassen lassen würde, gab es nichts Schockierendes zu sehen. Das Haus aus Q-tips war irritierend, aber Cole wusste die Geduld zu schätzen, die sie in die Vollendung dieses Kunstwerkes gesteckt haben musste.

Ihre Regale waren vollgestopft mit Büchern, aber auffällig frei von Fotos. Eigentlich gab es nur zwei Bilder, die sich zwischen den verschiedenen Reiseführern, Liebesromanen und Thrillern versteckten. Eines, auf dem eine junge Savannah in Talar und im Arm von zwei ihm fremden Mädchen abgelichtet war und ein anderes, in dem sie zusammen mit Cara Turner eine Grimasse in die Kamera zog.

Cole kannte Cara. Sie war die Frau, die für das Catering jeglicher Delphie-Events zuständig war. Ihm war aber nicht bewusst gewesen, dass sie eine gute Freundin von Savannah war. Aber warum sollte es auch?

Er konnte Savannahs Stimme praktisch in sein Ohr schreien hören. *Natürlich weißt du nichts über mich, Cole! Du interessierst dich nicht für deine Angestellten.*

Die Frage war nur, warum ihn diese Feststellung ihrerseits auf einmal wurmte. Vielleicht, weil Cooper genau dasselbe noch gestern festgestellt hatte. Vielleicht, weil er Savannah seit über einem Jahr kannte und sie sein halbes Leben organisierte – er aber nicht einmal wusste, ob sie wegen ihres Teeproblems einen Therapeuten sah. Oder wie sie ihre Freizeit verbrachte. Oder ob sie schon einmal verheiratet gewesen war. Oder ob sie Spaß an ihrem Job hatte.

Bis vor kurzem hätte ihn keine einzige der Antworten auf diese Frage interessiert. Aber je länger er darüber nachdachte, desto dringender erschien es ihm, zumindest ein paar grundlegende Sachen über die Frau zu erfahren, die es geschafft hatte, ihn mehr als einmal aus seiner Reserve zu locken. Und dieses Bedürfnis machte ihm mehr Angst als die bevorstehende Gala.

Irritiert von seinen eigenen Gedanken griff Cole in den Popcornbecher, als es an der Tür klingelte.

Savannah hatte ihm keine Anweisung im Falle eines solchen Szenarios gegeben. Er war sich nicht sicher, was sie von ihm erwartete. Sollte er die Tür öffnen oder lieber ignorieren?

Es klingelte erneut und Cole warf einen Blick in Richtung Badezimmer. Was, wenn es wichtig war?

Gemächlich schlenderte er zur Tür und öffnete sie, bevor ein drittes Klingeln seine Nerven strapazieren konnte.

Im Flur vor ihm stand eine ältere, grauhaarige und hutzelige kleine Frau. In der einen Hand hielt sie einen Teller mit schrumpeligen Keksen, in der anderen eine Briefmarke. Cole konnte die Verbindung zwischen diesen beiden Gegenständen nicht ganz herstellen.

Die ältere Frau musterte ihn interessiert, bevor sie sagte: „Sie sind ein sehr gutaussehender Mann."

Cole konnte sich nur schwer von einem Lächeln abhalten. „Oh, vielen Dank."

Sein Gegenüber nickte zufrieden. „Es wird Zeit, dass Miss Gordon endlich einen gutaussehenden Mann zu sich einlädt. Werden Sie sie heiraten?"

Cole dachte eine Weile über diese Frage nach, bevor er bemerkte: „Ich fürchte, ich kenne Miss Gordon nicht gut genug, um darüber ein Urteil fällen zu können." Es würde ihm außerdem sehr helfen, wenn er verstünde, über wen die alte Dame redete.

„Papperlapapp. So etwas weiß man doch auf den ersten Blick", sagte sie missbilligend. „Ich wusste es bei meinem Harry sofort! Die jungen Leute von heute haben viel zu viel Angst davor, was sie verpassen könnten, als dass sie bereit wären, sich zu binden. Dabei ist es doch so einfach. Wenn man einen anständigen Menschen gefunden hat, der einem ins Gesicht sagt, wenn man Dummheiten macht, und über seine Witze lacht, sollte man ihn festhalten und nie wieder gehenlassen."

Die Frau verstand ganz offensichtlich etwas davon, eine erfolgreiche Beziehung zu führen.

„Hat es geklingelt?", fragte plötzlich eine weibliche Stimme hinter Cole. „Ich dachte, ich hätte ... oh, Mrs. Bernard, sind Sie schon wieder abgehauen?"

Cole wandte sich um und erstarrte in seiner Bewegung. Savannah war aus dem Bad gekommen. Ihre nassen, dunklen Haare klebten ihr an Gesicht und Nacken und Wassertropfen sickerten aus den Haarspitzen in das knappe Handtuch, das sie unter ihre Achseln geklemmt und mit den Händen vorne fixiert hielt.

„Miss Gordon", sagte die alte Frau fröhlich. „Ich bringe Ihnen Kekse und eine Briefmarke."

Savannah ignorierte Coles offenen Mund und wandernden Blick. Stattdessen trat sie nach vorne auf die alte Dame zu. Augenblicklich änderte sich etwas in ihrem Gesicht. Es wurde weich, herzlich und warm. Diese Gefühle hatte sie ihm noch nie entgegengebracht.

„Danke sehr, Mrs. Bernard", sagte Savannah mit sanfter Stimme. „Briefmarken kann ich immer gebrauchen." Sie nahm ihr die Marke aus der Hand, während sie mit der anderen noch immer ihr Handtuch zusammenhielt. „Und ich bin mir sicher, dass Cole Ihnen die Kekse abnehmen kann."

„Unglaublich gerne. Die Kekse sehen vorzüglich aus", log Cole und streckte die Hände nach dem Teller aus.

Die Wangen von Mrs. Bernard verfärbten sich rosa. „Oh, vielen Dank. Es ist das Rezept meiner verstorbenen Großmutter."

Und so wie sie aussahen, hatte ihre Großmutter genau diese Kekse auch gebacken.

„Es ist schön, dass Rezepte noch über Generationen hinweg weitergegeben werden. Meine Großmutter hat mir das Kochen beigebracht", sagte Cole lächelnd. „Sie war eine ziemlich geduldige Lehrerin und ich ein sehr undankbarer Schüler. Aber ich bin ihr noch heute dafür dankbar, dass ich mich nicht von Spaghetti ernähren muss."

„Ich hoffe, das haben Sie ihr gesagt. Großmütter müssen so etwas hören."

„Sie ist leider verstorben, bevor ich ihr meine Dankbarkeit ausdrücken konnte", sagte Cole bedauernd. „Aber ich bin mir sicher, dass sie es weiß."

Was unter anderem daran lag, dass ihr Lieblingssatz *Irgendwann wirst du mir dankbar sein, Cole* gewesen war. Sie war eine beeindruckend störrische Frau gewesen. Callie hatte eine Menge von ihr geerbt.

Cole ließ seinen Blick wieder zu Savannah wandern und stellte überrascht fest, dass sie ihn mit offenem Mund anstarrte. Als wäre er derjenige, der nur mit einem gefährlich tiefsitzenden Handtuch bekleidet war.

„Sie haben da einen sehr netten und gutaussehenden Bekannten, Miss Gordon", flüsterte Mrs. Bernard. Laut genug, um es auch alle Nachbarn wissen zu lassen. „Er ist sehr stattlich. Männer sollten immer eine Fliege tragen. Es verleiht ihnen ein vornehmes Aussehen."

„Sagen Sie das nicht zu laut. Sonst fängt das Gewicht seines Egos noch an, auf lebenswichtige Organe zu drücken", meinte Savannah, die scheinbar mühsam den Blick von seinem Gesicht riss. Hatte er etwa Essen an der Nase?

Mrs. Bernard schüttelte tadelnd den Kopf. „Das Leid der gutaussehenden Männer ist es, dass jeder davon ausgeht, dass sie sich dessen bewusst sind – und niemand es ihnen mehr sagt", erklärte sie. „Mit Komplimenten sollte man nicht knausern."

„Oh ja, er leidet sehr", murmelte Savannah, bevor sie das rutschende Handtuch höher zog und sich schließlich bei Mrs. Bernard unterhakte.

„Es tut mir furchtbar leid, Mrs. Bernard, aber ich kann nicht weiter mit Ihnen quatschen. Wir haben einen wichtigen Termin einzuhalten. Und Sandy, Ihre Pflegerin, wird Sie sicher schon vermissen."

Sie drängte sich an Cole vorbei und zog die alte Dame sanft mit sich, auf die gegenüberliegende Tür zu.

Savannah klopfte, die Tür öffnete sich und Savannah wechselte ein paar Worte mit der Person, die im Rahmen erschien. Doch selbst wenn sein Leben davon abhinge, wäre Cole nicht dazu in der Lage gewesen, zu sagen, worüber sie sprachen oder wie die andere Person aussah.

Sein Blick war auf den Saum des Handtuchs fixiert, der knapp unter Savannahs Hintern endete und bei jeder hastigen Bewegung, die sie machte, drohte, nach oben zu rutschen. Erst als Mrs. Bernard in die andere Wohnung trat und Savannah sich umdrehte, fuhr Coles Kopf wieder in die Höhe.

Savannah kam auf ihn zu und sah ihn erwartungsvoll an.

Er starrte zu ihr hinunter. Betrachtete die dunklen, vom Wasser zusammengeklebten Wimpern, die ihre Augen umrahmten. Ihre Wangen, die eine leichte Röte überzog. Ihr vollkommen von Make-up befreites Gesicht, den viel zu lockeren Knoten, den sie zwischen ihren Brüsten in das Handtuch gedreht hatte. Blut floss aus seinem Kopf in tiefere Regionen.

„Cole?"

Er zuckte zusammen. „Was?"

„Könntest du aus dem Türrahmen gehen, damit ich zurück in meine Wohnung kann? Es ist kalt hier draußen und falls es dir noch nicht aufgefallen ist: Ich habe nicht atemberaubend viel an."

Oh doch, es war ihm aufgefallen.

Er schluckte und nickte hastig, bevor er sich in ihr Wohnzimmer zurückzog, damit sie hineinkommen und die Tür hinter sich schließen konnte.

„Miss Gordon?", fragte er und räusperte sich. „Ist das das Pseudonym, unter dem du als professionelle Wrestlerin auftrittst, oder kenne ich jetzt noch nicht einmal deinen richtigen Nachnamen?"

„Sie vergisst meinen Namen immer wieder und es käme mir unhöflich vor, sie darauf aufmerksam zu machen", erklärte Savannah.

Sie mied seinen Blick. Nur ab und zu, für eine Zehntelsekunde, flatterte ihre Aufmerksamkeit auf sein

Gesicht zurück. Cole wusste, dass sie noch etwas sagen wollte, deswegen schwieg er.

Er wurde nicht enttäuscht.

„Du hast ihr ... von deiner Großmutter erzählt", sagte sie ein paar Sekunden später. Sie klang beinahe vorwurfsvoll.

„Und?", wollte er wissen und gab sich größte Mühe, seinen Blick oberhalb Savannahs Hals zu halten.

„Für deine Verhältnisse ist das, als hättest du ihr von deiner letzten Prostatauntersuchung berichtet."

„Na, sie schien doch wie eine vertrauenswürdige Frau."

Savannah war sichtbar unzufrieden mit seiner Antwort. „Irgendetwas ist heute anders an dir", stellte sie nach einer Weile fest.

„Gut anders?"

„Ich weiß es nicht. Es ist so, als würdest du dir Mühe geben."

„Mühe geben, womit?"

„Menschlich zu sein. Mitfühlend zu sein."

Er lächelte müde. „Auch wenn es dir schwerfällt, das zu glauben, Savannah. Ich bin ein Mensch und ich habe Gefühle."

Auch wenn es ihm in letzter Zeit Probleme bereitete, sie zu deuten.

„Das weiß ich", sagte sie verwirrt und endlich kam ihr Blick auf seinem Gesicht zum Stehen. „Du fühlst eine Menge. Du zeigst es nur nie."

Sie stand so nah bei ihm, dass sie ihren Kopf in den Nacken legen musste, um ihn ansehen zu können. Ihre Augen waren so dunkel, dass Cole die Iris nicht von der Pupille unterscheiden konnte.

„Es ist leichter so", murmelte er. „Gefühle haben zu viel Macht."

„Was würde deine Großmutter wohl zu diesem Satz sagen?"

„Dass mein Vater aufhören soll, mir solche Flausen in den Kopf zu setzen."

Savannah lächelte matt und nahm ihm den Teller Kekse aus den Händen, um ihn auf den Couchtisch zu stellen. „Du warst gerade sehr freundlich zu Mrs. Bernard."

„Du auch. Ihr scheint euch ja öfter über den Weg zu laufen."

„Sie ist einsam", murmelte Savannah. „Ich mag es nicht, wenn Menschen allein gelassen werden. Deswegen sehe ich ab und zu bei ihr vorbei."

Cole nickte, doch seine Aufmerksamkeit wurde von etwas anderem angezogen. Sein Blick folgte den Wassertropfen, die Savannahs schlanken Hals hinabglitten und sich einen Weg über ihre weiche Haut, unter den lockeren Knoten ihres Handtuchs suchten. Es wäre nur eine Handbewegung. Eine klitzekleine Handbewegung und das Handtuch läge zu Savannahs Füßen.

Coles Blick wanderte wieder nach oben und blieb kurzzeitig an Savannahs Lippen hängen, bevor er zurück zu ihren Augen fand. Es war zu intim – das Ganze hier. Dass er in ihrer Wohnung stand, ihr Q-tip-Haus musterte und ihren Geruch einatmen konnte. Er hätte gar nicht erst herkommen sollen.

„Cole?", fragte sie leise. „Was ist los? Was ist passiert? Warum erträgst du es nicht, dass noch jemand wütend auf dich ist?"

Cole öffnete den Mund, wollte antworten, doch ihm versagten die Worte. Er wollte es ihr erzählen.

Dass die Verantwortung für das Glück seiner Familie manchmal zu groß war.

Dass er die Last nicht alleine tragen wollte.

Dass er es nicht konnte. Denn alles, was seinen Vater tat, fiel auf ihn zurück. Weil es für seine Geschwister so viel einfacher war, ihre Wut auf ihn zu projizieren. Aber er war es so leid. So verdammt leid.

Savannahs Hand berührte sacht seine und er spürte die Berührung wie einen 200 Watt Stromschlag, der durch seinen Körper pulsierte. Und in diesem Moment wollte er nichts sehnlicher, als vergessen, dass er ihr Chef war und sie ihm eine Ehefrau suchen sollte. Er wollte seine Hände in ihren Haaren vergraben, sie auf die Zehen ziehen und für einen kurzen Augenblick nichts anderes hören als ihren stockenden Atem. Nichts anderes spüren als ihre Hände auf seinem Körper, ihren Lippen auf seinen. Er wollte dem Verlangen, das seinen ganzen Körper unter Spannung hielt, einfach nachgeben. Er wollte sich ein einziges Mal einen Moment der Schwäche zugestehen.

Aber stattdessen schloss er die Augen und machte einen Schritt nach hinten.

„Du solltest dich wirklich umziehen. Eine nackte Frau auf eine *Sexual Assault Awareness Gala* zu schicken, könnte die falsche Botschaft senden.“

Er wich ihrem Blick aus und vergrub die Hände in den Taschen seines Smokings. Stille breitete sich zwischen ihnen aus. Eine schwere, knisternde Stille, die ihm kribbelnd im Nacken saß.

„Gefühle stehen dir, Cole“, flüsterte Savannah schließlich. „Du solltest sie öfter tragen.“

Im nächsten Moment hatte sie die Tür ihres Schlafzimmers hinter sich geschlossen.

Vierzehn

Das eine, was Savannah immer an Cole Panther zu schätzen gewusst hatte, war, dass sie sich in seiner Gegenwart wohlfühlte. Es war leicht, sich mit ihm zu unterhalten.

Offenbar galt das allerdings nur für Situationen, in denen sie nicht mit ihm auf der Rückbank einer Limousine saß, die trotz ihrer schieren Größe furchtbar eng schien. Da war dieser eine Moment gewesen in ihrer Wohnung. Der Moment, in dem sein Blick eine Spur zu lang auf ihren Lippen gelegen hatte. In dem ihre Hand wie automatisch nach seiner getastet hatte. Es war albern, aber Savannah hatte das absurde Gefühl gehabt, dass Cole ihre Berührung gebraucht hatte. Ihr war klar, dass er ein Mann war, der nichts und niemanden brauchte, aber für diesen kurzen Augenblick war etwas in seinem Ausdruck gewesen ...

Savannah strich ihren Mantel glatt und lehnte sich tiefer in das Leder der Sitze. Sie sollte darüber hinwegkommen. Er war verdammt noch mal ihr Boss und suchte eine Frau ohne Ansprüche. Und zu denen zählte Savannah sich nicht.

Mit dem Finger tippte sie sich aufs Bein, sah aus dem Fenster, betrachtete das teure Fiji-Wasser, das offenbar zur Einrichtung des Gefährts gehörte ...

Herrgott, wenn Cole nicht bald etwas sagte, würde sie sich womöglich aus dem Auto abrollen müssen!

„Ich würde mich nicht entspannen", sagte Cole wie auf Kommando. „Du musst die Zeit nutzen."

Verwundert blickte sie auf. „Wofür?"

„Um meine Rede zu schreiben." Er warf ihr Block und Stift in den Schoß. „Und sie wird hoffentlich fantastisch. Denn meine PR-Managerin wird fuchsteufels-

wild, wenn sie einen Medien-Supergau wieder gerade-
biegen müsste, den ich ganz aus Versehen verursache."

Sie verdrehte die Augen und ließ die Utensilien in den
Fußraum fallen, musste aber lächeln. Dies war ihr sehr
viel vertrauteres Terrain.

„Du hältst keine Rede. Du hast die Wahl, eine Rede zu
halten. Und du lehnst höflich ab."

„Ich weiß nicht", überlegte er laut. „Ich hätte einiges
zu sagen. Zum Beispiel: Warum erzählen Frauen immer
wieder, dass ihnen Humor bei einem Mann unglaublich wichtig ist, nur um dann einen langweiligen, dafür
gutaussehenden und reichen Investmentbroker zu heiraten?"

„Von welchen Frauen sprichst du? Denn ich kenne
keine von ihnen."

„Du treibst dich offensichtlich in merkwürdigen
Kreisen herum."

„Und du hast verquere Weltansichten. Humor ist unglaublich wichtig bei einem Mann."

„Schwachsinn. Ein Kerl kann noch so humorvoll sein.
Wenn er keinen Job und nicht mehr alle Zähne im
Mund hat, ist er chancenlos bei einer Frau. Weil diese
Welt viel zu oberflächlich ist, als dass es anders sein
könnte."

Dagegen konnte Savannah leider nicht argumen-
tieren. Doch weil sie Cole in diesem Bezug nicht gewinnen lassen wollte, sagte sie nach einer Weile:
„Menschen lassen sich viel zu sehr von ersten
Eindrücken beeinflussen. Sie geben sich nicht mehr die
Mühe, hinter die Fassade zu blicken. Aber ich bin
davon überzeugt, wenn sich die beiden Richtigen
finden, ist es egal, wie erfolgreich oder gutaussehend
der Partner ist."

Cole sah sie ratlos an. „Ich verstehe es nicht. Nach allem, was ich von dir weiß, müsstest du der menschli-
chen Natur so negativ gegenüberstehen wie der Grinch

Weihnachten. Stattdessen bist du Verfechterin der wahren Liebe, des Schicksals und des Guten im Menschen. So wie es aussieht, musstest du dich durch dein ganzes Leben kämpfen und wirst täglich mit der chauvinistischsten Sorte von Mann konfrontiert – und dann auch noch mit Arschlöchern wie mir. Wie kannst du immer noch an das Positive im Leben glauben?"

„Weil das Leben so viel mehr ist als die schillernde Oberfläche, die die Menschen zeigen!", fuhr Savannah auf und wandte sich zu ihm um. „Und es genug Ausnahmen gibt, die sich die Mühe machen, diese Oberfläche zu durchbrechen. Weil ich gelernt habe, nach den guten Dingen Ausschau zu halten, damit ich die schlechten überstehe. Was denkst du, wo ich gelandet wäre, hätte ich mich auf die schlechten Seiten des Lebens konzentriert? Sicherlich nicht hier mit einem Mann im Auto, der Jamaika kaufen kann. Natürlich sind viele Menschen furchtbar oberflächlich. Ich habe keine Fantasievorstellung von dieser Welt und ich weiß ganz genau, wie schnell Menschen über einen urteilen. Warum, glaubst du, weiß niemand, dass ich von Pflegefamilie zu Pflegefamilie geschubst wurde? Warum verrätst du niemandem persönliche Dinge über dich? Weil Menschen verurteilen und eine Horde an Schubladen besitzen, die nur darauf warten, von Klischees und Vorurteilen gefüllt zu werden. Wir sehen jemanden an und entscheiden innerhalb von Sekunden, welche Art von Mensch er ist. Wir geben ihm gar keine Chance, jemand völlig anderer zu sein. In unserem Kopf geben wir ihm gar nicht erst die Möglichkeit, uns zu überraschen. Und das hasse ich an dieser Welt. Aber das lässt sich nicht ändern. Also werde ich weiterhin die guten Dinge im Leben sehen und weiterhin an die wahre Liebe glauben und weiterhin hoffen, dass Menschen sich die Mühe machen, zuzuhören, anstatt vorwegzunehmen."

Ihr Atem ging schwer und sie ballte ihre Hände zu Fäusten, während Cole sie regungslos ansah. Sein eisblauer Blick lag ungerührt in ihrem, so als hätte sie ihm gerade nichts weiter erzählt, als dass sie Katzenbabys süß fand.

Die Sekunden zogen sich wie zäher Kaugummi und als Cole endlich sprach, waren seine Worte leise und beinahe vorsichtig. „Ist das der Grund, warum du dich auf der Arbeit so elegant kleidest und in deiner Freizeit nichts anderes außer Jeans trägst? Weil du willst, dass die Menschen dich in eine der Situation angemessene Schublade stecken?"

Überrascht von seiner Frage runzelte Savannah die Stirn. „Vielleicht", sagte sie schließlich langsam. „Vielleicht habe ich auch einfach Angst, dass die Leute mir sonst ansehen könnten, wo ich herkomme."

Cole nickte, so als verstünde er. Und vielleicht tat er das ja auch. Denn Savannah war nicht die Einzige, die sich auf der Arbeit anders gab als sie war.

„Was ist mit mir?", wollte Cole wissen und fuhr mit den Fingern über den Saum seiner Smokingjacke. „In welcher Schublade stecke ich?"

„Ich habe keine Schubladen", meinte Savannah. „Menschen schaffen Schubladen, weil es so einfacher für sie ist, andere einzuschätzen. Es ist angenehmer, weil sie ungern überrumpelt werden. Ich will nicht, dass es angenehmer ist. Ich will, dass Menschen mich überraschen."

Ein harter Zug entstand um Coles Mund, und für einen Moment presste er die Lippen aufeinander, bevor er scharf sagte: „Schwachsinn. Du hast Schubladen, Savannah. Nur bin ich vielleicht nicht in einer einzigen."

Sein berechnender Blick ließ Savannah unwohl zumute werden und hastig räusperte sie sich. „Schön, du steckst definitiv in der Schublade der Zyniker und Menschen, die Angst vor der wahren Liebe haben."

Cole schnaubte. „Angst vor der wahren Liebe zu haben, wäre in etwa so, wie Angst vor dem Yeti oder dem Weihnachtsmann zu haben – denn sie existiert nicht!"

„Es gibt sie", widersprach Savannah sofort. „Ich kann sie täglich mit meinen eigenen Augen sehen."

„Nein. Das, was du siehst, ist tiefe Zuneigung, die auf der Formel einer erfolgreichen Beziehung basiert."

„Ach du liebe Güte, warum bekomme ich nur das Gefühl, dass du nicht davor zurückschrecken wirst, mir genau diese Formel zu nennen?"

Cole ignorierte sie. „Das Rezept für eine gute Beziehung ist Anziehung und eine Reihe komplementärer Charaktereigenschaften. Gemeinsame Interessen, ähnliche Lebensziele, ein ähnlicher Sinn für Humor und dieselben Erwartungen. Und die Wahrscheinlichkeit das zu finden, ist verschwindend gering."

„Warum heiraten dann so viele?"

„Du solltest sagen: Ah, deswegen lassen sich so viele scheiden."

Kopfschüttelnd betrachtete sie Coles ernstes Gesicht. „Du glaubst kein bisschen an die Macht der Liebe?"

„Ich glaube an die Macht von Sex", sagte er ohne mit der Wimper zu zucken. „Vermeintliche Liebe ist da nur die hormonelle Begleiterscheinung."

„Das ist so ungerecht", stellte sie kopfschüttelnd fest. „Es kommen solche Dinge aus deinem Mund und trotzdem rennen die Frauen dir die Tür ein."

Coles Mundwinkel zuckten. „Komm damit klar. Das Leben ist nun einmal unfair."

Sie prustete. „Sagt der Mann, der den genetischen Jackpot gewonnen hat, mit Silberlöffel im Mund großgeworden ist und dem das Leben so leicht wie möglich gemacht wurde."

Cole verengte die Augen und auf einmal war jeder Humor aus seinen Zügen gewischt worden.

„Glaubst du das wirklich?", fragte er leise. Jedes Wort ein Eiszapfen. „Dass meine Kindheit einfach war? Dass mein Leben es ist?"

„Ich …"

„Und schon stecke ich in einer Schublade", murmelte er. „Und ich dachte, du wolltest Menschen nicht kategorisieren?"

Den Rest der zum Glück kurzen Fahrt verbrachten sie schweigend. Savannah versuchte, nicht über Coles Worte nachzudenken, aber sie war kein besonders disziplinierter Mensch, was ihre Gedanken anging. Und außerdem war alles, was er gesagt hatte, vollkommen richtig. Cole hatte eine Schublade – und wenn sie ganz ehrlich war, dann hatte sie sich nie die Mühe gegeben, unter seine schillernde Oberfläche zu blicken. Aber er wirkte immer so distanziert, kühl und abgebrüht. Er gab nie Anlass dazu, anzuzweifeln, dass er ein wunderbares Leben führte, mit dem er vollauf zufrieden war. Was zweifellos seine Absicht war.

Savannah betrachtete Coles Profil und fragte sich, was gerade in seinem Kopf vorging. Insgeheim hatte sie sich immer darüber aufgeregt, dass Cole sich nicht die Mühe machte, seine Angestellten kennenzulernen. Aber wenn sie genauer darüber nachdachte … keiner seiner Angestellten gab sich die Mühe, ihn kennenzulernen. Warum sollte er dann den Anfang machen?

Cole Panther war ein Mysterium. Er war wie ein schwarzes Loch, von dem man sich einsaugen ließ, nur um überrascht darüber zu sein, wo man auf der anderen Seite wieder herauskam.

Was wusste Savannah überhaupt über ihn? Nur die oberflächlichen Dinge.

Wann er seinen Kaffee koffeinfrei trank.

Welche Farbe seiner Hemden er bevorzugte.

Dass er auf Käsesandwiches stand.

Dass er unglaublich charmant und aufmerksam sein konnte, wenn er nur wollte.

Dass er furchtbar süß zu Mrs. Bernard gewesen war.

Dass er ein anständiger Kerl war, auch wenn er versuchte, der Welt etwas anderes vorzumachen.

Dass sie wissen wollte, ob er in allen Bereichen seines Lebens kontrolliert und kühl war.

Wie er reagieren würde, wenn sie ihre Hände seine Brust hinabfahren und ihren Mund folgen li...

Ruckartig wandte sie ihr Gesicht ab. Das ging dann vielleicht doch über allgemeines Interesse hinaus.

Der Wagen blieb stehen und Savannah blickte aus dem verdunkelten Fenster. Sie standen in einer Reihe Limousinen, die offensichtlich zu einer Art rotem Teppich führten. Das Blitzlichtgewitter reichte bis hier.

„Ich hasse die Presse."

Überrascht wandte sie sich zu Cole um. Erst jetzt fiel ihr auf, dass er unglaublich angespannt aussah. Sein Kiefer knackte bei jedem seiner Worte und den Rücken hielt er so steif, dass sie ihm gerne eine Thai-Massage empfohlen hätte.

Ein Fallgefühl setzt in Savannahs Magen ein, als sie sah, wie Cole mit seinen Fingernägeln seine Anzughose zerkratzte. Bis jetzt hatte sie immer gedacht, dass Cole keine der Charity Galen besuchte, für die er spendete, weil er seine kostbare Zeit nicht verschwenden wollte. Nie war sie auf die Idee gekommen, dass er sich schlichtweg unwohl auf solchen Veranstaltungen fühlte. Ihr Magen zog sich unangenehm zusammen und das schlechte Gewissen nagte sofort an ihr.

„Wir müssen sicher nicht vorne durch die Tür", sagte sie hastig. „Wir können bestimmt den Hintereingang benutzen."

Cole hob einen Mundwinkel und eine Augenbraue gleich mit, bevor er sie fixierte.

„Wenn du mich dazu überreden würdest, tätest du einen verdammt miesen PR-Job. Bei dieser Gala geht es darum, die Aufmerksamkeit auf die Vielzahl an sexuellen Übergriffen zu lenken, die täglich unter den Teppich gekehrt werden. Was für ein Bild würde wohl entstehen, wenn ich mich zusammen mit dem Personal hineinstehle?"

Savannah atmete tief durch. Er hatte natürlich recht. Es würde aussehen, als würde er diese Gala ebenso unter den Teppich kehren wollen wie die sexuellen Übergriffe.

„Es tut mir leid, Cole", sagte sie schließlich. „Du hast vollkommen recht, ich habe eine Grenze überschritten. Ich hätte nicht für dich zusagen sollen. Ich war wütend und habe unüberlegt gehandelt. Es ..." Wieder atmete sie durch. „Es tut mir ehrlich leid."

Cole nickte, während sich das Auto wieder in Bewegung setzte. „Du warst berechtigt wütend und ich verzeihe dir. Ich ..." Er stockte, bevor er die Augen verengte und sein Gesicht verzog. „Ich habe mich möglicherweise ebenfalls falsch verhalten. Ich habe dein Vertrauen und deine Privatsphäre verletzt und dafür entschuldige ich mich."

Savannah war unfähig, gegen ihr Lachen anzukämpfen. „Wie weh tat es, diese Worte zu sagen?", wollte sie wissen.

„Schlimmer als einen kleinen Zeh zu verlieren, aber besser als skalpiert zu werden."

Savannah lachte lauter und klopfte ihm lobend auf die Schulter. Genug Platz hatte sie da ja.

„Das hast du umwerfend gemacht. Danke sehr. Ich verzeihe dir auch."

„Gut." Eine so ehrliche Erleichterung machte sich auf seinem Gesicht breit, dass Savannahs Herz sich ruckartig und schmerzlich-süß zusammenzog. Ihm war wichtig, was sie über ihn dachte. Das war ein so intimes Eingeständnis seinerseits, dass sich ein Kloß in ihrem Hals bildete und Wärme ihren Magen flutete.

Die Wand, die die Fahrerkabine vom Rücksitz trennte, fuhr herunter und ein bärtiger Mann drehte sich zu ihnen um.

„Wir sind die Nächsten, Sir.“

„Danke, Henry“, erwiderte Cole und fuhr sich mit der flachen Hand über die Stirn, bevor er seine Aufmerksamkeit auf Savannah richtete. „Irgendwelche letzten Tipps meiner PR-Managerin?“

„Lächle. Du hast ein tolles Lächeln.“ Die Worte waren aus ihrem Mund gekommen, bevor sie sie hatte zurückhalten können. Hitze stieg in ihre Wangen und hastig räusperte sie sich.

„Ich meine, du lächelst zu wenig und jede Frau ... äh, jeder Fotograf ... jeder Fotograf würde sich darüber freuen, dich lächeln zu sehen ...“ Oh Gott, sie machte alles nur noch schlimmer!

„Ist das so?“, wollte Cole amüsiert wissen. „So einfach sind die Frauen ... nein, ich meine natürlich die Fotografen, zufriedenzustellen?“

Verdammt, ja! Selbst ein halbes Lächeln würde es tun. Savannahs Gesicht fühlte sich an wie eine zu lange in die Mikrowelle gestellte Tomatensuppe, und zwanghaft versuchte sie, sich davon abzuhalten, ihr heißes Gesicht an die erfrischend kühle Fensterscheibe zu drücken.

„Lächele einfach und sei so geheimnisvoll wie immer“, wies sie ihn an, ihre Stimme ein Krächzen.

„Geheimnisvoll bin ich jetzt auch noch? Mann, ich bin ja echt ein faszinierender Typ. Und so ein guter Fang.“

Savannah legte sich eine Hand über die Augen und stöhnte. „Was habe ich nur angerichtet? Als wäre dir deine Wirkung auf Frauen nicht schon längst bewusst!“

Cole lachte leise und zog ihr die Finger vom Gesicht. „Ich bin komplett ahnungslos", sagte er grinsend und legte ihre Hand auf ihrem Bein ab. „Und dank dir heilt mein geschundenes Ego endlich wieder."

Sie schnaubte – und spürte seine Berührung noch immer auf ihrer Haut.

„Jaja, du brauchst die Streicheleinheiten, damit du dich wohl in deiner Haut fühlst."

„Genauso ist es", sagte er selbstgefällig. „Sollen wir?" Er nickte zur Tür.

„Ähm, okay. Ich habe aber auch noch eine Frage: Wo werde ich sein, während die Fotos von dir gemacht werden?"

Cole runzelte die Stirn. „Savannah, du bist meine heutige Begleitung. Was glaubst du, wo du sein wirst?"

Sie riss die Augen auf. „Nein! Ich denke nicht. Ich bin PR-Managerin. Ich stehe auf der anderen Seite des Blitzlichtgewitters."

„Nicht heute, fürchte ich", sagte er bedauernd. Er beugte sich über sie und wollte die Tür öffnen, doch sie schlug ihm heftig auf die Finger, bevor er den Griff erreichen konnte.

„Ich geh' da ganz bestimmt nicht raus!"

„Du hast keine Wahl."

„Natürlich habe ich die! Ich bleibe einfach hier im Auto. Du kannst mich dann in zwei Stunden wieder abholen."

Ein leises Lachen schüttelte Coles Körper. „Savannah, die Presse wird sich kaum für dich interessieren."

War er im Delirium?

„Du bist zurzeit der begehrteste Junggeselle dieser Stadt, Cole! Natürlich wird sich die Presse eine bescheuerte Geschichte zurechtlegen, in der ich eine Prostituierte bin, die du eigentlich nur für ein paar Nächte engagieren wolltest. Aber dann hast du dich in mich verliebt und jetzt kämpfst du gegen die Vorurteile der Gesellschaft.“

Cole verengte die Augen. „Ich bin mir ziemlich sicher, dass das der Plot von *Pretty Woman* ist.“

„Und?“, fuhr sie ihn an. „Seit wann erfindet die Presse das Rad neu?“

Cole seufzte schwer, bevor er sanft eine Hand um ihre Wange legte und ihr Gesicht so drehte, dass sie ihn ansehen musste. Savannah zuckte anhand der überraschenden Berührung zusammen und wollte automatisch zurückweichen. Doch Cole ließ sie nicht.

„Die Presse ist eine Horde Schakale, ich weiß“, flüsterte er. „Aber die einzige Frage, die morgen in der Zeitung stehen wird, ist die, wer meine heutige bezaubernde Begleitung ist. Die Presse kennt meine Familie. Und sie weiß genau, dass wir sie in Grund und Boden verklagen werden, sollten sie irgendeinen Mist schreiben, der uns persönlich bitter aufstößt.“

Bezaubernd. Er hatte sie bezaubernd genannt.

„Aber …“

„Nichts aber. Du wirst jetzt mutig sein und dich entspannen.“ Sein Daumen zog beruhigende Kreise auf ihrer Wange und sein Gesicht war dem ihren so nah, dass sie seinen Atem auf ihren Lippen spürte. Keine gute Voraussetzung, um sich zu entspannen.

„Das Ganze wird zwei Minuten dauern. Wir werden keine einzige Frage beantworten, wir werden lächeln und winken.“

Sie nickte steif und schluckte. „Okay.“

„Ja?“ Cole sah nicht überzeugt aus, doch er ließ seine warme Hand sinken.

Wieder nickte sie. Ihre Wange kribbelte an der Stelle, an der er sie berührt hatte.

„Klar. Zwei Minuten. Lächeln, winken. Das kriege ich hin.“

„Gut … und ich hoffe, dir ist bewusst, dass du heute allein zu meiner Unterhaltung da bist?“

Sie musste sich davon abhalten zu lächeln. Er lockerte die Situation auf. Mit Absicht.

„Natürlich.“

„Schön. Und wenn mir auch nur eine Sekunde langweilig ist, bist du gefeuert.“

„Kein Problem“, sagte sie gelassen und deutete auf ihre Handtasche. „Ich habe deinen Gameboy dabei.“

Ein träges Lächeln zog sich über sein Gesicht. „Du weißt, was Männer wollen“, murmelte er, bevor er die Tür für sie aufstieß.

Fünfzehn

Weiße Flecken tanzten vor Savannahs Augen, als sie den roten Teppich endlich verließ und in das Hotel stolperte, in dem die heutige Gala stattfinden würde. Sie sollte die Rechnung ihres Augenarztes an die *InTouch* schicken, deren Journalisten ihr konsequent die Kamera ins Gesicht gedrückt hatten. Wenn sie es sich recht überlegte, dann würde sie die Rechnung ihres Ohrenarztes gleich dazulegen. Die verschiedenen Reporter hatten so unglaublich laut durcheinandergeschrien, dass ein penetrantes Klingeln in Savannahs Ohren widerhallte. Jeder hatte ihren Namen wissen wollen. Jeder hatte ein Statement von Cole bezüglich des Anlasses dieser Gala hören wollen. Jeder hatte sie nach ihrer Beziehung zueinander gefragt. Jeder hatte so unglaublich persönliche Fragen gestellt, dass Savannah mehrfach mit sich hatte kämpfen müssen, um nicht ihren Mittelfinger in die Höhe zu recken. Doch Cole hatte ab einem gewissen Punkt seine Hand fest um ihre geschlossen. So als hätte er geahnt, was in ihrem Kopf vorging.

„Ich würde so gerne irgendwen schlagen", murmelte Savannah und gab ihren Mantel an den Portier weiter. „Irgendeinen dieser Aasgeier, die mich gefragt haben, wie viel ich die Stunde koste, einfach zu Boden strecken."

„Ich würde es nicht empfehlen", meinte Cole und legte ihr sacht eine Hand in den Rücken, um sie aus der Eingangshalle zu geleiten. „Es ist zwar für den Moment befriedigend, zieht aber eine Menge Ärger nach sich. Außerdem tut einem die Hand danach scheiße weh."

Verblüfft blieb sie stehen und sah zu ihm auf. „Wen hast du denn schon mal zu Boden geschlagen?"

Cole zog die Augenbrauen tiefer ins Gesicht und für ein paar Momente dachte Savannah, er würde nicht darauf antworten. Doch schließlich murmelte er, den Blick zur Seite gerichtet: „Einen Richter ..."

„Du ... was?"

„Und einen gegnerischen Anwalt ..."

„Aber ..."

„Außerdem den Klienten von besagtem gegnerischen Anwalt. Alle hintereinander, noch im Gerichtssaal."

Ungläubig öffnete sie den Mund. „Du verarschst mich doch gerade."

Er kratzte sich am Kopf und seufzte. „Nein. Ich war ... sehr, sehr wütend. Ich bin nicht stolz darauf, aber es ist vielleicht ohnehin besser, wenn ich es dir erzähle. Falls es heute Abend zur Sprache kommt."

„Falls was zur Sprache kommt?", wollte sie perplex wissen. „Dass du das halbe Staatssystem attackiert hast?"

„Oh, bitte. Das Staatssystem wäre nicht so leicht zu Boden gegangen. Nein. Alles, was du wissen musst, ist, dass ich einen Fall verloren habe, den ich nicht hätte verlieren dürfen. Ich habe es etwas zu persönlich genommen und mich wie der Gentleman verhalten, der ich nicht bin." Immer noch mied er ihren Blick. „Das ist alles. Wenn ein Reporter darauf zu sprechen kommt, ist das dein Einsatz, mich darum zu bitten, dich zur Bar zu geleiten. Alles klar? Schön."

Erneut drückte er ihr seine Hand ins Kreuz und schob sie voran, doch so leicht ließ Savannah sich nicht abspeisen. Keine zehn Meter entfernt lag der Eingang zum Saal, zu dem ein Pfeil mit der Betitelung *Sexual Assault Awareness Gala* deutete und aus dem sanfte Jazzmusik drang. Sobald sie dort wären, würde Savannah vorerst die Chance genommen werden, unangenehme Fragen zu stellen. Und Cole wusste das – weshalb seine Hand in ihrem Rücken umso drängender wurde.

Savannah stemmte sich gegen sie und wünschte sich, dass ihr Kleid keinen Rückenausschnitt hätte und seine Finger sich nicht anfühlten wie heiße Regentropfen, deren Schlieren ihre Wirbelsäule hinunter in tiefere Gefilde wanderten.

„Worum ging es in dem Fall, Cole?", wollte sie wissen und verlangsamte ihren Schritt absichtlich noch ein wenig mehr.

„Einen sexuellen Übergriff."

„Oh."

„Ja, oh. Ich sagte doch, dass du dir die falsche Gala ausgesucht hast."

„Ja, aber … aber ich verstehe es nicht." Sie verrenkte ihren Nacken, damit sie in sein Gesicht sehen konnte. „Das kann nicht sein. Du kannst nicht drei Leute im Gerichtssaal niedergeschlagen haben, ohne dass ich etwas davon gehört habe! Du hättest doch sicherlich deine Anwaltslizenz entzogen bekommen. Die Presse hätte davon berichtet, die Medien wären voll davon gewesen. Wie –"

„Du vergisst, wer ich bin, Savannah", unterbrach Cole sie und ein bitterer Zug entstand um seinen Mund. „Ich bin ein Panther. Normale Menschen hätten ihre Lizenz entzogen bekommen. Normale Menschen hätten mit ernsten Konsequenzen rechnen müssen. Aber ein Panther tritt lediglich von seinem Posten zurück und wird Teaminhaber der Delphies. Ein Panther besticht außerdem die Presse, damit sie kein Wort über blutige Nasen und gebrochene Kiefer verliert."

Sie öffnete ihren Mund … und schloss ihn wieder. Natürlich. Welch eine dumme Frage.

„Genau", flüsterte Cole und beugte sich zu ihr hinunter, sodass sein Atem über ihre Ohrmuschel strich. „Ist es nicht wundervoll, zu den Reichen und Schönen zu gehören? Denn ja, wir haben das leichte Leben. Unsere Fehler werden einfach unter den Teppich gekehrt. So wie wir mit allem verfahren, das unangenehm ist – mit psychischen Problemen, Familienstreitereien, Todesfällen und anderen Ausrutschern. Warum sollte man darüber reden, wenn es doch nur deprimieren würde?"

Ein Kloß bildete sich in Savannahs Hals und sie versuchte, ihn hinunterzuschlucken. Sie hätte das nie sagen sollen. Dass er ein leichtes Leben hatte. Sie wusste doch gar nicht, wie sein Leben aussah.

„Bereust du es denn?", wollte sie wissen und biss sich auf die Unterlippe. „Sie niedergeschlagen zu haben?"

„Kein bisschen. Ich würde es jedes Mal genauso machen", sagte er und schob sie die letzten Schritte bis zum Eingang des Saals.

Es war, als wäre der Lautsprecherpegel plötzlich aufgedreht worden. Die sanfte Jazzmusik wurde zu ausgewachsenem Soul einer achtköpfigen Liveband, die auf einer gegenüberliegenden Bühne spielte. Überall waren Männer in Anzügen und Frauen in Abendkleidern, die sich laut unterhielten, lachten oder hinter vorgehaltenen Händen tuschelten. Kristallene Kronleuchter hingen von der Decke, teure steinerne Statuen standen in den Ecken. Um das Tanzparkett herum, das genug Platz für zweihundert Leute ließ, standen runde, mit schweren cremefarbenen Stoffdecken umgarnte Tische.

Savannah fühlte sich, als wäre sie auf Cinderellas Ball. Nur dass die meisten Menschen hier böse Stiefschwestern zu sein schienen – den skeptischen und missgünstigen Blicken nach zu urteilen, die umhergeworfen wurden. Oder vielleicht warf Savannah all die reichen und schönen Leute auch schon wieder in eine Schublade, ohne es zu merken. Sie seufzte. Womöglich war sie paranoid, aber sie hatte das Gefühl, in der allgemeinen Aufmerksamkeit von hundert Leuten zu stehen.

„Lass dich nicht verunsichern", murmelte Cole an ihrer Seite, die Hand noch immer in ihrem Rücken. „Ich war nur schon sehr lange nicht mehr auf einer solchen Gala. Schon gar nicht mit Begleitung."

Na, vielleicht war sie doch nicht paranoid.

Savannah ließ den Blick hastig durch den Raum schweifen und entschied, dass niemand hier eine Stirnfalte wert war, weshalb sie sich zur Entspannung zwang.

„Warum hast du nie eine deiner Freundinnen mitgenommen?", wollte sie wissen und wünschte, er würde endlich seine Hand sinken lassen. Denn die anhaltende Berührung tat merkwürdige Dinge mit ihrem Magen. Vielleicht hatte sie aber auch einfach nur Hunger. Ja, das würde es sein.

„Nun, wenn ich eine Frau zu einer solchen Veranstaltung mitgenommen hätte, hätte das ja bedeutet, ich müsste mich den ganzen Abend lang mit ihr unterhalten", erklärte Cole in einer Stimme, die vermuten ließ, dass Savannah das doch hätte wissen sollen. „Und das wäre eine Folter gewesen, der ich mich partout nicht hätte aussetzen wollen."

Sie schnaubte. „Selbst schuld. Wenn du nur mit dummen Frauen schläfst."

„Sind wir wieder an dem Punkt angekommen, an dem du mir vorwirfst, mit viel zu jungen und oberflächlichen Frauen auszugehen?"

„Wir haben dieses Thema nie verlassen, Cole", unterrichtete sie ihn. „Dafür, dass du dich für so klug hältst, triffst du nämlich wahrlich dumme Entscheidungen."

Sie konnte sein leises Lachen in ihrem Ohr hören. „Hey, ich habe dich mitgenommen statt einer dieser Frauen."

Ein Lächeln zog an ihren Mundwinkeln. „Mhm, das stimmt natürlich. Womöglich habe ich einen guten

Einfluss auf dich. Denn das war die weiseste Wahl, die du seit langer Zeit getroffen hast."

„Und dieses Kleid anzuziehen, war eine der weisesten Entscheidungen, die du jemals getroffen hast. Denn es sieht umwerfend an dir aus."

„Du hast mir gesagt, ich soll es anziehen!"

„Mein Geschmack ist eben tadellos. Und es ist mir schleierhaft, wie du überhören konntest, dass ich dir soeben ein Kompliment gemacht habe."

Röte kroch in ihre Wangen und sie hielt ihren Blick strikt nach vorne gerichtet. Sie hatte es nicht überhört. Sie mochte nur nicht, was seine Worte mit ihrem Inneren anstellten.

Er war zu nah. Zu charmant. Zu ... Cole. Er sah sie an, als würde er seine Worte wirklich so meinen, und es fühlte sich an, als würde er mit ihr flirten. Er sollte das lassen.

Sie öffnete ihren Mund, vielleicht um ihm genau das zu sagen, vielleicht aber auch, um sich mit Kleinmädchenstimme für das Kompliment zu bedanken.

Sie würde es nie erfahren, denn in diesem Moment trat eine brünette Frau zu ihnen. Sie trug ein schlichtes und konservatives dunkelblaues Kleid und auf ihrem Gesicht spiegelten sich so viele Emotionen wider, dass Savannah schwindelig vom Zusehen wurde.

„Sie sind gekommen", hauchte sie und legte eine Hand auf ihre Brust.

Savannah spürte, wie Cole den Druck seiner Hand auf ihrem Rücken verstärkte, bevor er sich räusperte. „Natürlich bin ich gekommen. Ich entschuldige mich für die verspätete Rückmeldung. Das hier ist Savannah."

Er schob sie etwas nach vorne, wie einen Schutzschild, der ihn vorm kommenden Schwertschlag schützen sollte.

„Ich schätze, Sie haben am Telefon miteinander gesprochen?“

„Oh ja, natürlich.“ Die Frau lächelte wackelig und reichte Savannah die Hand. „Ich bin Rita Montgomery. Sehr erfreut, Sie kennenzulernen.“

„Ebenfalls“, sagte Savannah und schüttelte ihre Hand. „Hier sieht es wirklich wunderschön aus und die hohe Anzahl der Journalisten ist erfreulich. Das sollte einige Aufmerksamkeit auf das Event und die damit verbundene Problematik ziehen.“

Rita nickte und wandte sich dann wieder an Cole, während Savannahs Gedanken ratterten.

Rita Montgomery. Sie hatte gesagt, sie sei eine ehemalige Klientin. War sie womöglich *die* Klientin? Für die Cole den Richter und die gegnerische Partei niedergeschlagen hatte?

Hatten Cole und sie womöglich eine Vorgeschichte, sodass er das Urteil deshalb persönlich genommen hatte? Aber warum dann die höfliche Anrede?

„Mister Panther, ich wollte Ihnen noch einmal für alles danken, was Sie für mich getan haben“, sagte Rita und ihre Augen wurden glasig. „Sie haben einen Unterschied gemacht.“

Savannah sah in Coles Gesicht und vielleicht fiel es niemand anderem auf, aber seine Augen schienen sich zu verhärten und sein Kiefer sich zu verspannen.

„Sie müssen mir nicht danken“, sagte er ruhig und verlagerte sein Gewicht auf das andere Bein.

Er fühlte sich unwohl, ging es Savannah durch den Kopf. Sie konnte seine Fingernägel in ihrem Rücken spüren.

„Wirklich“, beteuerte Cole. „Es ist nicht der Rede wert. Ich habe den Fall nicht einmal gewonnen.“

„Doch, ist es!“, widersprach Rita vehement. „Sie haben weit mehr als Ihre Arbeit getan und dass wir verloren haben, ist irrelevant. Mein Chef hat dank der schlechten Publicity dennoch seinen Job verloren und mein Fall hat einer Menge Menschen den Mut gegeben, selbst tätig zu werden. Und dass Sie heute auch noch erschienen sind, bedeutet mir wirklich sehr viel. Also – danke sehr."

Sie berührte ihn sacht am Arm und Cole nickte. „In Ordnung. Dann ... gern geschehen."

„Gut." Rita lächelte. „Wir sehen uns bestimmt noch den Abend über. Ich muss jetzt erst einmal den ersten Redner finden, damit es losgehen kann."

Sie nickte Savannah freundlich zu und verschwand dann in der sie umgebenden Menschenmasse.

Cole nahm seine Hand von Savannahs Rücken und atmete hörbar aus. Als hätte ihn das Gespräch eine Menge Energie gekostet.

„Sie ist sehr nett", sagte Savannah langsam. „Wart ihr euch ..." Sie räusperte sich. „Wart ihr mehr als nur Anwalt und Klientin?"

„Was?" Irritiert blickte Cole sie an, die Augenbrauen tief ins Gesicht gezogen. „Nein. Schwachsinn. Ich fange nichts mit Klienten, Arbeitskollegen oder Mitarbeitern an. Das ist meine erste Regel."

Oh. Okay. Schade.

Nein! Gut so. Sehr gut so.

„Warum hast du das negative Urteil dann so persönlich genommen, dass du auf den halben Gerichtssaal losgegangen bist?"

Er seufzte. Mehrere Sekunden lang sah er sie nur unschlüssig an, bevor er kurz die Augen schloss und leise sagte: „Weißt du, normalerweise würde die Schweigepflicht als Anwalt mir verbieten, darüber zu reden, aber da Rita ihren ganzen Fall an die Öffentlichkeit getragen und im Internet breitgetreten hat, um anderen Frauen Mut zu machen, könntest du alles ebenso auf ihrem Blog erfahren, also ... schön. Du willst wissen, worum es ging? Rita Montgomerys Chef hat sie nicht nur sexuell belästigt, er hat versucht, sie zu Sex zu erpressen und als sie Nein gesagt hat, hat er sie vergewaltigt. Ich wusste, was der Bastard getan hat. Der Richter wusste es. Der Anwalt des Arschlochs wusste es auch. Doch niemand hatte Beweise. Es stand sein Wort gegen ihres. Es fiel mir also nicht sehr schwer, das Urteil gegen Ms. Montgomery mehr als persönlich zu nehmen. Weil die ganze Ungerechtigkeit dieser Welt in nur diesem einen Urteil zusammengefasst wurde."

Er beugte sich zu ihr und verengte die Augen, bevor er mit leisen, dicht aneinandergedrängten Worten fortfuhr.

„Ich war scheiße noch mal wütend und habe sie alle niedergeschlagen. Weil sie es allesamt verdient hatten. Weil das die einzige Gerechtigkeit war, die ich selbst ausüben konnte. War es dumm? Ja. Hätte ich mit Konsequenzen rechnen müssen? Ja. Hätte ich meinem Vater sagen sollen, dass er zulassen soll, dass mir die Lizenz entzogen und die Geschichte in den Medien breitgetreten wird? Ja, denn es wäre das Richtige gewesen. Aber natürlich ist nichts von dem passiert. Denn Vergebung wird mit Geld bezahlt. So wie alles in diesem Leben."

Mit jedem seiner bitteren Worte waren Coles Augen eine Spur dunkler geworden und Savannahs Brust zog sich zusammen. Ihre Augen brannten und das Bedürfnis, nach Coles Hand zu greifen, oder ihn in den Arm zu nehmen, war fast übermächtig. Doch sie tat nichts dergleichen. Sie sah ihn lediglich an, versuchte, die Ruhe auszustrahlen, die er nicht hatte.

„Darf ich dazu etwas sagen?", fragte sie vorsichtig.

„Nein", sagte Cole knapp.

„Cole", sagte Savannah fest. „Es ist nicht deine Schuld, dass du den Fall verloren hast. Die Welt ist nun einmal unfair, sie ..."

„Denkst du, das weiß ich nicht?", unterbrach sie Cole schnaubend. „Dass die Welt ungerecht ist? Denkst du, nur weil ich Geld habe und privilegiert aufgewachsen bin, weiß ich nicht, dass die Welt unfair ist und dass ich nichts dagegen tun kann? Soll ich dir mal verraten, wie viele Menschen ich nicht ins Gefängnis bringen konnte, obwohl ich wusste, dass sie schuldig waren? Weshalb glaubst du, bin ich Anwalt geworden? Ich hatte äußerst noble Absichten. So viele Fantasien über den Unterschied, den ich machen könnte."

„Aber du hast einen Unterschied gemacht. Für Rita Montgomery hast du einen Unterschied gemacht! Und ich weiß, dass es frustrierend sein muss, immer wieder auf den Boden der Tatsachen zurückgeholt zu werden, aber das heißt nicht, dass du den Dank von ihr nicht verdient hättest."

Cole schüttelte steif den Kopf. „Es war nicht genug, Savannah. Es war verdammt noch mal nicht genug. So wie es bei meiner Familie nie genug sein wird – aber das rechtfertigt nicht, es nicht weiter zu versuchen. Aber ich habe gelernt. Ich habe eingesehen, dass ich mir etwas vorgemacht habe. Es gibt das Gesetz. Aber es gibt keine Gerechtigkeit. Und damit lässt es sich sehr viel leichter leben."

Der Kloß in Savannahs Hals wuchs. Sie hatte keine Ahnung gehabt. Sie hatte geglaubt, dass Cole schlichtweg nicht die Energie aufbrachte, um Menschen Mitgefühl entgegenzubringen. Aber es war ganz anders. Das war nicht sein Problem. Er fühlte zu viel. Er schickte Geld, anstatt sich persönlich mit dem Leid der Menschen zu konfrontieren, weil er nicht ertrug zu wissen, dass es nicht genug sein würde. Weil er es hasste, die Ungerechtigkeit zu sehen und zu wissen, dass er machtlos dagegen war. Er schützte sich vor den Emotionen. Sie wünschte nur, er würde sein Arbeitsleben nicht auch in sein Privatleben übertragen. Wie sollte er jemals mit einer Ehefrau glücklich werden, die diese Seite an ihm einfach akzeptierte?

Sie hatte ihm Unrecht getan. Cole würde nie jemanden dafür verurteilen, woher er kam oder wer seine Eltern waren. Er würde diejenigen höchstens versuchen davor zu schützen, in seine Welt gesogen zu werden.

„Cole", flüsterte sie, doch er schüttelte den Kopf.

„Wir beenden das Thema jetzt", entschied er kategorisch, zurück in seinem Geschäftsmodus. Er richtete sich auf und rückte seine Fliege gerade. „Es ist wichtig, dass du die ungefähren Hintergründe kennst, der Rest ist irrelevant."

Da stimmte Savannah ihm nicht zu. Der Rest war so viel bedeutender als die elenden Hintergründe. Aber dies war weder die richtige Zeit, noch der richtige Ort, um ihn darauf aufmerksam zu machen. Also nickte sie nur und hakte sich bei ihm unter.

„Komm. Du schuldest mir einen Drink", murmelte sie. „Oder auch vier. Wenn ich es mir recht überlege, bin ich fest davon überzeugt, dass ich dich unter den Tisch trinken könnte."

„In deinen Träumen."

Nein. Ihre Träume waren mit anderen Bildern gefüllt ...

Sechszehn

Warum hatte er ihr all das erzählt?

War er wahnsinnig? Es waren viel zu viele persönliche Informationen gewesen. Informationen, die er nicht einmal seinem Therapeuten erzählen würde – vorausgesetzt er hätte einen.

In einem Moment hatte er gedacht, Savannah solle endlich aufhören, ihn so fragend anzusehen, er würde ihr keine Antworten geben, und im nächsten waren die Worte einfach aus seinem Mund gefallen. Vielleicht hatte er sich rechtfertigen wollen. Vielleicht hatte er Luft ablassen müssen. Vielleicht hatte er in Savannahs Augen auch einfach die Gewissheit gesehen, dass alles, was er sagte, gut bei ihr aufgehoben war. Weil er ihr vertraute.

Er wusste nicht, was es davon war, und es war auch unwichtig. Das Ergebnis war dasselbe.

Cole rieb sich mit zwei Fingern über die Stirn und hielt seinen Blick auf den Redner auf der Bühne fixiert, während er ab und an Savannahs Bein spürte, das sich gegen seins drückte, wenn sie sich rührte. Konnte sie nicht verdammt noch mal stillsitzen?

Das ganze Essen über hatte sie sich so viel bewegt, dass Cole vermutete, sie wolle die gerade eingenommenen Kalorien gleich jetzt wieder loswerden. Nun waren ihre Teller leer, sodass sie wenigstens nicht mehr die zwanghafte Angewohnheit ausleben konnte, bei jedem zweiten Bissen über ihre Lippen zu lecken, aber ihre Füße kollidierten dennoch andauernd mit seinen.

Der Redner sagte irgendetwas davon, dass man sexuelle Belästigung nicht länger akzeptieren dürfe. Man müsse eine deutsche Standpauke halten oder vielleicht sagte er auch, einen deutlichen Standpunkt besetzen – Cole hörte nicht richtig zu. Es fiel ihm schwer, sich zu konzentrieren.

Die Tische waren großzügig gedeckt, aber nicht großzügig bemessen, sodass acht Leute an einem Tisch saßen, der eigentlich für sechs gedacht war. Savannah saß so nah bei ihm, dass er ihr Shampoo riechen konnte. Cole legte normalerweise keinen Wert darauf, an Haaren zu schnüffeln – aber normale Haare rochen ja auch nicht wie die von Savannah.

Pfirsich. Es musste Pfirsich oder irgendetwas anderes, lächerlich süß Riechendes sein. Jedes Mal, wenn sie sich vorbeugte, um die Worte des Redners besser verstehen zu können, gab sie Cole außerdem einen Blick auf ihre Brüste frei. Das musste sie doch wissen. Machte sie das mit Absicht?

Diese ganze Gala war wie ein beschissener Test für Coles Kontrolle und Geduld.

Savannahs Bein streifte erneut seines und abrupt umfasste er unter dem Tisch ihren Oberschenkel und zwang es so zum Stillstand.

„Hör auf zu zappeln", presste er zwischen den Zähnen hervor, während seine Finger sich in ihre warme Haut bohrten. Es war Winter verdammt! Er hatte gedacht, sie trüge eine Strumpfhose.

Savannah zuckte zusammen und ihre Hand fuhr automatisch zu seiner. „Ich zappele nicht!"

„Du zappelst wie ein Kaninchen, das man versucht in seinen Hut zu stopfen."

„Ach, hast du damit Erfahrung?", wollte sie schnaubend wissen, ihre Hand immer noch darum bemüht, seine Finger von ihrem Bein zu bekommen.

„Nicht mehr als der normale Zaubereienthusiast."

„Könntest du dann bitte deine Hand von meinem Bein zaubern?"

Ihre Fingernägel kratzten über seinen Handrücken, doch anstatt ihr Bein zu befreien, drückte sie seine Finger aus Versehen immer höher ihren Oberschenkel hinauf, bis er den Saum ihres Kleides an seinem Handgelenk spürte.

Abrupt ließ Savannah seine Hand los.

Er konnte sie schlucken, den erhöhten Puls an ihrem Hals schlagen, ihre Pupillen sich weiten sehen. Er konnte beobachten, wie die Röte in ihre Wangen kroch und sich dort festklammerte. Sehen, wie sich ihre Brust schwer hob und senkte.

Scheiße, er war nicht allein mit seinen Gedanken.

Ruckartig entließ er ihr Bein und legte die Hand sorgfältig auf den Tisch. Das war überhaupt nicht gut. Er durfte in seinen dreckigen Gedanken nicht noch bestärkt werden. Seine Kontrolle hing doch ohnehin am seidenen Faden.

Savannah starrte ihn an und ihr Mund öffnete sich leicht. Die Luft zwischen ihnen war so geladen, dass sie sich lieber nicht in die Nähe von Wasser begeben sollten.

„Entschuldige mich", sagte Cole und stand jäh auf. „Ich muss ... irgendetwas tun."

Er hatte nicht mehr genug Blut im Gehirn, um sich eine logische Ausrede zurechtzulegen, weshalb er entschied, einfach zu gehen. Hastig wandte er Savannah den Rücken zu, und wie automatisch fuhr seine Hand zu seinem Hals, um den Knoten der Fliege zu lockern. Sie saß auf einmal viel zu eng. So wie seine Hose.

Angespannt verließ er den Tisch und ging in Richtung Eingangshalle, in der die Toiletten lagen. Er brauchte ein paar Minuten für sich selbst.

Aber auch nach zehn einsamen Minuten, in denen er sein Spiegelbild dazu ermahnte, sich doch bitte zusammenzureißen, fühlte er sich nicht viel besser.

Albern. Das hier war absolut albern. Er hatte noch nie eine Frau gewollt, die er nicht haben konnte. Und vielleicht machte das ja den beschissenen Reiz aus. Aber er brauchte Savannah. Sie musste ihm schließlich eine Ehefrau finden. Und wenn er mit ihr schlief, dann könnte das womöglich äußerst merkwürdig werden. Abgesehen davon, dass Savannah einen Kerl verdiente, der vorhatte sie zu lieben und zu ehren und all den anderen Scheiß.

Aber sooft er sich diese Worte auch selbst vorsagte, es fiel ihm sehr schwer, sich von ihnen zu überzeugen. Er brauchte jemanden, der ihm sagte, was das Richtige war.

Fahrig zog er sein Telefon aus der Tasche und scrollte durch seine Kontakte. Er hatte die gesuchte Nummer schnell gefunden und versicherte sich, dass er alleine in der Herrentoilette war, bevor er sie wählte.

Das Freizeichen ertönte in seinem Ohr und einem Wunder gleich hob tatsächlich nach ein paar Momenten jemand ab. Er war so überrascht darüber, dass er auf das ertönende Hallo ein paar Sekunden überhaupt nichts erwiderte.

„Hallo?", wiederholte die Stimme. „Cole?"

„Seit wann nimmst du meine Anrufe an?", fragte er ungläubig.

„Seit heute", erwiderte seine Schwester. „Also, was gibt es?"

„Okay." Cole blinzelte mehrmals, besann sich dann wieder auf das Wesentliche. „Gut, ich stelle dir jetzt eine Frage und ich möchte deine ehrliche Meinung dazu hören."

„Ehrlich-ehrlich?"

„Todehrlich."

„Okay. Ja, du solltest deine Haare wachsen lassen. Mit einem Man-Bun sähst du sehr gut aus."

Er schnaubte. „Nicht das Thema, Callie."

„Schön, wenn du schon nicht zu deiner Frisur beraten werden willst, weswegen dann?“

„Rein hypothetisch gesehen: Wäre es okay von mir, mit einer meiner Angestellten zu schlafen?

„Scheiße nein, ist es nicht!“, fuhr Callie ihn an. „Was ist nur los mit deinem moralischen Kompass? Ich dachte, du hebst dich für die Ehe auf. Es gibt so viele Frauen, Cole! Es gibt … oh Moment.“ Sie hielt inne. „Reden wir über Savannah?“, wollte sie wissen.

„Woher kennst du Savannah?“

„Ich habe mit ihr telefoniert, schon vergessen? Also, geht es um sie? Wenn ja, dann schlaf ruhig mit ihr.“

Cole hätte beinahe sein Telefon ins Waschbecken fallen lassen. „Was?“, fragte er perplex. Seine Schwester hatte ihm das Ganze ausreden, nicht befürworten sollen!

„Coop meint, du stehst auf sie“, informierte Callie ihn. „Er meint, sie wäre gut für dich. Und er ist sehr sensibel, was solche Dinge angeht. Deswegen ist das bei ihr okay.“

Sensibel? Coop hatte keinen sensiblen Knochen in seinem Körper!

„Coop ist ein Dummschwätzer und hat keine Ahnung, wovon er redet“, regte Cole sich auf.

„Na ja, du willst gerne mit Savannah schlafen … bedeutet das also, dass du *nicht* auf sie stehst?“

„Das ist doch gar nicht der Punkt“, sagte er perplex. „Der Punkt ist, dass ich ihr Boss bin und sie für mich eine Ehefrau suchen soll.“

„Ich verstehe dich nicht, Cole“, tadelte Callie ihn. „Ich gebe dir die Erlaubnis, vorehelichen Geschlechtsverkehr zu haben. Du solltest dich freuen. Was willst du denn von mir hören?“

„Dass es eine dumme Idee ist! Dass es nur Ärger mit sich bringen würde. Dass es so unendlich viele Frauen gibt und ich mir eine andere suchen muss.“

„Oh. Ja", sagte seine Schwester langsam. „Das stimmt wahrscheinlich. Na ja, ich bin trotzdem dafür. Sie hat sich sehr nett angehört. Grüß sie von mir."

„Ich werde nicht …"

„Wo ich dich gerade schon einmal an der Strippe habe", unterbrach ihn Callie unsanft und er hörte, wie sie tief einatmete. „Ich wollte mich bei dir entschuldigen."

Was passierte hier gerade?

„Cole? Bist du noch dran?"

Er wusste es nicht. Ein Paralleluniversum schien sich gerade aufgetan zu haben. Seine Schwester wollte, dass er mit seiner Angestellten schlief und jetzt entschuldigte sie sich? Irgendein schwarzes Loch musste diese Welt verschluckt haben.

„Ich bin noch hier", sagte er schließlich dennoch.

„Okay. Also, es tut mir leid, dass ich dich letztens so angefahren und beschuldigt habe, in Dads bescheuerten Plan eingeweiht gewesen zu sein. Er hat mir gesagt, dass du nichts damit zu tun hast. Coop tut es auch leid. Aber ich werde ihn noch dazu zwingen, sich persönlich bei dir zu entschuldigen. Ich gehe davon aus, dass er einige Dinge gesagt hat, die er lieber hätte für sich behalten sollen."

Cole zog seine Augenbrauen zusammen und eine Fessel, von der er nicht gewusst hatte, dass sie existierte, löste sich von seinem Herzen.

„Danke", murmelte er.

„Wir sind manchmal etwas hart zu dir, was?", fragte seine Schwester leise.

„Blödsinn."

„Doch, sind wir. Du bist unser Puffer und wir alle wissen das, glaub mir. Ich habe dich lieb, Cole. Du bist ein guter Kerl. Und jetzt habe ich ein heißes Date, also werde ich dich allein lassen."

„Warte, Callie", sagte er hastig. „Du hast mir immer noch nicht gesagt, was ich wegen Savannah tun soll ..."

„Du weißt doch am besten, was du mit ihr tun willst, Cole", sagte sie prustend und legte auf.

Sprachlos starrte Cole sein Telefon an. Dieser ganze Abend verlief überhaupt nicht nach seinen Vorstellungen und das Gespräch mit Callie hatte dem nicht entgegengewirkt. Kopfschüttelnd wusch er sich die Hände – zum achten Mal – und drückte die Tür zur Eingangshalle auf.

Er sollte sich zusammenreißen. Er war ein erwachsener Mann, kein sechzehnjähriger Teenager. Er war doch nicht Jake!

Mit dem festen Vorhaben, Savannah den Abend über einfach nicht mehr anzufassen, schritt er in die geschmückte Halle der Gala ... geradewegs in die Arme von Rita Montgomery.

„Mister Panther", sagte sie etwas atemlos. „Sie sind genau der Mann, den ich gesucht habe."

Das war ungefähr der schlimmste Satz, den er sich aus dem Mund einer Frau vorstellen konnte – doch mit einer Menge Disziplin schaffte er es, keine Miene zu verziehen. Rita Montgomery war das Sinnbild der Ungerechtigkeit für ihn. Er hätte den verdammten Fall nicht verlieren dürfen. Und dennoch hatte der Richter gegen ihn entschieden. Cole war so ... machtlos gewesen. So machtlos wie mit Callie damals. So machtlos damit, dass Cooper in dieser Zeit des Jahres am Rad drehte. So machtlos darin, seinen Vater dazu zu bewegen, stolz und zufrieden zu sein.

Er musste an Savannahs Kette denken. An den Anhänger in Form einer Faust.

Sie erinnert mich daran, dass es egal ist, was die Menschen über mich denken und ich alles erreichen kann, was ich mir erträumt habe. Solange ich nur an mich glaube.

Er hatte Savannah nicht das Herz brechen wollen, aber sie hatte Unrecht. Denn man konnte eben nicht alles haben. Nicht, wenn die Welt gegen einen arbeitete.

Er riss sich zurück in die Gegenwart und lächelte Rita Montgomery an.

„Wie kann ich helfen?"

„Hier läuft ein Kamerateam herum und sammelt Statements darüber, warum diese Gala so wichtig ist. Es würde viel bedeuten, wenn sich ein Mann dazu äußert. Und wenn es dann auch noch so ein bekannter und einflussreicher Mann wäre wie Sie ... " Sie hob vielsagend die Augenbrauen.

Cole wollte nicht mit einem Kamerateam reden. Er hasste Reporter mehr als Stau, mehr als Inkompetenz. Aber er wusste, dass Rita recht hatte. Seine Stimme könnte einen Unterschied machen und er schuldete es ihr. Außerdem konnte es nicht schaden, wenn er noch ein paar Minuten länger ein wenig Abstand zu Savannah hielt.

„Natürlich. Wo finde ich die Presseleute?"

Wie sich herausstellte, fanden die Presseleute ihn. Manchmal hatte Cole das Gefühl, dass die Reporter einen bestimmten Geruchssinn für einflussreiche und für sie interessante Leute hatten. Ein Grund mehr, ihnen die Nase einzuschlagen.

Der Mann mit dem Mikrofon stellte sich als Mister Irgendwas von der *New York Times* vor. Cole machte sich nicht die Mühe, sich den Namen zu merken. Er verschwendete nicht gern Kapazitäten seines Gehirns.

Nachdem er die Fragen dazu, warum er sich auf dieser Gala befand und inwiefern er solche Veranstaltungen wichtig fand, geäußert hatte, bekam der Reporter ein ihm unheimliches Glitzern in den Augen. Die nächste Frage passte zu seinem Ausdruck.

„Sind Sie selbst schon einmal mit sexueller Belästigung in Kontakt gekommen?", fragte er unschuldig.
„Sind Sie schon einmal Opfer unangenehmer Avancen
geworden oder ..."

Der Reporter fuhr fort und Cole war sicher, dass er
mit ähnlich unangenehmen Andeutungen endete, aber
er hörte nicht mehr zu. Sein Blick war durch den Raum
gestreift und zielsicher an Savannahs nacktem Rücken
hängen geblieben. Neben ihr stand ein blonder Mann
im Anzug, der auf sie einredete, bis Savannah den Kopf
in den Nacken legte und lachte. Laute Musik spielte, die
Leute unterhielten sich – und dennoch war Cole sicher,
dass er ihr Lachen durch den halben Raum hören
konnte. Was zum Geier sollte bitte so witzig sein?

„Mr. Panther?"

Der Vogel von der *Times* sprach noch immer mit ihm,
doch Cole beachtete ihn gar nicht. Stattdessen verengte
er die Augen und beobachtete, wie Savannah ihre eine
Hand auf den Arm des Fremden legte und sich mit der
anderen die Haare aus dem Gesicht strich.

Oh bitte!

„... entschuldigen Sie mich", sagte er mit gepresster
Stimme. „Ich habe ein ernstes Wort mit meiner
Angestellten zu wechseln." Im nächsten Moment ließ
er das Kamerateam einfach stehen.

Siebzehn

„Das haben Sie nicht gesagt“, meinte Savannah kopfschüttelnd und musste erneut lachen.

„Doch“, sagte ihr Gegenüber mit selbstzufriedenem Lächeln. „Er hat meinen Anzug beschmutzt. Das Mindeste, was er tun konnte, war ihn zur Reinigung zu bringen.“

„Aber er war Ihr Chef!“

„Formalität.“

Als Cole auch zehn Minuten nach seinem Verschwinden nicht zurückgekehrt war, hatte Savannah die Geduld verloren und war zur Bar geschlendert. Dort hatte sie Gregory kennengelernt, dem offenbar ein paar Banken, nicht zu vergessen ein übermäßig aufgepumptes Selbstvertrauen gehörten. Er war ein Wiesel. Aber er war ein unterhaltsames Wiesel.

„Was ist dann passiert? Wurden Sie gefeuert?“

„Natürlich“, sagte er und leerte seinen Whisky. „Es gibt einfach Dinge, die man seinem Boss nicht sagt.“

Hmh. Interessantes Konzept. Savannah hatte manchmal das Gefühl, dass jeder zweite Satz, der ihr in Coles Gesellschaft aus dem Mund kam, in diese Kategorie fiel. Gefeuert worden war sie noch nicht.

„Aber wissen Sie“, fuhr Gregory fort und ordnete mit der Hand seine Haare. „Das war das Beste, was mir passieren konnte. Ich musste auf meinen eigenen Beinen stehen, um mein Potenzial vollständig auszuschöpfen. Und jetzt bin ich reich genug, um meinen ehemaligen Boss zu kaufen.“

Na, ob das ein wünschenswertes Ziel war? Seinen Chef zu erwerben?

Savannah ließ sich diese Frage gerade ernsthaft durch den Kopf gehen, als sich plötzlich ein Arm um ihre Schultern schraubte und sie ruckartig zur Seite zog.

„Savannah", flüsterte eine dunkle Stimme in ihr Ohr. „Kann ich kurz mit dir sprechen?"

„Ähm." Verwirrt wandte sie sich um und sah geradewegs hoch in Coles unzufriedenes Gesicht. Was war denn nun schon wieder?

„Du entschuldigst uns, Gregory?", sagte er an Savannahs neuen Bekannten gewandt und es wunderte Savannah noch nicht einmal, dass Cole ihn kannte. „Es wird lange dauern."

„Du meinst, *nicht* lange dauern", korrigierte Savannah.

„Oh nein, ich meine genau das, was ich gesagt habe", murmelte Cole, bevor er eine Hand hob und sie von der Bar wegdirigierte. Zu ihrem Leidwesen hatte sie keine Zeit, nach ihrem Drink zu greifen.

„Cole", zischte sie, als er beide Hände in ihren Rücken legte und vor sich herschob. „Was für einen Anfall hast du jetzt schon wieder?"

„Sag mal, was denkst du dir eigentlich dabei, mit dem größten Idioten der Welt zu flirten?", ignorierte er ihre Frage und blieb ruckartig stehen. Er hielt sie am Handgelenk fest, damit sie auch ja nicht auf die Idee kam, allein weiterzulaufen.

„Wie bitte?", fragte sie perplex und blinzelte irritiert zu ihm hoch.

„Gregory! Er ist ein Vollpfosten."

„Er ist charmant und reich."

Cole schnaubte. „Bist du jetzt wirklich eine dieser Frauen, die auf Geld hereinfallen? Männer mit viel Geld sind meistens Arschlöcher."

Sie verengte die Augen. „*Du* hast viel Geld."

„Na, da hast du es", sagte er grimmig.

Ein Lachen lag auf ihrer Zunge, aber sie wollte ihm nicht die Genugtuung geben.

„Cole, was ist hier das Problem?", wollte sie deshalb wissen.

Er zog die Augenbrauen ins Gesicht und schüttelte den Kopf. „Gar nichts, ich ... lass uns tanzen."

„Wir ... was?" Er sprang so schnell von einem Punkt zum nächsten, dass ihr schwindelig vom Zuhören wurde.

„Tanzen. Ich habe jetzt keine Lust, darüber zu diskutieren."

„Worüber zu diskutieren? Habe ich was ver–"

Im nächsten Moment schleifte er sie schon auf die gefüllte Tanzfläche. Sie war so verdutzt, dass sie vollkommen vergaß, sich zu wehren. Und als ihr dämmerte, dass es ihr überhaupt nicht gefiel, dass er sie schon wieder herumkommandierte, drehte Cole sie bereits an ihrer Hand um die eigene Achse und zog sie im nächsten Augenblick zu sich heran. Seine eine Hand lag warm an ihrer Taille, die andere umfasste ihre Finger. Die Band spielte *Fly me to the moon* und wie automatisch fand Savannahs freie Hand Coles Schulter. Vielleicht, um sich festzukrallen, aus Angst zu fallen. Doch sie hätte sich keine Sorgen machen müssen, denn wie in allem, was Cole tat, war er auch beim Tanzen erfolgreich.

Seine Finger fächerten sich sanft über ihren nackten Rücken, sodass sich auf ihm eine Gänsehaut ausbreitete, und er führte sie mit einer derartigen Leichtigkeit übers Tanzparkett, dass Savannah beinahe die Augen verdreht hätte. Das konnte verdammt noch mal nicht sein Ernst sein! Sicherlich malte er auch Aktbilder in seiner Freizeit und war leidenschaftlicher Helikopterpilot, während er nebenberuflich Kinder von Krebs heilte und außerdem eine Schokoladenfabrik unterhielt.

Sie wollte ihren Mund öffnen, um ihm zu sagen, dass er sie jetzt loslassen solle, er habe genug angegeben, doch da wirbelte er sie erneut herum und irgendetwas schien diese Drehung in ihrem Kopf durcheinanderzuwerfen, denn stattdessen sagte sie: „Ich wusste nicht, dass du … tanzt."

„Natürlich tanze ich, Savannah. Ich hatte meinen ersten Kurs mit sechs Jahren."

„Oh, klar. Direkt nach dem Reitunterricht?"

„Fechtunterricht."

„Sicher … weißt du, wir haben wirklich zwei sehr unterschiedliche Leben geführt. Aber hey, ich kann zehn Weintrauben nacheinander mit meinem Mund fangen."

„Das ist beeindruckend."

„Ich kann auch mit den Ohren wackeln und meine Zunge rollen."

„Es ist ein Wunder, dass du noch nicht beim Zirkus gelandet bist."

Sie zuckte die Achseln. „Dabei bist du doch der Zauberer, der schon etliche, zappelnde Kaninchen aus seinem Hut gezogen hat."

Cole gab einen Ton von sich, den sie nicht ganz einem Schnauben oder einem Lachen zuordnen konnte.

„Ich wollte früher tatsächlich mal Zauberer werden", meinte er schließlich, bevor er nachdenklich hinzufügte: „Ich habe meinen Vater noch nie so laut lachen hören."

„Du bist Verhandlungskünstler geworden", erwiderte Savannah und drückte sacht seine Schulter. „Dich dabei zu beobachten, hat etwas Magisches."

„Oh ja, ich bin wahrlich bezaubernd", sagte Cole trocken.

Savannah schmunzelte und erwischte sich dabei, wie sie den Kopf nach vorne neigte, so als wolle sie ihn auf seiner Schulter ablegen. Hastig richtete sie sich wieder auf. Sie sollte wirklich aufmerksamer bleiben.

„Was ist mir dir?", wollte Cole wissen. „Hattest du irgendwelche Kindheitsträume?"

„Sicher. Ich wollte eine weltberühmte Sängerin werden."

„Und? Warum bist du keine geworden?"

„Ich kann nicht singen", sagte sie schlicht.

Cole lachte leise an ihrem Ohr. „Tragisch."

„Definitiv", bestätigte sie und blickte kurz zu ihm hoch.

Sie wünschte, sie hätte es gelassen – denn Cole lächelte. Das Lächeln erreichte sogar seine Augen, sodass Savannahs Magen sich für einen Moment umstülpte – auf die gute Art und Weise. Obwohl ... in Anbetracht dessen, dass Cole ihr Boss war und sie ihm eine Ehefrau suchen sollte, wohl eher auf die schlechte Art und Weise.

Hastig senkte sie den Blick, während die Band einen neuen Song anstimmte. Savannah kannte ihn nicht. Alles, was sie wusste, war, dass er langsam war. Viel zu langsam. So unendlich langsam, dass Cole sie näher zu sich heranzog, ihre Hand losließ und seine zweite ebenfalls auf ihrer Taille platzierte. Höchstwahrscheinlich, weil sein blöder Tanzlehrer ihm diesen Schritt mit sechs Jahren beigebracht hatte.

Wenn Savannah nicht wie der letzte Idiot aussehen wollte, musste sie ihre Hand wohl oder übel auf seine andere Schulter legen, was dazu führte, dass sie auf einmal viel zu nah standen. Sie konnte die Hitze seines Körpers auf ihrer Haut spüren. Seinen rauen Bart an ihrer Schläfe. Und mit jedem Atemzug, den sie nahm, stieg ihr der Geruch nach Mann in die Nase. Pinienwald und Mann, wenn sie genau sein wollte. Ihre Brust streifte sein Hemd, und sie war sich seiner so bewusst, dass sie meinte, seinen Herzschlag zu hören.

Stille umhüllte sie. Eine schwere, geladene Stille, die Savannahs Puls in die Höhe trieb. Die Musik wusch über sie wie sanfte Wellen, das gedimmte Licht tauchte sie in Abgeschiedenheit und der Alkohol stieg Savannah zu Kopf – oder vielleicht war es auch nur Coles Geruch, der sie benebelte. Die Stimmen um sie herum verblassten und mit jeder Bewegung, die sie machte, rutschten ihre Hände näher zu Coles Hals hin, bis ihre Fingerspitzen seinen Nacken streiften. Sie konnte seinen Puls unter ihren Kuppen schlagen, seine angespannten Muskeln unter ihren Handflächen spüren …

„Savannah", flüsterte Cole, seine Stimme so leise, dass sie ihn über die Musik hinweg kaum verstand. „Ich verurteile dich nicht. Das, was ich von dem Privatdetektiv gesehen habe, … es ändert nichts. Nichts an dem, wie ich dich sehe oder wie ich über dich denke. Deine Herkunft und die Art und Weise, wie du aufgewachsen bist, könnten mir egaler nicht sein."

Savannah schloss die Augen, ließ die Worte unter ihre Haut dringen, sie von innen heraus wärmen und nickte langsam.

„Ich weiß. Du würdest einen Menschen nie für seine Umstände verurteilen."

Das hatte sie an diesem Abend gelernt.

„Nein", bestätigte er, bevor er zögerlich hinzufügte: „Und weißt du … nur weil ich Menschen – meine Angestellten, meine Bekannten – nicht nach ihrem Leben frage, heißt das nicht, dass ich mich nicht dafür interessiere. Ich habe nur schlichtweg keine Kapazitäten für ihre Geschichten und Probleme."

„Emotionale Kapazitäten", murmelte Savannah – denn sie verstand. Es war so simpel. Es lag auf der Hand.

„Du hast keinen Platz mehr für weitere Emotionen. Deswegen willst du eine Ehefrau, die nicht von dir verlangt, dass du sie liebst. Weil du keinen Raum für diese Liebe hast."

„Ich ..." Seine Schultern gewannen an Spannung unter ihren Fingern. „Ich könnte einer normalen Frau nie das geben, was sie verlangt. Nicht genug Aufmerksamkeit, nicht genug Zärtlichkeit, nicht genug Liebe. Nicht das, was sie verdient. Und ich brauche jemanden, der das versteht."

Nein. Er lag falsch. Mit allem. Er war es, der nicht verstand.

Aber Savannah schwieg. Es war nicht ihre Aufgabe, ihn darauf hinzuweisen. Stattdessen gab sie ihrer Schwäche nach, ließ ihr Kinn auf seine Schulter sinken und schloss die Augen.

„Es tut mir leid, dass ich gesagt habe, du hättest ein einfaches Leben", murmelte sie. „Ich hätte es besser wissen sollen."

„Wie?", erwiderte er und seine Oberschenkel streiften ihre. „Ich mache es zu meiner Aufgabe, es niemanden wissen zu lassen."

„Das ist egal. Man kann Menschen nicht anhand ihrer Oberfläche beurteilen, gerade nicht dich, Cole „Mysterium" Panther."

Coles Haare kitzelten Savannahs Handknöchel und für einen Moment wollte sie ihre Finger einfach darin versinken lassen. Vergessen, wer er war. Wer sie war. Wo sie waren. Wer ihnen zusah.

Sie wollte einfach nur den Moment genießen, in dem die Fingerspitzen eines Mannes ihre Wirbelsäule hinauffuhren, als wäre sie etwas Kostbares. In dem seine Lippen über ihre Ohrmuschel strichen und zwischen ihre Körper nichts weiter als ein Blatt Papier passte. Den Moment auskosten, in dem ihr Herz sich seinem Rhythmus anpasste und die Zeit langsamer zu laufen schien. Den Moment des Wahnsinns, in dem man alles über Bord werfen wollte, an das man sich sonst so panisch klammerte ...

„Wir sollten gehen."

Ihr Kinn rutschte von seiner Schulter, als er sie plötzlich mit den Händen an den Schultern von sich schob.

Überrascht sah sie zu ihm auf. „Wir sollten ...“

„Gehen“, beendete er den Satz und wandte ihr bereits den Rücken zu.

Mit offenem Mund sah Savannah ihm nach. Was war denn heute nur los mit ihm? Hatte er Emotions-Schüttelfrost?

Sie lief ihm hinterher und holte ihn erst in der Eingangshalle ein, in der er sich gerade ihre Mäntel geben ließ.

„Ich habe Henry Bescheid gegeben. Er wird gleich vorfahren“, informierte er sie und reichte ihr die Winterjacke.

Perplex und mit geöffneten Lippen sah sie zu ihm hoch. Doch er erwiderte ihren Blick nicht. Er war zu schwer damit beschäftigt, sich anzuziehen.

„Okay“, sagte Savannah schließlich blinzelnd. „Dann sollten wir draußen warten?“

Cole nickte und streckte die Hand zu den Drehtüren aus, um ihr den Vortritt zu lassen. Der vorherige Presseansturm hatte sich zur Gänze gelichtet und sie machten sich nicht die Mühe, über den roten Teppich zu gehen. Stattdessen wandte Cole sich nach rechts, eine Hand in seinen Haaren, die andere in seiner Manteltasche vergraben, während Savannah schwören konnte, dass er leise Worte murmelte. So, als würde er mit sich selbst sprechen. Sie folgte ihm hastig und kollidierte beinahe mit seinem Rücken, als er abrupt hinter einer fahl scheinenden Straßenlaterne anhielt.

Gezwungenermaßen blieb Savannah stehen. Ihre Füße schmerzten und der kalte Wind fuhr unter ihren Mantel. Auf einmal wünschte sie sich, nicht so waghalsig gewesen und ohne Strumpfhose aus dem Haus gegangen zu sein. Aber das Kleid hatte nun einmal keinen zusätzlichen Stoff zugelassen. Sie legte die Arme um ihren Körper und die sie umgebende Stille umfing sie wie eine unangenehme Decke aus Schaumstoff, die ihr aufs Trommelfell drückte. Ihre Gedanken rasten, auf der Suche nach einem unverfänglichen Gesprächsthema, bis sie schließlich sagte: „Wir müssen Montag den Pressebericht für das diesjährige Trainingscamp durchgehen.“

Cole nickte, den Blick noch immer abgewandt.

Savannah schluckte und zog ihre Schultern hoch. „Gut. Außerdem würde ich gerne Bilder dieses Abends auf die Website hochladen.“

Diesmal drehte er sich zu ihr um. Seine sonst so blauen Augen wirkten in der Dunkelheit fast schwarz. Er starrte sie an. Das weiche Licht der Straßenlaterne ließ Schatten über sein Gesicht tanzen. Langsam ließ er die Hand aus seinen Haaren sinken, den Blick unentwegt in ihrem.

„In Ordnung.“

„Gut“, wiederholte Savannah. Doch ihre Stimme klang merkwürdig dünn in der kühlen Luft. Sie räusperte sich. „Außerdem habe ich dir für nächste Woche drei weitere Dates vereinbart.“

„Okay“, sagte er, zog sie am Kragen ihres Mantels auf die Zehen und küsste sie.

Die eine Hand legte er in ihren Nacken, während er sie mit dem freien Arm so fest an sich zog, dass Savannah die Luft wegblieb.

Für einige Sekunden stand sie vollkommen überrumpelt wie erstarrt da – bevor Coles Zunge sacht über ihre Unterlippe strich und ihr Körper in Flammen aufging.

Wärme fächerte sich bis in die letzte Pore ihres Körpers, stellte die Härchen an Beinen, Armen und Nacken auf, und wie von selbst öffneten sich ihre Lippen.

Es war, als lägen die ganzen aufgestauten Emotionen des Abends in diesem Kuss. Coles Lippen waren hungrig und zärtlich. Genauso fordernd wie vorsichtig. Hart und weich.

Ein Stöhnen entwich ihr und sie konnte Cole leise „Scheiße" flüstern hören, während seine Finger in ihre Haare fuhren und er sie höher an seinem Körper hinaufzog. Savannah verlor auf ihren hohen Schuhen das Gleichgewicht und stolperte nach hinten, bis sie den harten Laternenpfahl in ihrem Rücken spürte. Ihre Finger krallten sich in seinem Hemd fest, bevor sie nach oben wanderten, über seine muskulösen Schultern fuhren und sich schließlich um seinen Nacken legten, um ihn näher zu sich heranzuziehen. Zu viel Stoff. Es lag zu viel Stoff zwischen ihnen.

Cole küsste ihre Wange, hinter ihrem Ohr, zog heiße Schlieren ihren Hals hinunter und fand erneut ihren Mund. Sein Bart kratzte über ihre Haut, seine Zunge strich über ihre, seine Hände tauchten in ihren Mantel und Savannah vergaß zu atmen.

Es war, als stünde sie unter Strom. Jede Berührung knisterte auf ihrer Haut. Jeder Kuss kribbelte auf ihren Lippen. Jede seiner Bewegungen war wie ein elektrisches Magnetfeld, das nur auf ihre körperliche Antwort wartete.

Sie bog ihren Rücken ins Hohlkreuz, presste sich gegen seinen Oberkörper, während seine Hände ihre Taille nachmalten, ihren nackten Rücken fanden, tiefer wanderten ...

Ein lautes Räuspern durchschnitt die Nacht.

Savannah zuckte so heftig zusammen, dass ihr Kopf gegen den Laternenmast hinter ihr schlug.

„Autsch", fluchte sie und hielt sich ihren Hinterkopf, während Cole gemächlich seine Finger unter ihrem Mantel hervorzog und der Geräuschquelle sein Gesicht zuwandte.

Es war Henry, der mit dem Auto vorgefahren und ausgestiegen sein musste. Zumindest lehnte er gegen die Motorhaube.

Wie war das denn passiert?

Savannah hatte ihn weder gehört, noch gesehen. Hitze stieg in ihre Wangen und hastig strich sie sich ihre durcheinandergeratenen Haare aus dem Gesicht. Was dachte sie sich denn dabei, Cole nicht zurückzustoßen?! Jeder hätte sie sehen können! Ein Kamerateam hätte sie filmen können und sie hätte es nicht einmal gemerkt.

„Sir …", sagte Henry schmunzelnd und öffnete die Wagentür. „Wollen Sie nicht lieber einsteigen?"

Coles Blick flackerte zu Savannah und der Bastard hatte den Schneid zu grinsen.

„Wollen wir einsteigen?"

Geräuschvoll schlug sich Savannah die Hand auf die Stirn.

„Oh Gott", murmelte sie, bevor sie ihren Mantel schloss, sich hinunterbeugte und in den Wagen glitt.

Es war dankbar dunkel im Inneren der Limousine, doch zu Savannahs Leidwesen gewöhnten sich ihre Augen schnell an die Finsternis. Cole zumindest konnte sie allzu deutlich neben sich erkennen.

Tief seufzend ließ Savannah ihren Kopf gegen die Lehne sinken.

Scheiße, Scheiße, Scheiße. Das war ein Desaster. Die Vorstellung gerade eben war die Mutter der Unprofessionalität gewesen. Und es war egal, dass sie nicht damit angefangen hatte. Cole mochte sie geküsst haben, aber sie hatte mitgemacht! Nur allzu freudig. Und es war verdammt noch mal wunderbar gewesen! Gott, sie war schon so lange nicht mehr von einem richtigen Mann geküsst worden. Sie hatte gefürchtet, es verlernt zu haben. Damit hatte sie wohl falsch gelegen.

Sie rieb sich mit der flachen Hand über die Stirn und zog eine Grimasse. Dieser Kuss konnte nicht mehr zurückgenommen werden. Nie wieder. Er war in ihren Geist gebrannt.

Cole räusperte sich. „Sollten wir ...“

„Nein“, unterbrach sie ihn laut.

„Na ja, ich denke ...“

„Nein!“

Cole lachte leise und seine Stimme fuhr unter ihren Mantel, so wie gerade noch seine Hände.

„Savannah“, sagte er bestimmt. „Normalerweise vermeide ich es, Dummheiten zu machen, aber ...“

Ihr Kopf fuhr herum. „Hast du mich gerade Dummheit genannt?“

„Ähm ... nein ...“

Schnaubend verdrehte sie die Augen. „Cole, ich bin nicht blöd. Ich weiß, dass es zwischen uns ... dass ...“ Sie brach ab.

„Dass was?“

„Du weißt, was ich meine!“

„Tue ich das?“, wollte er stirnrunzelnd wissen.

Sie schlug ihm mit der Faust gegen den Oberarm. „Hör auf damit! Wir haben ... wir sind ... manchmal, wenn du kein Idiot bist, da haben wir ...“

„Meinst du das?“, fragte er nachdenklich, bevor er seine Finger in ihren Haaren vergrub und seine Lippen erneut auf ihre hinabsenkte. Savannah zerfloss. Sie wollte etwas sagen, suchte nach dem letzten bisschen Vernunft in ihr, doch wurde nicht fündig. Sie war unfähig dazu, etwas anderes zu tun, außer leise zu stöhnen, sich höher in ihrem Sitz aufzurichten und ihm bei dem Kuss entgegenzukommen.

Ihre Hände fuhren unter seinen Mantel, schoben den schweren Stoff von seinen Schultern, während sie sich auf die Knie aufrichtete, um besseren Zugang zu Coles Lippen zu haben.

Cole befreite seine Arme aus den Ärmeln und im gleichen Atemzug entledigte er sie ihres Mantels.

Er fiel in den Fußraum und im nächsten Moment hatte Cole sie bereits auf seinen Schoß gezogen. Der Wagen ruckelte, sie hielt sich mit beiden Händen neben Coles Wangen an der Kopfstütze fest, während ihre Haare wie ein Vorhang ihre Gesichter umhüllten.

Coles Fingernägel kratzten über ihre nackten Beine. Seine Daumen zogen Kreise über die Innenseite ihrer Oberschenkel, wanderten immer höher, immer höher …

Savannahs Atem stockte, als Coles Lippen ihren Hals hinunterrutschten, seine Hände ihren Rock um ihre Hüfte zusammenfassten und sie höher zogen, bis ihre weichste Stelle auf seine härteste presste.

Seine Atemzüge gingen nun mindestens genauso schwer wie ihre, während seine Hände über ihren Bauch fuhren, über ihre Brüste, wieder bei ihrem Hals ankamen. Erneut ruckelte das Auto und ihr Kopf stieß gegen die Decke.

Das war verrückt. Es war Wahnsinn! Er war Cole Panther, er war … Scheiße.

„Warte", sagte sie atemlos. „Warte, Cole!"

Widerstrebend hielt er inne, beide Hände wieder auf ihrer Hüfte. „Was?", wollte er wissen. Seine Iriden wurden beinahe von seinen Pupillen verschluckt und langsam ließ Savannah ihre Hände von seinen Schultern sinken.

„Wir können nicht … das geht nicht!"

Cole stöhnte leise auf und legte den Kopf in den Nacken. „Das fällt dir *jetzt* ein?", wollte er ungläubig wissen. „Jetzt, nachdem es doch sowieso schon zu spät ist?"

„Ja! Weil … weil …" Savannah schluckte, und während sie immer noch auf seinem sehr ausdrucksstarken Schoß saß, fiel es ihr schwer, ihre Argumentationskette wiederzufinden.

Als ahnte Cole, was in ihrem Kopf vorging, gruben sich seine Finger fester in ihre Hüften. So, als wolle er sie daran hindern, sich zu bewegen.

„Das ist doch albern", sagte er ungeduldig. „Wir beide wollen es. Die logische Schlussfolgerung ist …"

„Natürlich wollen wir es beide!", fuhr sie ihn an. „Du hast zur Vorbereitung auf die Ehe seit Monaten keinen Sex mehr gehabt und bestimmt schon schlimme Entzugserscheinungen. Du würdest auch mit dem Krümelmonster in die Kiste springen. Ich bin betrunken und sexhungrig genug, und du gutaussehend genug, dass ich all meine Vernunft über Bord werfe. Aber morgen früh würden wir es bereuen."

„Sprich für dich selbst. Sex kann ich nie bereuen."

„Cole! Ich bin nicht die Ehefrau, die du suchst", erinnerte sie ihn.

„Natürlich nicht", sagte er irritiert, die Augenbrauen zusammengezogen. „Du bist viel zu anstrengend und anspruchsvoll, um auch nur in die nähere Auswahl zu kommen."

Ungläubig sah sie ihn an.

„Wow", stieß sie aus, schälte gewaltsam seine Hände von ihrem Körper und glitt von seinem Schoß.

„*Wow*", wiederholte sie kopfschüttelnd. Sie zog das Kleid ihre Beine hinunter und klaubte den Mantel vom Boden. „Sind wir gleich da? Bitte, lass uns gleich da sein!"

Sie konnte Cole laut seufzen hören. „Savannah, du bekommst da was in den falschen Hals. Nur, weil du nicht als meine Ehefrau geeignet bist, heißt das nicht, dass ich …"

„…, dass du nicht mit mir schlafen wollen würdest. Jaja."

„…, dass ich dich nicht mag", korrigierte er sie. „Ich mag dich sogar überraschend gerne."

„Und warum zum Teufel ist das überraschend?"

„Weil ich kaum jemanden mag", sagte Cole, als läge das auf der Hand. „Abgesehen davon weiß ich gar nicht, warum es dich aufregt, dass ich dich nicht heiraten wollen würde. Ich hatte nicht das Gefühl, dass du gerne für die Ewigkeit an mi-"

„Oh bitte", fuhr sie ihm dazwischen. „Krieg dich wieder ein! Ich würde Hugh Hefner heiraten, bevor ich dich nehme!"

Aber es wäre doch schön zu wissen, dass sie zumindest in die engere Auswahl käme! Sie war ein verdammter Fang und es regte sie auf, dass er immer noch an seiner wahnwitzigen Idee einer perfekten Ehefrau festhielt.

„Hugh Hefner ist tot", sagte Cole langsam.

„Na da siehst du, wie meine Prioritäten liegen", erwiderte Savannah süßlich lächelnd, als das Auto anhielt. Sie blickte aus dem Fenster und war in ihrem Leben noch nicht so froh gewesen, ihre eigene Haustür zu erkennen. Leider saß Cole am einzigen Eingang zur Limousine, was bedeutete, dass sie umständlich über ihn hinwegklettern müsste, um nach draußen zu gelangen.

„Savannah, komm schon", sagte Cole, der ihren inneren Kampf zwischen Aussteigen und ihn aber nicht wieder anfassen zu wollen anscheinend deutlich an ihrem Gesicht ablas.

„Kannst du bitte einfach aussteigen und mich rauslassen?"

Er tat ihr den Gefallen, hielt sie aber am Handgelenk fest, bevor sie gehen konnte.

„Savannah", sagte er ruhig. „Bausch das Ganze nicht zu mehr auf, als es war."

„Und was genau war es?", wollte sie interessiert wissen und entriss ihm ihre Hand.

„Ein schwacher Moment", murmelte Cole, sein Blick ernst. „Glaub mir, ich hatte nicht vor, dich zu küssen. Ich habe den ganzen Abend erfolgreich damit verbracht, mir die Idee auszureden. Aber ..." Er hob die Schulter. „Du bist ein einziger schwacher Moment für mich. Und ich bin offensichtlich nicht der Einzige, der schwach geworden ist."

Natürlich nicht! Natürlich war es nicht nur seine Schuld! Savannah wollte Cole mit einer Intensität, die ihr Angst machte. Weil er so unglaublich ... *alles* war.

Witzig und charmant und süß, und so unglaublich schwer es ihr fiel, das zuzugeben – sensibel! Und dann seine Augen, seine Haare und sein Lächeln! Und seine Hände, die wussten, was sie taten. Und seine Lippen, die jedes Versprechen hielten, das sie gaben.

Savannah atmete tief durch und schloss für einen Moment die Augen.

Sie dummer, dummer Mensch. Sie war in ihren Boss verknallt.

„Es war eine blöde Idee", murmelte sie. Eine blöde Idee, die sich so richtig angefühlt hatte wie seit langem nichts mehr.

„Lass es uns einfach vergessen. Möglichst bevor wir uns Montag wiedersehen."

Sie begegnete Coles Blick. Er sah sie an, als sei sie ein Puzzle, dem ein paar Teile fehlten. Sagen tat er nichts. Aber vielleicht war das auch besser so.

„Bis dann, Cole", sagte sie und drehte sich um.

Erst als sie die Tür schon geöffnet hatte, rief Cole sie noch einmal zurück.

„Savannah."

Seufzend wandte sie sich noch einmal um.

„Was?", wollte sie wissen.

„Du irrst dich", sagte er und ein Lächeln breitete sich auf seinem Gesicht aus. „Ich würde nicht mit dem Krümelmonster schlafen."

Im nächsten Moment verschwand er in der Limousine und fuhr davon. Savannah stieß ein freudloses Lachen aus. Wundervoll!

Sie stieg die Treppen hinauf und wanderte den Flur zu ihrer Wohnung entlang. Sobald sie über die Schwelle getreten war, kickte sie ihre Schuhe von den Füßen, ließ ihren Mantel an Ort und Stelle fallen und ließ sich im nächsten Moment auf die Couch plumpsen. Was für ein verrückter Abend.

Mit Mittelfinger und Daumen rieb sie sich über die Augen und als sie sie wieder öffnete, fiel ihr ein rotes Blinken auf. Es rührte von ihrem Anrufbeantworter her. Sie legte sich auf den Bauch und streckte den Arm über ihrem Kopf aus, um die Abspieltaste zu drücken.

Ein durchdringendes Piepen drang penetrant an ihr Ohr, bevor eine männliche Stimme den Raum erfüllte.

„Guten Abend Miss Thomas, hier ist Rob Golson. Entschuldigen Sie, dass ich an einem Samstagabend anrufe. Ich habe nicht geglaubt, dass es so einfach sein würde, aber ... ich habe Ihre Eltern gefunden."

Achtzehn

Es klopfte an der Tür und Cole zuckte zusammen. Doch es war nicht Savannah, die davor stand, weshalb er sich sofort wieder entspannte. Seine neue Assistentin winkte fröhlich durch das Glas und Cole musste sich davon abhalten, sich seinen Tacker ins Auge zu rammen. Schwer durchatmend ermahnte er sich zur Ruhe und winkte sie herein.

„Was kann ich für Sie tun, Miss Trenton?", fragte er gereizt und klopfte mit seinem Kugelschreiber auf den Schreibtisch.

„Oh, ich gehe nur kurz runter in die Kantine und hole mir einen Cappuccino. Da dachte ich, frage ich nach, ob ich Ihnen einen mitbringen soll?"

Großer Gott, sie war wie ein Charakter aus der Sesamstraße. Die junge Frau arbeitete seit ein paar Stunden hier und zerrte schon jetzt gehörig an seinen Nerven. Es war bereits das fünfte Mal, dass sie klopfte und ihm eine Frage stellte – eine unsinniger als die andere. Wenn er Kaffee haben wollte, würde er sie darum bitten. Wenn er sagte, dass er nicht gestört werden wollte, bedeutete das, dass sie verdammt noch mal keine Anrufe durchstellen sollte. Und nein, er wollte nichts über Yoga-Übungen am Arbeitsplatz hören, die Wunder für seinen Rücken taten.

„Nein danke", presste er zwischen den Zähnen hervor, in dem Versuch, kein Arschloch zu sein. Er konnte nicht ganz sagen, ob das soweit klappte. Zumindest hatte Miss Happy noch nicht angefangen zu heulen. Das sah er als gutes Zeichen.

„Oh, okay. Dann vielleicht etwas anderes?"

„Nein", beharrte er und presste die Lippen zusammen. Aber wenn sie noch weitersprach, benötigte er Aspirin.

„Gut, gut." Sie winkte und ließ die Tür zuschwingen. Stöhnend legte Cole seine Stirn auf den kalten Schreibtisch. Aus unerfindlichen Gründen war er seit Samstagabend ungewöhnlich angespannt. Er bereute es nicht, Savannah geküsst zu haben – denn der Kuss war spektakulär gewesen und er hatte sie mehr gebraucht als seinen nächsten Atemzug. Was er bereute, war, dass sie alles mit der Realität hatte kaputtmachen müssen. Und dass er eine ungefähre Ahnung davon hatte, wie sie beide im Bett miteinander harmonieren würden und ihm die Möglichkeit genommen wurde, zu sehen, ob er recht behielt.

Gott, jedes Mal, wenn er die Augen schloss, spürte er ihre Berührung, ihre Lippen, ihre seidigen Haare zwischen seinen Fingern. Es war so erbärmlich, dass er gerne über sich selbst gelacht hätte, wenn die Sache ihn nicht so ernsthaft beschäftigen würde.

Cole hatte in seinem Leben schon eine Unmenge Frauen geküsst. Mehr als er bereit war zuzugeben. Aber keine von ihnen war wie Savannah gewesen. Keine von ihnen hatte diese kleinen, leisen Laute von sich gegeben, wenn er ihren Hals geküsst hatte. Keine hatte ihre Bewegungen so perfekt mit den seinen synchronisiert. Und keine hatte ihn wie einen sechzehnjährigen Jungen fühlen lassen, der ernsthaft mit sich rang, nicht seine Beherrschung zu verlieren und das Ganze enden zu lassen, bevor es anfing.

Vielleicht war es der ganze Abend gewesen. Die vielen kleinen Dinge, die ihn unruhig gemacht hatten und die er hatte vergessen wollen. Vielleicht waren es die vergangenen Wochen und sein selbst auferlegtes Zölibat gewesen. Vielleicht war es auch einfach nur die Frau an und für sich. Er wusste es nicht, und es war auch egal. Das Ergebnis war, dass er nicht wusste, wie er mit Savannah umgehen sollte. Was zum Beispiel würde er tun, wenn er sie das nächste Mal sah? Das beenden, was sie angefangen hatten? Distanz wahren? Wegrennen?

Erneut klopfte es und abrupt fuhr sein Kopf nach oben. Er rieb sich über die erkaltete Stirn und sackte erleichtert darüber, seinen Bruder zu erkennen, wieder zusammen. Er war noch nicht bereit, Savannah wiederzusehen. Mit Coop kam er da weitaus besser zurecht.

Cole hob eine Augenbraue in seine Richtung, was Coop als Einladung sah, einzutreten. Er trug eine Rotweinflasche in der Hand und ein Stirnrunzeln auf der Stirn. Ohne zu fragen, ließ er sich auf den Stuhl ihm gegenüber nieder und streckte seine Beine unter dem Tisch aus.

„Magst du die Reinigungskraft nicht oder warum machst du ihr mehr Arbeit?", wollte er wissen und nickte zum Fettfleck auf dem Glas, auf dem soeben noch Coles Stirn gelegen hatte.

„Ich wollte sehen, ob ich den Tisch mit meinem Kopf zertrümmern kann", sagte Cole trocken. „Aber mein Schädel ist wohl gar nicht so dick, wie mir alle Leute andauernd predigen."

„Ah, da wäre ich mir nicht so sicher. Vielleicht musst du nur öfter zuschlagen."

Nicht die blödeste Idee heute.

„Was gibt es, Coop?", fragte Cole seufzend. „Kann ich dir mit irgendetwas helfen?"

„Ja, kannst du", bemerkte sein Bruder. „Du kannst Callie anrufen und ihr erzählen, dass ich hier war, um mich zu entschuldigen."

„Mhm." Cole neigte den Kopf zur Seite. „Ich habe gar keine Entschuldigung gehört."

„In Gedanken flehe ich dich auf Knien an, mir zu verzeihen, dass du all die Jahre darunter leiden musstest, dass ich der coolere Bruder bin."

„Was denn, nur weil du lebensmüde bist und andauernd von irgendwelchen Gebäuden oder aus Hubschraubern springst, bist du cooler?“

„Ja, das ist die allgemeine Definition dieses Wortes.“

Coles Mundwinkel zuckten. Er würde von Coop keine Entschuldigung für sein Verhalten hören. Das war nicht sein Ding. Dass er vorbeigekommen war und ihn als uncool beschimpfte, war alles, was er bekommen würde. Und es war mehr als genug.

„Wir beide wissen, dass nur die Frauen auf dich stehen, denen ich einen Korb gebe. Also bleib du ruhig der Coole, wenn ich schon der Hübschere von uns beiden bin.“

„Frauen gehen mit dir aus, weil sie dich für deine Hackfresse bemitleiden“, erklärte Coop kopfschüttelnd. „Wie kannst du das immer wieder verdrängen?“

„Liegt in meinen Genen.“

Coop blies Luft in seine Wangen und stieß sie in einem einzigen Schwall aus, sodass die Papiere auf Coles Tisch flatterten.

„Wo du recht hast ... okay. Also, morgen Abend um acht bei Callum? Er geht seit Tagen nicht ans Telefon und wird uns nur wieder vergessen, wenn wir zu mir oder dir gehen. Außerdem will ich die Drohne sehen, an der er gerade bastelt.“

„Alles klar. Ich bring’ Bier mit.“

„Ich den Whisky und das Essen. Ich gehe davon aus, dass Cal seit Wochen nicht einkaufen war.“

Darauf würde Cole wetten.

„Gut.“ Coop drückte sich aus dem Stuhl und salutierte zum Abschied. „Dann hätten wir ja alles geklärt ... und ach. Hab’ ich richtig gesehen, dass du Samstag auf einer Gala warst? Das Internet ist vollgepflastert mit deinen Fotos.“

Cole lehnte sich in seinem Stuhl zurück. „So gerne ich dir auch erzählen würde, dass du halluzinierst ... ja, ich war auf einem Charity Event."

Eine von Coops Augenbrauen fuhr in die Höhe. „Wer hat dich erpresst? Du würdest nie freiwillig auf so ein Event gehen."

Cole winkte ab. „Ist eine lange Geschichte. Sie würde dich nur langweilen."

„Wahrscheinlich", stimmte Coop zu und wandte sich zum Gehen.

„Hey", rief Cole ihm hinterher. „Willst du den Rotwein nicht hierlassen? Ich dachte, das wäre dein Versöhnungsgeschenk."

„Oh, bitte." Coop schnaubte verächtlich. „Mein Geschenk an dich ist, dass ich keine nackten Babyfotos von dir im Netz verbreite. Der Wein ist sicher nicht für dich. Er ist für Savannah."

Cole fiel fast vom Stuhl.

„Was?", fragte er vielleicht ein wenig zu hastig. Wissend grinste Coop ihn an. „Für Savannah. Du erinnerst dich? Eine dunkle Schönheit mit Witz und Charme. Sie arbeitet für dich."

Cole zeigte ihm den Mittelfinger, während sich seine andere Hand um den Tisch herum verkrampfte.

„Ich weiß, wer Savannah ist, vielen Dank", sagte er trocken. „Das erklärt aber nicht, warum du sie mit Alkohol belästigen willst."

„Na, ich schulde ihn ihr! Sie hat die Wette gewonnen. Der Einsatz war eine Flasche teurer Wein. Vielleicht trinken wir ihn ja heute Abend zusammen", überlegte er gespielt nachdenklich, bevor er mit der Weinflasche über seinem Kopf winkend verschwand.

Mit verengten Augen starrte Cole ihm nach. Er wusste, dass sein Bruder ihn mit Absicht anstachelte – was leider nichts daran änderte, dass es funktionierte.

Scheiße, Coop sah ihm einfach viel zu ähnlich. Wenn Savannah auf ihn stand, war die Wahrscheinlichkeit, dass sie seinen Bruder mögen könnte … Shit.

Cole attackierte den Stapel Papierkram neben sich und zwang sich dazu, seine Konzentration auf die Arbeit zu richten. Savannah konnte machen, was sie wollte und mit wem sie es wollte.

Aber verdammt noch mal, sie sollte es mit ihm tun!

***

Savannah konnte leider nicht machen, was sie wollte.

Wenn sie entscheiden könnte, wo sie sich jetzt gerade befinden sollte, läge sie im Bett. Denn alles, was sie wollte, war schlafen – und abgesehen davon, dass sie seit Samstagabend kein Auge mehr zugetan hatte, stapelte sich die Arbeit auf ihrem Schreibtisch.

Es war, als würde eine Unruhe ihren Körper unter Strom halten, die es ihr unmöglich machte, sich zu entspannen. So, als wisse jede einzelne Pore, dass sie die Schuld dafür trug, Samstagnacht nicht den besten Orgasmus ihres Lebens gehabt zu haben. Das war unglaublich erschöpfend und entnervend. Sie war eine erwachsene Frau und kein Sklave ihrer Gelüste, verdammt!

Stöhnend griff sie nach dem Telefon und wählte zum aberhundertsten Mal Caras Nummer. Sie musste mit jemandem über alles reden. Darüber, dass sie seit heute Morgen die Adressen ihrer Eltern hatte, dass ihre Mutter immer noch in Philadelphia wohnte. Darüber, dass sie Schiss davor hatte, ihrem Boss unter die Augen zu treten. Doch wie schon gestern hob niemand ab.

Stirnrunzelnd legte Savannah den Hörer wieder auf das Telefon. Cara war Samstagabend auf ihrem Date gewesen und nun ignorierte sie Savannahs Anrufe. Vielleicht würde sie morgen früh einfach dort vorbeifahren. Sie machte sich keine Sorgen, Cara hatte ihr heute Morgen via Textnachricht geschrieben, dass sie sich melden würde, sobald sie die Zeit hatte, aber dennoch ... das Ganze war untypisch für sie.

Es klopfte an der Tür und Savannah zuckte so heftig zusammen, dass sie beinahe aus ihrem Stuhl fiel. Ihr Herz hämmerte in ihrer Brust und die innere Unruhe wurde zu etwas Warmem, Chaotischem, das in ihrem Magen herumwirbelte.

„Her... herein", rief sie zögerlich.

Sam steckte den Kopf durch die Tür und schwer ausatmend sackte sie wieder in sich zusammen.

„Hey", meinte sie und konnte nicht sagen, ob sie erleichtert oder enttäuscht war. „Was gibt es?"

„Unser Boss war auf einer Gala", sagte Sam langsam, trat ein und hielt eine Zeitung in die Höhe.

„Oh, ja." Savannah nickte. „Ich habe die Fotos auch schon gesehen."

„Mhm." Sam machte einen Schritt in den Raum hinein. „Rate mal, wer mit ihm hingegangen ist."

Röte stieg in Savannahs Wangen. „Ich habe ihn lediglich begleitet, damit er sich vor der Kamera nicht zum Affen macht."

„Okay." Sam schien beeindruckt. „Hast du ihm K.-o.-Tropfen untergemischt oder schwarze Magie angewendet?"

Savannah verdrehte die Augen. „Danke für deine fachmännische Meinung, Sam, du kannst jetzt auch wieder gehen."

Der PR-Manager grinste.

„Keine schlechte Arbeit, Savannah. Das rückt unseren guten Panther Junior in ein ganz neues Licht. Ich glaube, den Artikel rahme ich mir ein."

„Jaja", winkte Savannah ihn genervt aus ihrem Büro. Wenn sie ein sinnloses Gespräch führen wollte, konnte sie auch zu Cole hochfahren. Sobald Sam die Tür hinter sich geschlossen hatte, klickte sie sich auf ihrem

Computer zu Coles Dating Profil auf Highsociety-Love.com durch. Wie immer hatte er hunderte von neuen Anfragen bekommen. Savannah sah die einzelnen Profile durch, wie um sich zu bestätigen, dass es dämlich war, mit Cole ins Bett springen zu wollen, da er doch nach einer Ehefrau aus Plastik suchte. Sie sprang von Bewerberin zu Bewerberin ... bis sie an einem Profil hängenblieb.

Eine hübsche Blondine mit dem Namen Kimberly Freckle lächelte ihr entgegen. Ende zwanzig, sprachgewandt, Yale-Absolventin, aus gutem Haus. Auf der Suche nach einem Mann fürs Leben, der nicht an das traditionelle Konzept der Liebe glaubte.

Langsam ließ Savannah sich in ihren Stuhl zurücksinken, den Mund leicht geöffnet.

Diese Frau war perfekt. Sie war alles, was Cole in einer Ehefrau suchte. Kimberly Freckle war sein Gegenstück. Savannah war sich dessen sicher. Wenn Cole und Kimberly sich kennenlernen würden ...

Jemand stieß die Tür auf, und vor Schreck schlug Savannah einen Stapel Klatschmagazine von ihrem Schreibtisch.

„Meine Güte", fluchte sie und legte sich eine Hand auf die Brust. „Hast du noch nie etwas von Anklopfen gehört?"

Cooper Panther stand in ihrem Türrahmen, und wenn sie ehrlich war, sah er seinem Bruder einfach viel zu ähnlich, als dass sie gerade den Nerv hatte, sich mit ihm zu konfrontieren.

„Ich habe geklopft", versicherte er ihr. „Du hast nicht geantwortet."

„Und da entscheidest du, einfach reinzukommen?"

„Du hättest bewusstlos oder schwer verletzt sein können", unterrichtete er sie, überbrückte die Distanz zwischen ihnen und stellte eine Flasche Rotwein vor ihr auf den Tisch. „Hier, die schulde ich dir noch."

„Ach, richtig", sagte Savannah gedehnt und schloss hastig das Fenster von Kimberlys Dating Profil.

„Danke, wir sollten öfter wetten."

Coop zog eine Grimasse. „Lieber nicht. Sonst bekommt Cole noch einen Anfall. Apropos Anfall ..." Er stützte seine Hände auf ihre Tischplatte. „Ich habe gehört, du hast Cole dazu gebracht, auf eine Gala zu gehen? Mit Menschen?"

Savannah verengte die Augen. „Hat Cole dir das erzählt? Dass ich ihn gezwungen habe?"

„Nein, aber es war die einzig logische Schlussfolgerung. Wer sonst hätte ihn dazu überreden sollen?"

Jeder andere vielleicht?

„Mhm. Interessant. Hat Cole dir sonst noch irgendetwas erzählt?", wollte sie beiläufig wissen.

Leider war Cooper nicht dumm.

„Nein, wieso?" Interessiert beugte er sich weiter vor. „Gibt es da noch etwas zu erzählen?"

„Nein", sagte sie hastig. „Er ... nervt nur. Das ist alles."

„Aha." Cooper schien nicht überzeugt. Falten gruben sich in seine Stirn und er neigte den Kopf zur Seite.

„Cole ist ein guter Kerl", sagte er schließlich. „Das weißt du, oder?"

Verwirrt kratzte Savannah sich die Schläfe. „Klar."

„Er ist nur manchmal schwer von Begriff", fuhr er fort. „Und dieses Ehefrauen-Ding ... ist keine seiner besten Ideen."

Savannah schnaubte. „Natürlich nicht, aber warum erzählst du mir das?"

„Nur so. Ich wollte sichergehen, dass du dir dessen bewusst bist."

Er richtete sich auf und lächelte ihr kurz zu. „Grüß meinen Bruder, wenn du ihn das nächste Mal siehst. Vielleicht solltest du ihm was von dem Gesöff anbieten." Er nickte zur Flasche. „Es ist sein Lieblingswein."

Verdattert wollte Savannah noch etwas erwidern, doch Coop war bereits verschwunden.

Die Panthers waren wirklich eine überaus merkwürdige Familie. Kein Wunder, dass die Presse sie so sehr liebte.

***

Es war bereits nach zehn, als Cole seinen Computer herunterfuhr. Sein Kopf tat weh, seine Laune ließ zu wünschen übrig und seine neue Assistentin hatte er gefeuert. Sie war einfach zu fröhlich gewesen – und er würde sich nicht für seine Entscheidung rechtfertigen.

Gott sei Dank hatte Savannah davon noch nichts mitbekommen, denn sie hätte sicherlich einiges dazu sagen können. Überhaupt hatte er es geschafft, ein Aufeinandertreffen den ganzen Tag über zu vermeiden. Morgen war das nächste Date mit einer der Internetfrauen anberaumt, doch das würde Cole absagen. Erstens, weil er mit seinen Geschwistern verabredet war und zweitens, weil er keine Lust hatte. Er brauchte eine Pause von fremden Frauen. Nur für die nächste Woche. Danach würde sich die Sache mit Savannah hoffentlich wieder gelegt haben und sie konnten weitermachen wie zuvor. Zumindest war das seine Wunschvorstellung.

Er schloss seine Bürotür ab und nahm die Treppen drei Stockwerke tiefer. Bevor er nach Hause fuhr, würde er noch einen Halt im Fitnessraum machen. Er hatte da eine Menge überschüssige Energie, die er auf die eine oder andere Weise loswerden musste. Und da ihm die eine Weise verwehrt wurde, musste es eben die andere sein.

Mit schnellen Schritten lief er den düsteren Gang entlang ... und stockte. Unter einer der Türen drang Licht hervor – und er hatte oft genug an sie geklopft, um zu wissen, dass sie zu Savannahs Büro führte.

Hatte sie vergessen, das Licht auszuschalten, als sie gegangen war? Selbst sie blieb nie länger als bis neun. Stirnrunzelnd ging er auf die Tür zu und drückte sie vorsichtig auf.

Cole hatte falschgelegen. Savannah war noch nicht gegangen. Aber so richtig anwesend war sie auch nicht. Sie lag mit der Wange auf der Tastatur, hatte die Hand noch auf der Maus, die nackten Füße unter ihren Körper auf den Stuhl gezogen und schlief.

Ihr Atem ging leise und gleichmäßig. Ihre Haare hatte sie zu einem wilden Knoten auf ihrem Kopf zusammengefasst, die roten Lippen leicht geöffnet.

Im ersten Moment war er einfach nur erleichtert, dass sie hier war. Denn es bedeutete, dass sie nicht bei Coop war, um mit ihm den beschissenen Wein zu trinken. Im Nächsten fragte er sich, warum sie so müde war, dass sie einfach am Schreibtisch eingeschlafen war.

Leise schritt Cole näher auf sie zu, bis er die dunklen Wimpern zählen konnte, die auf ihrer Wange auflagen. Sie sah so unglaublich friedlich aus. Unberührt und verletzlich. Wie ein wunderschönes und teures Gemälde, das auseinanderfiel, sobald man es berührte.

Vorsichtig ging Cole um den Tisch herum, unschlüssig, was er tun sollte. Er beugte sich vor und strich ihr eine Haarsträhne aus dem Gesicht. Seine Finger verweilten auf ihrer weichen Haut, auf ihren geröteten Wangen und er zeichnete die Konturen ihres Jochbeins nach.

Savannah seufzte im Schlaf und Coles Hand zuckte zurück. Ihre Lippen bewegten sich, doch ihre Augen blieben geschlossen. Sie murmelte etwas und Cole beugte sich vor, um sie besser verstehen zu können. Sie sagte ... stirnrunzelnd neigte er den Kopf. War das sein Name gewesen?

Savannah bis sich auf ihre Unterlippe, seufzte erneut ... und dieses Mal sagte sie seinen Namen so deutlich, dass Coles Mund sich verblüfft öffnete. Was genau träumte Savannah da?

Sie gab ein leises Stöhnen von sich und ein Lächeln zog an seinem Mundwinkel. Jetzt erschien ihm der richtige Moment, um sie aufzuwecken.

Sanft ließ er seine Hand ihr Gesicht hinab, über ihre Halsbeuge, ihre Schultern, ihre Arme gleiten ...

Savannah schreckte aus dem Schlaf. Irritiert blinzelte sie gegen das Licht an. Auf ihrer Wange war ein Abdruck der Tastatur zu erkennen und Cole war sich ziemlich sicher, dass es die Buchstaben F und U waren.

„Was ...“ Savannah sah sich um – und dann fiel ihr Blick auf ihn.

Röte schoss in ihre Wangen. Ihr Gesicht wurde feuerrot.

Interessant.

Er konnte sie schlucken sehen, bevor sie sich über die Augen rieb und hastig von ihrem Stuhl aufsprang.

„Was tust du hier, was ...“ Sie brach ab und strich sich eilig ihren Rock glatt, während ihr Blick über sein Gesicht wanderte, an seiner Brust hängenblieb und in tieferen Regionen verschwand.

Cole antwortete nicht. Stattdessen beugte er sich zu ihr vor und studierte ihr Gesicht.

Ihre Pupillen waren riesig. Ihre Augen wirkten fast glasig. Die Röte klammerte sich noch immer an ihre Wangen. Ihr Atem ging hastig und flach ...

„Sag mal, bist du angeturnt?“

„Oh Gott“, hauchte Savannah und kniff die Augen zusammen.

„Ist das ein Ja?“

„Das ist ein, ein ...“ Wieder verstummte sie.

„Hhm“, machte Cole, bevor er fragte: „Hattest du einen Sextraum?“

Denn wenn er ehrlich war, dann hatte es sich genauso angehört. Und da sie seinen Namen gesagt hatte …

„Von mir?“, fügte er hinzu.

Savannah öffnete ihren Mund, atmete ein, schien etwas sagen zu wollen, hielt inne, schloss ihren Mund wieder.

Coles anfängliches Lächeln breitete sich aus, während Savannah mit ihren Händen rang, zu ihm aufsah, auf den Boden blickte …

Gott, war sie süß.

„Savannah?“, fragte er erneut. „Hast du …“

„Ach, halt einfach die Klappe“, unterbrach sie ihn leise. „Es hilft ja doch nichts.“

Und im nächsten Moment stellte sie sich auf die Zehen, zog seinen Kopf zu sich hinab und küsste ihn.

Cole war zu schockiert, um sich zu bewegen. Wie waren sie von *ihrem* Sextraum in seinen gefallen?

„Savannah“, flüsterte er zwischen zwei Küssen. „Was …“

„Cole“, unterbrach sie ihn, umfasste sein Gesicht mit beiden Händen und sah ihn ernst an. „Hier steht eine Frau vor dir, die dich küsst und all ihre Prinzipien über Bord wirft, in der Hoffnung, endlich wieder vernünftig schlafen zu können. Halt einfach deine Klappe und ergreife deine Chance, bevor ich es mir anders überlege.“

Cole hatte absolut keine Ahnung, worüber sie redete, aber er war kein Vollidiot, weshalb er kurzerhand den Arm ausstreckte und alle Haftnotizzettel und Klatschzeitschriften in direkter Reichweite von Savannahs Schreibtisch fegte.

Savannah stieß ein überraschtes Lachen aus, bevor Cole ihren Rock raffte, sie an der Hüfte auf die Platte hob, zwischen ihre Beine trat und beide Hände zu ihren Seiten platzierte.

„Wo waren wir stehengeblieben?", wollte er wissen und konnte nicht verhindern, dass seine Stimme heiser wurde.

„Hier", erinnerte ihn Savannah leise, vergrub ihre Hände in seinen Haaren und zog ihn mit ihren Beinen näher zu sich heran. „Genau hier."

Und dann machte sie exakt dort weiter, wo sie aufgehört hatte. Sie küsste ihm die Luft aus den Lungen, die Besinnung aus dem Kopf und die Anzugjacke von den Schultern. Ihre Hände glitten gierig über seinen Körper, zogen ihm das Hemd aus der Hose, während ihre Lippen sich den Weg seinen Hals hinuntersuchten, sie ihre Küsse hier und da durch Bisse ersetzte.

Gott! Cole stöhnte auf und seine Finger krallten sich in die Holzplatte. Er war Frauen gewöhnt, die offen zeigten, was sie wollten, aber Savannah ... Savannah war ein ganz anderes Kaliber. Er wusste nicht, was sie da an seinem Hals tat, aber wenn sie nicht langsamer machte, würde Cole sich gleich ganz schön blamieren. Es war zu eng! Alles war zu eng und zu viel und ...

Er riss seine Hände vom Tisch, zog Savannahs weg, die gerade in seinem Hosenbund hatten verschwinden wollen, und fasste sie hinter ihrem Rücken zusammen. Automatisch bog sie sich ins Hohlkreuz, sodass sich ihre weichen Brüste fester gegen seine Brust pressten.

Klasse. Das half seiner Konzentration natürlich.

„Du hast zu viel an", stieß er aus. „Viel zu viel an."

Savannah hob die Augenbraue. „Du zuerst."

Cole lachte leise. „Das hier ist keine Verhandlung!"

„Bei dir ist alles eine Verhandlung, Cole."

Er grinste und verengte die Augen. „Schön."

Abrupt ließ er sie los, bevor er in fließender Bewegung sein Hemd über den Kopf zog und es auf den Boden fallen ließ.

„Du bist an der Reihe."

Doch Savannah reagierte nicht. Sie starrte ihn an. Oder besser gesagt seine Brust.

„Das kann nicht dein beschissener Ernst sein", flüsterte sie und schüttelte ihren Kopf. „Gib es zu. Den Körper hast du dir vom Teufel gekauft."

Er nickte lächelnd. „Ja und es war kein Schnäppchen."

Savannahs Mundwinkel zuckten, bevor sie stockend ausatmete und es ihm gleichtat. Sie zog die Bluse aus ihrem Rock, knöpfte sie auf und ließ sie zu Boden fallen, bevor sie hinter sich griff und ihren BH folgen ließ.

Jedes Lächeln fiel von seinem Gesicht. Sie war … perfekt.

„Manchmal bin ich einfach ein zu großer Klugscheißer", murmelte er, bevor er seine Finger in ihren Nacken gleiten ließ und ihr Gesicht erneut zu seinem heranzog. Seine Lippen streiften ihre, während Savannahs Finger seine Schultern hinabrutschten und er im Gegenzug ebenfalls seine Hände tiefer wandern ließ – über ihre weiche, heiße Haut. Jede seiner Berührungen wurde mit einem kleinen Seufzer belohnt, der bis in seine Leistengegend hinunterzuckte.

Lange hielt Savannah auch nicht still. Sacht biss sie ihm in die Unterlippe, während ihre Fingernägel über seine Brust kratzten, über seinen Bauch strichen, seinen Gürtel öffneten …

„Schluss mit lustig", knurrte er und im nächsten Moment zog er sie vom Tisch und sie gingen zu Boden.

Neunzehn

Das kalte Parkett drückte in Savannahs Rücken und schwer atmend starrte sie an die Decke. Cole hatte sein Jackett über ihnen ausgebreitet, doch selbst ohne hätte Savannah nicht gefroren. Alles war … heiß.

Unendlich heiß.

Ihre Haut kribbelte, ihr Herz schlug heftig in ihrer Brust, und gleichzeitig fühlte sie sich so ruhig und gelassen wie lange nicht mehr. Als wäre sie einen Marathon gerannt. Was sie zugegebener Weise war.

„Ich verlange eine Gehaltserhöhung", keuchte sie und wandte ihren Kopf, den sie auf Coles Bizeps gebettet hatte.

„Die kriegst du", stimmt er zu, ebenso atemlos. „Zusammen mit einem Pony und einem brandneuen Fahrrad."

„Ein Fahrrad?"

„Keine Ahnung", sagte Cole kopfschüttelnd und seine Lider flatterten zu. „Ich wollte dir nur alles geben, was du dir wünschen könntest."

Savannah lachte leise, küsste seine Schulter und schlang ihr Bein um seines. „Ein echtes chinesisches Teeservice", flüsterte sie. „Das will ich."

„Bekommst du. Ich lege auch noch einen echten Chinesen drauf, wenn du mir versprichst, dass du das, was du da gerade alles getan hast, wiederholen kannst."

„Kann der Chinese Tee kochen?"

„Tee kochen und Handstände machen."

„Okay. Klingt vielversprechend, wir haben einen Deal."

„Gut."

Für eine Weile lagen sie einfach nur still da. Coles Finger zeichneten ihr Schlüsselbein nach, sein Atem traf warm auf ihren Scheitel, während sie mit der Hand immer wieder über seine lächerlich muskulöse Brust strich. Er sah nackt genauso aus wie sie sich ihn vorgestellt hatte. Nicht zu übertrieben muskelbepackt, größtenteils schmal, aber an den richtigen Stellen ... meine Güte. Der Mann war einfach verboten attraktiv und auf einmal ergab sein übermenschliches Ego absolut Sinn. Wenn Savannah so aussähe wie Cole, würde sie auch andauernd selbstgefällig lächeln.

„Scheiße, ich habe Hunger", sagte Cole schließlich und sprang im nächsten Moment auf.

Savannah blieb auf den Boden zurück mit einer glorreichen Sicht auf hundert Prozent selbstsicheren Mann. Er gab sich nicht einmal die Mühe, sich von ihr abzuwenden, während er in seine Hose stieg. Wie sie gelernt hatte, trug er keine Unterwäsche. Sie vermutete aus Effizienzgründen, weil er so Zeit sparen konnte und weniger waschen musste. Sicher war sie sich jedoch nicht.

„Kommst du?", fragte er und entzog ihr sein Jackett, bevor er schamlos jeden Zentimeter ihres nackten Körpers besah.

Verlegen kreuzte Savannah die Arme über ihre Brüste. Mehr konnte sie nicht tun.

Cole lachte leise und schüttelte den Kopf. „Savannah, du bist verdammt noch mal wunderschön und jeder, der etwas anderes behauptet, leidet offensichtlich unter Wahnvorstellungen."

Savannah spürte, wie Hitze ihren Kopf in Beschlag nahm, doch Cole gab ihr keine Chance, ihre Zweifel an seinen Worten zu äußern, denn er zog sie bereits an beiden Händen auf die Beine, schlang seine Arme um ihren nackten Rücken und küsste sie dumm und dämlich bevor er ernst sagte: „Jetzt zieh dich an, bevor ich eines elendigen Hungertodes sterbe."

Sie verdrehte die Augen, musste aber lachen. „Du bist eine solche Drama-Queen.“

„Von mir aus. Wenn das bedeutet, dass ich Essen bekomme.“

Es war kalt draußen. Der eisige Wind schlug ihnen entgegen wie ein übereifriges Känguru. Savannah richtete ihren Jackenkragen auf, während Cole ihre freie Hand umschloss und in seinen Mantelärmel zog.

Die Geste war unschuldig, gleichzeitig aber so süß und fürsorglich, dass Savannahs Herz einen Schlag lang aussetzte. Was absolut albern war.

Sie machte sich nichts vor. Das, was zwischen ihnen passiert war, war reinste Körperchemie. Sie hatte einfach nicht anders gekonnt. Im einen Augenblick hatte sie noch von seinen Händen auf ihrem Körper geträumt, und im nächsten hatte sie den sehr realen Cole geküsst. Es war eine körperliche Kurzschlussreaktion gewesen und ihr fiel es sehr schwer, diese zu bereuen. Denn meine Güte, das war es absolut wert gewesen!

Cole hatte nicht gelogen. Er war gut in dem, was er tat, und jetzt würde Savannah ihm durchaus zugestehen, Sex als Hobby in sein Dating Profil einzutragen, solange er es zusammen mit ihr betrieb.

„Es ist nach elf, die Küchen werden alle geschlossen haben“, bemerkte sie und sah in die noch erleuchteten, fast schon leeren Restaurants zu ihren Seiten.

„Nicht alle. Wie stehst du zu mexikanisch?“

„So wie ein Kaninchen zu einer Möhre.“

„Sehr gut, dann gehen wir in mein Lieblingsrestaurant.“

Er bog um die nächste Ecke und blieb vor einem Laden stehen, über dessen Schriftzug eine riesige aufgemalte Glocke prangte.

Savannah lachte. „*Taco Bell* ist dein Lieblingsrestaurant?“

Cole grinste. „Was ist daran verwunderlich?“

„Es ist eine Fast-Food-Kette, die matschiges mexikanisches Essen verkauft, das nicht mehr als fünf Dollar kostet.“

„Du musst mir das Geschäft nicht mehr verkaufen, Savannah“, unterrichte sie Cole. „Ich bin bereits ein Fan.“

Sie schnaubte lachend und drückte seine Hand. „Na dann nichts wie rein.“

Zehn Minuten später saßen sie mit gefüllten Tabletts in einer abgewetzten Sitzecke aus Kunststoff. Savannah betrachtete ihr Essen, das zu siebzig Prozent aus geschmolzenem Käse bestand. Das Wasser lief in ihrem Mund zusammen.

„Das habe ich das letzte Mal als Kind gegessen“, erzählte sie kopfschüttelnd und biss in ihren überbackenen Burrito. „Damals habe ich so viel Käse in mich reingestopft, dass ich mich die ganze Nacht übergeben habe. Meine Pflegemutter war fuchsteufelswild und hat mir verboten, jemals wieder Fast Food zu essen. Wegmachen musste ich das Ganze auch. Mit Klopapier, weil sie den teuren Lappen nicht verschwenden wollte.“

Als Cole nach ein paar Momenten immer noch nichts dazu sagte, sah Savannah fragend auf. Mit verengten Augen blickte er sie über seinen Taco hinweg an.

„Was ist?“, fragte sie verwirrt und fuhr sich automatisch mit den Fingern um den Mund herum. Hatte sie irgendwo Käse hängen?

Cole löste sich aus seiner Starre und räusperte sich, die Augenbrauen tief in sein Gesicht gezogen.

„Du musstest dein eigenes Erbrochenes mit Toilettenpapier wegmachen? Was für eine Art von Pflegemutter war das?“

Savannahs Wangen verfärbten sich rosa. „Oh, sie war eine der Guten. Sie hat sogar Pausenbrote gemacht und uns ab und an Brokkoli aufgetischt."

„Eine der *Guten*?", fragte Cole gepresst und legte seinen Taco zurück aufs Tablett. „Wie kannst du das so fröhlich sagen?"

„Cole, das ist eine Ewigkeit her", sagte sie sanft und drückte kurz seine Hand. „Es ist süß, dass du dich darüber aufregst, aber es lohnt sich nicht. Ich bin im System untergegangen, so wie unendlich viele andere Kinder. Ich hatte mal Pech, mal Glück. Ich bin nie lange genug an einem Ort geblieben, um wirklich darunter zu leiden, wenn die Pflegeeltern gemeine oder rücksichtslose Menschen waren. Ja, ich wäre gerne anders aufgewachsen, aber es ist irrelevant. Das alles liegt in meiner Vergangenheit und ich gebe mir Mühe, nicht besonders oft darüber nachzudenken. Also lass es fallen."

Cole presste die Lippen aufeinander und schüttelte den Kopf. „Ich verstehe es nicht. Wie kannst du so einfach mit deiner Vergangenheit abschließen?"

Sie lachte und ließ ihren Burrito sinken. „Das kann ich nicht. Alles, was ich tue, wer ich bin, was ich vom Leben will, hängt mit meiner Vergangenheit zusammen. Ich werde nie damit abschließen. Aber ich habe aufgehört, mir einzubilden, dass ich was daran ändern kann. Also habe ich es akzeptiert. Als Teil von mir, der immer da sein wird, dem ich aber nicht mehr Aufmerksamkeit gebe als gut für mich ist."

„Das ist bewundernswert", stellte er leise fest. „Du wurdest also nie adoptiert?"

Sie seufzte und wandte den Blick ab. Das war kein Thema, mit dem sie sich gerne beschäftigte, aber schließlich beugte sie sich dennoch über den Tisch und hob herausfordernd ihr Kinn. „Seien wir realistisch, Cole", murmelte sie. „Es ist egal, wie süß ich war, wie intelligent oder gut erzogen. Natürlich hat mich niemand adoptiert. Denn wer würde ein Mischlingskind mit fragwürdigem Hintergrund schon haben wollen?"

Egal wie oft Savannah die Worte aussprach oder auch nur dachte, sie hinterließen jedes Mal einen bitteren Nachgeschmack. Weil sie der grausamen Wahrheit entsprachen, mit der sie ihr Leben lang konfrontiert worden war.

Cole presste seine Lippen zu einer dünnen weißen Linie. „Das kannst du nicht ernsthaft denken."

Sie zwang sich zu einem Lächeln. „Nein, natürlich nicht. Leider geht es nicht darum, was *ich* denke. Es geht darum, wie die Menschen ticken. Und so fortgeschritten unsere Gesellschaft auch ist, genauso tief sind all die Vorurteile verankert, die sich über die letzten Jahrhunderte in unsere Köpfe gestohlen haben. Aber das ist nicht meine Schuld und ..." Sie atmete durch. „Ich habe mich damit arrangiert."

„Aber das solltest du nicht müssen", widersprach Cole leise und erst jetzt merkte Savannah, dass sich seine Hände auf dem Tisch zu Fäusten geballt hatten. „Du solltest nicht die ganze Zeit das Gefühl haben, dich verstecken zu müssen. Aus Angst, dass die Leute dich in deine berühmten Schubladen packen – nur weil du nicht weißt, wer deine Eltern sind oder wo sie sich befinden."

Wer ihre Eltern waren und wo sie sich befanden ...

Sie senkte den Blick und kaute auf ihrer Unterlippe herum, bevor sie flüsterte: „Ich weiß es. Wo sie sind. Wer sie sind."

„Was?" Überrascht hob Cole die Augenbrauen.

Savannah atmete zitternd aus. „Dein Privatdetektiv hat deine Lobrede wahrlich verdient. Er hat ihre Adressen und Namen herausgefunden und sie mir zukommen lassen."

„Und?", wollte Cole wissen.

„Und was?“

„Hast du sie besucht?“

Savannah schüttelte den Kopf. „Nein. Ich habe mir noch nicht einmal ihre Namen angesehen. Es …“ Sie verzog ihr Gesicht. „Ich weiß, ich wollte es immer wissen. Ich bin nach Philadelphia gekommen, um es herauszufinden, aber jetzt? Jetzt, wo ich sie wirklich sehen könnte …“ Sie verstummte.

„Es ist leichter, sich die Begegnung vorzustellen, als sich wirklich zu trauen“, murmelte Cole. „Sicherer.“

Savannah schluckte und nickte.

„Ja. Ich dachte immer, ich müsste sie sehen, um mit meinem alten Leben abschließen und mein neues beginnen zu können, aber was, wenn ich mich irre? Keine Erklärung könnte es besser machen, kein Gesicht erträglicher. Es ist offensichtlich, dass sie mich nicht kennenlernen wollten, also …“

Sie biss erneut von ihrem Burrito ab, bevor sie ihn wieder ablegte, nach einer Serviette griff, sie mit ihren Fingern auseinanderzog und fahrig zerrupfte.

„Weißt du, ich bin sehr gut allein zurechtgekommen. Ich suche nicht nach Bestätigung oder einer Familie, ich … ich will nur wissen, woher ich komme und … warum. Einfach warum.“

„Das sind legitime Fragen“, murmelte Cole. „Und es ist okay, dass du noch Zeit brauchst.“

Savannahs Mundwinkel zuckten. „Ich brauche seit zwanzig Jahren Zeit.“

„Ich brauche seit fast vierunddreißig Jahren Zeit, Savannah“, murmelte Cole, und unterm Tisch stieß sein Fuß gegen ihren. „Du musst dich mit deiner größten Angst konfrontieren und es ist vollkommen verständlich, dass du dich nicht gleich darauf stürzt.“

Savannah lächelte müde. „Was schiebst du bitte seit vierunddreißig Jahren vor dir her?“

„Ach, ich glaube, meine Familie hätte zu dem Thema eine Menge zu sagen“, sagte er beiläufig. „Aber darf ich dich noch etwas fragen?“

„Wenn es sein muss.“

„Muss es“, sagte er ruhig und diesmal lächelte er nicht. „Du sagst, du glaubst an die große Liebe. An die wahre Liebe ... wie kommt es dann, dass du noch nicht deinen Prinz Charming gefunden hast und stattdessen mit mir rumhängst? Ich meine ... du bist wie du bist und siehst aus wie du aussiehst. Du musst dich doch vor Anwärtern nicht retten können.“

Savannah wurde warm ums Herz, und sie musste lächeln. „Du bist ein solcher Schleimer.“

Er erwiderte das Lächeln nicht. Offensichtlich war es kein Scherz gewesen.

„Ich glaube an die wahre Liebe ...“, begann sie schließlich. „Ich glaube nur nicht, dass sie das Richtige für mich ist.“

„Warum?“

„Weil ich bezweifle, dass es einen Mann gibt, dem ich vollständig vertrauen kann. Bei dem ich nicht die ganze Zeit damit rechnen würde, dass er am nächsten Tag wieder weg ist.“

„So wie ...“ Er zögerte. „Wie jeder andere in deinem Leben?“

„Ja“, gab sie zu und lächelte matt. „Sagte ich nicht, dass ich mit meiner Vergangenheit nie werde abschließen können?“

Sie holte Luft, schloss kurz die Augen und ergänzte dann: „Außerdem hat eine Menge bedeutungsloser Sex auch was für sich.“

Auch Cole lächelte ... doch nicht mit seinen Augen. „Du bist nicht gut für mich. Ich wollte doch gerade mit bedeutungslosem Sex abschließen.“

„Mhm ...“ Nachdenklich neigte Savannah den Kopf. „Besteht eine Chance, deine guten Vorsätze für ein paar

Wochen zu pausieren? Deine unglaublich begabte Verkupplerin könnte deine Dates verschieben ...“

„Zwei Wochen?“, unterbrach Cole sie leise.

Sie nickte. „Zwei Wochen. Bis Montag.“

„Wenn das so ist“, sagte Cole und schob seinen Stuhl zurück. „Sollten wir sofort gehen.“

Und das taten sie.

Am nächsten Morgen fühlte sich Savannah, als hätte sie an einem Triathlon teilgenommen. Nur dass alle Disziplinen durch Sex ausgetauscht worden waren.

Breit lächelnd starrte sie an ihre Zimmerdecke. Cole war irgendwann nachts aus dem Bett geschlüpft und das war okay. Sie hatte nie erwartet, dass er blieb.

Es war kurz nach sieben, sie hatte kaum geschlafen und fühlte sich dennoch so fit wie noch nie. Mit Sicherheit würde in ein paar Tagen zu ihr durchsickern, welche Dummheit sie da letzte Nacht begangen hatte, aber für den Moment war sie einfach zu glücklich, um sich damit zu belasten.

Sie sprang unter die Dusche, zog sich an und stieg dann in ihr Auto. Bevor sie zur Arbeit fuhr, würde sie bei Cara vorbeischauen. Nur um sicherzugehen, dass es ihr wirklich gut ging.

Ihre Freundin wohnte in einem zweistöckigen hellblauen Haus mit großem Garten und gemütlicher Veranda. Es war alt und brauchte andauernd irgendwelche Reparaturarbeiten, aber wie Cara nicht müde wurde zu erwähnen, es war ihres. Savannah wusste, dass Ty ihr eine lächerlich hohe Summe als Unterhalt für Danny zahlte und Cara keinen einzigen Cent davon für ihre eigenen Bedürfnisse anrührte. Sie wollte nicht von ihrem Ex abhängig sein und mit ihrer erfolgreichen Cateringfirma klappte das auch ganz gut.

Savannah parkte am Straßenrand und bemerkte überrascht, dass zwei Autos in Caras Einfahrt standen.

Den grünen Subaru erkannte sie als den ihrer Freundin, aber der schwarze Audi, der dahinterstand ... merkwürdig. War das Date am Samstagabend womöglich doch überragend gut verlaufen?

Stirnrunzelnd stieg Savannah aus, lief durch den schmalen Vorgarten und stieg die paar Stufen zur Haustür hinauf. Sie wollte gerade klopfen, als ebendiese nach innen aufschwang. Aber es war nicht Cara, die dort stand. Es war Ty.

Mit offenem Mund sah Savannah ihn an.

„Hey", sagte sie dümmlich.

Ty grinste breit. „Hey", erwiderte er fröhlich, so als wäre es das Natürlichste auf der Welt, dass er morgens vor acht im Haus seiner Ex-Freundin und Mutter seines Kindes herumhing. „Was machst du hier?"

Witzig. Sie hatte gerade dieselbe Frage stellen wollen.

„Ty?", drang Caras Stimme aus der Küche. „Mit wem redest du da?"

„Mit Savannah", rief Ty zurück.

„Mit ..." Im nächsten Moment lugte Cara aus der Küchentür zum Eingangsbereich. Als sie Savannah erblickte, färbten sich ihre Wangen augenblicklich pink.

„Oh, hallo. Waren wir verabredet?"

„Nein", sagte Savannah perplex. „Aber ich dachte, ich schau mal vorbei, um zu sehen ob es dir ... gutgeht." Wieder huschte ihr Blick zu dem Delphie-Spieler.

„Ich geh' dann mal", sagte der wie auf Kommando, klopfte Savannah freundschaftlich auf die Schulter und sprang die Stufen runter.

„Ich rufe dich an, Cara", ließ er noch verlauten, bevor er in den schwarzen Audi stieg und davonfuhr.

Savannah starrte dem Wagen nach, bevor sie sich wieder an ihre Freundin wandte.

„Wo ist Danny?", wollte sie langsam wissen.

„Er hat bei einem Freund geschlafen“, sagte Cara und kratzte sich am Kopf. „Äh ... möchtest du was essen? Ich habe noch Pancakes da.“

„Klar“, sagte Savannah und hängte ihre Jacke an den Garderobenhaken.

Wie passte das Szenario, das sich in ihrem Kopf ausbreitete, mit der Information zusammen, dass Cara am Samstag ein Date mit einem anderen Mann gehabt hatte?

Sie folgte Cara in die Küche und setzte sich an den Tisch. Eine Zeitung lag darauf, auf dessen Titelseite Savannah ein beunruhigendes Bild entgegenstrahlte. Denn es zeigte sie zusammen mit Cole auf dem roten Teppich.

„Also“, sagte Cara und stellte einen Teller mit Pancakes vor ihr ab, bevor sie sich ihr gegenüber niederließ.

„Also“, wiederholte Savannah langsam.

Die Frauen starrten sich an, bevor sie beide gleichzeitig sagten:

„Du schläfst mit deinem Ex, oder?“

„Du schläfst mit deinem Boss, oder?“

Sie fingen an zu lachen und Savannah verzog das Gesicht.

„Gott, was stimmt nicht mit uns?“, wollte sie wissen. „Und was ist überhaupt passiert? Ich dachte, du hättest am Samstag eine Verabredung mit einem Arzt gehabt?“

„Hatte ich“, sagte sie sofort. „Ich bin nur nie dort angekommen. Ich habe Danny zu Ryan gebracht, bin nach Hause, hab’ mich umgezogen, und als ich gehen wollte, hat Ty mein Auto blockiert.“

„Das ist ja ... erwachsen von ihm gewesen.“

Cara lachte. „Er ist so ein Riesendepp“, sagte sie kopfschüttelnd. „Aber ... Gott, ich weiß nicht, wie er es macht, Savannah! Ich fühle mich manchmal einfach so, als wäre ich in meinem eigenen Leben nur die

Nebenfigur. Aber wenn ich mit Ty zusammen bin, dann ... dann ist es, als wären alle Scheinwerfer auf mich gerichtet. Und ich weiß, dass er mir schon einmal das Herz gebrochen hat, doch ..." Sie brach ab und seufzte. „Verstehst du, was ich meine?"

Ja, sie verstand, was sie meinte. Denn Cole konnte das auch so gut. Wenn er sie ansah, war es, als würde alles um sie herum verschwinden. Als wäre nichts wichtiger als dieser eine Moment mit ihr ...

„Das freut mich für dich, Cara", sagte Savannah ehrlich und drückte ihre Hand. Savannah hatte immer gewusst, dass Cara nie über Ty hinweggekommen war. Nur ihr selbst war das nie klar gewesen.

„Na, ich werde ihn nicht direkt heiraten", schnaubte Cara. „Das Ganze ist erstmal auf Probe und Danny wird nichts davon mitbekommen, bis ich mir sicher bin, dass Ty mir nicht wieder das Herz bricht."

Das würde er nicht. Denn dann würde Savannah ihm das Genick brechen.

„Aber was ist mit dir und „Hottie" Panther? Ich dachte, du sollst ihm eine Frau fürs Leben suchen?"

Eine unsichtbare Faust drückte sich anhand des letzten Satzes kurz um Savannahs Herz. Verwirrt sah sie zu dem verräterischen Organ. Ihr Herz hatte in diesem Gespräch überhaupt nichts verloren.

„Das werde ich", sagte Savannah nach einigen Momenten der Stille. „Aber erst in zwei Wochen wieder."

Gleichzeitig sackte ihr Herz eine Etage tiefer. Denn sie war sich nicht sicher, ob zwei Wochen reichen würden.

Lachend legte Cara den Kopf in den Nacken. „Was zum Teufel soll das bedeuten?"

Das Ding war ... Savannah wusste es nicht genau. Doch sie gab sich redlich Mühe dabei, es die nächste halbe Stunde lang zu erklären. Und mit jedem Wort, das über ihre Lippen kam, wurde sie unzufriedener. Denn keines der Szenarien, das sie auslegte, gefiel ihr ...

Zwanzig

„Faszinierend. Wir könnten mit einer Streitaxt auf ihn losgehen, er würde es nicht bemerken", murmelte Coop leise.

„Wir sollten einfach seine Wände pink färben und ein wenig Glitzer verteilen", überlegte Cole. „Um es seiner sprudelnden Persönlichkeit anzupassen."

„Ich frage mich, ob die Einbrecher in dieser Gegend wissen, dass er ein leichtes Opfer ist und auf den richtigen Moment warten, ihn auszurauben. Oder ob ihnen klar ist, dass er sie mit einer bewaffneten Drohne jagen und dann mit einem seiner Laser foltern und töten könnte."

„Ich höre euch, ihr Affen", sagte Callum abwesend und beugte sich tiefer über den Haufen Blech, aus dem eine Unmenge von Kabeln ragte. „Und ich habe nie mit Lasern gearbeitet. Laser sind was für Memmen. Dir würden sie gefallen, Coop."

„Alter, wir sitzen seit zwanzig Minuten hier und du hast noch kein Wort gesagt", beschwerte der sich.

„Das liegt daran, dass ich nicht mit euch reden will", erklärte er, ließ von dem Blechhaufen ab und zog seinen Laptop heran, auf dem Cole nichts weiter als eine Zahlenreihe nach der anderen erkennen konnte.

Callums Finger flogen über die Tastatur und Cole fragte sich, woran es lag, dass er so viel besser mit Maschinen umging als mit Menschen. Vielleicht weil Maschinen kein Herz hatten, um das er sich sorgen müsste.

„Komm schon, Cal", sagte er lauter. „Du musst mal eine Pause machen. Und ist dir das Konzept einer Dusche bekannt? Das Teil, das dich saubermacht? Sie würde sich nämlich über einen Besuch freuen."

„Ich hab' geduscht", murmelte Cal, während ein rotes Lämpchen an dem Blechhaufen ansprang, das Cole ein wenig unruhig werden ließ. Es passierte nicht oft, dass in Cals Werkstatt etwas explodierte. Aber es passierte.

„Wann hast du geduscht?", wollte er wissen, den Blick immer noch auf der Lampe, die nun anfing zu blinken.

„Gestern?" Es war eine Frage.

Coop schnaubte. „Cal, jetzt nimm deine Finger von deiner Drohne, oder ich schalte den Strom aus."

Seufzend richtete sich der jüngste Bruder auf und sah sie zum ersten Mal an. „Meine Fresse, ihr nervt! Ihr seid doch nicht meine Kindermädchen."

Coop grinste zufrieden und prostete Cal mit seinem Bier zu. „Nein, aber wir sollten eins für dich anstellen. Also, jetzt setz dich für eine Stunde zu uns, dann lassen wir dich wieder allein."

„Schön", sagte er knapp, ließ seinen Computer zuschnappen und setzte sich ihnen gegenüber.

Callums Wohnung hatte fünf Zimmer, doch benutzen tat er meistens nur dieses. Seine Werkstatt, die gleichzeitig Wohnzimmer und meistens auch Schlafplatz war. Er war schlichtweg zu faul, zu seinem Bett zu gehen, weswegen er meistens auf der breiten Couch schlief, die Cole und Coop zurzeit besetzten. Cole wusste das, weil er einen Schlüssel für die Wohnung hatte und er Cal mehr als einmal schlafend hier vorgefunden hatte.

„Also, ihr wollt reden?", meinte Cal mit verengten Augen, streckte die Beine aus und überkreuzte sie an den Knöcheln. „Darf ich ein Thema vorschlagen?"

„Klar", sagte Coop.

„Gut." Cal wandte sich an Cole. „Du schläfst also mit deiner Angestellten?"

Ungläubig starrte Cole ihn an. „Woher ..."

„Alter, du darfst nicht mit Callie reden, wenn du etwas geheim halten willst", unterbrach er ihn schnaubend. „Sie war ganz aus dem Häuschen, weil du dich endlich für eine Frau interessieren würdest, die sich nicht von dir herumschubsen lässt. Worte wie ‚die Richtige‘ und ‚Heureka‘ sind gefallen.“

Oh Gott. Er hätte sie nie anrufen dürfen. Sie zog viel zu schnell die falschen Schlüsse.

„Ich wusste es“, sagte Coop und zeigte grinsend mit dem Finger auf ihn. „Ich wusste, dass du schwach wirst.“

„Na vielen Dank auch“, bemerkte Cole trocken. „Und es ist sicher nicht so wie Callie es darstellt. Ja, ich habe mit Savannah geschlafen, erschießt mich doch.“

Beste Entscheidung seines Lebens!

„Aber nein, weder der Ausdruck ‚die Richtige‘ noch ‚Heureka‘ sind angebracht. Wir sind nur …“ Er verstummte, denn er hatte kein passendes Ende für diesen Satz.

Freunde schien falsch. Und auch kein anderes Wort schien angemessen.

„Ihr seid nur …?“, fragte Callum interessiert. „Soll ich den Satz für dich vervollständigen?“

So aus dem Bauch heraus hätte Cole mit Nein geantwortet. Cal tat es trotzdem.

„Ihr seid nur totale Vollidioten“, informierte ihn sein Bruder. „Erstens: Sie ist deine beschissene Angestellte und ihr werdet euch tagein tagaus sehen. Und wenn du sie feuerst, verklagt sie dich auf Millionen. Zweitens: Sie soll dir eine Ehefrau finden. Wie genau stellst du dir das vor?“

Na ja … jetzt konnte sie ihn wenigstens mit voller Inbrunst empfehlen, oder?

„Drittens: Sie ist eine Frau. Und offenbar nicht dumm oder emotional zurückgeblieben, sonst wäre Callie nicht so begeistert von ihr. Und jetzt frage ich dich: Ist sie der Typ für eine belanglose Affäre? Oder ist sie der Typ Frau, der sich in dich unwürdigen Dreckssack verliebt, nur um sich dann von dir das Herz brechen zu lassen, weil du mit Liebe nicht umgehen kannst?"

Cole schüttelte den Kopf und verstärkte den Griff um sein Bier. „Ihr liegt falsch. Savannah ist nicht der Typ dafür. Sie hat selbst gesagt, dass sie nicht an die Liebe für sich glaubt. Ebenfalls hat sie erwähnt, dass sie eher Hugh Hefner heiraten würde als mich."

„Kluges Mädchen", bemerkte Cal. „Das ändert dennoch nichts daran, dass du die Büchse der Pandora geöffnet hast. Es werden Gefühle ins Spiel kommen, egal auf welcher Seite, und wenn es Emotionen gibt, wird alles dreckig und chaotisch und damit wirst du nicht klarkommen, weil du Fürst von Kontrollhausen bist, der panisch wird, sobald er das Wort Liebe auch nur hört."

Cole schnaubte und wandte sich hilfesuchend an Coop. „Denkst du das auch?"

Cooper tippte sich nachdenklich mit dem Zeigefinger ans Kinn, bevor er sagte: „Doch, ich glaube, er hatte alles drin. Außerdem werde ich noch etwas voraussagen: Savannah wird sehr viel besser mit dem Schlamassel umgehen können als du. Und ich freu' mich drauf."

Augenverdrehend lehnte Cole sich zurück. „Ihr redet beide Mist. Ich mag Savannah und ich kenne sie. Sie wird nicht dumm genug sein, sich in mich zu verlieben."

Coop grinste. „Alter, um sie mache ich mir keine Sorgen. Du hingegen …"

„Liebe ist ein Haufen ausgemachter Blödsinn", knurrte Cole und presste die Zähne zusammen. „Ich war noch nie verliebt und ich werde mich auch nie verlieben. Es wird keine Gefühle geben. Auf keiner Seite. Somit kann auch nichts schiefgehen."

„Oh bitte." Callum sah ihn mitleidig an. „Gefühle kommen immer in den Weg. Dafür sind sie erfunden worden. Um das Leben noch ein wenig aufregender, tragischer und beschissener zu machen."

„Das war wunderschön, Mann", sagte Coop und legte die Hand aufs Herz.

Cole ignorierte ihn. Sie waren grundlos besorgt. Ja gut, es war nicht klug, mit jemandem ins Bett zu gehen, den er die kommenden Jahre fast jeden Tag sehen würde. In dem Punkt hatten seine Brüder womöglich recht – was Cole nicht daran hinderte, eine Stunde später vor Savannahs Tür zu stehen.

***

Es war merkwürdig, wie leicht es einem fiel, einen Ausrutscher unendlich oft zu wiederholen, wenn man ihn nur einmal begangen hatte. Und je phänomenaler der Ausrutscher, desto einfacher war es, das Gefühl des drohenden Unheils, das sich in einem ausbreitete, zu ignorieren. Das erfuhr Savannah innerhalb der nächsten Wochen am eigenen Leib.

Denn einmal damit angefangen, mit Cole Panther zu schlafen, war es schwierig, wieder damit aufzuhören. Vor allem, wenn er jeden Abend auf ein Neues vor ihrer Tür stand. Es war, als hätte Savannah ihr Leben auf Pause gestellt. Cole und sie waren zu dem stummen Einverständnis gekommen, dass sie diese zwei Wochen hatten – und am darauffolgenden Montag das normale Leben wieder begann. Und beide schienen verdammt darauf erpicht, diese Wochen wirklich auszunutzen.

Es war leicht, mit Cole Zeit zu verbringen.

Leicht, mit ihm zu lachen, selbst wenn es nicht hätte witzig sein sollen. Leicht, mit ihm über die Tiefen der Welt zu philosophieren und gleichzeitig einen Becher Eis zu vernichten. Leicht, mit ihm den Tag im Bett zu verbringen. Leicht, mit ihm zu reden. Leicht, mit ihm zu schweigen. Leicht, sich mit ihm zu streiten und wieder zu vertragen.

277

Savannah hatte fest damit gerechnet, dass sie nur mehr Zeit mit ihm verbringen musste, um all seine kleinen Macken kennenzulernen, die sie bei jedem anderen Mann bisher in den Wahnsinn getrieben hatten. Aber sie hatte sich geirrt.

Cole schnarchte nicht.

Cole ließ den Toilettendeckel nicht oben.

Cole machte sich nur begrenzt über ihr Q-tip-Haus lustig.

Und Cole war nicht davon genervt, dass Mrs. Bernard den Hang dazu hatte, in den exakt falschen Momenten zu klingeln.

Und die Macken, die er hatte – und ja, es gab da einige – die störten Savannah nicht sonderlich.

Denn wen kümmerte es, dass er bei Themen, die ihm wichtig waren, sehr schnell aufbrausend und laut wurde? Das zeigte lediglich, dass er Leidenschaft besaß.

Wer scherte sich darum, dass er morgens nur mit Gewalt aus dem Bett zu bewegen war? Wenn er dabei so süß aussah wie ein Pinguin, der mit seiner Flosse winkte.

Und war es nicht egal, dass er keine fünf Minuten eines Liebesfilms durchhielt, ohne laut zu stöhnen und den fehlenden Realismus zu bemängeln?

Oder dass er ohne Kaffee nicht leben konnte und sie plötzlich seine Kaffeemaschine in ihrer Küche stehen hatte?

Aber die Zeit war eine gemeine Sache. Denn je glücklicher man sie verbrachte, desto schneller zerrann sie zwischen den Fingern. Die erste Woche flog vorüber. Der letzte Donnerstag kam und wurde zu Freitag, zu Samstag ... und als Savannah am Sonntagmorgen aufwachte, Coles einen Arm um ihren Hals geschlungen, den anderen um ihre Hüfte, entstand ein dicker Kloß in ihrem Hals. Vorsichtig wandte sie ihren Kopf um und betrachtete sein sorgenfreies, glattes

Gesicht. Er war Donnerstagnacht nicht aus ihrem Bett gekrabbelt, es sei ohnehin leichter, von ihrer Wohnung zur Arbeit zu gelangen – und seitdem nicht mehr gegangen.

Sein Atem ging leise und gleichmäßig, und sacht fuhr sie mit ihren Fingern über seine raue Wange. Es war ein Glück, dass sie nicht daran glaubte, dass Liebe das Richtige für sie war. Denn sonst hätte sie womöglich ein Problem bekommen ...

Sie schloss die Augen, atmete tief durch und kletterte dann aus seinem Körperkäfig, um in die Küche zu schleichen. Wie jeden Morgen galt ihr erster Griff dem Wasserkocher – bevor sie auch die Kaffeemaschine anschaltete. Es war sicherer, Coles Koffein griffbereit zu halten, auch wenn er behauptete, er sei mittlerweile immun dagegen.

Abwesend nahm sie sich einen Teebeutel und eine Tasse aus dem Schrank, während erneut dieses Gefühl des drohenden Unheils in ihr aufkeimte. Sie fürchtete sich vor dem nächsten Tag. Sie wusste nicht, ob sie den Schalter einfach so umlegen konnte. Ob sie die flüchtigen Berührungen vermissen würde. Die gestohlenen Küsse. Die heimlichen Blicke.

Sie dachte an das Profil von Kimberly Freckle, der perfekten Heiratskandidatin. Cole würde begeistert von ihr sein. Das wusste sie. Und diese Information saß ihr im Nacken wie ein kleiner Affe, der immer wieder aufs Neue mit einem Holzhammer gegen ihre Schläfe schlug. Seufzend stützte sie ihre Ellenbogen auf die Anrichte und ließ ihre Stirn in die Hände sinken.

Sie würde ihm Kimberly zeigen müssen. Sie würde an der Bar sitzen und sie bei ihrem kleinen perfekten Date beobachten müssen. Sie würde ...

Eine Diele knarzte und ihr Kopf fuhr herum.

Cole kam aus ihrer Schlafzimmertür gestapft, die Augen noch halb geschlossen.

„Du warst nicht mehr im Bett", meinte er verschlafen und kratzte sich die Brust.

Er trug eine sehr tiefsitzende Schlafanzughose und einen Dreitagebart. Sonst nichts. Seine schwarzen Haare hingen ihm in die Stirn, und als er gähnte, stockte ihr für einen kurzen Moment das Herz in der Brust. Hastig wandte sie den Blick ab und goss das kochende Wasser über den Teebeutel.

„Ich konnte nicht mehr schlafen", erklärte sie, versuchte zu lächeln … doch es gelang ihr nicht ganz.

„Aber das ist doch kein Grund aufzustehen", sagte er irritiert und im nächsten Moment schoben sich seine starken Arme von hinten um sie und sie spürte seine Lippen an ihrem Hals. Leise seufzend schloss sie die Augen und ließ sich rückwärts in seine Umarmung gleiten.

Sie würde es vermissen, das war alles. Den Sex, die Nähe, die Berührungen. Deswegen wurde ihr Herz schwer. Deswegen wurde ihr Hals eng. Allein deswegen fingen ihre Augen an zu brennen.

„Weißt du, ich habe mir gedacht, dass wir heute nicht aus dem Haus gehen sollten", flüsterte Cole an ihrem Ohr und ließ seine Lippen höher wandern, sodass Savannah automatisch ihren Kopf neigte, um ihm mehr Platz zu geben.

„Wir sind gestern schon nicht aus dem Haus gegangen", erinnerte sie ihn.

„Ich weiß. Und es war eine wunderbare Idee. Warum Altbewährtes durch Neues ersetzen?"

Sie schmunzelte. „Altbewährt? Soso."

Cole drehte sie in seinen Armen herum und ließ seine Fingerkuppen die Konturen ihres Gesichtes nachzeichnen.

„Ich würde mich sogar dazu breitschlagen lassen, noch einen deiner schnulzigen Filme zu gucken."

„Du siehst nie hin bei den Filmen! Du nutzt sie immer nur, um mit mir rumzumachen."

Er grinste. „Wozu sind die Filme denn sonst da?"

„Okay", ließ sie sich überreden. „Ich muss ja nicht mitmachen."

„Oh, du wirst mitmachen", versprach Cole und küsste sie hart auf die Lippen.

Ihre Mundwinkel zuckten. Ja, schön. Sie würde mitmachen. Sie kannte die Filme sowieso schon in- und auswendig.

„In Ordnung, aber du kochst", erklärte sie ihm.

„Natürlich koche ich", sagte er kopfschüttelnd. „Dein Essen ist ungenießbar und bei so viel Fast Food, wie du in dich reinstopfst, solltest du drei Tonnen wiegen."

„Ich bewege mich viel", erklärte sie. „Jedes Mal, wenn du mich aufregst, gehe ich aufs Laufband. Du kannst dir ausrechnen, wie unglaublich sportlich ich bin."

„In den letzten Tagen habe ich dich nicht so oft aufgeregt."

„Ja, weil du die meiste Zeit nicht genug Luft hattest, um zu reden."

„Stimmt", stellte er selbstzufrieden fest, bevor er seine Hände rechts und links neben ihrer Hüfte auf die hinter ihr liegende Anrichte stützte. „Wir kommunizieren so viel besser, wenn wir nackt sind."

Sie musste lachen. „Das ist ein psychologischer Durchbruch. Wir sollten sofort die Presse benachrichtigen."

„Nicht bevor ich meinen ersten Kaffee habe", meinte Cole und gähnte ausgiebig.

Sie nickte, ließ ihren Blick einen Moment lang auf seiner Brust verweilen, bevor sie die Augen schloss, tief durchatmete und erneut seine Augen fixierte.

„Heute ist Sonntag", murmelte sie.

„Ich weiß", antwortete Cole. „Ich habe die Wochentage im Kindergarten gelernt."

„Morgen ist Montag", fuhr Savannah fort.

Cole zog die Augenbrauen tiefer in sein Gesicht. „Und?"

„Wir sagten zwei Wochen, Cole."

Langsam nickte er. „Ich erinnere mich und ... ich finde, wir sollten den Vertrag verlängern."

Stirnrunzelnd blinzelte sie zu ihm hoch. „Verlängern?"

„Ja. Zwei Wochen waren nicht lang genug."

Natürlich waren sie das nicht ... aber eine weitere Woche der Ignoranz würde ihre Situation nicht verbessern. Im Gegenteil. Savannah fürchtete, dass dieser weitere Tag bereits zu viel für sie war. Denn ... sie mochte ihn. Sie mochte ihn so unglaublich gerne.

„Ich bin kein Vertrag, den du geschlossen hast", flüsterte sie. „Wir sagten zwei Wochen und dabei sollten wir bleiben. Du hast nur noch zwei Wochen, um eine Frau zu finden. Solltest du die Zeit nicht nutzen?"

Cole schnaubte.

„Sagt mir diejenige, die nie müde wird, mir zu erzählen, welch ein schwachsinniger Plan das ist?"

Natürlich war es ein schwachsinniger Plan. Aber wenn Cole nicht von alleine verstand, dass ihn eine Frau, die zwar all seine Kriterien erfüllte, ihn aber nicht liebte, nicht glücklich machte ... wie sollte Savannah ihn dann davor bewahren, seinen so blöden, wunderbaren, beschissenen Dickkopf durchzusetzen?

Wieder holte sie tief Luft, bevor sie wiederholte: „Wir sagten zwei Wochen und dabei sollten wir bleiben."

Mit verengten, eisblauen Augen sah Cole zu ihr hinab.

„Schön", sagte er abgehackt und stieß sich vom Tresen ab. „Vielleicht ist es dann besser, wenn ich sofort gehe."

Er wandte sich um und lief zurück ins Schlafzimmer. Savannahs Herz zog sich abrupt zusammen. Kleine

Splitter lösten sich aus ihm und fielen in ihre Eingeweide.

„Das habe ich nicht gesagt", meinte sie laut und folgte ihm hastig. „Ich wollte dich nur daran erinnern, dass ..."

„Dass wir uns lediglich gegenseitig aus dem System kriegen wollten?", half ihr Cole auf die Sprünge, der schon dabei war, sich ein T-Shirt über den Kopf zu ziehen.

„Nein! Natürlich nicht, ich ..." Sie hielt inne und schluckte. „War ... war es das etwa für dich? Wolltest du mich aus deinem System kriegen?"

„Savannah", sagte Cole ungeduldig, zog seine Socken an und presste die Lippen aufeinander. „Ich bin erwachsen. Du musst mir nicht erzählen, es gäbe den Weihnachtsmann, nur damit du meine Gefühle nicht verletzt. Wenn du genug hast, dann hast du genug. Warum die Sache unnötig aufschieben?"

Genug? Wenn sie genug hatte? War das sein Ernst? Hatte er denn keine Augen im Kopf?

Wenn Savannah jetzt nicht aufhörte, dann würde sie womöglich noch vergessen, dass sie unfähig dazu war, sich zu verlieben. Wenn sie die Sache nicht beendete, bevor es zu spät war – wie sollte sie dann damit leben, ihn mit Kimberly Freckle in den Sonnenuntergang reiten zu sehen?

Plötzlich ballte sie ihre Hände wütend zu Fäusten.

„Was erwartest du denn von mir, Cole?", fuhr sie ihn an. „Wir können nicht ewig so tun, als würde die Zeit stillstehen. Das Ganze war eine totale Ausnahmesituation! Wir beide führen so unterschiedliche Leben, folgen so verschiedenen Philosophien ..."

„Fängst du jetzt schon wieder mit deinen verdammten Schubladen an?", wollte Cole schroff wissen und schob sie im nächsten Moment aus dem Türrahmen, um vorbeizukommen. „Weißt du Savannah, ich hatte in den letzten Wochen nicht das Gefühl, dass unsere

Unterschiede sonderlich im Weg standen. Und du hast auch absolut keinen Grund, dich zu rechtfertigen. Wir führen keine Beziehung. Du kannst machen, was du willst, ich kann machen, was ich will – und ich will gehen.“

Er lief an ihr vorbei zur Garderobe, schlüpfte in seine Schuhe und griff nach seiner Jacke. Bevor er verschwand, wandte er sich jedoch noch einmal um.

„Ich möchte Mittwochabend das nächste Date haben“, sagte er knapp. „Also arrangiere das doch bitte für mich.“ Im nächsten Moment fiel die Tür ins Schloss.

Mit offenem Mund, noch immer geschlossenen Fäusten und einem Kloß in der Größe eines Basketballs in ihrem Hals starrte Savannah auf das Holz.

Thema erledigt. Affäre beendet. Das hatte sie doch gewollt, oder nicht?

Ihre Augen brannten, ihr Herz rutschte in ihren Magen, ihre Lippen zitterten und der Kloß drängte ihren Hals hinauf.

Sie hatte es beenden müssen, bevor es zu spät war. Aber womöglich hatte sie zu lange gewartet.

Einundzwanzig

Der Morgen war in Coles Augen ja ohnehin eine problematische Tageszeit, aber dieser spezielle Montagmorgen grenzte an Folter.

Er war müde. Er war angepisst. Er war hungrig. Er war spät dran.

Das alles waren keine Indizien, die auf einen erfolgreichen Tag hinwiesen.

Dafür, dass Cole sich abtrainiert hatte, ein schlechtes Gewissen zu bekommen, hatte er sich gestern denkbar beschissen gefühlt. Er hatte Savannah nicht so anfahren wollen, es war nur ... er hatte noch nicht genug von ihr. Nicht im Geringsten. Er hatte zu Anfang Zeit verschwendet, weil er der hirnrissigen Wahnvorstellung unterlegen hatte, jede Nacht nach Hause fahren zu müssen, um genug Distanz zwischen ihnen zu wahren. Er hatte mehr als eine Woche verschwendet, deren Morgen er damit hätte verbringen können, mit Savannah um die Bettdecke zu kämpfen, nur um sie am Ende sowieso gewinnen zu lassen, weil es so verdammt süß war, wie sie sich darüber freute. Und diese Stunden wollte er nachholen!

Er hatte Savannah noch nicht oft genug seufzen hören, wenn sich das Paar in den albernen Liebesfilmen, die sie so gerne sah, am Ende endlich bekam. Er hatte noch nicht oft genug dabei zusehen können, wie sie ihr allmorgendliches Teeritual vollführte. Er hatte ihre Augen noch nicht oft genug dabei beobachten können, wie sie sich so sehr verdunkelten, dass die Iriden mit ihren Pupillen verschmolzen. Er hatte nicht genug – Punkt.

Das Schlimme war, dass er der festen Überzeugung gewesen war, dass Savannah genauso empfand. Bei jeder ihrer Berührungen, bei jedem ihrer Blicke, bei jedem ihrer Küsse, hatte er sich eingebildet, dass sie ebenso wie er alles um sich herum vergessen hatte und die selbst gesetzte Ablauffrist aus ihrem Bewusstsein schob. Und es nervte ihn verdammt, dass er sich so geirrt hatte.

Cole hatte sich noch nicht darum gekümmert, einen neuen Assistenten anzustellen, weswegen er den scheußlich schmeckenden Kaffee auch noch selbst holen musste. Er kämpfte sich durch seine Post und einen Vertrag, übersprang die Mittagspause einfach und beglückwünschte sich gerade selbst dazu, wie erfolgreich er es vermieden hatte, Savannah über den Weg zu laufen, indem er sich einfach nicht vom Fleck bewegt hatte, als das Telefon klingelte.

Es war Jakes Agent, der sich darüber beschwerte, dass sein Klient vom PR belästigt und benachteiligt würde. Dass Mister Parker und Miss Thomas ihm ständig ins Privatleben hineinpfuschten.

„Panther, nur weil er den Vertrag kündigt, heißt das nicht, dass ihr mit ihm umspringen könnt, wie ihr wollt!", blaffte der Mann, der einen fantastischen Job machte, aber öfter mal eine Faust ins Gesicht verdiente. „Ich will, dass er diese Saison genauso zuvorkommend behandelt wird wie sonst auch, also pfeif deine PR-Hunde zurück und hört auf, Jake mit dummen Vorwürfen zu belästigen."

Er legte auf, bevor Cole wütend werden konnte, was wirklich eine Schande war. Er hätte nichts dagegen gehabt, ein wenig zu schreien.

Stöhnend lehnte er sich in seinem Stuhl zurück. Jake war in seinem Leben noch nicht belästigt worden. Er war derjenige, der belästigte. Und wenn Sam und Savannah ihn zurechtwiesen, dann würde das seinen Grund haben. Nichtsdestotrotz musste er nachfragen, was da los war.

Er begab sich in den dritten Stock, mit der festen Absicht, Sam und nicht Savannah deswegen zu befragen, als er sie im Flur stehen sah.

Sie trug wie immer High Heels, einen ihrer engen Röcke und die dazugehörige Bluse. Der Rock war keine Jeans, verdammt heiß sah sie dennoch in ihm aus. Das Versagen seiner Kontrolle über die Anziehungskraft, die sie ausstrahlte, nervte ihn gewaltig, doch er würde einen Teufel tun, es sich ansehen zu lassen. Trotzdem verlangsamte er seinen Schritt.

Savannah unterhielt sich mit jemandem, den Cole noch nicht in seinem Blickfeld hatte. Ihre Arme zerschnitten energisch die Luft, so wie sie es oft machten, wenn Savannah gerade versuchte, etwas bildlich zu erklären.

Er machte einen weiteren Schritt vor und erkannte einen blonden Mann, der etwas erwiderte und Savannah zum Lachen brachte. Mit verengten Augen wurde Cole noch eine Spur langsamer. Es war der Mannschaftsarzt.

Cole war es vorher nie aufgefallen, aber der Arzt war ein Schleimscheißer. Und inkompetent, wenn er sich recht erinnerte. So inkompetent, dass er es eigentlich verdiente, vom Fleck weg gefeuert zu werden.

Savannah ließ ihre Hände sinken, noch immer lachend und boxte mit ihrer Faust gegen den Arm des Arztes.

Irgendetwas passierte mit Coles Körper. Irgendetwas Hässliches, Rotes und Schweres drückte gegen seine Brust, und für ein paar Momente hielt er ungewollt die Luft an.

Er war mittlerweile in Hörweite, doch leider hatten die beiden wohl gerade entschieden, das Gespräch zu beenden, denn der Schleimbeutel hob die Hand, während Savannah lächelnd sagte: „Wir sehen uns dann morgen Abend."

Der Arzt ging, nickte Cole zu und ...

„Warum seht ihr euch morgen Abend?" Die Frage war aus seinem Mund gefallen, bevor er sie zurückhalten konnte. Der rote Ball in seiner Brust hatte sie einfach so hinausgedrängt.

Savannah zuckte zusammen und wirbelte zu ihm herum, bevor sie schluckte und einen Schritt zurückmachte.

Er hasste es. Gott, wie er es hasste, dass sie ihn ansah, als wäre er der Feind.

„Kannst du nicht einfach wie ein normaler Mensch Hallo sagen?", fragte sie bissig.

Nein. Nicht heute.

„Du hast meine Frage nicht beantwortet."

Den Blick unablässig auf sein Gesicht gerichtet, verschränkte sie die Arme.

„Abgesehen davon, dass ich dir überhaupt nichts sagen muss: Morgen Abend ist das Teambowling-Event. Ich habe dir davon erzählt und dich eingeladen und du sagtest, du seist ein kaltblütiges Arschloch und würdest nicht kommen. Du erinnerst dich?"

Ja, das hörte sich nach ihm an.

Auf wundersame Weise wurde sein Herz eine Spur leichter. Sie würde sich nicht allein mit McDoctor treffen. Es war ein Teamevent.

„Schön", sagte er düster.

„Schön", wiederholte sie verkniffen. „Gibt es dann sonst noch etwas, noch irgendein Date, das ich für dich ausmachen soll? Oder müssen deine Schuhe vielleicht geputzt werden?"

Shit. Er hatte gehofft, dass sie den letzten Satz, den er gestern von sich gegeben hatte, einfach überhört hätte.

„Ja, gibt es", sagte er und versuchte sich zu beruhigen, auch wenn er Savannah am liebsten in ihr Büro geschubst hätte, um ihr den gestrigen Tag aus der Erinnerung zu küssen.

„Jakes Agent hat angerufen. Er will, dass ihr seinen Goldesel in Ruhe lasst.“

Savannah schnaubte. „Jake muss aufhören, all die armen Frauen Philadelphias zu belästigen, dann werden wir ihn auch nicht mehr nerven.“

„Was zum Teufel macht er denn Schlimmes, dass ihr ihm so intensiv auf den Sack gehen müsst, dass er seinen Agenten auf mich hetzt?“, wollte Cole genervt wissen. „Könnt ihr es nicht einfach gut sein lassen?“

„Erzähl mir nicht, wie ich meinen Job zu machen habe, Cole“, fuhr sie ihn an und hob warnend ihren Zeigefinger. „Jake dreht zurzeit komplett am Rad und schadet damit dem Mannschaftsimage. Du bist sein Busenfreund. Rede du doch mit ihm und bring ihn zur Vernunft! Ach, und wenn du schon dabei bist, dann sag deinem Vater, er soll aufhören mich anzurufen und zu verlangen, dass ich hinter deinem Rücken unsere Zahlen an ihn weitergebe!“

Cole atmete tief ein und aus, auf der Suche nach Geduld und Verstand. Doch je öfter er danach griff, desto schneller rutschten sie aus seinen Fingern.

„Gib sie ihm einfach“, sagte er bemüht gelassen. „Es ist mir egal.“

Savannahs Augen verdunkelten sich. Doch nicht vor Lust, so wie es ihm gefiel. Nein, das hier war eine ganz andere Emotion. „Wie kann es dir egal sein?“, fragte sie wütend. „Er ist nicht mehr der Boss. *Du* bist der Boss. Die Zahlen gehen ihn nichts an.“

Natürlich nicht. Aber je mehr sich Cole dagegen sträubte, desto anstrengender würde es werden.

„Savannah“, sagte er leise. „Gib ihm einfach die Statistiken. Glaub mir, das ist das Beste für alle. Ich weiß, dass er Grenzen überschreitet, aber damit wirst du dich arrangieren müssen.“

„Was stimmt nicht mir dir?“, wollte sie kopfschüttelnd wissen, den Mund leicht geöffnet. „Warum sagst du immer nur Ja und Amen, sobald es deinen Vater betrifft? Er ist im Unrecht. Er untergräbt deine verdammte Autorität."

„Ich weiß."

„Aber wieso sagst du ihm das nicht?", fragte sie ihn gepresst. „Warum machst du nicht endlich mal deinen verdammten Mund auf und sagst ihm, dass er sich raushalten soll? Du genießt es doch sonst immer, den Boss raushängen zu lassen! Warum also nicht jetzt?"

„Weil es nutzlos wäre", sagte er kühl.

„Du meinst, weil du Schiss davor hast! Weil du einfach nicht mutig genug bist! Weil du ihn ja ach so bewunderst und so verzweifelt in seine Fußstapfen treten willst, dass du deine kalte, kalkulierende Verhandlungsart, für die du dich sonst so rühmst, komplett vergisst, sobald du mit ihm redest. Weil du, wenn es darauf ankommt, den Schwanz einziehst!"

Das Blut in Coles Körper schien plötzlich in doppelter Geschwindigkeit durch seine Adern zu pumpen. Die Haare in seinem Nacken stellten sich auf. Seine Hände ballten sich zu Fäusten und jeder einzelne Muskel in seinem Körper spannte sich an. Es war okay, wenn Coop behauptete, er würde versuchen, es seinem Vater recht zu machen. Er kam damit klar, wenn Callie ihre Wut an ihm ausließ, weil sie zu feige war, sich Clint selbst in den Weg zu stellen. Aber nicht Savannah! Verdammt noch mal, nicht Savannah, die es doch besser wissen sollte. Die ihn doch gut genug kennen sollte!

„Lass es gut sein", sagte er leise.

„Warum sollte ich?"

„Savannah", knurrte er. Sie musste doch verstehen. Sie musste doch wissen, dass er ..., dass er ...

„Nein! Ich habe doch recht. Ich ..."

„Du hast keinen beschissenen Schimmer", fuhr er sie an und trat bedrohlich einen Schritt auf sie zu. „Ihr alle redet davon, was für ein wunderbarer Sohn ich doch bin und was ich nicht alles tue, um dem großen Clint Panther zu gefallen, aber ihr habt doch keine verdammte Ahnung!"

Savannahs Augen weiteten sich und sie stolperte einen Schritt vor ihm zurück, doch es kümmerte ihn nicht.

„Denkst du allen Ernstes, ich will in die klebrigen Fußstapfen meines Vaters treten?", schrie er. „Bewundere ich ihn für seinen Geschäftssinn? Ja. Für seine sozialen Kompetenzen? Scheiße, nein. Und ganz sicher werde ich nicht wie er!"

Offensichtlich hatte Savannah ihre Überraschung über seinen Ausbruch überwunden, denn sie funkelte nun ebenso wütend zurück, die Arme in die Seiten gestemmt.

„Große Worte dafür, dass du ihm nie widersprichst und immer nur höflich, nett ..."

„Natürlich bleibe ich höflich", unterbrach Cole sie wütend. „Denn ich kenne meinen Vater! Und ich bin der verdammt Einzige, der sich noch die Mühe macht, meine Familie zusammenzuhalten! Was glaubst du, würde passieren, wenn ich aufhören würde, die Beziehung zu meinem Vater aufrechtzuerhalten? Meine Geschwister würden nacheinander aufhören, mit ihm zu reden. Bis wir uns alle nur noch einmal im Jahr widerwillig zu Weihnachten treffen. Also ja! Ich widerspreche ihm nicht. Ich bin der gute Sohn, der folgsame Sohn. Denn irgendwer muss diese Rolle nun einmal übernehmen! Irgendwer musste diesen Scheiß-Job machen, um zu ihm durchzudringen. Aber wenn ich ihm zustimme, dann liegt das ganz bestimmt nicht daran, dass ich mich nach seiner beschissenen Anerkennung sehne. Denn so etwas gibt es im Hause Panther nicht und damit habe ich mich schon vor einer Ewigkeit abgefunden!"

Mit jedem Wort wurde seine Stimme lauter. „Und du bist so eine Heuchlerin, Savannah! Du denkst, du wüsstest es besser. Du denkst, dir wäre glasklar, was ich in meinem Leben falsch mache! Du willst nicht verurteilt werden, aber urteilst über *alles*, was ich tue und sage. Ich habe einen Newsflash für dich: Nur weil meine Art und Weise, mit Dingen klarzukommen, nicht deinen Vorstellungen entspricht, heißt das nicht, dass sie falsch ist. Und erzähl du mir verdammt noch mal nichts von Mut! Du hast seit zwei Wochen die Adresse deiner Geburtseltern und hast dich immer noch nicht getraut, sie zu besuchen. Also erspar mir deinen Vortrag. Du bist ein genauso großer Feigling wie ich und, meine Güte, das interessiert mich einen Scheiß. Mach es so, wie du es für richtig hältst, aber hör auf, mich anzusehen, als müsste ich dir jede kleine Einzelheit meiner Gefühlswelt offen darlegen. Als müsste ich einsehen, dass ich mich verwundbar machen muss, um mich emotional weiterzuentwickeln oder was auch immer für einen anderen Schwachsinn. Denn ich muss einen Dreck, Savannah."

Und bevor sie etwas antworten konnte, bevor sie ihn die letzte Beherrschung verlieren lassen konnte, ging er. Nicht in sein Büro, sondern nach draußen. Er brauchte Luft. Er fühlte sich seit Tagen nicht mehr wie er selbst. Und es war Savannahs Schuld! Sie musste ihn nur ansehen – mit ihren großen dunklen Augen, mit ihrer nachdenklichen Miene, die mehr verriet als tausend Worte; mit ihrer spitzen Zunge, die ihn wahnsinnig machte und gleichzeitig zum Lachen brachte – und schon verlor er den Verstand.

Er lehnte sich an die kalte Hauswand, atmete schwer ein und aus und starrte auf den leeren grauen Parkplatz.

Callum hatte doch recht. Gefühle waren erfunden worden, um das Leben noch ein wenig aufregender, tragischer und beschissener zu machen. Und Cole wollte, dass sie sofort damit aufhörten.

***

Savannah stand da und starrte auf die Stelle, an der Cole sich gerade eben noch befunden hatte. Seine Worte wiederholten sich in ihrem Kopf. Drehten sich im Kreis.

Sie war so wütend gewesen. Über das, was er gestern gesagt hatte. Darüber, dass er einfach so gegangen war. Wütend auf sich selbst, weil sie ihm nicht den wahren Grund dafür hatte nennen können, dass sie ihre Beziehung hatte abbrechen wollen.

So wütend, dass sie ihm gerade Dinge vorgeworfen hatte, die sie selbst gar nicht glaubte. Ihr war doch klar gewesen, dass Cole seine Geschwister schützte. Innerlich hatte sie es doch gewusst. Und natürlich war er nicht wie sein Vater. Er hatte nichts mit Clint Panther gemein.

Aber sie hatte es sagen müssen. Hatte ihn anschreien müssen. Hatte wütend auf ihn sein wollen, weil es ihr so möglicherweise leichterfiel, zu vergessen, wie sehr es wehtat, dass er sie einfach so hatte stehen lassen. Dass er nicht einmal versucht hatte, sie vom Gegenteil zu überzeugen.

„Savannah?" Erschrocken fuhr sie herum und erkannte Sam, der in seinem Türrahmen lehnte und sie fragend betrachtete. „Ist alles in Ordnung?"

Nein.

Nichts war in Ordnung.

Denn Cole hatte recht. Sie war der größere Feigling. Sie war eine Heuchlerin. Sie erzählte jedem, dass die große Liebe existierte, war aber selbst nicht dazu bereit, sie zu riskieren. Sie predigte, dass niemand Menschen in Schubladen ordnen sollte, versuchte selbst aber noch immer, Cole in eine hineinzupressen – damit er aufhörte, so unglaublich echt zu sein.

Sie erklärte Cole, er müsse seinem Vater die Stirn bieten, versteckte sich aber selbst davor, ihren Eltern zu begegnen und mit ihrem Leben weiterzumachen.

„Ich muss weg", murmelte sie und schüttelte den Kopf. „Ich muss etwas erledigen. Ich nehme mir den Tag frei, Sam."

„Ähm, okay. Klar. Bist du sicher, dass ich dir nicht helfen kann?"

Wieder schüttelte sie den Kopf, bevor sie ihre Sachen holte und ging. Das hier musste sie alleine machen.

Zweiundzwanzig

Rob Golson hatte ihr zwei Namen, zwei Fotos und drei Adressen zukommen lassen.

Die Anschrift ihres Vaters, der in Washington D.C. lebte, die Anschrift ihre Mutter, die am Rand Philadelphias wohnte und die Anschrift des Supermarktes, in dem diese arbeitete. Savannah fuhr zu Letzterem.

Matilda Roth, das war ihr Name, arbeitete in einem der riesigen Whole Foods Geschäfte, die aus dem Boden sprossen wie Unkraut.

Als Savannah schließlich auf dem Parkplatz des Marktes anhielt, war bereits die Dunkelheit hereingebrochen. Sie besah sich das Foto ihrer leiblichen Mutter und erwartete ein gewisses Maß an Vorfreude, vielleicht auch Aufregung. Aber alles, was sie verspürte, war Beklemmung. Und Angst.

Sie hatte so lange auf diesen Moment gewartet. Hatte sich die Begegnung hunderte Male ausgemalt. Was sie sagen wollte, was sie hören wollte, was sie fühlen würde. Doch jetzt, als sie hier auf dem Parkplatz saß und auf die anderen, vom Neonlicht erleuchteten Autos starrte, war nichts so, wie sie es sich vorgestellt hatte.

Sie fühlte sich nicht kühl und von ihren Emotionen abgekapselt, so wie sie es immer geplant hatte. Sie war auch nicht erleichtert darüber, dass sie heute endlich zu einem Abschluss kommen würde. Und sie war nicht froh darüber, allein zu sein.

Dabei war das doch das, worin sie am besten war. Ihren Kram allein und ohne Hilfe zu bewältigen und am Ende stolz und stärker aus der Situation herauszukommen. War das nicht der letzte Schritt in ihr neues Leben? Mit ihren Eltern zu reden, ihre Fragen beantwortet zu wissen und dann neu anzufangen? Allein und frei von Reue?

Doch in den letzten Wochen war sie schlecht darin geworden, allein zu sein. Sie mochte es, jemanden neben sich zu wissen, der ihr beruhigend eine Hand in den Nacken legen konnte oder ihr etwas Witziges ins Ohr murmelte, sodass sie sich entspannte. Und natürlich konnte sie es allein schaffen, es gab keinen Zweifel daran, aber ... wieso hatte sie nur das Gefühl, es nicht mehr allein tun zu wollen?

Savannah atmete zitternd aus, betrachtete erneut das Foto und stieg aus dem Wagen, bevor sie den Mut verlieren konnte. Mühsam verdrängte sie jeden Gedanken an Cole, jeden einzelnen, der sich so widerspenstig in ihrem Kopf festgesetzt hatte, und schulterte ihre Handtasche. Mit flatterndem Herzen überquerte sie den Parkplatz, doch noch bevor sie den Eingangsbereich erreicht hatte, blieb sie wie angewurzelt stehen. Eine Frau kam ihr entgegen.

Trotz ihres dicken Wintermantels und trotz der Dunkelheit erkannte Savannah sie sofort als die Frau vom Foto wieder. Sie hatte dunkle Haare, dunkle Augen, helle Haut und konnte keinen Tag älter als fünfzig sein. Savannah hätte sie sogar noch jünger geschätzt. Sie sah so anders aus, als Savannah sie sich immer vorgestellt hatte, und wie automatisch suchte sie nach irgendwelchen Ähnlichkeiten zwischen ihnen. Doch bis auf die Tatsache, dass sie ungefähr gleich groß waren, konnte sie keine entdecken.

Erstarrt blickte sie zu der Frau, die ihren Schal enger um den Hals zog und auf ein kleines silbernes Auto, keine drei Meter von Savannah entfernt, zuhielt.

Tausende von Unterhaltungen hatte Savannah bereits in Gedanken mit ihrer Mutter geführt. Tausend Möglichkeiten sie anzusprechen, war sie durchgegangen. Tausend und ein Szenario hatte sie in ihrem

Kopf abgespielt. Doch jetzt, da der Moment gekommen war, stand sie einfach nur da und war wieder das kleine Mädchen, das jeden Tag damit gerechnet hatte, dass ihre Eltern bei ihr klingeln würden, um sie abzuholen – nur um jeden Tag aufs Neue enttäuscht zu werden. Das Mädchen, das sich so unendlich sehr eine Familie gewünscht hatte, dass sie jedem ihr zulächelnden Erwachsenen vertraut hatte – nur, um von jedem Einzelnen alleingelassen zu werden. Nur um zu lernen, dass es so viel sicherer war, einfach niemandem mehr sein Vertrauen zu schenken.

Savannahs Augen brannten und sie verdrängte ihre Ängste, ihre Unsicherheiten, verdrängte alles, als sie einen Schritt nach vorne machte, tief durchatmete und sagte, was sie schon immer zu ihrer Mutter hatte sagen wollen: „Hallo.“

Matilda Roth schrak zusammen und presste sich eine Hand auf die Brust, als sie zu Savannah aufsah.

„Meine Güte, Sie haben mich erschreckt“, meinte sie kopfschüttelnd.

„Entschuldigung“, sagte Savannah leise, während ihr Blick weiterhin über Matildas Züge huschte. Auf der Suche nach … irgendetwas. „Das wollte ich nicht.“

Irritiert blinzelte die Frau ihr zu. „Und was wollten Sie dann? Kann ich Ihnen irgendwie helfen?“

„Ich …“ Die Worte blieben Savannah im Halse stecken.

„Ja?“ Ungeduldig sah die Frau auf ihre Uhr. „Brauchen Sie eine Wegbeschreibung?“

„Nein“, flüsterte sie. „Ich … sind Sie Matilda Roth?“

Misstrauisch verengte ihr Gegenüber die Augen. „Und wenn ich es wäre?“

„Dann …“ Savannah schluckte, während ihr Herz gegen ihren Kehlkopf sprang. Schließlich flüsterte sie: „Dann würde ich Sie fragen, ob Sie meine Mutter sind.“

Für einen Moment weiteten sich Matilda Roths Augen und ihr Mund öffnete sich verwundert … doch in der nächsten Sekunde wandte sie sich ruckartig ab und öffnete ihren Kofferraum.

„Sie müssen mich verwechseln", sagte sie steif und warf die Tüten, die sie in den Händen gehalten hatte, in den Wagen. „Ich habe keine Kinder."

„Aber Sie hatten ein Kind", murmelte Savannah. „Vor dreißig Jahren."

Matilda schüttelte den Kopf und presste die Lippen aufeinander. „Nein. Es tut mir leid, aber ich kenne Sie nicht und ..."

„Ich bin Savannah Thomas und ich weiß, dass es überraschend kommen muss. Ich wollte Sie nicht überfallen, ich wollte Sie nur ... kennenlernen."

Matilda warf ihr einen kurzen Blick zu, schloss den Kofferraum und drängte sich an Savannah vorbei, um die Fahrertür zu öffnen. Bevor sie einstieg, zögerte sie jedoch noch einmal kurz und wandte sich zu ihr um.

„Ich weiß nicht, was du von mir erwartest", sagte sie mit gesenkter Stimme. „Aber du verschwendest deine Zeit. Ich bin keine Mutter." Wieder schüttelte sie den Kopf. „Ich wollte nie eine Mutter sein. Es hat seinen Grund gehabt, warum ich ... es war besser so für dich, glaub mir. Ich kann kaum für mich selbst sorgen, es war ... besser so."

Und im nächsten Moment schlug sie die Tür zu und schaltete den Motor an. Savannah stolperte einen Schritt zurück, bevor Matilda Roth aus der Parklücke setzte und davonfuhr.

Mit brennenden Augen starrte sie den Rücklichtern nach ... und diesmal war sie nicht das kleine Mädchen, das an ihren Hoffnungen festhielt. Diesmal war sie das große Mädchen, das sich all die Jahre eingeredet hatte, dass es die Liebe seiner Eltern nicht brauchte. Dass es nur mit ihnen sprechen wollte, um mit diesem Teil seines Lebens abzuschließen.

Doch jetzt stand sie hier, starrte in die Dunkelheit, während heiße Tränen sich einen Weg ihr Gesicht hinunter brannten und eine Schwere ihre Brust zerquetschte. Sie starrte der Frau nach, die sie als Baby abgegeben, die sie offensichtlich nicht gewollt hatte ... und Savannah wusste, dass sie sich belogen hatte. Dass sie nie aufgehört hatte zu hoffen, dass sie aus gutem Grund nie mutig genug gewesen war, ihre Eltern zu suchen. Weil die Ungewissheit darüber, wie sie waren, so viel wärmer, so viel besser war als das hier, als die Sicherheit, dass ihre Eltern sie nicht gefunden hatten ... weil sie nie nach ihr gesucht hatten.

***

Coles Schlaf beschränkte sich in dieser Nacht auf vierzig Minuten. Es war merkwürdig. Normalerweise hatte er kein Problem damit, seine Mitarbeiter zurechtzuweisen, aber auf wundersame Weise hatte sich Savannah innerhalb der letzten Monate eine Sonderposition erarbeitet. Sie war nicht nur die Einzige, mit der er geschlafen hatte, sondern offenbar auch die Einzige, die ihm ein schlechtes Gewissen bereiten konnte, ohne es wirklich zu versuchen.

Er war im Recht. Er wusste, dass er im Recht mit dem war, was er ihr an den Kopf geworfen hatte, aber dennoch ... der Blick, den sie ihm zugeworfen hatte, verfolgte ihn bis in seine Träume. Und wenn er ohnehin nur vierzig Minuten schlief, konnte er es sich nicht leisten, in der Zeit auch noch von Albträumen heimgesucht zu werden.

Um sechs saß Cole im Büro – was hatte er zu Hause bitte noch tun sollen – und arbeitete ein paar E-Mails ab, zu denen er noch nicht gekommen war. Schließlich blieb er an einer Nachricht von Rita Montgomery hängen, die sich noch einmal für sein Kommen zu der

Gala und den damit verbundenen Medienansturm bedankte, der einen echten Unterschied gemacht habe.

Cole starrte die Worte an und sank tiefer in seinen Stuhl. Vielleicht hatte Savannah richtiggelegen. Vielleicht war es nicht die Lösung, sich von allen öffentlichen Veranstaltungen abzuschotten. Wenn allein seine Anwesenheit auf einer solchen Gala für so einen positiven Effekt sorgte, sollte er vielleicht öfter über seinen Schatten springen. Nicht nur, wenn seine herrische Angestellte ihn dazu zwang.

Ein paar Stunden später, in denen er ein kurzes Nickerchen auf seiner Tastatur gehalten hatte, beschloss er, dass er Savannah noch eine Chance geben sollte, sich umzuentscheiden. Zweifelsohne hatte sie Sonntag eine überstürzte Entscheidung darüber getroffen, ihn aus ihrem Bett zu werfen. Außerdem war es inakzeptabel, dass ihre persönliche Beziehung Coles Arbeitsleben beeinflusste.

Nein, er würde mit ihr reden. Sich vielleicht ein weiteres Mal entschuldigen – langsam bekam er Übung darin. Savannah war sonst eine so rationale, professionelle Person. Sie würde wissen, was das Richtige war. Und der Sex war einfach zu verdammt gut gewesen, um jetzt damit aufzuhören. Das musste sie doch einsehen!

Cole griff zum Telefonhörer, um sie zu bitten, in sein Büro zu kommen, entschied sich aber noch einmal um. Savannah konnte es nicht leiden, herumkommandiert zu werden. Er sollte wohl besser selbst zu ihr gehen.

Doch als er an ihre Bürotür klopfte, bekam er keine Antwort und als er eintrat, war der Raum leer.

Stirnrunzelnd blickte Cole auf seine Uhr. Es war nach elf. Warum war sie noch nicht hier?

Kurzerhand klopfte er an die Tür neben Savannahs.

Sam Parker saß an seinem Schreibtisch, eine Hand an der Tastatur, eine andere am Telefon, entschuldigte sich jedoch bei seinem Gesprächspartner und legte auf, sobald er Cole entdeckte.

„Hey“, sagte er lächelnd. „Wie kann ich helfen?“

„Wo ist Savannah?“, kam Cole direkt zum Punkt.

Sams Augenbrauen flogen in die Höhe. „Oh, sie kommt heute nicht. Hat sich den Tag freigenommen.“

Misstrauisch verengte Cole die Augen. „Was soll das heißen – freigenommen?“

„Das heißt, dass sie heute nicht arbeitet“, sagte Sam langsam, als sei Cole schwer von Begriff.

War das ihr Ernst? Da erhob er einmal ein wenig die Stimme und schon blieb sie zu Hause?

„Aber ich habe ihr nicht freigegeben“, stellte Cole klar.

„Na ja, also du bist nicht ihr direkter Vorgesetzter – das bin ich – und sie ist nicht verpflichtet, dich darüber in Kenntnis zu setzen, dass sie …“

„Ist mir scheißegal“, unterbrach Cole ihn wirsch. So langsam verlor er die Geduld. „Warum, hat sie gesagt, nimmt sie frei?“

„Persönliche Gründe.“

„*Welche* persönlichen Gründe?“

Sam zuckte mit den Achseln. „Hat sie nicht erwähnt, sie …“

Doch Cole hörte ihm schon nicht mehr zu. Er war bereits zurück auf den Gang getreten und schloss im nächsten Moment die Tür. Damit würde er sie nicht durchkommen lassen! Sie würde nicht vor ihm weglaufen.

Eine Viertelstunde später hielt er einem gerade aus dem Haus kommenden Nachbarn die Tür auf, schlüpfte hinein und nahm zügig die Treppen zu Savannahs Wohnung. Es regnete draußen, und griesgrämig schüttelte er sich die Tropfen vom Mantelkragen, bevor er an ihre Tür hämmerte. Da waren so viele

Emotionen in ihm, und das machte ihn kirre. Er wusste nicht, wohin damit und je mehr er versuchte, sie niederzuringen, desto schlimmer schienen sie zu werden.

Niemand antwortete, doch er konnte deutlich Geräusche aus der Wohnung vernehmen. Grimmig presste er die Lippen aufeinander.

Er war wütend. Er war so unglaublich wütend darüber, dass Savannah ein solcher Feigling war, dass er den Druck seiner Faust auf dem Holz gleich noch ein wenig verstärkte.

„Savannah", rief er. „Ich weiß, dass du da bist, mach die Tür auf."

Keine Reaktion.

„Savannah, hör auf mit dem Mist und öffne die beschissene Tür! Ich will mit dir reden."

Wieder nichts.

„Savannah, muss ich das Holz eintreten?"

Erneut hob er die Hand, doch bevor er gegen die Tür schlagen konnte, wurde diese bereits aufgerissen.

„Hau ab, Cole", fuhr Savannah ihn an. „Ich komme morgen wieder und organisiere dein scheiß Date, aber heute … lass mich einfach in Ruhe."

Er schnaubte, sah zu ihr hinab … und jegliche Wut verpuffte.

Savannah versank in einem großen Strickpulli, die Arme vor ihrer Brust verschränkt, das Kinn aufmüpfig gehoben – doch ihre Wangen waren gerötet, ihre Lippen zitterten und ihre Augen … ihr sonst so starken, funkelnden Augen …

Alles in Cole wurde still.

Für einen Moment blieb sein Herz stehen, bevor es sich abrupt zusammenzog, einen Schlag übersprang und dann weiterstolperte.

„Was ist passiert?", wollte er leise wissen, hob seine Hände und ließ sie um ihr Gesicht gleiten, bevor er sie zu ihren Schultern, ihrer Taille wandern ließ, auf der

Suche nach einer Verletzung, die für Savannahs Gesichtsausdruck verantwortlich sein könnte.

Savannah wandte den Blick ab und stieß seine Hände weg. „Cole, bitte, geh einfach."

„Nein", sagte er schlicht, bevor er wiederholte: „Was ist passiert?"

„Nichts ist passiert, ich habe nur einen schlechten Tag und möchte allein sein", erklärte Savannah, ihre Worte so eng aneinandergedrängt, dass Cole sie kaum verstand.

„Es ist nett, dass du hergekommen bist, ich hoffe, um dich zu entschuldigen. Du hast dich wie ein Idiot verhalten, ist mir egal, okay? Ich verzeihe dir." Er konnte sie schlucken sehen, bevor sie ihm wieder in die Augen sah.

„Lass mich einfach für heute allein, ich komme morgen wieder zur Arbeit."

Ihr Blick war so bittend, so verzweifelt, so flehend ... doch Cole konnte der Bitte nicht nachkommen. Er wusste nicht, was es war, aber Savannah hatte noch nie so verletzlich gewirkt wie in diesem Moment. Ihn überkam ein so starkes Verlangen danach, ihr diesen traurigen Ausdruck vom Gesicht zu wischen, dass es unmöglich war zu gehen.

Stattdessen machte er einen Schritt nach vorne und nahm sie in die Arme. Er drückte sie fest an sich, küsste ihre Schläfe, presste seine Wange auf ihren Scheitel, streichelte ihren Rücken und strich mit der Hand über ihre Haare.

„Egal, was es ist", flüsterte er. „Es wird vergehen. Und du bist alles, aber nicht allein."

Es war, als hätte Savannahs Körper sämtliche Energie verloren. Immer tiefer sackte sie in sich zusammen und hätte Cole sie nicht gehalten, wäre sie womöglich zu Boden geglitten. Ihre Hände verkrampften sich in seinem Hemd, während sie ihr Gesicht in seiner Halsbeuge vergrub. Cole spürte, wie stumme Tränen in seinen Hemdkragen sickerten, und für Momente der Endlosigkeit standen sie einfach nur so da. Unbewegt im Türrahmen, abgeschottet von der Außenwelt. Und mit jeder Träne, die fiel, und mit jedem zitternden Atemzug, den Savannah nahm, schloss Cole seine Arme fester um sie, bereit, sie für immer festzuhalten, solange es ihr nur besserging.

„Du hattest recht", flüsterte Savannah schließlich. „Mit allem. Ich bin eine Heuchlerin. Ich halte Vorträge darüber, wie man sein Leben zu leben hat und folge meinen eigenen Ratschlägen nicht. Weil ich der größte Feigling von allen bin."

„Du bist kein Feigling, Savannah. Du bist die mutigste Frau, die ich kenne", widersprach Cole leise.

Savannah schüttelte den Kopf, während ihre Finger sich tiefer in den Stoff seines Hemdes gruben.

„Nein. Ich tue doch nur so. Ich lasse doch nur alle glauben, dass ich unglaublich tough bin. Dass ich niemanden brauche und allein zurechtkomme. Aber ich werde immer das einsame Mädchen sein, das sich nach einer Familie sehnt und ihren Wunsch nie erfüllt bekommen wird."

Cole schloss die Augen, atmete Savannahs Geruch ein und schüttelte den Kopf. „Du hast bereits eine Familie, Savannah. Du hast Cara. Du hast die Delphies. Du hast Freunde, die dich lieben."

„Es ist nicht dasselbe, Cole. Ich weiß, dass ich nicht allein bin, aber … es ist nicht dasselbe. Und es wird nie dasselbe sein."

Cole hätte ihr gerne widersprochen – doch er konnte sie nicht belügen. Denn sie hatte recht. Wer wusste das besser als er? Wer verstand sie besser als er? Die bedingungslose Liebe der Eltern war nicht zu ersetzen. Er hatte es jahrelang versucht.

„Es wird leichter, Savannah", flüsterte er. „Es wird besser. Du wirst irgendwann deine eigene Familie haben. Du wirst …"

„Ich war da, Cole", unterbrach sie ihn und er konnte ihre zitternden Lippen an seiner Halsschlagader spürten. „Bei meiner Mutter. Und ich dachte, dass es egal ist, wie es ausgeht. Dass ich es nur versuchen müsste. Dass schon so viel Zeit vergangen ist und ich gelernt habe, keine Erwartungen zu stellen. Aber das ist Schwachsinn. Es wird nie leichter. Es wird nie besser. Es wird nie weniger wehtun. Wir vergessen unseren Schmerz nur über die Zeit. Wir lenken uns nur ab und stellen andere Dinge in den Vordergrund. Denn es war nicht egal. Es *ist* nicht egal, dass ich meiner Mutter sage, wer ich bin, sie mir erklärt, dass sie nie Mutter sein wollte und es so besser für mich wäre … und dann fährt. Als wäre nichts passiert. Als wäre ich ein Straßenhund, der um einen Knochen bettelt. Und ja, ich werde darüber hinwegkommen. Ich werde es wieder verdrängen … aber es wird dennoch weiter mein Leben beeinflussen. Es wird dennoch weiter dafür sorgen, dass ich nicht vertrauen kann. Es wird dennoch der Grund dafür bleiben, warum ich unfähig bin, damit abzuschließen, wer ich bin und woher ich komme. Und ich hasse es."

Sie nahm ihren Kopf von seiner Schulter und blickte auf. „Ich hasse es so sehr, Cole. Ich hasse es, dass ich so machtlos bin. Dass es nichts gibt, was ich dagegen tun kann, und dass ich jedes verdammte Mal zurück in ein Loch falle, das doch schon längst hinter mir liegen sollte. Das doch schon längst an Wichtigkeit verloren haben sollte!"

Sanft ließ Cole seine Hände um ihr Gesicht gleiten, bevor er mit seinem Daumen die Tränen auffing, die stumm ihre Wangen hinabfielen.

„Ich weiß", murmelte er und jede Träne, die sich in Savannahs Wimpern verfing, schien in sein Fleisch zu schneiden. „Ich weiß, dass es sich so anfühlt. Als hätten deine Vergangenheit, deine Ängste, deine Probleme ... als hätten sie eine unglaubliche Macht über dich, die du nicht abschütteln kannst. Als würden sie alles bestimmen: was du tust, wer du bist, wie du dich gibst. Und ja, vielleicht ist es so. Aber gleichzeitig machen sie dich zu dem Menschen, der du bist. Und dieser Mensch ist verdammt fantastisch, Savannah. Ich habe mein ganzes Leben lang dagegen angekämpft, der Mensch zu sein, zu dem meine Hintergründe mich gemacht haben. Aber es ist sinnlos. Es macht dich nicht glücklich, zu versuchen, es von dir fortzuschieben. Es erschöpft dich nur. Also akzeptier es einfach. Du bist der Mensch, der du bist, durch die Dinge, die dir zugestoßen sind. Und du wirst immer dieser Mensch sein. Aber du solltest dich deswegen nicht schlecht fühlen. Sei stattdessen stolz darauf, was du trotz allem erreicht hast. Wenn du nicht für alles hättest kämpfen müssen, wärst du dann jetzt so erfolgreich? Wenn du jedem Menschen sofort vertraut hättest, hättest du dann jetzt so enge Freundschaften mit denjenigen, bei denen du es tust? Wärst du so klug, so mitfühlend, so offen, so frei, so verdammt großzügig, wenn dein Leben anders gelaufen wäre? Wenn deine Ängste, deine Probleme, deine Familienumstände dich nicht dazu gemacht hätten? Wärst du glücklicher mit dir selbst, wenn du ein anderes Leben geführt hättest? Nein. Also hör auf, dagegen zu kämpfen. Du bist wunderbar, Savannah. Du bist, wer du bist und Scheiße, Gott sei Dank! Du gibst deinen Ängsten nur Macht, wenn du sie als etwas Schlechtes ansiehst. Du wirst wieder aus dem Loch kommen, Savannah. Und du wirst eine Familie finden, die dich so liebt, wie du es verdienst. Du wirst das alles bekommen. Nicht, obwohl du bist, wer du bist – sondern gerade deswegen."

Savannah sah zu ihm auf und er konnte ihren gleichmäßigen Atem hören, konnte die Tränen spüren, die seinen Daumen hinabliefen, und es schien eine Ewigkeit zu vergehen, bis sie wieder sprach. „Was ist, wenn du falsch liegst?"

Er schüttelte nicht den Kopf. „Das wird nicht passieren. Denn ich habe immer recht", murmelte er, bevor er den Arm um ihre Schultern legte, sie in ihre Wohnung bugsierte und die Tür hinter sich schloss. Er würde heute wohl aus persönlichen Gründen einen Tag freinehmen müssen.

Dreiundzwanzig

„Du musst das nicht tun, Cole.“

„Ich weiß.“

„Okay, es ist nur ... du hasst solche Events.“

„Auch das weiß ich.“

„Aber warum bist du dann immer noch hier?“

„Weil du ohne mich nicht gegangen wärst und ein wenig Ablenkung gebrauchen kannst.“

Sie standen vor dem Eingang zur Bowlingbahn, auf der heute Abend das Gemeinschafts-Event der Delphies stattfinden sollte, das Coach Thompson als „*teamfördernde Maßnahme*“ und Sam als „*beste Publicity überhaupt*“ bezeichneten.

Eigentlich hatte Savannah bereits am Morgen dafür abgesagt, sie hatte sich wirklich nicht danach gefühlt, zusammen mit einer Horde Egomanen bowlen zu gehen. Cole war jedoch der Meinung, dass sie sich von ihrer DNA-Spenderin – er hielt das Wort Mutter für unangebracht – nicht den Tag versauen lassen sollte.

„Savannah“, flüsterte Cole in ihr Ohr und zog sie in den Schatten seines Autos, bevor er sacht die Stelle darunter küsste. „Ich werde nie verstehen warum, aber du stehst auf solche Veranstaltungen. Also werden wir jetzt da reingehen und einen Kunststoffball auf Plastikfiguren werfen.“

Langsam wandte sie sich zu ihm um und blickte hoch in seine Augen. „Dir ist klar, dass die Leute mit dir reden wollen werden, Cole, oder?“

Er verzog das Gesicht. „Aha.“

„Sie werden Smalltalk führen wollen, dich kennenlernen wollen.“

„Ja ...“

„Emma wird dir Ultraschallbilder ihres ungeborenen
Sohnes zeigen. Und Journalisten werden auch da sein.
Sam wird dich dazu zwingen, mit dem Team zu
posieren.“

„Sam macht mir keine Angst.“

„*Ich* werde dich dazu zwingen, mit dem Team zu
posieren.“

Cole seufzte schwer. „Kein Problem.“

Auch wenn sein Gesichtsausdruck ganz andere
Worte vermittelte.

„Kein Problem?“, wiederholte Savannah ungläubig.

„Kein Problem“, bestätigte er, drückte kurz ihre Hand
und stieß sie dann in Richtung des Eingangs, einen ge-
sunden Sicherheitsabstand zwischen ihnen lassend.

Es war besser so. Außerhalb des Schlafzimmers
mussten sie Abstand wahren, damit sich weder die Organisation, noch die Klatschpresse das Maul über sie
zerriss. Und dennoch arbeitete sich von Coles einzelner
Berührung eine Gänsehaut den Weg Savannahs Arm
hinauf und ihren Rücken wieder hinunter, während
sich eine wohlige Wärme in ihrem Inneren ausbreitete.

Den ganzen Tag über war Cole bei ihr zu Hause
geblieben. Er hatte sein Handy ausgeschaltet, das um
den Mittag herum wild vibriert und geklingelt hatte. Er
hatte für sie gekocht und sonst … nur mit ihr geredet.
Sie in den Arm genommen und sie erzählen lassen.
Nicht mehr und nicht weniger.

Und dennoch fühlte sich Savannah, als hätte er so
viel mehr getan. Als hätte er am dunkelsten Tag ein
paar Teelichter entzündet, die alles erträglicher gemacht hatten. Sie wusste nicht, wie er es gemacht hatte.
Im einen Moment hatte pure Verzweiflung und
Einsamkeit ihre Sinne betäubt und im Nächsten hatte
sie sich so sicher und geborgen gefühlt, dass sie in Coles
Armen eingeschlafen war, nur um drei Stunden später
aufzuwachen und Essen auf dem Tisch vorzufinden.

Sie hatte niemanden sehen wollen. Weder Cara, noch einer anderen Freundin hatte sie Bescheid gesagt. Sie hatte geglaubt, dass sie allein sein wollte, aber als Cole vor ihrer Tür gestanden hatte …

Sie verlangsamte ihren Schritt, bis er aufgeholt hatte und es so wirken konnte, als hätten sie sich gerade hier vor der Bowlingarena getroffen, dann murmelte sie: „Du bist ein guter Mann, Cole Panther. Du hast ein Herz aus Marshmallows. Und deine Geschwister können sehr glücklich sein, dich als großen Bruder zu haben, der auf sie aufpasst und es für sie mit der Welt aufnimmt."

Cole räusperte sich. „Ja, es wäre nett, wenn du das gleich vor dem Team anders formulieren könntest."

Sie lachte und hielt ihm die Tür auf. „Angst, dass die Jungs dich nicht mögen werden?"

Schnaubend trat er in das Innere der Halle, in dem es nach Schweißfüßen und Staub roch. „Ich muss nicht gemocht werden, um ein guter Geschäftsführer zu sein."

„Nein … aber du musst auch nicht gehasst werden."

Savannah hörte, wie Cole den Mund öffnete – vielleicht um ihr zu widersprechen –, doch bevor er etwas sagen konnte, drangen zwei Stimmen zu ihnen hinüber.

Sie stammten von Ty und Jake, die an der Ausgabetheke für die Bowlingschuhe lehnten.

„Das ist kein Problem, Mann", sagte Jake gerade und klopfte Ty auf den Rücken. „Manche Männer verlieren in gewissem Alter einfach das Funkeln in ihren Augen."

Ty schnaubte und sah seinen Freund düster an. „Mit meinem Funkeln ist alles in Ordnung, vielen Dank."

Jake sah nicht überzeugt aus. „Alter … die Blondine war heiß. Und du stehst hier mit mir. Was stimmt mit diesem Szenario nicht? Ich meine, nicht dass ich mich nicht geehrt fühle, dass du mich so wertschätzt, aber …"

„*Du* warst es, der *mich* angequatscht hat!"

„Aber", fuhr Jake unbeirrt fort, „die Frage bleibt doch: Warum hast du die Kleine nicht nach Hause genommen und ein kleines Silvesterfeuerwerk mit ihr erschaffen? Es ist offensichtlich, dass du es versucht hast, sie aber nichts von dir wissen wollte. Aber daran können wir arbeiten. Ich kann dir Unterricht geben."

„Oh, bitte nicht", murmelte Savannah und beschleunigte ihren Schritt. Wenn Jake anfing, anderen Spielern *Unterricht* zu geben, hätte sie bald eine Unmenge an Beschwerdebriefen von diversen Cheerleadern auf ihrem Schreibtisch liegen.

„*Ich* war es, der nicht interessiert war, Jake", sagte Ty genervt.

„Aber warum nicht?"

„Weil sie Google für den kleinen Bruder von Einstein hält und meint, es wäre unverantwortlich, dass noch niemand die Sonne durch eine Energiesparlampe ersetzt hat."

Jake grinste. „Ist doch toll! Sie ist offensichtlich umweltbewusst."

„Sie ist strohdumm!"

Stirnrunzelnd neigte Jake den Kopf zur Seite. „Und das ist relevant, weil ...?"

„Weil Ty Klasse hat", unterrichtete Savannah ihn und schlug Jake fest auf den Oberarm. Einfach, weil er es verdient hatte. „Weil er es nicht nötig hat, mit billigen Flittchen nach Hause zu gehen!"

Und er höchstwahrscheinlich in Cara verliebt war.

„Du bist es, der von ihm lernen sollte, Jake. Eines Tages wirst du aufwachen und genug von deinen Bimbos haben. Wenn das der Fall sein sollte – ruf mich an. Dann erzähle ich dir was über die Vorteile *echter* Frauen mit vernünftig großen Gehirnen. Aber bis dahin hast du einfach nicht das Recht, irgendwem

Dating-Tipps zu geben. Also hör auf, den Spielern Flausen in den Kopf zu setzen."

Jake wandte sich zu ihr um, sah genervt zu ihr hinunter ... und riss überrascht die Augen auf, als er Cole erblickte.

„Was zum Teufel tust du hier? Du lässt dich doch sonst nicht dazu herab, dich unters gemeine Volk zu mischen."

Ungerührt begegnete Cole Jakes Blick. „Ich dachte, ich mache heute mal eine Ausnahme."

Jakes Blick flackerte zu Savannah und dann schnaubte er wissend. Den Mund öffnend, stützte er sich auf dem Tresen ab, doch bevor er etwas sagen konnte, kam ihm Cole zuvor.

„Und ich finde nicht, dass Tyler sich um sein Funkeln sorgen muss. Für mich erstrahlen seine Augen wie kleine Diamanten", sagte er trocken.

Savannah fing an zu lachen und auch Ty grinste.

„Siehst du, Jake? Wenn der Boss das sagt, muss es stimmen. Ich habe mein Funkeln nie verloren."

„Über wessen Funkeln reden wir?", mischte sich plötzlich eine weibliche Stimme ein.

Savannah wandte sich um und eine kleine, schmale Blondine in Jeans und Kapuzenpullover gesellte sich zu ihnen, den Blick neugierig auf Cole gerichtet. Sie schien ebenso überrascht wie alle anderen, ihn hier zu sehen.

„Über Tys natürlich, Grace", unterrichtete Jake sie düster. „Meine Augen funkeln wie der Drei-Karat-Ring, den Ryan dir sicherlich bald an den Finger stecken wird."

Grace' Blick wanderte zu besagtem Mann und sie stellte sich auf die Zehenspitzen, um seine Augen näher zu untersuchen.

„Mhm. Du hast recht. Sie sind ganz düster. So, als hätte er seit mehreren Monate keinen Sex mehr gehabt

…“, sagte sie fröhlich, bevor sie sich zu Cole umwandte und die Hand ausstreckte.

„Hey, nett Sie wiederzusehen, Mister Panther. Sie erinnern sich an mich? Ich habe Sie fotografiert. Ich bin Grace, Freundin von Ryan, dem ziemlich besten Catcher der Geschichte der MLB. Und ich werde wütend, sollte er an ein neues Team verkauft werden.“

Perplex ergriff Cole ihre Hand und nickte. „Natürlich erinnere ich mich. Und ich habe nicht vor, Hale …“

„Cole ist heute privat hier“, unterbrach Savannah ihn. „Er wird nicht über Geschäftliches reden, aber ihr dürft ihn alle mit Vornamen ansprechen.“

Ihr Boss hob eine Augenbraue in ihre Richtung.

„Richtig?“, fragte sie scheinheilig.

„Richtig“, sagte Cole, jede einzelne Silbe zäh wie Kaugummi.

Grace ließ ihren Blick zwischen Savannah und Cole hin- und herschweifen, nickte dann jedoch, bevor sie sich wieder an Ty wandte.

„Also, was ist los, Ty?“, wollte sie wissen. „Du lehnst Frauen ab wie die Bank Kreditanträge.“

„Ich bin nicht interessiert“, knurrte er, offensichtlich ernsthaft genervt.

„An Frauen? Das ist gar kein Problem, ich habe gerade den süßesten Eiskunstläufer kennengelernt …“

„Grace! Geh dich in Ryans Leben einmischen.“

„Aber das habe ich doch schon“, sagte sie grinsend. „So sehr sogar, dass *ich* jetzt sein Leben bin.“

„Was hast du überhaupt mit Ryan gemacht?“, wollte Jake wissen und sah sich um. Auch Savannah konnte den Catcher nirgendwo entdecken. „Er hängt doch sonst wie eine Klette an dir.“

Grace winkte ab. „Oh, der lässt sich von der Presse mit Jason fotografieren.“

Jason Collins war einer der neuen Pitcher, der noch grün hinter den Ohren war.

„Warum lässt sich Ryan mit Jason ablichten? Er hasst den Kerl“, stellte Ty verwirrt fest.

„Oh, das ist meine Schuld“, gab Savannah zu und zog eine Grimasse. „Jason hat einen Rassismus Vorwurf am Hals und ich habe ihm gestern gesagt, er soll sich mit Ryan ablichten lassen, um dem entgegenzuwirken.“

„Da haben wir es“, sagte Grace und nickte. „Du kannst von Glück reden, dass die Kerle alle Angst vor dir haben, sonst würden sie nicht so nach deiner Pfeife tanzen.“

„Die Spieler haben Angst vor dir?“, wollte Cole interessiert wissen.

Röte schoss in Savannahs Wangen. Das war kein Gesprächsthema, das sie gerne vertiefen wollte.

„Blödsinn.“

Jake schnaubte. „Natürlich haben wir Angst vor ihr! Sie würde uns mit ihren scheiß High-Heels die Augen ausstechen, wenn wir ihr zu oft gegen den Strich gehen.“

Ja, würde sie. Warum verhielt sich Jake also immer noch wie ein Vollidiot?

Savannah öffnete den Mund, um ihn genau das zu fragen, doch kam nicht dazu. Denn in diesem Moment öffnete sich die Eingangstür und eine hochschwangere Frau mit puterrotem Gesicht und wütend verzogenem Mund kam herein.

„Luke, verdammt!“, fluchte Emma. „Ich habe nicht die Glasknochenkrankheit, ich bin schwanger! Und wenn du mich noch einmal darum bittest, mich doch endlich zu setzen, dann wird unser Kind als Halbwaise aufwachsen ... oder zumindest Einzelkind bleiben, weil du zum Reproduzieren nicht mehr in der Lage sein wirst!“

„Du bist müde, Emma“, sagte Luke, Pitcher der Delphies und Ehemann der zornigen Schwangeren, eindringlich. „Du wirst dich setzen oder wir fahren nach Hause. Das ist die Wahl, die ich dir gebe.“

„Du hältst die Klappe oder du hältst die Klappe! Das ist die Wahl, die *ich* dir gebe!“

Luke fuhr sich mit einer Hand durch die Haare und stieß zischend Luft aus. Sich offenbar die Frage stellend, ob es weise war, eine hochschwangere Frau anzuschreien.

„Wenn das die *echten* Frauen sind, von denen du gerade geredet hast“, murmelte Jake Savannah aus seinem Mundwinkel zu, „dann verzichte ich. Die sehen anstrengend aus.“

Savannah wünschte, sie könnte ihm widersprechen ... aber ja, Frauen waren beizeiten anstrengend. So wie Männer auch.

Emma watschelte geradewegs auf ihre kleine Gruppe zu. Sie war so unglaublich rund, dass es aussah, als könne sie jeden Moment platzen und Savannah musste Luke insgeheim zustimmen – sie sollte sich setzen, bevor genau das passierte. Aber sie war intelligent genug, diesen Gedanken nicht laut auszusprechen.

„Ty“, sagte Emma atemlos und blieb vor dem Short-Stop stehen. „Kann ich dich etwas fragen? Dein Sohn ist doch in einem öffentlichen Kindergarten, oder?“

„Ja“, sagte Ty vorsichtig, sich offensichtlich bewusst, dass jedes Wort gegen ihn verwendet werden konnte.

„Wunderbar! Würdest du meinem freundlichen Ehemann hier erzählen, dass öffentliche Einrichtungen vollkommen in Ordnung sind? Und dass er keinen Kindergarten und auch kein College kaufen muss, um die Bildung unseres Kindes zu sichern?“

Ty kratzte sich hilflos am Kopf. „Ähm ...“

„Wir sind nicht in Deutschland, Emma“, sagte Luke gereizt. „In den USA läuft das alles etwas anders.“

„Ja, in den USA werden in Privatschulen unglaublich viele Drogen verkauft!“, fauchte Emma.

„Da hat sie gar nicht so unrecht“, meldete sich Jake zu Wort. „Bei mir auf der Schule war das ein echtes Problem.“

Alle Blicke fuhren zu ihm herum.

„Du warst auf einer Privatschule?“, wollte Grace verblüfft wissen.

Jake lief scharlachrot an. „Möglich“, sagte er vage.

Neben Savannah schnaubte Cole hörbar, was ihm einen warnenden Blick von Seiten Jakes einbrachte.

Fragend blickte Savannah zu Cole hoch, doch der schüttelte nur leicht den Kopf.

„Siehst du, Luke!“ Emma drückte ihrem Mann den Zeigefinger auf die Brust. „Willst du, dass unser Kind bereits im Kindergarten mit Drogen in Kontakt kommt? Willst du, dass es so endet wie Jake? Willst du das?!“

„Hey, ich bin super und verachte Drogen!“, verteidigte sich Jake sofort.

„Du hast Intimitätsprobleme in der Größe von Alaska und Sex mit Flittchen ist deine Droge“, unterrichtete ihn Emma. „Jetzt sei ruhig, ich spreche mit meinem Ehemann.“

Savannah konnte sehen, wie Lukes linkes Auge anfing zu zucken. Es war offensichtlich, dass es ihm sehr schwerfiel, ruhig zu bleiben.

„Du dramatisierst, Emma“, sagte Luke gezwungen leise.

„Sagt der Mann, der davon überzeugt ist, ich könne durch die Alkoholdämpfe heute Abend dem Baby schaden?“

„Emma ...“

„Sagt der Mann, der alle Buttermesser in Luftpolsterfolie eingewickelt hat, damit ich mich nicht verletze?“

„*Emma!*“

„Sagt der Mann, der den Arzt ruft, sobald ich Schluckauf habe?“

Luke atmete zischend aus und sah hilfesuchend in die Runde.

Ja, das konnte er vergessen. Mit erzürnten Schwangeren diskutierte man nicht.

Der Pitcher murmelte etwas, das sich verdammt nach „Allesamt Schisser" anhörte, bevor er den Mund öffnete. Doch heute war offenbar Tag der Unterbrechungen, denn ein griesgrämiger Ryan, Catcher der Delphies, wählte genau diesen Moment, um ihr Beisammensein zu stürmen.

„Ich hasse Fotos!", fluchte er. „Hasse, hasse, hasse sie … und du bist schuld." Sein Zeigefinger landete in Savannahs Gesicht. „Ich wurde dreimal Held genannt, nur weil du und Sam euren blöden Publicitystunt nutzen wolltet, um die Leute davon zu überzeugen, dass Jason kein Arschloch ist."

Grace gab sich nicht einmal Mühe, ihr Grinsen zurückzuhalten, während sie einen Arm um ihren Freund legte und mitfühlend seine Seite tätschelte.

„Armes Baby. Hat die böse PR-Managerin dich wieder für deinen Körper benutzt?" Mit ihrer freien Hand reckte sie unauffällig den Daumen in Savannahs Richtung.

Ryan sah sie düster an. „Mit dir rede ich nicht, du hast mich einfach so alleingelassen."

„Es war pure Selbsterhaltung. Große Männer machen mich so nervös."

Ryan verdrehte die Augen, beugte sich dennoch zu ihr hinunter, um ihr einen sanften Kuss zu geben. „Ausnahmsweise lasse ich dich damit durchkommen. Weil du süß bist."

Jake prustete trocken. „Ausnahmsweise? Bitte. Du und Luke, ihr seid doch die totalen Pantoffelhelden."

Grace hob die Augenbrauen und sah zu Ryan hoch. „Wieso sagt er das, als sei das etwas Schlechtes?", fragte sie leise. „Ich verstehe ihn manchmal nicht."

Emma seufzte. „Gott, du und Ryan, ihr werdet die süßesten Babys bekommen", schniefte sie und Tränen traten in ihre Augen. Jake und Ty wechselten einen schockierten Blick – und Cole schmunzelte.

Savannah beobachtete ihn aus ihren Augenwinkeln und ja ... eindeutig. Er amüsierte sich. Na, wer hätte das gedacht?

„Oh, sie werden viel süßer als das von Luke und mir", fuhr Emma traurig fort.

Grace sah sie verwundert an. „Was? Nein! Euer Kind wird super süß."

Emma schüttelte den Kopf und lehnte sich enthusiastisch an Luke, der sichtbar schwankte.

„Nein! Ihr werdet tolle Karamell-Kinder kriegen und ich ein Käsekuchenbaby."

„Aber du liebst Käsekuchen!", erinnerte Grace sie.

„Aber ich mag Karamell noch lieber." Wieder schniefte Emma, bevor sie sich an ihren Ehemann wandte.

„Warum bist du nicht schwarz, Luke? Warum bist du so ein Mondgesicht?"

„Ähm ... tut mir leid", sagte Luke vorsichtig.

„Bitte Gott, töte mich jetzt", murrte Jake. „Bevor diese Unterhaltung mich umbringt."

„Jake, sei still", wies Grace ihn an. „Emmas Hormonwelt ist durcheinander."

„Und was interessiert mich das?", wollte der junge Baseman entrüstet wissen. „Sie verhält sich wie ein durchgeknallter Sesamstraßencharakter mit Persönlichkeitsstörung!"

Emma und Grace sogen schockiert die Luft ein. Luke und Ryan stöhnten leise und legten den Kopf in den Nacken – und Savannah lächelte und sah zu Cole, der die Unterhaltung stumm verfolgte, immer noch ein Schmunzeln auf den Lippen. Das Verlangen, sich ebenfalls gegen ihn zu lehnen und seine Hand zu nehmen, machte sich in ihr breit, doch sie ignorierte es.

Ihr Herz wurde mit jeder Minute leichter und Cole amüsierte sich. Das war jetzt gerade wichtiger, als die Gefühle, die in ihr umherwirbelten. Ja, es war eine gute Entscheidung gewesen herzukommen.

***

Cole wusste nicht, ob es eine gute Entscheidung gewesen war, herzukommen. Es war nicht, dass er sich unwohl fühlte ... viel mehr machte ihm zu schaffen, dass genau das Gegenteil der Fall war. Er amüsierte sich mehr als gut. Nicht einmal hatte er das Verlangen gehabt, einfach zu gehen. Die anfängliche Vorsicht und Reserviertheit, die Personen um ihn herum gewöhnlich zur Schau stellten, hatte sich schnell in Wohlgefallen aufgelöst. Das war ungefähr zu dem Zeitpunkt gewesen, als Cole den zweiten Strike in Folge geworfen und Jake ihn inbrünstig einen Wichser genannt hatte. Cole hatte lachen müssen, weil Jake schon immer ein schlechter Verlierer gewesen war, und das hatten alle Umstehenden offenbar als Zeichen gesehen, dass sie wirklich nicht auf Zehenspitzen um ihn herumtänzeln mussten.

Savannah verstand es, immer dann, wenn die Spieler, Agenten oder Trainer auf Geschäftliches zu sprechen kommen wollten, hastig vom Thema abzulenken – weil sie genau zu wissen schien, in welchen Situationen Cole sich unwohl fühlte. Insgesamt war es faszinierend, mit welcher Leichtigkeit sie ihn in die Gruppe integrierte, aber immer dafür sorgte, dass er nicht allzu viel von sich preisgeben musste.

So zog Cole nach anderthalb Stunden tatsächlich in Betracht, doch öfter zu den Team-Events zu kommen, solange Savannah nur dabei war. Savannah, die die Spieler zurechtwies, die Augen verdrehte, wenn er einen trockenen Kommentar von sich gab und flüchtig seine Schulter oder seine Fingerspitzen berührte, wenn sie glaubte, dass niemand hinsah.

„Kann ich die Kugel auch mit beiden Händen rollen?"

Cole blinzelte und blickte auf. Emma stand an der Bahn, eine Kugel in ihren Armen, die von ihrem eigenen runden Bauch jedoch an Größe übertrumpft wurde, und blickte über ihre Schulter zu ihrem Ehemann, der hastig von seinem Sitz aufsprang.

„Emma, du sollst gar nichts machen!", fluchte Luke.

„Ich will mitspielen! Ich langweile mich. Also, ist es beim Bowling erlaubt, den Ball auch mit beiden Händen zu werfen? Ich fürchte, ich kann ihn auch nicht rollen. Ich will mich nicht bücken."

„Nein Schatz, beim Bowling wird nur eine Hand benutzt."

„Warum?"

„Weil die Bowlingkugel extra drei Löcher hat. Die sind für die Finger einer Hand."

„Na und? Mein Kopf hat auch drei Löcher. Das heißt nicht, dass du ihn als Bowlingball nehmen sollst."

„Man bowlt nun mal mit einer Hand!"

„Und wer sagt, dass ich nicht die Erste sein kann, die sich diesem Zwang widersetzt?"

„Emma", sagte Luke, sichtlich um Geduld bemüht. „Ich wiederhole: Wenn es nach mir ginge, würdest du überhaupt nicht spielen, also ... "

„Ich bin schwanger, nicht unsportlich!"

„Na ja, also wenn man es genau nimmt ... "

Demonstrativ wandte Emma Luke ihren Rücken zu und warf den Ball. Mit einem lauten *Klonk* hüpfte er auf die Bahn und rollte in Zeitlupe nach vorne, bis er einen einsamen Kegel aus dem Weg kickte.

Emma schien jedoch etwas anderes gesehen zu haben als Cole, denn sie streckte triumphierend die Arme in die Luft und sah mit glühendem Gesicht zu ihrem

Ehemann hinauf. „Hast du das gesehen, Luke?! Ich habe einen Dingsbums umgeworfen!“

Cole verengte die Augen und beobachtete den sonst so unnachgiebigen und im Spiel stets konzentrierten Pitcher dabei, wie sein Gesicht einem Marshmallow über heißem Feuer gleich schmolz. Er schloss seine Frau in die Arme und versicherte ihr, wie talentiert sie sei. In seinem Blick lag eine solche Nähe, eine solche Zuneigung, eine solche *Liebe,* dass er das Gesicht abwenden musste. Denn es war die Art von tiefer Liebe, die Cole für Einbildung und Schwachsinn hielt.

Er hatte nie so angesehen werden wollen. Zu viele Erwartungen, zu viel Druck, schwangen in den Blicken mit, die Emma und Luke austauschten, aber dennoch ...

„Du schläfst mit ihr, oder?“

Abrupt zuckte Cole zusammen und wandte den Kopf nach rechts.

„Was?“, fragte er verwirrt.

„Ob du mit ihr schläfst“, wiederholte Jake und streckte die Beine aus.

„Nein, natürlich nicht. Sie ist mit Luke verheiratet“, erinnerte ihn Cole.

Jake schnaubte und sah ihn düster an. „Ich spreche von Savannah. Der Frau, die du schon den ganzen Abend lang ansiehst, als würdest du sie gerne direkt auf einem dieser Stühle neh-“

„Halt die Klappe, Jake!“

„Das nehme ich dann als Ja. Was dich zu einem Arschloch macht. Willkommen im Club.“

Cole verengte die Augen und fixierte seinen Freund kühl. „Willst du mir jetzt einen Vortrag darüber halten, wie man Frauen richtig behandelt? *Du?*“

„Gott nein“, prustete Jake. „Ich habe nur nicht damit gerechnet, dass du jemals so scheiße sein würdest, mit den Gefühlen deiner besten Mitarbeiterin zu spielen.

Hab' dich sonst immer für einen anständigen Kerl gehalten. Deshalb die Bezeichnung als Arschloch."

Mit knackendem Kiefer wandte Cole sich ab. Er kochte vor Wut. Aber er wollte nicht riskieren, seinen talentiertesten Schlagmann zu verletzen.

„Ich habe keinen Schimmer, wovon du redest", log er.

„Von Savannah", wiederholte Jake irritiert. „Alter, konzentrier dich."

„Zwischen mir und Savannah ist nichts", sagte Cole scharf und senkte seine Stimme. „Du fantasierst."

„Natürlich. Und warum bist du noch gleich hier?"

„Weil ..." Er verstummte.

„Eben", meinte Jake und klopfte ihm auf die Schulter. „Weil du wieder mit ihr ins Bett willst."

Cole presste die Lippen aufeinander.

Wollte er wieder mit Savannah schlafen? Scheiße, ja! Er war nicht tot. Aber heute Abend war es um nichts Sexuelles gegangen. Savannah war verletzt gewesen. Er hatte sie ablenken und vielleicht etwas aufheitern wollen. Da war nichts dabei.

„Jake, Savannah ist meine Angestellte. Sie weiß, was sie tut. Ich mag sie. Aber mehr ..."

„Natürlich *magst* du sie", unterbrach Jake ihn. „Das ist uns allen seit einem Jahr mehr als klar. Alter, die Spieler benutzen Savannah seit Monaten als Geheimwaffe. Weshalb glaubst du, gehen alle Spieler zu ihr, wenn sie was von dir wollen? Weil sie wissen, dass du eine Schwäche für sie hast. Aber gerade weil du sie magst, habe ich fest damit gerechnet, dass du sie in Ruhe lässt. Weil du mit Gefühlen nicht klarkommst. Jetzt ist es natürlich zu spät, aber könntest du mir einen Gefallen tun und ihr Herz sanft brechen? Ich fürchte nämlich, dass ich sonst derjenige sein werde, der unter ihrem Zorn wird leiden müssen."

„Niemand kriegt das Herz gebrochen", knurrte Cole.

„Wenn du das sagst", meinte Jake, doch seine Stimme triefte vor Unglauben. „Aber hey, das nächste Mal, wenn du mir vorwirfst, eine Frau auszunutzen, denk an diesen Moment zurück und erinnere dich daran, dass du keinen Deut besser bist als ich."

„Ich nutze sie nicht aus", sagte Cole abgehackt und fragte sich gleichzeitig, warum er sich von Jake provozieren ließ. Er kannte ihn sein ganzes Leben lang, er sollte es besser wissen als auf seine dummen Sprüche anzuspringen.

„Natürlich nicht", sagte Jake mitleidig und stand auf. „Du bist ein Gentleman. Schläfst mit einer Frau, die du wegwerfen wirst, sobald du dein perfektes Eheweib gefunden hast. Heldenhaft, das bist du. Schön, dass du Privates von Geschäftlichem getrennt hältst."

Im nächsten Moment war der Baseman verschwunden und ließ Cole mit einem bitteren Gefühl im Magen zurück.

Er mochte es nicht, dass Jake so über Savannah redete. Als sei sie ... ersetzbar. Eine x-beliebige Frau, mit der Cole schlief. Denn das stimmte nicht. Sie war mehr als das. Sie war eine verdammt gute Freundin geworden – eine Freundin, die genau wusste, auf was sie sich mit ihm eingelassen hatte. Eine Freundin, die ihn Sonntag abgesägt hatte! Der Gedanke, dass er Savannah das Herz brechen könnte, war absurd. Darüber musste er sich wirklich keine Sorgen machen.

Dennoch ... mit einer Sache hatte Jake recht: Cole hatte Privates sonst immer strikt von dem geschäftlichen Bereich seines Lebens getrennt. Und es war besser, zu diesem Punkt zurückzukehren. In zwei Wochen wurde er vierunddreißig. Bis dahin hatte er eine Freundin haben wollen, die als Ehefrau taugte. Savannah mochte ihn zeitweilig mit ihrem Körper, ihrem Witz und ihrer Intelligenz abgelenkt haben, aber er würde sich wohl oder übel wieder auf seinen ursprünglichen Plan konzentrieren müssen.

Savannahs Lachen driftete zu ihm hinüber. Sie stand an der Bowlingbahn und unterhielt sich mit Cara, die Arme über den Kopf gehoben, sodass ihr T-Shirt ihren Bauch hinaufrutschte und einen Streifen nackter Haut preisgab. Einen Streifen Haut, über den Cole seine Finger, seinen Mund, seinen …

Morgen.

Morgen würde er sich auf seinen ursprünglichen Plan konzentrieren. Heute Nacht würde er noch für Savannah da sein. Aus vollkommen uneigennützigen und nicht sexuellen Gründen.

Und als er aufstand und zu ihr hinüberschlenderte, fühlte er sich bei seiner offensichtlichen Lüge nicht einmal schlecht.

***

„Gott, ich bin so fett", stöhnte Emma und strich sich abwesend über ihren Bauch.

„Natürlich bist du fett", sagte Luke irritiert. „Du bist schwanger. Es wäre besorgniserregend, wenn du nicht fett wärst."

Oh Luke!

Mitleidig blickte Savannah zu dem sicherlich bald toten Pitcher.

„Ich glaube, ich will die Scheidung", sagte Emma schlicht und funkelte ihren Ehemann im fahlen Licht der Parkplatzlaterne an. „Ach was, ich lass die Ehe annullieren! Der Richter wird verstehen, dass ich sie offensichtlich nicht alle hatte, als ich *Ja, ich will* von mir gegeben habe."

Verständnislos sah Luke zu ihr hinab.

„Habe ich was Falsches gesagt?", wollte er ahnungslos wissen.

„Sag einfach nichts mehr, Mann“, empfahl ihm Ty, der sich mit verschränkten Armen gegen seinen Wagen lehnte.

„Aber … “

„Hör auf ihn, Luke“, warf nun auch Cara ein und sah ihn warnend an.

„Meinetwegen“, schnaubte Luke und gab der widerstrebenden Emma einen Kuss auf die Wange. „Lass uns fahren. Du siehst müde aus.“

Sie waren die Letzten auf dem Parkplatz. Der Rest war schon gefahren, nur Cole und Sam waren noch im Inneren der Arena, um dem heute anwesenden Journalisten eine Schweigeklausel unterzeichnen zu lassen, was private Gesprächsfetzen anging, die er an diesem Abend möglicherweise überhört hatte.

„Schön“, sagte Emma, umarmte erst Cara, dann Ty und schließlich Savannah, bevor sie Lukes Hand nahm. „Komm, mein sozialer Dummkopf. Ich kann dir im Auto erklären, wie du mich gerade beleidigt hast.“

„Beleidigt?“, fragte Luke verwirrt. „Inwiefern habe ich dich …“

Emma fing an zu lachen und zog seinen Handrücken an ihren Mund, um ihn zu küssen.

„Gott ich liebe dich, Lucky. Kommt gut nach Hause, Leute“, sagte sie an den Rest gewandt und verschwand mit dem perplex dreinschauenden Luke in der Dunkelheit.

„Männer“, meinte Cara kopfschüttelnd.

„Hey! Ich hab’ verstanden, warum Emma sich beleidigt gefühlt hat“, beschwerte sich Ty.

Caras Mundwinkel zuckten. „Wow. Das ist ganz, ganz toll. Ich back’ dir morgen Kekse.“

Ty grinste und Savannah konnte sehen, wie seine Hand nach ihrer suchte und die Finger mit ihren verschränkte. „Darauf werde ich zurückkommen.“

Savannahs beste Freundin verdrehte die Augen, doch ihr Mund verzog sich zu einem Lächeln und Savannah entging nicht, dass sie einen Schritt auf Ty zumachte. Sie hatten den ganzen Abend die Finger voneinander gelassen, weil, Zitat Cara, sie immer noch im Probelauf waren und es keiner der Jungs wissen sollte. Dabei waren die Blicke, die sie die letzten Stunden über ausgetauscht hatten, mehr als eindeutig. Einzig und allein Jake war zu blind, um es zu merken.

„Brauchst du eine Mitfahrgelegenheit?", wollte Cara von Savannah wissen und nickte zu Tys Auto.

Savannahs Blick flackerte zum beleuchteten Eingang der Bowlinghalle.

„Ähm …"

„Schon klar", sagte Cara und wandte sich an Ty. „Würdest du dich schon einmal ins Auto setzen?"

Tys Augenbrauen flogen in die Höhe. „Weil …?"

„Weil du morgen Kekse haben willst."

„Ah." Er nickte, grinste kurz, drückte dann Caras Hand und verschwand auf dem Fahrersitz.

Die zwei Freundinnen standen sich gegenüber. Savannahs Blick war fragend, Caras zögerlich.

Die Rothaarige strich sich fahrig die Haare aus der Stirn, bevor sie langsam sagte: „Ich muss dich etwas fragen, Savannah, und ich will, dass du ehrlich bist."

Verblüfft hob Savannah die Augenbrauen. „Natürlich. Wenn es darum geht, was ich von Ty halte, ich finde, er gibt sich wirklich Mühe und …"

„Nein, es geht nicht um Ty", meinte Cara hastig. „Es geht um Cole."

„Oh."

„Ja, Savannah, hast du dich in ihn verliebt?"

Savannah hatte mit allem gerechnet, aber nicht mit dieser Frage. Verblüfft öffnete sie ihren Mund, nur um kurz darauf den Kopf zu schütteln.

„Nein, ich … ähm … wie kommst du darauf? Wir hatten Spaß zusammen, aber eigentlich habe ich unsere Affäre Sonntag beendet.“

„So sah das heute Abend aber nicht aus“, sagte Cara vorsichtig und berührte sie sacht am Arm. „Ich kenne dich, Savannah. Du denkst, dass du immun dagegen bist, dich zu verlieben, aber …“ Sie seufzte leise. „Ich halte das für Schwachsinn. Und ich mache mir Sorgen darum, wie es enden soll, wenn du dich wirklich in Cole Panther verliebt hast, den emotional distanziertesten Mann, den ich kenne.“

Unruhe erfasste Savannah und hastig schüttelte die den Kopf. „Du machst dir Sorgen um nichts, wirklich. Cole ist ein Freund geworden, das ist alles.“

„Ein Freund, mit dem du jetzt gleich nach Hause fahren wirst, um nackte Dinge zu tun?“

Hitze floss ihr in die Wangen. „Nein. Ein Freund, der mich zu Hause absetzen und dann wieder fahren wird.“

„Okay. Wenn du das sagst.“

Entschlossen nickte Savannah. Niemand war so dumm, sich in Cole Panther zu verlieben. Vor allem niemand, der sich seine endlosen Tiraden über die schwachsinnige Emotion namens Liebe hatte anhören müssen.

„Ich will nur nicht, dass du verletzt wirst, Savannah“, sagte Cara schlicht und umarmte sie zum Abschied.

Fünf Minuten später stand Savannah alleine auf dem Parkplatz und starrte auf ihre Füße. Caras Worte schwebten immer noch in ihrem Kopf herum und trieben ihren Puls in die Höhe.

Liebe.

Woher sollte man wissen, ob man verliebt war?

Sie hatte keine Ahnung. Sie war noch nie verliebt gewesen. Wie sollte sich Liebe schon anfühlen? Sie war immer davon ausgegangen, dass sie es schon merken würde, sollte es tatsächlich irgendwann einmal soweit sein.

Eine dunkle Gestalt löste sich aus dem Eingang der Bowlingarena und das Herz hüpfte ihr in den Hals. Sie erkannte Cole, bevor die erste Laterne sein Gesicht erhellte. Erkannte seinen festen, bestimmten Gang. Seine Art, sich mit den Handknöcheln übers Kinn zu fahren.

Unbewusst leckte sie sich über ihre plötzlich trockenen Lippen und nahm Sam und eine andere Gestalt, die ebenfalls erschienen waren, die Hand hoben, und sich von Cole verabschiedeten, kaum wahr. Die Schemen blickten auch gar nicht in ihre Richtung, vielleicht hatten sie sie gar nicht gesehen. Coles Blick jedoch landete so zielsicher auf ihrem Gesicht wie ein Psychopath in der Klapse. Ein Lächeln stahl sich auf seine Lippen und Savannahs Herz sprang gleich noch einmal in die Höhe.

„Hey", sagte sie und hasste es, wie atemlos ihre Stimme klang.

„Hey, wartest du auf jemanden?", wollte er gespielt verwundert wissen.

„Auf meine Mitfahrgelegenheit."

„Welch ein Glück, dass ich dir freundlich gesinnt bin und dich nicht einfach hier stehen lasse", murmelte er und strich ihr gedankenverloren eine lose Haarsträhne hinters Ohr.

Hitze brannte sich in ihr Inneres, schwappte durch ihren Oberkörper, flutete ihre Fingerspitzen.

„Danke, Cole", flüsterte sie.

Er nickte fest und ließ seinen intensiven blauen Blick weiterhin auf ihrem Gesicht ruhen, so als wisse er, dass sie sich nicht dafür bedankte, dass er sie mitnahm.

Momente der Ewigkeit verstrichen. Flogen an ihr vorüber, wärmten ihr Herz, ließen alles um sie herum weich und sanft werden – bis sie ihn an seiner Krawatte packte, zu sich hinunterzog und küsste.

Sie ließ ihre Finger in seine weichen Haare fahren, spürte seine raue Wange unter ihrer Handfläche, seine sanften Lippen auf ihren, während sie alles in den Kuss legte, was sie in diesem Moment empfand. All das Verlangen, all die Dankbarkeit, all die Wärme, die ihren Herzschlag antrieb, alles, was sie ihm nicht sagen konnte.

Ihre Augen fingen an zu brennen, als Coles Arm sich fest um ihren Rücken legte, sie auf die Zehen zog und seine Hand ihr Gesicht umschloss. Die Berührung war so zärtlich, so intim, dass Savannah für einen kurzen Augenblick den Boden unter den Füßen verlor. Zärtlichkeit wurde zu Verlangen, Verlangen zu unerträglicher Hitze. Eine Hitze, die Savannahs Zehennägel aufrollte, ihr den Atem raubte und zwischen ihr und Cole in der Luft hängenblieb, wie ein Schleier aus Gier, die niemals gestillt werden konnte.

Ihre Hände schoben seinen Mantel auseinander, zogen das Hemd aus seiner Hose und fuhren über seinen harten Bauch, seine Brust und wieder tiefer.

Und mit jedem Kuss, mit jeder Berührung, mit jedem keuchenden Atemzug wurde die innere Wärme in Savannahs Körper unerträglicher und das unruhige Gefühl, das ihr Herz befiel, stärker.

Denn sie war dumm.

Sie war nicht immun. Und auch wenn sie das Gefühl nicht gekannt hatte, jetzt, wo es da war, wusste sie, wie problematisch es werden würde, es wieder loszuwerden.

Sie schloss die Augen, verharrte in ihrer Pose, presste ihre Lippen auf Coles Schlüsselbein, die Hände auf seine heiße Haut, während die Worte wie von selbst den Weg in ihren Kopf fanden. So simpel, so wahr, so fatal.

Ich liebe dich.

Denn natürlich liebte sie ihn. Wie könnte sie nicht?

Doch sie sprach die Worte nicht aus. Sie wären an ihn verschwendet gewesen. Weil Cole sie nicht zurücklieben konnte. Weil er es nie zulassen würde.

„Alles okay?", fragte Cole leise und sie spürte seine Finger an ihren Wangen.

Zitternd atmete sie ein und aus, bevor sie ihren Kopf hob und ihn ansah.

„Komm mit mir nach Hause", forderte sie leise.

Morgen würde die Realität über sie hereinbrechen. Für heute würde sie blind bleiben.

Vierundzwanzig

Als Savannah am nächsten Morgen aufwachte, war sie froh, dass Cole nicht mehr neben ihr im Bett lag. Er war um sieben gegangen. Hatte sie geküsst, ihr gesagt, dass sie sich diesen Tag noch freinehmen solle und er in der Mittagspause vorbeikommen würde.

Savannah richtete sich im Bett auf und wusste, dass sie nicht zu Hause bleiben würde. Genauso wie sie wusste, dass sie so nicht weitermachen konnte. Heute Abend war Coles nächstes Date – und sie würde ihm ganz bestimmt nicht dabei zusehen, wie er mit anderen Frauen ausging. Wie er charmant und zuvorkommend war, wie er das Arschloch abstellte, das sie in den letzten Wochen zugegebenermaßen kaum zu Gesicht bekommen hatte.

Seufzend vergrub sie das Gesicht in den Händen, sich vollauf bewusst, dass sie die Situation, in der sie steckte, mehr hasste als jede andere ihres Lebens. Und sie hatte bereits in den Kleidern ihres Pflegebruders zur Schule gehen müssen und einem Klienten sagen müssen, dass er stank und er öfter duschen müsse. Doch die Sache mit Cole …

Sie führte eine Hand zu ihrer Stirn, rang die Tränen nieder und schluckte. Ihr war glasklar, was sie tun musste. Es würde wehtun, doch es war besser so. Coles selbstgesetzte Frist lief in zwei Wochen ab und je eher er seine perfekte Ehefrau fand, desto leichter würde es Savannah fallen, über ihn hinwegzukommen. So war zumindest ihre Theorie.

Zögerlich stand sie auf und lief zu ihrem Computer. Dann druckte sie das Dating Profil von Kimberly Freckle aus.

Durch das Glas hindurch konnte sie Cole bereits von weitem erkennen. Wie er mit gesenktem Kopf über seinem Schreibtisch saß, das Telefon an einem Ohr, die Hand auf der Maus des Computers.

Eine Schwere senkte sich auf Savannah hinab, die versuchte, sie zum Umkehren zu zwingen. Die ihr zuflüsterte, dass sie diesen Moment noch ein paar Tage hinauszögern könnte. Doch sie gab dem Drang nicht nach. Wenn das Zusammentreffen mit ihrer Mutter ihr etwas gezeigt hatte, dann war es, dass es nicht leichter werden würde. Dass Zeit nicht mehr Mut mit sich brachte.

Bevor sie es sich anders überlegen konnte, klopfte sie an, den Bogen Papier in ihren Händen fest umklammernd.

Cole blickte von seinem Computer auf und hob überrascht die Augenbrauen. Schließlich sagte er etwas ins Telefon, legte auf und winkte sie herein.

Seine Anzugjacke hing über seinem Stuhl, seine Krawatte locker um seinen Hals, während er die Ärmel seines weißen Hemdes an seinen Unterarmen hochgekrempelt hatte. Die kurzen, schwarzen Haare standen zu allen Seiten von seinem Kopf ab und er sah aus, als sei er gerade aus dem Bett aufgestanden. Das wusste sie, weil sie in den letzten Wochen oft für diese Frisur verantwortlich gewesen war.

Er hätte durcheinander aussehen sollen. Er hätte müde aussehen sollen, denn mehr als vier Stunden Schlaf hatte er gestern nicht bekommen. Aber dem war nicht so. Er sah wie immer gefasst, vollkommen kontrolliert und zum Niederknien gut aus. Es war so typisch für sie, dass sie sich in ihn verliebt hatte. Schon immer hatte sie haben wollen, was sie nicht haben konnte. Aber mit Cole Panther hatte sie den Vogel wirklich abgeschossen.

„Hey", sagte sie und ließ die Tür hinter sich zufallen. „Kann ich kurz mit dir sprechen?"

„Solltest du nicht zu Hause sein?", fragte er stirnrunzelnd und lehnte sich in seinem Stuhl zurück.

„Ja, ich gehe gleich auch wieder, aber ... ich wollte mit dir reden."

Coles Augenbrauen trafen sich über seiner Nasenwurzel, und er nickte langsam. „Das hört sich ernst an."

Savannah versuchte sich in einem Lächeln, doch es wollte ihr nicht ganz gelingen.

„Nein, keine Sorge, ich ..."

Vorsichtig machte sie einen weiteren Schritt auf den Schreibtisch zu, holte Luft, schloss die Augen. Sie wollte nicht länger ein Feigling sein.

„Ich wollte dir nur sagen, dass ich nicht mehr nach einer Ehefrau für dich suchen werde. Ich weiß, eigentlich geht der Vertrag noch über die nächsten vierzehn Tage, aber ...ich kann das nicht mehr."

Zitternd atmete sie ein, und ihre Mundwinkel zuckten müde. Doch sie fuhr fort, bevor sie den Mut verlor.

„Ich fürchte, ich habe mich innerhalb der letzten Wochen in dich verliebt", murmelte sie. „Und ich will dir nicht dabei zusehen, wie du mit anderen Frauen ausgehst. Ich brauche ein wenig Abstand von dir, nur für ein paar Wochen, bis meine Gefühle für dich abgeklungen sind. Vielleicht ist es also besser, wenn du in nächster Zeit mit deinen Anliegen zu Sam gehst. Wenn ich über meine schwachsinnige Schwärmerei für dich hinweggekommen bin, können wir so weitermachen wie zuvor."

Sie holte erneut tief Luft und legte den Bogen Papier vor ihn auf den Tisch.

„Allerdings habe ich die perfekte Heiratskandidatin für dich gefunden und ein Treffen mit ihr vereinbart. Sie erwartet dich heute Abend um sieben bei meinem

Italiener. Also ..." Sie machte einen Schritt zurück. „Ja, das war es."

Als sie aufblickte, bemerkte sie, dass Cole sie anstarrte. Den Mund leicht geöffnet, das Gesicht eine Maske des Unverständnisses.

„Bitte *was*?", fragte er fassungslos.

Hitze stieg in Savannahs Wangen und sie schüttelte hastig den Kopf. Sie konnte ihre Worte nicht wiederholen. Es war schwierig genug gewesen, sie einmal auszusprechen.

Sie räusperte sich. „Es ist keine große Sache, wirklich. Nur eine kleine Dummheit meinerseits, aber ich werde schon drüber hinwegkommen."

„Du bist in mich *verliebt*?", wiederholte er und stieß sich vom Schreibtisch ab, sodass sein Stuhl rückwärts rollte.

Savannahs Hals zog sich zu und es kostete sie einiges an Anstrengung zu nicken.

„Ja, ich fürchte schon."

„Was zum Teufel soll das?", wollte er ungläubig wissen und stand auf.

Überrascht öffnete sie ihren Mund und stolperte einen Schritt zurück, als er um den Schreibtisch herum auf sie zukam.

„Ich ... keine Ahnung, ich wollte nur ehrlich sein. Damit du verstehst, dass ich unseren Vertrag nicht erfüllen kann."

„*Verliebt*? *Du*?" Er sprach das Wort aus, als sei es ein Schimpfwort.

„Na ja ..."

„Du sagtest, dass dir das nie passiert!"

„Nun, das ist es auch nicht. Bis jetzt."

Cole verengte die Augen und schüttelte den Kopf, während er sich gegen seinen Schreibtisch lehnte, die Arme vor der Brust verschränkt. „Das kann nicht dein Ernst sein."

Verwirrt blinzelnd starrte sie in seinen intensiven, unzufriedenen, eisblauen Blick.

„Nun ... doch. Glaub mir, ich habe das nicht geplant, ich bin auch nicht glücklich über den Intelligenzquotienten meines Herzens, aber was soll ich denn machen, ich ...“

„Damit aufhören!“, forderte Cole wütend und trat einen Schritt auf sie zu. „Du kannst nicht in mich verliebt sein. Ich bin absolut falsch für dich!“

Ruckartig schlossen sich seine Hände um ihre Oberarme. „Savannah, ich kann dir nicht geben, was du willst. Und ganz bestimmt nicht geben, was du verdienst. Und das weißt du. Wie kannst du da dämlich genug sein, emotional in mich zu investieren?“

Sie schnaubte und schlug seine Hände weg.

„Oh bitte, Cole“, fuhr sie ihn zornig an. „Hör doch auf mit deiner beschissenen, heiligen Samariter-Scharade. Wenn du nicht mit mir zusammen sein willst, dann ist das okay. Herrgott, ich nehme es dir nicht einmal übel. Ich habe nichts anderes erwartet. Mir ist bewusst, dass ich deinen Ansprüchen nicht gerecht werde und dass du nach allem außer einer emotionalen Bindung suchst. Aber hör auf, zu versuchen, mir einzureden, dass du mir einen Gefallen damit tust, keine Beziehung mit mir einzugehen! Und verdammt, hör auf, dir einzubilden, dass du für eine Frau in deinem Leben keine emotionalen Kapazitäten erübrigen kannst! Natürlich bist du genug für mich. Natürlich kannst du mir geben, was ich will und was ich verdiene. Du hast es die ganzen letzten Wochen über getan.“

Sie machte einen weiteren Schritt zurück, verschränkte die Arme vor ihrem Körper und versuchte sich zu beruhigen. Sie atmete tief ein und aus. „Aber ich verstehe, dass du nicht über deine Angst, mich zu enttäuschen, hinwegsehen kannst“, flüsterte sie schließlich. „Du willst nicht noch die Verantwortung dafür

tragen, mich lieben zu müssen. Du hast genug Verantwortung deiner Familie gegenüber. Das ist okay, Cole.
Ich erwarte nichts von dir. Ich wollte dir nur sagen, wie
ich empfinde. Damit du verstehst, dass ich –"

„Was für ein Schwachsinn!", schnauzte Cole sie an.
„Wie kannst du mir sagen, dass du mich liebst, dass ich
die Fähigkeit habe, dich glücklich zu machen und im
selben Atemzug behaupten, dass du keine Erwartungen
an mich hast? Dein ganzer Auftritt hier ist eine einzige
große Erwartung."

„Nein", widersprach sie sofort. „Es ..."

„Doch, natürlich!", unterbrach er sie unwirsch und
fuhr sich fahrig mit der Hand durch die Haare. „Du
erwartest, dass ich es okay finde, dass du unseren Vertrag brichst. Du erwartest, dass ich Abstand von dir
halte. Du erwartest, dass ich ein scheiß Verständnis
dafür aufbringe, dass du zurzeit nicht mit mir arbeiten
kannst, weil ich dein beschissenes Herz breche!"

Ungläubig öffnete sich ihr trocken gewordener
Mund.

„Ich habe nie gesagt, dass du mein Herz brichst. Ich
brauche nur etwas Zeit ..."

„Um über mich hinwegzukommen! Das hört sich für
mich verdammt wie ein Herzbruch an."

„Ich ..."

Was passierte hier gerade?

„Was regt dich denn so auf?", wollte sie verwirrt wissen. „Ich mache es dir doch einfach. Ich mache dir
keine Vorwürfe, ich ..."

„Einfach?!", schrie er und Savannah erschrak so sehr,
dass sie automatisch einen Schritt zurücksprang. „Ich
verliere meine beste Freundin dadurch, dass sie sich
plötzlich einbildet, in mich verliebt zu sein und das
Ganze soll *einfach* für mich sein?"

Zornig funkelte er sie an und Savannahs Augen
weiteten sich. Vollkommen verblüfft blickte sie ihn an.

Dieses Gespräch verlief ganz anders, als sie es sich vorgestellt hatte. Sie hatte fest damit gerechnet, nach einer Minute wieder aus diesem Büro zu sein.

„Gott ..." Beide Hände versanken in Coles Haarschopf, während er unruhig auf und ab ging. „Ich hätte es wissen müssen", murmelte er düster. „Natürlich kann ich nicht alles haben. Natürlich ..."

„Aber du kannst doch alles haben!", fuhr Savannah ihm dazwischen. „Du könntest *mich* haben. Wenn du endlich deine Angst vergessen würdest, könntest du alles haben, was sich jeder Mensch wünscht, du Vollpfosten! Die Welt arbeitet nicht gegen dich. *Du* arbeitest gegen dich. Du glaubst, keinen Platz für Liebe zu haben, aber das ist Schwachsinn. Du liebst deine Familie so sehr, dass du ihre Frustration, ihre Wut, all ihre Probleme auf deine Kappe nimmst, nur um es deinen Geschwistern leichter zu machen! Wie kannst du da denken, dass du nicht genug Liebe zur Verfügung hast? Du hast Massen davon! Du hast nur Angst vor ihr. Und wenn du mich nicht lieben kannst, dann gib dir doch zumindest eine Chance, dich in jemand anderen zu verlieben."

Hitze stieg Savannah in die Wangen und sie wusste, dass sie gerade ihr eigenes Unglück besiegelte, aber sie konnte nicht anders! Denn Cole würde nicht glücklich werden, wenn er weiter darauf beharrte, eine Beziehung ohne Emotionen zu führen. „Vergiss mich, nimm von mir aus irgendeines der Blondchen aus dem Internet, aber gib dir eine Chance, dich zu verlieben!"

Ihre Stimme wurde immer lauter, doch es war ihr egal.

„Gib dir eine verdammte Chance, glücklich zu sein, denn das hast du dir verdient! Und hör auf, dir einzureden, dass die Welt ein so mieser und unfairer Ort ist, dass es auf ihr keinen Platz für wahre Liebe gibt. Denn das stimmt nicht! Diese Einstellung benutzt du doch nur, um dich nicht verletzlich zu machen! Weil deine verdammten Eltern dir beigebracht haben, dass dies die bessere Lösung ist. Aber sie liegen falsch!"

Cole hielt in seinem Gang inne und starrte sie an. Seine Brust hob und senkte sich schwer, und die Zeit floss zäh wie Honig dahin, bevor er langsam nickte.

„Schön", sagte er ruhig. „Dann heirate ich eben dich."

„Was?" Sie musste sich verhört haben.

Er hob die Schultern. „Du sagtest, ich soll der Liebe eine Chance geben. Du gibst dich der Wahnvorstellung hin, mich zu lieben – also heirate ich dich."

Ungläubig öffnete die den Mund. „Du hast sie doch nicht mehr alle."

„Doch, natürlich", sagte er und glitt von einem Moment zum nächsten in seinen Verhandlungsmodus. „Du sagst, du liebst mich? Schön, dann heirate mich. Das ist es doch, was du dir wünschen müsstest, oder? Du bist intelligent, du kannst mit Messer und Gabel umgehen, du gehst mir nicht auf die Nerven. Du erfüllst meine Kriterien."

Seine Worte drangen an ihre Ohren und fuhren kalt unter ihre Haut. Wie Eiswasser, das über ihre Organe schwappte.

Er sollte aufhören zu reden.

Die Lippen zusammenpressend schüttelte sie den Kopf.

„Also liebst du mich nicht?", wollte Cole interessiert wissen.

„Halt die Klappe", flüsterte sie, die Hände zu Fäusten geballt. Ihre Stimme kratzte in ihrem Hals und jedes Wort schmeckte bitter auf ihrer Zunge. Ihre Augen fingen an zu brennen, doch sie würde ihm nicht die Genugtuung geben zu weinen. Er stieß sie absichtlich fort.

„Hör auf, es als was Lächerliches darzustellen. Denkst du, mir macht das Spaß, in dich verliebt zu sein? Du bist untragbar! Du kannst dein inneres Arschloch an- und ausstellen, wie es dir gefällt. Du sabotierst dich von vorne bis hinten selbst. Du bist ein Egomane, wie er im Buche steht. Und ich werde dich sicherlich nicht heiraten, nur damit du deinen beschissenen Zeitplan einhalten kannst. Das alles ändert nichts daran, dass ich dumm genug war, mich dennoch in dich zu verlieben. In den Mann zu verlieben, der du sein könntest, würdest du es nur zulassen. Aber das reicht mir nicht. Ich werde niemandem mehr nachlaufen, der mich nicht auch liebt."

Sie schluckte und fuhr mit der Handkante unter ihren Augen entlang, die ihrem Willen nicht gehorchten.

„Also, es tut mir leid", sagte sie mit erstickter Stimme. „Heute kriegst du deinen Willen nicht. Heute musst du damit umgehen, dass du nicht in all deinen Lebensbereichen der verdammte Boss bist. Geh einfach zu dem Date heute Abend und werde glücklich mit Ms. Perfect. Ich bin fertig hier."

Und mit diesen Worten wandte sie ihm den Rücken zu und eilte aus dem Büro.

***

Was zum Teufel war gerade passiert?

Fassungslos sah er auf die noch immer in ihren Angeln schwingende Tür.

Vor seinen Augen war alles so schnell den Bach heruntergegangen, dass er sich fühlte, als wäre er gerade frontal mit einem Lastwagen kollidiert. In einem Moment hatte er noch gedacht, dass er vielleicht doch noch ein paar Tage warten sollte, bevor er Privatleben wieder von der Arbeit trennte, und im nächsten hatte Savannah behauptet, in ihn verliebt zu sein und Abstand zu brauchen. Was für eine verdammt verdrehte Sichtweise war das bitte?

Nähe, das war es, was sie brauchte. Denn dann würde ihr ganz schnell klar werden, dass sie den besten Sex ihres Lebens mit Liebe verwechselte. Savannah war die beschissen klügste Frau, die er kannte. Nichts ging an ihr vorüber. Es war unmöglich, dass sie sich in ihn verliebt hatte! Es wäre unvernünftig, es wäre dumm, es wäre albern, es wäre ...

„Fuck."

Er ließ beide Fäuste auf den Schreibtisch fahren, seine Tastatur sprang in die Höhe und rutschte zusammen mit seiner Post vom Tisch.

Wenn du nicht mit mir zusammen sein willst, dann ist das okay. Herrgott, ich nehme es dir nicht einmal übel. Ich habe nichts anderes erwartet. Mir ist bewusst, dass ich deinen Ansprüchen nicht gerecht werde und dass du nach allem außer einer emotionalen Bindung suchst.

Er schloss die Augen und presste die Lippen aufeinander.

Sie hatte doch keinen Schimmer. Es gab keinen Mann auf dieser Welt, dessen Ansprüchen Savannah nicht gerecht werden würde. Sie war klug, sie war loyal, sie war so verdammt witzig und stark und mutig noch dazu!

Er lehnte sich gegen den Schreibtisch, legte seinen Kopf in den Nacken und presste Daumen und Zeigefinger auf seine Augen. Gerade eben hatte er es nur gesagt, um sie zu provozieren, um sie zur Vernunft zu zwingen. Um sie daran zu erinnern, dass er ein Arschloch war, dass es sich nicht lohnte zu lieben. Aber jetzt, da er darüber nachdachte ... Savannah würde eine perfekte Ehefrau abgeben. Hätte sie nicht verfluchte Gefühle ins Spiel gebracht, hätte sie ihm nicht gesagt, dass er sich auf Liebe einlassen müsse, dann hätte er vielleicht ernsthaft darüber nachgedacht, sie in Erwägung zu ziehen.

Ich werde niemandem mehr nachlaufen, der mich nicht auch liebt.

Sie hatte geweint. Sie hatte Tränen in den Augen gehabt, und in keinem Moment seines Lebens hatte er sich so sehr gehasst, wie in dem Moment, als der erste Tropfen ihre Wangen hinuntergeglitten war.

„Scheiße", flüsterte er und krallte seine Hand fester um das Glas seines Schreibtisches.

Er hatte nicht gelogen. Savannah war das, was einer besten Freundin in seinem Leben am nächsten kam. Er respektierte sie. Er mochte sie. Und wenn sie ihn küsste und ihre Hände seinen Körper hinabwandern ließ, verlor er jegliche Kontrolle. Der Gedanke an *Abstand* stieß ihm so bitter auf, dass er seinen Hals zu verätzen schien.

Warum hatte sie Gefühle ins Spiel bringen müssen? Er hatte keinen Platz für Emotionen, er hatte keinen Nerv dafür! Es konnte doch nicht sein, dass Jake recht behielt! Dass er Savannah ausgenutzt hatte, dass er ...

Das Telefon klingelte und Cole zuckte zusammen. Fahrig und fest damit rechnend, dass es Savannah war, die ihm lachend erklärte, dass sie ihn gerade nur veralbert hatte, hob er ab.

„Panther", meldete er sich und zerquetschte mit seinen Fingern fast die Hörmuschel.

„Cole, hier ist dein Vater", bellte es. „Ich hatte deine PR-Managerin darum gebeten, mir die letzten Quartalszahlen zukommen zu lassen, und sie hat sich geweigert. Was soll das? Sie hat nicht die Autorität ..."

„Halt dich zurück, Dad", sagte er scharf und neue Wut arbeitete sich seine Brust hinauf. „Sie hat jede Autorität, dir den Zugang zu persönlichen Daten, die das Business betreffen, zu untersagen."

„Wie bitte?"

„Du bist nicht ihr Vorgesetzter, Dad. Du bist nicht mehr der verdammte Boss. Das bin *ich*. Und ich bin nett genug, dir die Zahlen weiterzuleiten. Dass Savannah sich weigert, spricht lediglich für ihre Loyalität mir gegenüber.“

Eine schockierte Stille setzte auf der anderen Seite ein, bevor der Ausbruch kam, mit dem Cole fest gerechnet hatte.

„Du bist der Boss, weil ich es so wollte“, brüllte Clint Panther ihn an. „Weil du nicht weiter in deinem alten Job arbeiten konntest. Und mir jetzt so respektlos entgegenzukommen, ist …“

„Du bist es, der respektlos ist, Dad!“, fuhr Cole ihn an und sprang auf. „Du bist es, der andauernd meine Autorität untergräbt und meine Entscheidungen anzweifelt. Ich weiß, dass ich Scheiße gebaut habe! Ich weiß, dass ich für einen Moment meine Kontrolle verloren habe und ohne dich mit meiner Karriere am Ende wäre. Und scheiße ja, ich weiß, dass du mir mit deinem Business nicht vertraust. Aber es reicht jetzt! Entweder, du lässt mich meinen Job machen oder ich trete zurück und du kannst wieder als CEO der Delphies arbeiten. Entscheide dich. Denn ich bin es leid, mit dir darüber zu diskutieren, ob ich die Mannschaft in den Ruin treibe oder nicht.“

Eine kurze Stille entstand.

„Ich vertraue dir mit dem Business“, kam es schließlich verwundert zurück. „Du magst impulsiv und riskant arbeiten, aber du hast einen guten Riecher. Du weißt genau, was du tust. Sonst hätte ich dir die Delphies nie überlassen.“

Das kam so nah an ein Lob heran, dass Cole für einen Moment sprachlos war.

Doch die Stille hielt nicht lange an, denn Clint Panther sprach bereits weiter: „Sohn, ich weiß, dass ich bei euch allen als Vater versagt habe. Aber zumindest du suchst noch den Kontakt. Ich bin nicht dumm, Cole.

Wenn ich mich nicht mehr einmische, wird das abbrechen.“

„Nein“, sagte Cole und schüttelte den Kopf. „Es wird abbrechen, wenn du dich noch weiter einmischst.“

Und dann legte er auf. Er konnte sich nicht auch noch mit seiner dysfunktionalen Familie beschäftigen. Das war ein Projekt, das nicht an einem Tag beendet werden konnte.

Kaum hatte er das Telefon auf den Tisch geworfen, fing es schon wieder an zu klingeln.

Genervt hob er ab. „Ja?“

„Schön Panther, Hände auf den Tisch“, erklang die Stimme von Rodriguez’ Agenten, mit dem er die letzten Wochen verhandelt hatte. „Paragraf vier des Vertrages, wir werden ...“

„Wir werden nichts mehr“, sagte Cole kühl. Er hatte genug. „Rodriguez hat den Vertrag vorliegen, ein besseres Angebot wird er nicht bekommen. Ich erwarte die unterschriebenen Papiere bis Freitag. Ansonsten suche ich mir einen neuen Schlagmann.“

Erneut warf er das Telefon zurück auf den Schreibtisch. Diesmal prallte es von der Platte ab und krachte auf den Boden. Es war ihm egal. Er wollte ohnehin nicht mehr gestört werden. Sein Blick fiel auf das Dating Profil, das Savannah ihm hingeworfen hatte.

Kimberly Frecklc.

Schön. Er würde ja sehen, ob sie hielt, was Savannah versprach.

Fünfundzwanzig

Die Kälte stach Savannah in die Augen, und fahrig wischte sie die Tränen von ihren Wangen. Ihr war bewusst gewesen, dass Cole ein Arschloch sein konnte, aber gerade eben hatte er sich selbst übertroffen. Sie stieß ihre Haustür auf, versuchte ihren zitternden Atem zu beruhigen und drückte sich eine Hand auf die Brust, so als könne sie so ihr Herz zusammenhalten, das doch schon längst auseinandergebröckelt war. Wie hatte sie für einen Moment glauben können, dass Cole ihr die Sache einfach machen würde? Dass er nicken, verstehen und sie dann gehen lassen würde?

Er hatte ihr nicht einmal geglaubt. Sie hatte es ihm am Gesicht ablesen können. Er hatte ihre Gefühle nicht einmal ernst genommen, weil Liebe für ihn etwas Absurdes war. Ein Trugschluss, den die Menschen nicht klug genug waren zu durchschauen. Sie hatte nie damit gerechnet, dass er auf die Knie sinken und ihr seine Liebe gestehen würde. Aber dass er ihr diesen degradierenden Heiratsantrag gemacht hatte ...

Fest drückte sie die Tür ins Schloss, während die lästigen Tränen ihr immer noch die Sicht verschleierten. Was dachte sich ihr Herz nur dabei, sich in den Mann zu verlieben, der ihr so leicht wehtun konnte wie niemand anderer? Das Ding war nur ... sie vertraute ihm. Sie hatte ihm schon immer vertraut. Und Vertrauen war in ihrer Welt ein rares Gut.

Hastig erklomm sie die Treppen und sehnte sich nach der Sicherheit ihrer Wohnung, in der sie sich in Ruhe selbst bemitleiden konnte. Doch als sie den Flur entlanglief, sah sie jemanden vor ihrer Tür stehen.

„Mrs. Bernard", sagte sie atemlos und sah an der kleinen Figur hinab, die einen Teller mit verkohlten Keksen in ihrer Hand hielt. „Alles in Ordnung?"

„Oh ja." Die alte Frau nickte lächelnd. „Ich dachte nur, Sie hätten vielleicht Lust, ein wenig mit mir zu plaudern."

Savannah wischte sich hastig die letzten Tränenspuren von den Wangen und versuchte sich in einem wackeligen Lächeln, während sie ihre Haustür aufschloss.

„Jede andere Zeit gerne, Mrs. Bernard, aber ich fühle mich nicht so gut und würde gerne etwas alleine sein."

„Ach so", sagte die Dame und trat wie selbstverständlich über die Schwelle in Savannahs Wohnung. „Na, dann störe ich eben nicht lange."

Savannah öffnete ihren Mund ... doch brachte es nicht übers Herz, ihre Nachbarin vor die Tür zu setzen. Stattdessen nahm sie ihr die Kekse ab, stellte sie auf den Couchtisch und bot Mrs. Bernard das Sofa an.

„Oh nein, Liebes. Wenn ich mich setze, werde ich womöglich nicht mehr dazu in der Lage sein, aufzustehen. Ist alles in Ordnung bei Ihnen?" Ihr für diesen Tag überraschend aufmerksamer Blick glitt über Savannahs feuchte Wangen.

Unfähig zu lügen, schüttelte Savannah den Kopf.

„Nein", sagte sie mit erstickter Stimme und neue Tränen füllten ihre Augen. „Nichts ist in Ordnung."

„Oh Liebes." Mitfühlend tätschelte Mrs. Bernard ihren Arm. „Egal, was es ist, Sie werden schon eine Lösung finden."

„Nein", flüsterte Savannah und ließ sich auf die Couch sinken, die Hände über ihre Augen gelegt.

„Wissen Sie noch, wie Sie mir gesagt haben, dass Familie das Wichtigste ist?"

„Nein. Ich erinnere mich an sehr wenige Dinge."

Savannah gab ein ersticktes Lachen von sich und spürte, wie ihr Mrs. Bernard beruhigend über den Kopf strich.

„Sie sagten, dass die Familie das Wichtigste ist. Und ich bin derselben Meinung gewesen. Aber ... ich habe keine Familie. Ich hatte nie eine Familie. Meine Mutter hat mich aufgegeben und will mich nicht kennenlernen. Der Mann, den ich liebe, ist nicht dazu in der Lage, meine Gefühle zu erwidern und ... es tut so weh. Ich habe mich in meinem Leben nie so einsam gefühlt. Ich bin nach Philadelphia gekommen, um mein Zuhause zu finden, doch alles, was ich gefunden habe, ist die Wahrheit über meine Eltern – die Wahrheit, die ich so sehr wissen wollte und doch gerne vergessen würde.“

Die Tränen sammelten sich in ihren Handinnenflächen, flossen ihre Handgelenke hinab und tropften auf ihre Knie.

„Miss Gordon“, sagte Mrs. Bernard sanft und immer noch spürte Savannah ihre Hände auf den Haaren. „Ihnen wurde das Herz gebrochen. Doch es wird wieder heilen. Was die Familie angeht ... Verwandte, Eltern und Geschwister sind nicht alles. Wenn Sie Ihre Eltern nicht kennen, dann sind sie nicht Ihre Familie. Nicht die Familie des Herzens. Man sucht sich seine Familie aus. Viele behaupten das Gegenteil, aber ich war schon immer anderer Meinung. Familie sind die Menschen, die man liebt und das kann ein Hund, ein Freund oder der Ehemann sein. Was zum Beispiel ist mit ihnen?“

„Was?“

„Die Frauen von den Fotos.“

Savannah hob ihren Kopf und sah auf die Bilder, auf die Mrs. Bernard deutete.

„Was soll mit ihnen sein? Das sind Freundinnen von mir.“

„Freundinnen, die Ihnen eine Menge bedeuten. Die wahrscheinlich sofort vorbeikommen würden, wenn Sie sie anrufen und um Hilfe bitten. Ihre Familie.“

Savannah lächelte müde und eine leichte Wärme zog an ihrem Herzen. Sie hatte recht. Cara war ihre Familie. Sam, Kaylie, Chloe waren ihre Familie.

„Blut ist nicht dicker als Freundschaft, Mrs. Golson“, sagte Mrs. Bernard und klopfte ihr aufmunternd auf die Schulter. „Und der Mann, den Sie lieben ... er wird schon noch zur Vernunft kommen. Sie sind ein Fang!“

Ja, sie war ein Fang. Aber Cole würde nicht zur Vernunft kommen. Weil sie seine Erwartungen in tausend Leben nicht erfüllen konnte.

„Danke, Mrs. Bernard“, flüsterte sie, stand auf und nahm die alte Dame in die Arme. „Ihr Ehemann war ein Glückspilz.“

„Oh ja. Mein Harry war ein Sturkopf, aber selbst er wusste, was er an mir hatte. Und jetzt essen Sie einen Keks. Danach geht es Ihnen sicher besser.“

Savannah war sich da nicht so sicher, denn die Plätzchen sahen aus, als habe sie jemand in Brand gesetzt, nur um sie dann mit einem Lastwagen zu überfahren. Pflichtbewusst nahm sie sich trotzdem einen Krümelhaufen. Bevor sie jedoch abbeißen konnte, klopfte es an ihrer Tür.

Savannah erhob sich und fest damit rechnend, Mrs. Bernards Pflegerin auf ihrer Willkommen-Matte vorzufinden, die nach ihrem Schützling suchte, öffnete sie die Tür.

Doch vor ihr stand keine Frau. Vor ihr stand ein großer Mann, die Haut so dunkel wie seine Augen. Er hatte keine Haare mehr und trug einen etwas muffig riechenden blauen Anzug. Savannah hätte ihn auf Anfang fünfzig geschätzt.

Verwundert trat sie einen Schritt zurück, um leichter in sein Gesicht sehen zu können.

„Hi. Kann ich Ihnen helfen? Haben Sie sich in der Tür geirrt?"

Unsicher trat der Mann von einem Bein auf das andere, während sein Blick forschend über ihr Gesicht glitt.

„Ich weiß es nicht. Sind Sie Savannah Thomas?"

„Ähm ja. Kennen wir uns?" Sie musterte den Mann, auf der Suche nach irgendeiner Erinnerung an ihn, doch sie fand keine.

„Nein", sagte er leise. „Aber ... Matilda rief mich an und sagte, dass du sie besucht hättest und ..."

Er räusperte sich, kratzte sich am Kopf, sah in ihr Gesicht, sah auf den Boden.

„Ich habe seit Jahrzehnten nichts mehr von ihr gehört. Ich war nur einen Sommer mit ihr zusammen, ich hatte keine Ahnung, dass sie ..." Er holte tief Luft. „Sie hat mir nie etwas gesagt. Woher hätte ich wissen sollen, dass Sie ..." Er schluckte sichtbar, lächelte, schüttelte den Kopf, bevor er die Hand ausstreckte.

„Hey, Savannah. Ich bin TJ. Dein ... Vater. Und ich würde dich gerne kennenlernen."

***

Kimberly Freckle sah aus wie ein Supermodel.

Cole konnte das mit Sicherheit sagen, denn er hatte bereits mit mehreren geschlafen. Lange Beine, glänzende hellbraune Haare, blaue Augen, große Brüste. Innerhalb der ersten fünfzehn Minuten hatte Cole herausgefunden, dass sie neunundzwanzig Jahre alt war, ein Journalismus Studium an der Elite-Universität Yale absolviert hatte, aus dem Haus einer ehemaligen Adelsfamilie stammte und Liebe für überbewertet hielt. Sie sprach fünf Sprachen, mochte Kinder, aber wollte noch warten. Sie war intelligent und amüsant – sie war die perfekte Frau. Sie entsprach allem, was er sich vor ein paar Monaten für sich ausgemalt hatte. Und dennoch fiel es ihm schwer, ihren Worten zu folgen. Immer wieder huschte sein Blick zum Tresen, an dem Savannah sonst gesessen hatte. Er konnte ihre Stimme praktisch in seinem Kopf hören.

Meine Güte, wenn du ihr einen Bilderrahmen um den Hals hängst, kannst du sie dir an die Wand nageln, als hübsche Trophäe, die all deine Geschäftspartner mit Neid erfüllt. Herzlichen Glückwunsch. Ihr könnt das langweiligste, schönste Paar der amerikanischen High Society werden. Das ist es doch, was du willst, oder?

„Halt die Klappe. Sie ist perfekt.“

„Entschuldigung? Hast du etwas gesagt?“

Abrupt sah er auf. „Was?“

Kimberly neigte verwirrt den Kopf. „Du hast etwas gemurmelt.“

Klasse.

„Tut mir leid. Ich bin kurz abgeschweift.“

„Oh.“ Lächelnd nickte Kimberly. „Das passiert mir auch andauernd. Worüber hast du nachgedacht?“

Ja, das war eine gute Frage.

Cole räusperte sich, schloss die Augen, rieb sich mit der Hand über die Stirn.

„Nur über eine Freundin, sie ...“ Er atmete laut aus. Er sollte es gut sein lassen. „Gott, sie macht mich wahnsinnig!“, fuhr er auf. „Was zum Teufel denkt sie sich nur?“

„Ähm, wie bitte?“

Kopfschüttelnd strich sich Cole die Ärmel glatt. „Nein, reden wir nicht drüber. Du wolltest mir gerade von deinen Geschwistern erzählen.“

Irritiert runzelte sein Gegenüber die Stirn, doch sprach schließlich weiter: „Nun, meine Schwester ist Chirurgin, sie ist ...“

„Entschuldige, kann ich dich was fragen?“, unterbrach Cole sie abrupt. „Habt ihr Frauen eigentlich Spaß daran, uns Männer verrückt zu machen? Ist das ein Hobby von euch, uns erst dazu zu bringen, tatsächlich etwas Persönliches mit euch zu teilen, und dann alles kaputtzumachen, indem ihr plötzlich über eure Gefühle reden wollt?"

Kimberlys Augen weiteten sich. „Also ... ich weiß ehrlich gesagt nicht, was ich dazu ..."

„Dann hat sie noch den Schneid, mir zu sagen, dass sie es mir nur einfach machen wollte", zischte er zwischen seinen Zähnen hindurch, während seine Finger die Tischdecke zusammenzogen. „Ich meine ... was ist los mit Savannah?! Sie kennt mich besser als jeder verdammte andere Mensch! Wir haben seit einem Jahr fast jeden Tag zusammen verbracht. Sie weiß doch, dass das Ganze nur in einem Desaster enden kann! Die Jeans sind schuld. Die verdammten Jeans und ihr verdammtes Lächeln und ..." Fahrig strich er sich mit den Fingerknöcheln über seinen Kiefer. „Weißt du, wir hätten einfach so weitermachen können. Wir hätten auf einer Wellenlänge bleiben können. Wir hätten ... was denkt sie sich dabei? Sich in mich ..."

Er brach ab, suchte nach Ruhe, nach Geduld, aber er wurde nicht fündig. Wie sollte er auch? Savannah hatte heute Morgen alles mitgenommen. Seine Kontrolle, seine Gelassenheit und wie es aussah auch seinen Verstand.

„Warum krieg' ich sie nicht aus meinem Kopf? Sie mit ihrem bescheuerten Tee und ihrem Q-tip-Haus, ihren Prinzipien und ihren Tipps und ihrem beschissenen Feingefühl. Sie ..."

„Ist diese Savannah eine deiner Ex-Freundinnen?", unterbrach ihn Kimberly plötzlich, die Augen verengt.

„Nein", sagte Cole schnaubend. „Sie würde sich nicht dazu herablassen, meine Freundin zu werden. Weil sie etwas Echtes will. Weil sie nach der großen Liebe sucht. Weil sie mir vorwirft, dass ich es nicht zuließe, der gute Mensch zu sein, den sie in mir sieht! Weil ich mir einreden würde, nicht die emotionalen Kapazitäten für eine ernstzunehmende Beziehung zu haben. Weil sie immer recht haben muss!"

„Okay. Sorry." Scheinbar vor den Kopf gestoßen, lehnte Kimberly sich in ihrem Stuhl zurück. „Ich bin nur verwirrt, da wir auf einem Date sind und es sich anhört, als würdest du in diese Savannah verliebt sein."

Sein Kopf schoss in die Höhe. „Was? Schwachsinn! Ich kann Liebe doch noch nicht einmal buchstabieren."

Sein Date presste die Lippen aufeinander und nahm ihre Serviette vom Schoß.

„Das hört sich für mich anders an. Und ich weiß nicht, warum ich meine Zeit verschwende, wenn du offensichtlich eine andere Frau willst."

Vollkommen perplex starrte er sie an. „Aber das ist Blödsinn! Natürlich mag ich sie, sie ist die beste Person, die ich kenne, aber ..."

Augenverdrehend stand Kimberly auf. „Hörst du dir selber zu? Was für ein emotional verkrüppelter Mistkerl bist du? Ich dachte, du suchst dasselbe wie ich. Aber du redest über diese Frau, als wäre sie deine verdammte Seelenverwandte, mit der du jeden Tag deines Lebens verbringen willst."

„Aber sie macht mich verrückt!", verteidigte sich Cole laut. „Die Momente, in denen ich sie nicht küssen will, möchte ich sie umbringen!"

„Stell dir ein Leben ohne sie vor: Was fühlst du?", verlangte Kimberly schnaubend.

Sein Herz zog sich schmerzhaft zusammen und sein Hals gleich mit.

„Das dachte ich mir", sagte sein Date ernsthaft wütend. „Das ist Liebe, du Depp. Schlag es im Lexikon nach. Du bist verliebt und verhältst dich wie ein Volltrottel. Von wegen kühler Geschäftsmann! Gott, ich bin mit Online-Dating wirklich durch." Sie drehte sich auf dem Absatz um und verließ das Restaurant.

Ungläubig starrte er ihr nach.

Das war Liebe? Dieses furchtbare Gefühl, zerrissen zu werden, weil Savannah seinetwegen geweint hatte? Dieses schreckliche Gehopse seines Herzens, wenn er daran dachte, wie sie gelacht hatte, als ihre Haare ihn gestern Nacht beinahe während des Sexes stranguliert hätten? Das Verlangen, sie zu küssen, zu schütteln und anzuschreien, weil sie behauptete, ihn zu lieben?

„Scheiße."

Er blickte auf seinen leeren Teller und hielt sich eine Hand über das klopfende Herz. Er war sich sicher, dass er gleich einen Infarkt bekommen musste, weil er das Organ die letzten Jahre kaum benutzt hatte und jetzt plötzlich alle Gefühle auf einmal auf es einzuströmen schienen.

„Scheiße", wiederholte er leise.

Er hatte es versaut. Weil er ein zu emotional verkrüppelter Mistkerl war, um zu verstehen, dass er verliebt war.

Sein Herz presste auf seine Lunge und ein Panikschub überkam ihn. Was, wenn sie schon dabei war, über ihn hinwegzukommen?

Er sprang so abrupt auf, dass er seinen Stuhl umwarf. Nein! Nein, diesmal würde er nicht verlieren! Das war inakzeptabel. Denn Savannah hatte recht: Er konnte ihr alles geben, was sie wollte – und genau das würde er tun.

Zehn Minuten später klopfte er an ihre Haustür. Cole fühlte sich durcheinander. So, als hätte ihm jemand mit einem Hammer zu fest auf den Kopf geschlagen und dann versucht zu pusten, um die Wunde besser heilen zu lassen. Aber es war egal, er musste mit ihr reden. Das Hämmern seiner Faust synchronisierte sich mit dem Hämmern seines Herzens, und er fragte sich zum abertausendsten Mal an diesem Abend, warum

Menschen sich das mit der Liebe antaten. Es war Wahnsinn.

„Savannah!", rief er, genau in dem Moment, als die Tür aufgerissen wurde.

In einem weiten Sweatshirt, mit zusammengepressten Lippen und funkelnden Augen sah sie zu ihm auf. Sie war ungeschminkt, sie hatte wieder Popcorn in ihren Haaren – und sie war noch nie so schön gewesen.

„Was willst du, Cole!", fuhr sie ihn an. „Warst du mit Ms. Perfect auf dem perfekten Date und möchtest dich jetzt bei mir bedanken?"

Verwirrt blinzelte er zu ihr hinunter. Gott, wie hatte er jemals die Finger von ihr lassen können?

„Ja, ich war mit ihr aus", sagte er hastig. „Aber ... sie war nicht du, also war es eine Verschwendung meiner Zeit."

Savannah schnaubte und verschränkte die Arme. „Wovon zum Teufel redest du?"

„Savannah, ich glaube ... es könnte sein, dass ich mich auch in dich verliebt habe."

Eine Stille fiel über sie. Eine Stille, die sein Herz zum Stehen brachte. Savannah starrte ihn unentwegt an ... und dann ballte sie die Hände zu Fäusten.

„Das ist selbst für dich ein Tiefschlag, Cole", flüsterte sie und er konnte Tränen in ihren Augen aufsteigen sehen. „Mir zu sagen, dass du mich liebst, nur damit du deinen Willen bekommst."

Alles in ihm zog sich zusammen, und er wollte die Hand nach ihr ausstrecken, doch sie machte einen Schritt zurück. „Savannah, nein. Du verstehst das falsch. Ich weiß, ich bin langsam, aber ... ich bin mir wirklich sicher, dass ich dich ..."

„Wehe du sagst die Worte!", fuhr sie ihn an und das verletzte Glitzern in ihren Augen schwenkte um zu Wut. „Du willst doch nur deinen beschissenen Zeitplan einhalten! Deine Frist läuft in zwei Wochen ab und du findest einfach keine passende Frau. Du hast gesehen, dass ich mich benehmen kann, weißt, wie gut ich im Bett bin und jetzt bin ich dein verdammter Notnagel!"

Seine Kehle schnürte sich zu und er schüttelte den Kopf. „Savannah ..."

„Nein!", fuhr sie ihn an. „Ich will nicht dein Kompromiss sein. Ich will was Echtes. Und du, du bist eine einzige Verhandlung, Cole!"

„Ich will nicht mehr verhandeln, Savannah", sagte er, und Schweiß sammelte sich in seinem Nacken. Wenn sie ihm nicht glaubte ... „Ich will *dich*. Ich weiß, ich habe zu lange gebraucht und das mit heute Mittag tut mir leid, aber ..."

„Nein", flüsterte sie erneut und schüttelte den Kopf. Immer wieder schüttelte sie den Kopf, und weitere Panik keimte in ihm auf.

„Ich bin nicht die Ehefrau, die du suchst, du erinnerst dich?" Eine Träne löste sich aus ihrer Wimper und landete wie Eis in seinen Eingeweiden. „Ich bin viel zu anstrengend und anspruchsvoll, um auch nur in die nähere Auswahl zu kommen. Das waren deine Worte. Und wie könnte ich dir auch gerecht werden? Du bist ein Panther. Dein Name kommt einem gewissen Maß an Verantwortung gleich. Du brauchst eine Frau, die eine Reihe Anforderungen erfüllt. Wie sollte ich dir würdig sein? Meine Mutter ist eine Kassiererin und wollte mich nicht haben. Ich bin in zwölf verschiedenen Heimen und Pflegefamilien aufgewachsen. Mein familiärer Hintergrund wird deinem wohl kaum gerecht."

Seine Augen fingen an zu brennen. Denn er erinnerte sich an diese Worte.

„Ich weiß, dass ich das gesagt habe, aber ich lag falsch. Ich wusste doch gar nicht, wonach ich suche. Ich hatte doch keine Ahnung, dass ich ..."

„Wenigstens damit liegst du richtig, Cole", sagte sie bitter. „Du hast keine Ahnung. Und jetzt geh, bevor du es noch schlimmer machst."

Und dann schlug sie ihm die Tür vor der Nase zu.

Cole konnte nicht nach Hause fahren. Er konnte überhaupt nicht mehr fahren. Alles in seinem Kopf drehte sich, sodass ihm schlecht wurde und er es für keine gute Idee hielt, sich hinters Steuer zu setzen.

Sie hatte ihm nicht geglaubt. Aber wie hätte sie auch? Er hatte ihr nie Anlass dazu gegeben. Die Panik, die er zuvor noch hatte verdrängen können, schien ihn jetzt zu konsumieren.

Stell dir ein Leben ohne sie vor: Was fühlst du?

Zu viel. Zu verdammt viel.

Er wusste nicht, wie er mit all diesen Emotionen umgehen sollte, die ihn zu verschlucken schienen wie ein Wal Plankton. Deswegen hatte er sich nie verlieben wollen. Weil er geahnt hatte, wie unkontrolliert, wie durcheinander, wie verwirrend das Gefühl sein würde – und er war nun einmal ein emotionaler Analphabet. Und die einzige Person, mit der er je über seine Emotionen geredet hatte, wollte ihn nicht sprechen.

Er erinnerte sich nicht daran, wie er hinkam, aber irgendwann fand er sich vor Callums Apartment wieder. Cole schloss auf und zuckte überrascht zusammen, als er nicht nur Cal, sondern auch Coop bei seinem kleinen Bruder auf der Couch vorfand.

„Was denn?", fuhr er sie an. „Haltet ihr jetzt schon Sitzungen ohne mich ab, in denen ihr über mich lästern könnt?"

Coop und Cal wechselten einen überraschten Blick.

„Ich habe dir gesagt, dass wir seine Gefühle verletzen, wenn wir ihn nicht zumindest fragen", meinte Cal tadelnd. „Offensichtlich verbringt er den Abend nicht mit seiner heißen Angestellten."

„Das hätte ich jetzt wirklich nicht wissen können", meinte Coop schulterzuckend.

Cole starrte sie an, beschloss, dass es die Mühe nicht wert war, und ging mit langen Schritten auf das Sixpack Bier zu, das zu ihren Füßen stand. Er nahm sich eines, öffnete es und leerte es in zwei Zügen. Dann griff er sich ein Zweites, atmete tief durch und sagte: „Offensichtlich bin ich verliebt. Und niemand hat mir je erzählt, wie scheiße das ist!"

„Oh oh ...", murmelte Callum, während Coop nur breit grinste.

„Ich habe es gesagt. Du schuldest mir hundert Dollar, Cal. Ich habe vorausgesagt, dass er nicht damit wird umgehen können. Sieh ihn dir an. Er ist ein Wrack. Sogar seine Krawatte hängt schief. Offensichtlich hat er sein Leben nicht mehr unter Kontrolle."

Cole schnaubte und stürzte auch das zweite Bier herunter, während Callum pflichtbewusst das Geld an seinen Bruder übergab.

„Also Bruderherz, wie kommst du zu deiner Epiphanie und gehe ich richtig in der Annahme, dass du es versaut hast?"

„Sie glaubt mir nicht!", knurrte er kopfschüttelnd und seine Finger zogen sich fester um die Glasflasche. „Ich habe ihr gesagt, dass ich sie liebe und sie glaubt mit nicht."

Cal verengte die Augen. „Wieso glaubt sie dir nicht? Hast du dich mal wieder wie ein AssCole verhalten?"

Fahrig strich sich Cole durch die Haare. „Ich ... ich hab' ihr möglicherweise ebenfalls nicht geglaubt, als sie mir erzählt hat, dass sie mich liebt. Und ... vielleicht habe ich ihr vorgeschlagen, mich doch einfach zu heiraten, wenn sie so starke Gefühle hat. Sie würde meinen Anforderungen entsprechen."

Callum verzog das Gesicht. „Ja, Frauen mögen es nicht, wenn du ihre Gefühle nicht ernst nimmst und falsche Heiratsanträge aussprichst."

Woher hätte er das bitte wissen sollen?

„Wir sollten einfach alles hinschmeißen und eine Band gründen", sagte Coop seufzend. „Dann müssen wir uns mit dem Scheiß nicht konfrontieren."

„Ja, nur will niemand einem Triangel-Trio lauschen", gab Cal zu bedenken.

„Hey, ich spiele Schlagzeug!"

„Du hattest einmal eine Stunde! Als du sieben warst."

„Ich habe nicht gesagt, ich spiele *gut* Schlagzeug", meinte Coop schulterzuckend.

„Hallo!", unterbrach Cole sie. „Ich brauche Hilfe. Wie biege ich das Ganze wieder gerade?"

„Alter, du fragst die Falschen", sagte Coop schnaubend. „Cal hatte eine einzige ernste Beziehung, die er natürlich vermasselt hat, und ich werde als Junggeselle sterben."

„Moment", meinte Callum und holte sein Handy aus der Tasche. „Wir brauchen Verstärkung."

Er wählte eine Nummer, während Coop nachdenklich fragte: „Und sie hat dir wirklich gesagt, dass sie dich liebt? Und du hast diese Liebe mit Füßen getreten?"

Cole stöhnte laut, ließ sich auf den Boden fallen und presste sich eine Hand auf die Augen.

„Scheiße. Es ist nur so dämlich von ihr, Coop. Mich zu lieben. Sie hat jemand Besseren verdient. Sie ist so verdammt klug. So verdammt witzig. So verdammt … alles. Natürlich habe ich ihr nicht geglaubt."

„Hey, Callie", ertönte da Cals Stimme. „Cole hat einen Zusammenbruch und … ja, genau, er ist verliebt, aber er hat es vermasselt … mhm … ja, ich weiß, dass das zu erwarten war, aber was soll man machen … okay, Moment. Cole, sie will mit dir reden." Er streckte den Arm aus, aber nicht, ohne vorher auf den Lautsprecherbutton zu drücken.

„Es geht um Savannah, oder?", rief Callie sofort in den Raum hinein. „Sag mir, dass es um Savannah geht. Wenn du dich in ein dummes Model verliebt hast, dann ..."

„Natürlich geht es um Savannah", unterbrach Cole sie. „Und ihr war egal, was ich gesagt habe, und es wird ihr morgen ebenso egal sein! Sie glaubt mir kein Wort und ich kann es ihr nicht einmal verübeln. Aber wie soll ich ihr bitte beweisen, dass ich sie liebe, wenn sie mir nicht zuhören will?"

„Cole", sagte seine Schwester ernst und seufzte lang. „Du bist Anwalt. Du kannst eine Jury davon überzeugen, dass Vegetarier Tiere diskriminieren. Du kannst einem Verdurstenden einreden, dass Wasser überbewertet wird. Du kannst das Blaue vom Himmel erzählen – und Savannah weiß das. Sie hat dich die letzten Monate lang dabei beobachtet. Worte werden dir nicht helfen. Du musst Taten sprechen lassen. Konzentriere dich auf deine Stärken und überwinde deine Schwächen für sie."

Er starrte den Telefonhörer in seinen Händen an und fragte sich, ob er zu viel getrunken hatte oder ob ihre Worte auch nüchtern keinen Sinn ergeben hätten.

„Warum sprichst du nicht wie ein normaler Mensch, Callie?", fragte er verständnislos.

„Weil ich dir nicht vorsagen kann, was du tun musst! Ich kenne Savannah nicht. Du weißt, wovor sie Angst hat. Du weißt, warum sie dir nicht glaubt. Du weißt, wie du ihr diese Ängste nehmen kannst. Ansonsten ... kann ich dir nicht helfen. Aber du wirst das schon schaffen. Die Liebe ist nicht so viel anders als ein Gerichtssaal."

Angst. Wovor hatte Savannah Angst?

Die Antwort lag so klar vor ihm, dass sie ebenso auf Callums Stirn hätte stehen können. Er wusste genau, warum Savannah ihm nicht glaubte. Er wusste genau, wieso Savannah Angst hatte, sich auf ihn einzulassen. Aber wie sollte er diese Sorgen aus dem Weg räumen?

„Ach, und Cole", riss ihn Callie aus seinen Gedanken, „danke."

„Wofür?", wollte er irritiert wissen.

„Dafür, dass du ein so toller großer Bruder bist. Dass du uns die letzten dreißig Jahre vor Dad verteidigt hast. Dass du unser Puffer bist. Und ich weiß nicht, was du Dad gesagt hast, aber ... er hilft mir. Ohne eine Gegenleistung. Sobald ich mit meinem Projekt fertig bin, darf ich wieder gehen."

„Und was bedeutet das?"

Callie lachte. „Dass ihr Freaks euren Willen bekommt. Ich komme nach Hause."

Sechsundzwanzig

„Was stimmt nicht mit mir?", stöhnte Savannah und wischte sich die Tränen weg. „Möchte ich unglücklich sein? Verliebe ich mich deswegen in einen Mann, der mich unmöglich auch lieben kann?"

„Nein, Blödsinn", murmelte Cara und strich ihr über den Kopf, den Savannah in ihrem Schoß platziert hatte. „Und warum sollte Cole dich nicht auch lieben? Du bist wunderbar."

„Du hast seine Liste nicht gehört, Cara!", schniefte Savannah. „Seine Liste von Kriterien, die für ihn die perfekte Frau ausmachen. Seinen Maßstäben nach bin ich noch unter der Hexe aus dem Lebkuchenhaus anzusiedeln."

„Blödsinn", schnaubte Cara. „Er hatte doch keine Ahnung."

Natürlich hatte er die nicht. Aber das änderte leider nichts an der Situation.

„Erzähl mir von deinem Vater", bat Cara, offensichtlich um vom Thema abzulenken. Savannah war ihr dankbar dafür.

„Da gibt es noch nicht viel zu erzählen", sagte sie und richtete sich auf. „Er will mich besser kennenlernen und wir gehen Sonntag einen Kaffee trinken. Er arbeitet in Washington als Automechaniker, hat eine Frau und einen Sohn und wusste wohl bis vor ein paar Tagen noch nichts von meiner Existenz. Meine biologische Mutter hat ihm erst nachdem ich sie besucht hatte von mir erzählt."

Er hatte traurig gewirkt. Traurig darüber, dass er sie nicht früher hatte treffen dürfen. Sie schluckte. „Er war etwas durcheinander, hat aber ansonsten sehr nett gewirkt."

Und auch wenn sie Angst davor hatte, sich zu viele Hoffnungen zu machen, so war sie doch auf eine gewisse Art erleichtert. Denn sie hatte ihre Eltern gefunden. Das Kennenlernen mit ihrer Mutter war nicht so verlaufen, wie sie es sich vielleicht gewünscht hatte, aber dennoch konnte sie damit nun endlich abschließen. Und was ihren Vater anging ... vielleicht auch neu anfangen.

„Guck mal, das ist doch toll", meinte Cara lächelnd.

Ja, es wäre toll gewesen ... wenn Savannahs Herz nicht so wehtun würde.

Wie sollte sie jeden Tag zur Arbeit gehen, wenn sie wusste, dass Cole nur drei Stockwerke höher am Schreibtisch saß? Kündigen konnte sie ebenso wenig. Sie liebte ihren Job und würde Cole nicht gewinnen lassen. Aber irgendwann hätte sie keine Urlaubstage mehr und müsste zurück in den trostlosen Betonblock ...

Bei dem Gedanken daran, wie Cole vor ihrer Tür gestanden und behauptet hatte, sie zu lieben, ballte sie die Hände zu Fäusten. Er würde alles tun, um seinen verdammten Willen zu bekommen. Aber zu sagen, dass ... dass er ... Das war selbst für seine Maßstäbe scheiße!

Es klingelte an der Tür, und seufzend wollte Cara sich bereits erheben, als jemand aus der Küche rief: „Ich geh schon."

Das war Ty, der jetzt offensichtlich hier wohnte.

Cara hatte gesagt, sie wisse nicht, wie er es angestellt habe, aber plötzlich waren seine Socken in ihren Schubladen und seine Proteinshakes in ihrem Kühlschrank.

„Du bist sehr verliebt in ihn, oder?", flüsterte Savannah lächelnd.

Caras Wangen liefen rosa an.

„Ich ... ja", sagte sie schließlich. „Vielleicht ist das dumm von mir. Aber ich habe beschlossen, ihm zu vertrauen. Wir haben beide Fehler gemacht, und wenn ich es nicht noch einmal versuche, werde ich nie wissen, ob wir es schaffen, oder?"

Da war etwas Wahres dran, aber dennoch ...

„Hast du Angst?"

„Eine scheiß Angst", sagte Cara lachend. „Aber es ist unwichtig. Davon lasse ich mich doch nicht aufhalten. Und Danny liebt es, dass er seinen Vater so oft sieht."

Savannah nickte und wünschte gleichzeitig, dass sie dasselbe von sich behaupten könnte. Dass sie aufhören würde, sich von ihrer Angst zurückhalten zu lassen.

„Savannah, hier ist jemand für dich", rief Ty.

Überrascht blickte sie auf.

„Wer?"

„Ein Fahrer, der behauptet, er solle dich abholen."

Savannah wechselte einen Blick mit Cara und stand auf. Tatsächlich stand im Türrahmen ein älterer Mann mit Chauffeurkappe, den Savannah als Henry erkannte. Derjenige, der Cole und sie zur Gala gefahren hatte.

„Miss Thomas", sagte er lächelnd und hob seine Mütze. „Ich soll Sie zum Panther Anwesen geleiten."

Ungläubig riss sie ihre Augen auf. „Warum?"

„Das wurde mir nicht gesagt. Aber es wäre freundlich, wenn Sie mitkommen könnten. Mir missfällt es, Mister Panther allzu lange warten zu lassen."

„Aber welcher Mister Panther? Es gibt so viele von ihnen."

Doch Henry schwieg, nickte ihr lediglich noch einmal zu und schritt dann die Verandatreppen hinab zu der Limousine, die vor der Haustür geparkt stand.

Was zum Teufel war denn jetzt los?

„Ich will da nicht mitgehen", sagte Savannah und sah sich hilfesuchend zu Cara und Ty um.

Die zuckten nur die Schultern. „Aber wenn du nicht mitgehst, werden wir nie erfahren, was er von dir will“, gab ihre beste Freundin zu bedenken.

„Und einen Panther macht man lieber nicht wütend“, ergänzte Ty und reichte ihr den Mantel. „Wenn ich du wäre, würde ich ins Auto steigen.“

Mit geöffnetem Mund sah Savannah auf die Limousine, deren Motor laut brummte. Was blieb ihr schon anderes übrig? Sie wollte wissen, was los war.

Zwanzig Minuten später stand sie vor einem Monstrum von Haus und wurde von einem lächelnden Hausmädchen begrüßt, das sich als Maria vorstellte und sie durch eine lächerlich riesige Eingangshalle mit kitschigen Deckenmalereien und einer Reihe von Statuen durch eine Flügeltür in einen Salon führte.

Savannah hatte keine Zeit, den teuren Holztisch oder Boden zu bewundern, denn ihr Blick landete auf einem schwarzhaarigen Mann. Cooper Panther.

„Du hast mich hierher geordert?“, fragte sie verwirrt.

„Oh nein, ich bin nur Zeuge“, erklärte Coop breit grinsend. „Eine Verhandlung führt man besser in Anwesenheit einiger Zeugen. Damit niemandem die Worte im Mund verdreht werden können.“

„Verhandlung?“, fragte sie perplex. „Was für eine Verhandlung?“

„Die Verhandlung mit mir“, drang eine Stimme von hinter ihrem Rücken her.

Abrupt wandte sie sich um, nur um Cole hereinkommen zu sehen, zu ihrem Entsetzen Panther Senior im Schlepptau.

Was zum Teufel ging hier vor?

„Was soll das?“, fragte sie und machte einen Schritt zurück.

„Du hast gesagt, meine Verhandlungskünste sind magisch und ein wenig Zauberei könnte ich gebrauchen. Also, lass mich mit dir verhandeln“, murmelte Cole, überwand die Distanz zwischen ihnen, packte sie an den Schultern und küsste sie hart auf den Mund.

Savannah war so schockiert, dass sie nicht dazu in der Lage war, irgendetwas zu sagen.

„Meinen Vater kennst du ja bereits?“, meinte Cole und deutete zu Clint.

Immer noch sprachlos nickte sie.

„Gut“, sagte Cole, bevor er auf einen Aktenkoffer zuging, der auf dem Tisch lag und den Savannah vollkommen übersehen hatte. Er setzte sich, öffnete ihn und holte ein Papier hervor, während Coop sie sanft an den Schultern zu dem Stuhl neben Coles dirigierte.

„Also, Miss Thomas ...“

„Cole! Was ... “

„Ich habe versucht, es auf die normale, menschliche Art und Weise zu machen“, unterbrach Cole sie. „Aber da du mir die ja nicht abkaufst, muss ich es wohl auf meine Art und Weise machen. Ich lasse meine Taten sprechen.“

„Was hast du versuchst, auf die normale, menschliche Art zu machen?“, wollte sie irritiert wissen.

„Dir zu sagen, dass ich dich liebe.“

Oh mein Gott! Es ging immer noch darum?!

Savannah schnaubte laut. „Du liebst mich nicht, Cole, du ...“

„Einspruch.“

„Einspruch? Du kannst kein Einspruch erheben.“

„Natürlich kann ich das. Du hast etwas Dummes von dir gegeben, ich erhebe Einspruch.“

„Wir sind nicht vor Gericht, Cole!“

„Natürlich sind wir vor Gericht. Das ganze beschissene Leben ist ein Gericht. Und jetzt lass mich weitermachen.“

„Cole“, sagte in diesem Moment Clint Panther bestimmt. Automatisch fuhr Savannahs Blick zu Coles Vater, der genauso verwirrt dreinblickte, wie Savannah sich fühlte.

„Wieso bin ich hier?“, wollte er wissen. „Soll ich die Vertragsschließung beglaubigen?“

Ungläubig öffnete Savannah ihren Mund. „Vertragsschließung?“, fragte sie und sah hilfesuchend zu Coop, der sie jedoch nur angrinste und die Schultern hob.

„Oh nein, dafür brauche ich dich nicht“, meinte Cole. „Ich wollte dir Savannah nur noch einmal vorstellen, weil ich vorhabe, sie jetzt öfter mitzubringen. Dad, Savannah Thomas.“

Er wedelte mit der Hand zwischen ihnen hin und her.

„Sie ist über dreißig, flucht viel zu viel, als dass man sie als Frau mit Klasse bezeichnen könnte, und ist die Tochter einer Kassiererin. Sie ist mit Dreck großgeworden, kann weder Klavier spielen noch fechten und ich halte es für sehr riskant, sie auf größere Events mitzunehmen. Sie tendiert nämlich dazu, ihre ehrliche Meinung zu sagen. Außerdem liebe ich sie. Mom wird sie furchtbar finden, Savannah ist viel zu karriereorientiert. Ich freu’ mich drauf.“

„Oh“, machte Panther Senior, dem es offenbar schwerfiel, Coles Worten zu folgen.

Savannah ging es da ganz ähnlich, auch wenn seine Worte irgendein Organ in ihrem Inneren losgetreten zu haben schienen, das jetzt unkontrolliert in ihr herumflatterte.

„Cole, was soll das?“, fragte sie und begegnete seinem Blick.

„Das habe ich dir doch schon gesagt“, murmelte er. „Ich weiß, dass ich etwas langsam war. Ich weiß, dass du mir nicht glauben willst, weil es so viel sicherer für dich ist, wenn ich lügen würde. Aber ich liebe dich, Savannah, und mir ist klar, dass du Angst hast, verlassen zu werden. Und dass es dir schwerfällt, zu glauben, dass irgendjemand so starke Gefühle für dich empfinden kann. Und du hast gesagt, dass du keinem Mann vertrauen kannst. Das ist okay. Du musst mir nicht vertrauen, auch wenn ich das bevorzugen würde. Du musst nur dem Vertrag vertrauen."

Ihre Augen fingen an zu brennen und sie schüttelte den Kopf. „Das ist doch verrückt."

„Nein", sagte er lächelnd und fuhr mit den Fingerspitzen ihre Wangenknochen nach. „Das ist Liebe. Oder zumindest wurde mir das erzählt. Wenn das nämlich nicht wahr ist, kann ich mich genauso gut einweisen lassen. Ich verliere nämlich jedes Mal, wenn ich dich ansehe, den Verstand."

Savannah lachte zittrig auf, konnte ihm nicht glauben ... wollte ihm so sehr glauben.

„Verträge werden andauernd gebrochen, Cole."

„Nicht meine. Du kennst mich, Savannah. Ich mag ein Arschloch sein, aber meine Verträge sind wasserdicht und werden eingehalten."

„Du bist kein Arschloch", sagte sie leise und schluckte, während seine Finger sacht ihren Hals hinunterglitten. „Ich wünschte, du wärst eins."

„Sag ihm das doch nicht", stöhnte Coop hinter ihr. „Das steigt ihm zu Kopf."

„Halt die Klappe, Coop", sagte Cole, seinen Blick immer noch auf ihr Gesicht gepinnt.

„Schau dir den Vertrag wenigstens an", fügte er schließlich hinzu und schob ihr das Blatt Papier hin. „Es sind nur drei Paragrafen."

Sie nickte stumm und ließ ihren Blick zu den schwarzen Buchstaben wandern.

Cole Panther verspricht Savannah Thomas:

§1 Mit ihr zusammen zu sein und sie nicht zu heiraten. Bis sie ausdrücklich danach verlangt

§2 Sie in seine Familie zu integrieren (Er entschuldigt sich vielmals dafür)
§3 Sie zu lieben und nie mehr allein zu lassen
Sollte er diese Abmachung brechen, bekommt Miss Thomas all sein Geld.

Savannah starrte auf die Zeilen, blickte zu Cole, sah erneut auf das Papier.

„Du hast sie doch nicht mehr alle! Du kannst mir nicht all dein Geld geben, wenn du mich verlässt."

„Bitte was?", bellte Clint Panther.

„Ach Gott", schnaubte Coop. „Cole ist ein Romantiker. Wer hätte das gedacht?"

„Es ist nur Geld", sagte Cole und zuckte mit den Schultern.

Etwas Warmes und Weiches breitete sich in Savannah aus und ihr Herz hüpfte so heftig in ihrer Brust, dass sie Angst hatte, es zu verlieren.

Ach was, sie hatte es doch schon längst verschenkt.

Er meinte es ernst. Er war ein Vollidiot, aber er glaubte wahrhaftig, sie zu lieben … und das reichte. Das war mehr als genug.

„Okay", flüsterte sie und nickte fest, während sich eine Träne in ihrer Wimper verfing. „Aber ich habe noch ein paar Punkte, die hinzugefügt werden müssen."

„Welche? Ich bin verhandlungsbereit."

„Du musst endlich einen Assistenten behalten und darfst nie wieder meine private Nummer an irgendwen weitergeben. Du musst einmal im Monat einen Liebesfilm mit mir gucken und darfst dich nur alle zehn Minuten beschweren. Außerdem wirst du zu jedem Teamevent gehen, das mir wichtig ist."

Er verzog das Gesicht. „Zu jedem?"

„Na gut, du darfst einmal im Jahr Nein sagen."

„Deal." Er streckte die Hand aus und sie ergriff sie. „Dann müssen wir nur noch unterschreiben."

Savannah lächelte, griff nach dem Papier und zerknüllte es zwischen ihren Fingern. „Ich schließe meine Verträge lieber mündlich", murmelte sie, umfasste sein Gesicht und küsste ihn.

Epilog

„Hast du es den Jungs schon gesagt?"

„Dass ich mit dem Boss zusammen bin?" Savannah lachte und schüttelte den Kopf. „Nein. Dann kommen sie ja erst recht zu mir und betteln mich um eine neue Kaffeemaschine oder Spielekonsole an. Hast du es ihnen schon gesagt?"

Cara zog eine Grimasse. „Also Ryan weiß es schon, aber der Rest ... ich weiß nicht. Ich will es irgendwie noch für mich behalten. Nur für ein paar Wochen. Bevor die Saison wieder losgeht und Ty sowieso andauernd unterwegs ist."

Sie hielt Savannah die Tür auf, und dankbar schlüpfte sie hindurch. Der Frühling stand vor der Tür, aber die Kälte hatte sich noch nicht verabschiedet.

„Verstehe ich." Auch wenn sie stark davon ausging, dass die gesamte Mannschaft bereits Bescheid wusste. Savannah nippte an ihrem Tee und blieb nachdenklich stehen.

„Sag mal, findest du es nicht auch komisch, dass sich hier nacheinander alle zu verlieben scheinen?", murmelte sie. „Das ist schon recht auffällig, oder?"

Cara neigte den Kopf und nickte langsam. „Ja, stimmt. Ich habe noch nicht darüber nachgedacht, aber jetzt, wo du es sagst ... alle nacheinander werden sie sesshaft. Fast, als hätte irgendeine höhere Macht geplant, jeden einzelnen Spieler oder Mitarbeiter der Delphies glücklich zu machen."

Savannah musste grinsen. „Schicksalshaft könnte man behaupten. Ich kann Cole gerade laut lachen hören, aber ... wer meinst du, ist der Nächste?"

Cara zuckte die Schultern und nahm die erste Treppenstufe. „Keine Ahnung. Es könnte jeder sein. Jeder, der durch diese Tür kommt."

Erwartungsvoll sahen sie zum Eingang des Stadions, der prompt aufgestoßen wurde.

Ein griesgrämiger Jake trat herein.

Die Frauen sahen sich an und fingen gleichzeitig an zu lachen. „Okay, damit hört die Liebesglückssträhne der Delphies wohl auf", sagte Savannah schwer seufzend und legte sich eine Hand auf die Brust.

Jake erblickte sie und seine Miene verdüsterte sich gleich noch ein wenig mehr. Die Hände tief in seine Manteltaschen vergraben, stapfte er auf sie zu.

„Was lacht ihr?"

„Nur auf deine Kosten, Süßer", versprach Savannah und klopfte ihm freundschaftlich auf die Schulter.

„Natürlich", murmelte er gepresst. „Wo ist Cole?"

„Wo warst du gestern, Jake?", ignorierte Savannah seine Frage. „Cole meinte, du wolltest noch vorbeikommen. Den Auflösungsvertrag besprechen."

Jake strich sich fahrig durch die Haare. „Ja. Ja, das wollte ich. Ich konnte aber nicht."

„Warum nicht?"

„Ich ..." Er wandte den Blick ab. „Ich war im Gefängnis."

Savannahs Augen wurden groß. „Du warst was?"

„Im Gefängnis", wiederholte er unwirsch. „Könntest du mir jetzt bitte verraten, wo dein Liebster ist?"

Sie öffnete den Mund. „*Liebster?* Wovon ..."

„Oh bitte." Er schnaubte verächtlich. „Wir alle wissen, dass du es mit dem Chef treibst. Jetzt tu nicht so unschuldig. Wo ist Cole? Ist er in seinem Büro?"

„Wieso willst du das wissen?"

Der Baseman legte den Kopf in den Nacken und fuhr sich mit der flachen Hand übers Gesicht, bevor er sie erneut ansah und sagte: „Es könnte sein, dass ich einen Anwalt brauche.“